Ursula P...
Die Versch...

CW01512755

URSULA POZNANSKI

DIE VERSCHWORENEN

ISBN 978-3-7855-7921-3
5. Auflage 2020 als Loewe-Taschenbuch
© 2013 Loewe Verlag GmbH, Bindlach
Coverfoto: © iStockphoto.com/macroworld
Covergestaltung: Christian Keller
Redaktion: Ruth Nikolay
Printed in the EU

www.ursula-poznanski.de
www.loewe-verlag.de

۱

Die Kinder sind ein bebender Schatten im ersten Licht der Morgendämmerung. Ihre Stimmen dringen bis zu meinem Versteck. Aufgeregte, hohe Töne, manchmal ein Lachen, das tapfer klingen soll.

Sie sind so klein.

Das habe ich schon aus den Erzählungen gewusst. Mit sechs Jahren vollziehen sie das Ritual, dem ihr Clan seinen Namen verdankt. Schwarzdorn. Das Gestrüpp, durch das sie sich gleich kämpfen müssen, kann ich von hier aus erkennen. Mir würde es bis knapp über den Bauchnabel reichen, aber manche der Kinder werden völlig darin verschwinden, bevor sie blutend am anderen Ende wieder auftauchen.

Primitiv. Das Wort pocht in meinem Kopf, seit ich meine Beobachtungsposition eingenommen habe. Es kommt nicht von ungefähr, dass der zivilisierte Teil der Menschheit den Clans dieses Attribut zuordnet. Sie Prims nennt. Seit Wochen habe ich diesen Begriff nicht mehr in den Mund genommen, ihn nicht einmal gedacht, aber nun kehrt er mit Wucht in mein Bewusstsein zurück.

Ich rufe mich zur Ordnung. Den Menschen, die dort stehen, verdanke ich mein Leben, nachdem mich meine eigene, angeblich so rechtschaffene Regierung erschlagen lassen wollte wie ein wildes Tier.

Ein Windstoß fegt über die brüchige Mauer hinweg, die mein notdürftiges Versteck bildet. Quirin, der mehr Verständnis für Neugierde hat als jeder andere Mensch, den ich kenne, hat mir den Platz zugewiesen und verlässt sich darauf, dass ich stillhalte. Er weiß, dass ich weiß, wie wichtig es ist, unbemerkt zu bleiben. Offiziell bin ich, ist meine ganze Gruppe längst nicht mehr hier, sondern nach Westen weitergezogen.

In die Menschen vor der Hecke kommt Bewegung. Eltern helfen ihren Kindern aus der dicken Kleidung, bis sie nur noch in Fellstiefeln und grob gewebten Unterhemden dastehen. Ich fröstle aus Mitgefühl. Ein Mädchen beginnt zu weinen, einer der Jungen stimmt ein.

Quirin steht auf der anderen Seite des Dornengestrüpps – ganz in Weiß gekleidet, wie immer. Sie nennen ihn den Bewahrer, den Fürsten der Stadt unter der Stadt, doch im Moment wirkt er auf mich eher wie ein Priester der alten Religionen. Ich höre, wie er beruhigend auf die Kinder einspricht. Was er sagt, verstehe ich nicht, aber das Weinen ebbt ab. Das erste Kind löst sich aus der Gruppe und geht zögernd auf die Hecke zu.

Jemand tritt aus der Gruppe der Erwachsenen – ich erkenne die Silhouette sofort. Die geraden Schultern, die eleganten, sparsamen Bewegungen, das dunkle, schulterlange Haar. Sandor geht neben dem Kind in die Hocke und zeigt ihm, wie es mit den Händen seine Augen schützen soll. Danach steht er auf und begleitet den Kleinen bis zur Hecke, drückt ihm die ersten Dornenranken beiseite.

Der Junge geht los. Zweimal höre ich ihn aufschluchzen, dann ist er auf der anderen Seite bei Quirin angelangt, der ihm eine Decke um die Schultern wickelt und ihn lachend hochhebt.

Das Mädchen, das nach ihm an der Reihe ist, gibt keinen einzigen Laut von sich, während es sich durch die Dornen kämpft, aber als es die Hecke hinter sich lässt, glaube ich eine dunkle Spur an seinem Oberarm zu erkennen. Quirin drückt sofort ein Tuch auf die Wunde und streicht dem Kind über den Kopf, bevor er es zu seinen Eltern entlässt.

Die anderen Kinder weinen alle, manche lauter als andere, doch erst der Achte in der Gruppe setzt sich wirklich zur Wehr, klammert sich an seine Mutter, schreit. Lässt sich nicht beruhigen.

Sie treiben ihre Kinder durch Dornenhecken und ziehen nur die Überlebenden groß. Das war es, was wir uns flüsternd unter unseren Bettdecken über den Clan Schwarzdorn erzählt haben, damals, in der sicheren Wärme der Sphären. Ich ertappe meine Finger dabei, wie sie den Mörtel zwischen den Steinen der Ruine herauskratzen. Wieder rufe ich mich zur Ordnung. Meine Emotionskontrolle war immer vorbildhaft, aber jetzt überrasche ich mich oft bei unbewussten Handlungen, für die ich an der Akademie sofort ein paar Plätze in der Reihung eingebüßt hätte.

Das Schreien des Jungen hat an Heftigkeit zugenommen. Die Erwachsenen, die um ihn herumstehen, geben ihm Zeit, lassen eins der anderen Kinder den Weg durch die Hecke antreten, während sie auf ihn einreden. Sandor kniet neben ihm, legt ihm einen Arm um die Schultern, drückt ihn sanft in Richtung Gestrüpp, doch der Junge reißt sich los und läuft weg.

Genau auf mich zu.

Er will sich in der Ruine verstecken, keine Frage, und er wird mich bemerken.

Ich weiche zurück, geduckt, wenige Schritte hinter mir ist die Falltür zum Keller, durch den ich hergekommen bin. Die Stadt unter der Stadt, Quirins Reich, verfügt über Hunderte Öffnungen ins Freie, und das hier ist eine davon.

Aber die Klappe ist geschlossen, und bis ich sie aufgehebelt habe, wird der Junge hier sein, und zweifellos wird er den anderen erzählen, dass er jemanden gesehen hat, und …

Ich löse das Tuch, das ich um den Hals trage, und binde es mir ums Gesicht, lasse nur die Augen frei. Die hochgeschlagene Kapuze verdeckt mein Haar. Natürlich wird das alles nicht helfen, wenn die Clanleute dem Jungen nachlaufen und mich entdecken, aber vielleicht macht mein Aussehen ihm Angst. Wenn er mich für einen Scharten oder Schlitzer hält, wird er zurücklaufen, so schnell seine Beine ihn tragen.

Ein kurzer Blick über die Mauer. Der Kleine ist fast da, ich kann seinen keuchenden Atem hören – aber er kommt nicht alleine.

Sandor ist ihm dicht auf den Fersen, erwischt ihn, bevor er die Ruine erreicht, hebt ihn hoch und drückt ihn an sich. Der Junge verbirgt das Gesicht an seiner Brust, der schmale Rücken zittert.

»Alles ist gut.«

Sandor spricht beruhigend auf das Kind ein, doch sein Blick liegt auf mir. Ohne Überraschung. Er ist einer der wenigen, die wissen, dass ich und die anderen uns noch immer im Territorium der Schwarzdornen befinden. Hat Quirin ihm gesagt, dass ich das Ritual mit ansehen wollte? Ist Sandor so schnell gerannt, weil er wusste, dass der Junge mich hier entdecken würde?

Ein kurzes Lächeln, kaum sichtbar. Dann wendet er sich um und trägt das Kind zu den anderen zurück.

All sein Protest nützt dem Kleinen nichts. Was jetzt folgt, entspricht dem, was ich als Sphärenbewohnerin über die Clans zu wissen glaubte. Sie zerren ihn auf die Hecke zu und nun ist sein

Brüllen herzzerreißend. Er schlägt um sich, tritt, wirft sich zu Boden; seine Mutter hat sich abgewendet und eine Hand vor den Mund gelegt.

Sie werden ihn hineinwerfen, ohne dass er sein Gesicht schützen, ohne dass er die Zweige zur Seite schieben kann. Die anderen haben Kratzer an Armen und Beinen, während er mit etwas Pech sein Augenlicht verliert.

Irgendwann hebt Sandor die Hand. Was er sagt, verstehe ich nicht, aber die Clanleute bleiben stehen. Der Junge blickt hoch und sein Weinen verebbt, während er gemeinsam mit den anderen beobachtet, wie Sandor erst seine ledernen Handschuhe, dann sein Wams abstreift. Aus der Hose steigt. Am Ende steht auch er nur noch in Stiefeln und einer Art Lendenschurz da. Mit einem großen Schritt tritt er in die Dornenhecke, von dort streckt er dem Jungen die Arme entgegen.

Sehnen, Muskeln und Narben. Nicht einfach, das aus dieser Entfernung auseinanderzuhalten. Sandors Oberkörper gleicht einer Landkarte und ich frage mich, ob ich sie lesen könnte, wenn der Abstand zwischen uns kleiner wäre.

Immer noch müssen sie den Jungen auf die Hecke zuschieben, doch sein Widerstand ist größtenteils erlahmt, er wird jetzt durchgehen, das sehe ich an seiner Körperhaltung. Er sucht bereits nach der Stelle im Gestrüpp, die am ungefährlichsten aussieht.

Sandor bewegt sich rückwärts. Noch einmal zeigt er, wie man am besten die Augen schützt, und diesmal macht es der Junge ihm nach. Tritt in die Hecke und durchquert sie, ohne einen einzigen klagenden Laut von sich zu geben.

Auf der anderen Seite lässt er sich von Quirin auffangen, der ihn lachend an sich drückt, bevor er die Kratzer an Armen und Beinen abtupft. Der Kleine hat sich zusammengekauert, und wenn ich mich nicht täusche, ist er drauf und dran, vor Erschöpfung einzuschlafen.

Ich ziehe mich leise zur Falltür zurück. Den Rest der Zeremonie muss ich nicht mit ansehen, ich habe genug. Mit der dafür vorgesehenen Eisenstange heble ich die Tür auf und steige zurück in die Dunkelheit.

Es ist mir auch nach all den Wochen, die wir nun bereits in der Finsternis unter der Erde leben, nicht gelungen, mich mit ihr anzufreunden. Quirin hat mir empfohlen zu warten, nach ein oder zwei Minuten würden sich die Augen daran gewöhnen.

Aber meine Augen wissen davon nichts. Ich lehne mich an die Mauer zu meiner Rechten und taste mich vorsichtig voran, prüfe bei jedem Schritt, wohin ich ihn setze.

Die Gänge unter der Stadt sind wie alte Höhlen. Jeder Laut klingt hier hohl, die Wandziegel sind feucht und kalt. Wasser tropft von den Decken, jeder Tropfen erzeugt einen anderen Ton, es ist wie Musik, das Lied der kühlen Dunkelheit.

Es gibt Stablampen, aber nur wenige. Kostbare Beute, wenn der Clan erfolgreich gegen einen Trupp Sentinel gekämpft oder einen Transport überfallen hat. Mir ist völlig klar, dass es noch lange dauern wird, bis man mir eine davon anvertraut, wenn überhaupt.

Gleich muss die Rechtskurve kommen. Dann geht es geradeaus, etwa fünfhundert Schritte, hat Quirin gesagt. Ich soll aufpassen, dass ich nicht über die erste der sechs Stufen falle und die Abzweigung nach links verpasse.

Ich schließe kurz die Augen, meine Hände gleiten die kalte, feuchte Wand entlang. Meine Erinnerung spult die Bilder von eben ab, immer und immer wieder. Der kleine Junge und seine große Angst. Sandor, so freundlich und trotzdem so unnachgiebig. Quirin, der dem Kind die Quälerei hätte ersparen können.

Es ist Tradition, hält den Clan zusammen. Wir alle tragen die gleichen Narben. Auf Sandors Armen sind es feine silberne Linien, die man kaum sehen kann. Musste er auch weinen, damals, als man ihn durch die Hecke gezwungen hat?

Da. Meine Hände greifen ins Nichts, ich muss mich nach rechts wenden. Hier kommt mir die Dunkelheit noch dichter vor.

Auch die Kindheit in den Sphären war nicht immer ein Spaß, aber wir hatten es warm. Die Salvatoren an unseren Handgelenken kontrollierten zu jeder Tageszeit unsere Körperfunktionen; Verletzungen wie die Kratzer, die den Kindern des Clans durch die Dornen zugefügt wurden, hätten die Geräte sofort an den nächsten Medpoint gemeldet und in kaum zehn Minuten wären die Wunden desinfiziert und verbunden gewesen. Ich weiß noch genau, welches Prozedere auf jedes aufgeschlagene Knie und jedes Nasenbluten folgte. *Ihr seid doch unser wichtigstes Kapital*, sagte der Arzt dann gerne, *ihr seid die Zukunft.*

Wenn ich mich zurückerinnere, fällt es mir noch immer schwer zu glauben, dass man uns einfach töten wollte. Wegen einer Verschwörung, die es nie gegeben hat.

Eine Bodenwelle bringt mich zum Stolpern, ich vermeide nur mühsam einen Sturz, nicht aber den leisen Aufschrei, der jetzt durch die finsteren Gänge unter der Stadt hallt.

Mein Puls jagt, während ich angestrengt ins Dunkel lausche. Sind da Schritte hinter mir? Habe ich jemanden aufgeschreckt … oder etwas?

Auf meine Frage hin hat Quirin behauptet, die Schlitzer mieden die unterirdischen Korridore, aber in seiner Stimme lag eine Spur zu viel Sorglosigkeit, als dass ich ihm hundertprozentig hätte glauben können.

Doch um mich herum bleibt es ruhig. Keine Schritte, die sich nähern, nicht einmal das vertraute flinke Huschen der Ratten. Weitergehen.

Ich versuche mir vorzustellen, was passiert, wenn ich den Weg zurück verfehle und immer weiterlaufe, wenn ich mich in den Kanälen, Kellern und Schächten unterhalb der Ruinen verirre. Doch der Gedanke ist so beängstigend, dass ich ihn rasch von mir schiebe. Quirin würde mich irgendwann finden, vielleicht. Ich würde es nicht wagen, nach Hilfe zu rufen, denn es gibt so viele hungrige Geschöpfe in dieser kalten Welt.

Weiter. Ich bin noch keine fünfhundert Schritte gegangen, das weiß ich, auch wenn ich nicht mitgezählt habe. Obwohl ich mich so langsam vorwärtsbewege, geht mein Atem hektisch und halb erwarte ich, dass mein Salvator vibrieren und mit einem Check der Körperfunktionen beginnen wird. Aber das ist nur die Macht der Gewohnheit; das Gerät ist seit Wochen außer Betrieb. Es ist nicht dafür geschaffen, lange in der Außenwelt getragen zu werden, und außerdem müsste der Akku längst leer sein. Trotzdem habe ich mich noch nicht dazu überwinden können, es abzulegen. Es ist die letzte Verbindung zu meinem alten Leben.

Über mir, im Freien, müsste die Sonne bereits aufgegangen sein. An dem wolkenverhangenen Himmel des heutigen Morgens ist sie sicherlich nicht mehr als ein heller Schimmer hinter dem Grau, trotzdem wäre ich gerne draußen, um ihre Gegenwart zu spüren. Achtzehn Jahre lang habe ich ohne ihre Wärme auf der Haut gelebt, aber nun, da ich das Gefühl kenne, will ich es nicht mehr missen. Als würde der Himmel mich umarmen.

Zu wissen, dass die Sonne da ist, ohne sie sehen und fühlen zu können, ist das Schwierigste an meinem neuen Leben unter der Erde. Doch im Moment haben wir keine Alternative. Wir dürfen nicht entdeckt werden. Am besten wäre es, die Welt würde vergessen, dass es uns gibt.

Mein Fuß stößt gegen einen Widerstand, so plötzlich, dass ich beinahe falle. Die Treppe, da ist sie. Sechs Stufen hinauf und dann müsste bald ein Gang nach links abzweigen.

Die Steine unter meinen Händen sind jetzt andere. Sie fühlen sich älter an, brüchiger. Wie die Wände des Gewölbes, das Quirin uns als Wohnstätte zugeteilt hat.

Wenig später kann ich riechen, dass ich auf dem richtigen Weg bin. Es duftet nach gebratenen Äpfeln, so wie gestern, so wie vielleicht morgen noch und dann lange nicht mehr. Vilem, Clanfürst der Schwarzdornen, hat einem befreundeten Anführer einen Teil von dessen Beute abgekauft. Ein erfolgreicher Überfall auf den letzten Warentransport und nun muss die Sphäre Vienna 2 fürs Erste auf Äpfel, Honig und Weizenmehl verzichten. Ich kann mich erinnern, wie wütend mich diese Raubzüge früher gemacht haben. Wie ich sie manchmal gehasst habe, die Prims, diese Diebe, die uns um die wohlverdienten Früchte unserer Arbeit brachten.

Dem Duft zu folgen ist einfach und bald gesellt sich ein Lichtschimmer dazu, der mir im Vergleich zu der Dunkelheit, aus der ich komme, fast strahlend erscheint.

Bevor ich den Eingang zum Gewölbe erreiche, steckt Tycho seinen hellblonden Kopf heraus. »Ah, Ria. Endlich. Es gibt Frühstück.«

Als ich unser Quartier verlassen habe, war noch keiner der anderen wach. Jetzt sitzen sie, in Decken und Felle gehüllt, rund um ein winziges Feuer, das Tycho mittels einer Metallplatte und einiger Ziegelsteine in einen Herd verwandelt hat. Darauf kochen wir uns notdürftige Mahlzeiten und erwärmen das Wasser, mit dem wir uns und unsere Kleidung waschen. Beides nicht oft genug, für meinen Geschmack, aber immerhin alle paar Tage. Wir riechen erträglich, finde ich, aber vielleicht bin ich auch bloß abgestumpft.

Damit Tycho sieht, was er kocht, hält Tomma eine der Behelfslampen in der Hand – auch Beute aus einem Sphärentransport – und dreht jedes Mal die Kurbel, wenn das Licht beginnt, schwächer zu werden. Die Konstruktion aus Spiegelscherben, auf die sie das Licht richtet, ist ebenfalls Tychos Erfindung. Seit wir unter der Erde leben, blüht er auf, baut aus jedem Stück Schrott, das er aufstöbert oder sich erbettelt, etwas Neues, das uns das Leben erleichtert.

»Apfelscheiben mit Honig«, erklärt er jetzt, während er das geschnittene Obst wendet. »Quirin hat uns eine sehr großzügige Ration zugeteilt. Wisst ihr was? Ich glaube, er ist einfach froh, dass er es endlich mit Leuten zu tun hat, die auch ein paar Bücher gelesen haben.«

Obwohl Tycho es wie einen Scherz klingen lässt, wissen wir alle, dass mehr als nur ein Körnchen Wahrheit in seinen Worten steckt. Wir verdanken es Quirin, dass wir noch am Leben sind, und ich bezweifle, dass er uns den Schutz seiner Stadt unter der Stadt nur deshalb angeboten hat, weil er uns so nett findet. Wahrscheinlicher ist, dass er von unserem Wissen profitieren will. Wir alle fünf waren Elitestudenten an der besten Akademie des Sphärenbundes. Wir sind hervorragend ausgebildet, jeder Einzelne, Spezialisten auf unserem Gebiet. Quirin ist vermutlich der Einzige hier, der unseren Wert für den Clan ermessen kann. Der Titel, den sie ihm gegeben haben, Bewahrer, bedeutet, dass er altes Wissen bewahrt, davon bin ich mittlerweile überzeugt. Und er ist höchst interessiert an Neuem.

Aureljo rückt zur Seite, damit ich mich neben ihn setzen kann. Er greift nach meiner Hand und erst da merke ich, wie kalt sie ist.

»Ich musste mich den ganzen Weg an den Wänden entlangtasten«, erkläre ich, noch bevor er etwas sagen kann. Bevor er meine Decke von unserem Schlafplatz holt und mich darin einwickelt wie eine der ägyptischen Mumien, über die ich erst vor drei Tagen gelesen habe, in einem von Quirins uralten Büchern.

Aureljos Fürsorge ist ein Wesenszug, den ich schon immer an ihm geliebt habe. Sie erstreckt sich sogar auf Menschen, die er nicht besonders mag, wie Tomma. Ihr Husten ist wieder schlimmer geworden, von uns allen verträgt sie die Bedingungen außerhalb der Sphären am schlechtesten. Und so holt Aureljo nun auch noch seine eigene Decke und legt sie um Tommas Schultern.

»Danke.« Sie wirft ihm einen flüchtigen Blick zu, bevor sie die Augen wieder auf die Wand richtet. So wird sie den ganzen restlichen Tag verbringen. Seit wir unter der Stadt leben, spricht sie nur noch das Nötigste und demonstriert uns bei jeder Gelegenheit, wie schlecht sie sich fühlt. Tatsächlich weckt sie immer wieder Mitleid in mir: Sie ist Biologin und die Zeit, die wir gemeinsam mit dem Clan in der Außenwelt verbracht haben, war für sie wie ein Fest. Bäume, zaghafte erste Versuche von Ackerbau im Freien, eine erstaunliche Vielfalt von widerstandsfähigen Pflanzen. Und Yann, einer der Jäger aus dem Clan, an dem sie einen Narren gefressen hatte, aus Gründen, die niemand von uns nachvollziehen konnte.

Ich verstehe, dass sie sich hier unten wie eingekerkert fühlt, aber für den Vorwurf, der aus ihrem Schweigen und ihrem Märtyrerblick spricht, habe ich kein Verständnis.

Vor zwei Tagen hat Dantorian sie gezeichnet. Eine Studie in vier Bildern: Tomma sitzend, liegend, kauernd, an der Wand lehnend und demonstrativ leidend. Ein winziges bisschen überzeichnet, aber keine Karikatur. Trotzdem konnte Tycho kaum aufhören zu lachen, obwohl ihm dabei seine Schusswunde immer noch wehtut. »Brillant, Dan. Besser als jeder Spiegel.«

Er hielt Tomma das Blatt unter die Nase, aber sie würdigte es keines Blickes. Schloss nur die Augen und lehnte in einer kraftlosen Geste den Kopf gegen die Wand.

Jetzt sitzt Dantorian an einer anderen Zeichnung. Quirin hat ihn mit Papier versorgt und ihm den Aufbau der Sphäre Vienna 2 beschrieben. Während er auf sein Frühstück wartet, arbeitet er an den Details des Mauerrings, auf dem die Sentinel Patrouille gehen. Das Bild ist so realistisch, dass ich glaube, die Wärme zu spüren, die von den Kuppeln ausgeht.

Dantorian zeichnet die Sphäre für Aureljo, der mehr denn je plant, sich dort einzuschleichen, um herauszufinden, wieso man uns für Verräter hält. Und wenn ihm das nicht gelingt, will er für Aufruhr sorgen, indem er den Menschen von Vienna 2 erzählt, was mit uns passieren sollte. Dass unsere eigenen Leute versucht haben, uns zu erschlagen. Mit dornenbesetzten Keulen.

Seiner Überzeugung nach sind wir verleumdet worden und er denkt, sobald wir wissen, wer dahintersteckt, werden sich die Dinge wieder einrenken. Meine Gegenargumente stoßen bei ihm auf taube Ohren und ich verstehe sogar, weshalb das so ist. Aureljos Ausbildung war mit meiner nicht zu vergleichen. Während ich immer angewiesen wurde, skeptisch zu sein und genau zu beobachten, wurde er zu einem Anführer herangezogen, der aus innerer Überzeugung alles für möglich hält. Der seine Ziele verfolgt und seine Umgebung dafür begeistert.

Bei Dantorian ist ihm das gelungen. Die beiden arbeiten fast jede wache Minute an ihrem Plan, Vienna 2 zu infiltrieren, und Quirin unterstützt sie dabei. Sie kommen gut voran, zu meinem großen Unbehagen.

»Wie war es?« Aureljos Mund ist in meinem Haar, sein Arm liegt um meine Schultern. »So, wie du es erwartet hast?«

Ich weiß nicht sofort, wovon er spricht, meine Konzentration lässt zu wünschen übrig. Aber natürlich meint er das Ritual. Kleine Kinder, spitze Dornen.

»Es war … eigenartig. Weniger brutal, als ich es mir vorgestellt hatte, und gleichzeitig gnadenloser.« Das tränenüberströmte Gesicht des Jungen steht mir wieder vor Augen und Sandor, der mit gutem Beispiel vorangeht. »Sie sind einfach anders als wir. Die Natur ist ein großer Teil ihres Lebens und sie machen ihre Kinder schon früh mit ihrer schmerzhaften Seite bekannt.«

Ich fühle, dass er nickt. »Das ist eine schöne Interpretation. Mir ist es wichtig, dass wir ihren Gebräuchen später einmal mit Respekt begegnen und nur sehr sachte Einfluss nehmen. Wurde eins der Kinder verletzt?«

»Kratzer hatten sie danach alle, aber es gab keine schlimmen Wunden, soweit ich sehen konnte.«

»Gut.« Er lächelt mich an, drückt mich fester. »Es wird gar nicht so schwierig sein, die Clans und die Sphärenbewohner zu vereinen. Die Gemeinsamkeiten sind größer als die Unterschiede, auch das ist eine Botschaft, die ich nach Vienna 2 bringen werde.«

Ich unterdrücke den Seufzer, der in mir aufsteigen will, und nehme wortlos das Stück Blech entgegen, das mir als Teller dient und auf das Tycho meine Portion Apfel gelegt hat. Der Duft ist paradiesisch.

»Ich habe keinen Appetit«, murmelt Tomma. Es wirkt, als spräche sie mit der Lampe, deren Kurbel sie gerade wieder dreht.

Tycho zuckt die Schultern. »Selbst schuld. Ich habe nichts gegen eine zweite Portion, ich wachse noch.«

»Nein.« Da haben wir Aureljos Anführerstimme, ausgiebig geschult von Morus, einem seiner Mentoren. »Du musst essen, Tomma. Wir haben hier keine medizinischen Möglichkeiten, um dich entsprechend zu behandeln, wenn du richtig krank wirst. Erkältet bist du ja bereits.« Er nimmt Tycho den Teller aus der Hand und stellt ihn vor Tomma auf den Boden. »Bitte. Iss.«

Sie ziert sich noch ein bisschen und verzieht das Gesicht, dann greift sie zu, aber nicht, ohne uns zweifelsfrei merken zu lassen, wie wenig sie es genießt.

Dafür loben wir anderen Tycho umso lauter, bis er sich nach allen Seiten hin übertrieben tief verbeugt. »Wartet nur, bis ich genug Material für einen Backofen beisammenhabe.«

Während wir die warmen, honigsüßen Äpfel verspeisen, spricht niemand ein Wort. Ich weiß nicht, wann ich das letzte Mal etwas mit so viel Begeisterung gegessen und dabei das Gefühl von so unerhörtem Luxus verspürt habe.

Nach dem Frühstück verabschieden Aureljo und Dantorian sich sofort in die Bibliothek, um dort bei besserem Licht und mit Quirins Hilfe weiter an ihrem Plan zu arbeiten. Sie haben einen kleinen Raum zugeteilt bekommen, dessen Fenster so hoch liegen, dass niemand die beiden von draußen sehen kann. Ich habe sie kürzlich besucht, um Dantorians Skizzen und Aureljos Datensammlung in Augenschein zu nehmen – beides war viel weiter fortgeschritten, als mir lieb war.

Tycho dagegen hat sich ein eigenes Trainingsprogramm auferlegt: Orientierung in der Dunkelheit. Jeden Tag erkundet er die Gänge und Keller der unterirdischen Stadt ein Stück mehr. »Ich zeichne eine Karte in meinem Kopf«, hat er letztens erklärt. »Abenteuer pur. Und keine Sorge, ich finde zurück.«

Bis jetzt war das tatsächlich jedes Mal der Fall, Tycho muss über einen außergewöhnlich guten Orientierungssinn verfügen.

Manchmal bringt er von seinen Ausflügen Souvenirs mit – ein Stück rostiges Blech, die kleinen Knochen eines Tiers, eine Porzellanscherbe. Er verwahrt seine Funde wie Schätze und genießt jede Minute, die er unter der Stadt verbringt.

Ich wünschte, ich hätte seine Energie. Mir macht der Mangel an Licht zu schaffen und es fällt mir schwer, mir eine Aufgabe für den heutigen Tag zu suchen. Aber auf keinen Fall will ich ihn hier mit Tomma verbringen, die sich an die Wand zurückgezogen hat und dort mehr liegt als sitzt, die Stablampe in der Hand.

Tommas Resignation weckt meine Lebensgeister, auf keinen Fall will ich in diesen Zustand geraten. Ich stehe auf, klopfe mir den Staub von den Kleidern. »Was hältst du davon, wenn wir gemeinsam zum Bibliotheksspeicher gehen? Quirin hat mir erlaubt, die alten Bestände zu sortieren. Richtige Bücher, Tomma. Ich bin sicher, wir finden etwas zum Thema Forstwirtschaft oder Ackerbau.« Meine Munterkeit klingt echt, jahrelange Übung, und bei mir selbst wirkt der Trick. Ich habe plötzlich Lust, auf Schatzsuche zu gehen, in den Bergen von brüchigem, staubigem Papier nach altem Wissen zu suchen.

»Vielleicht ergibt sich sogar die Gelegenheit, für ein paar Minuten nach oben zu gehen. In den großen Saal. Du brauchst Tageslicht.«

Mein Vorschlag ist Tomma nicht einmal ein Schulterzucken oder Kopfschütteln wert. Sie dreht einfach das Gesicht zur Wand und lässt die Stablampe erlöschen.

Meinetwegen. Insgeheim bin ich erleichtert und schäme mich sofort dafür. Wir müssen zusammenhalten. Trotzdem, ich werde sie nicht zu ihrem Glück zu zwingen. Oder bei ihr bleiben, gegen meinen Willen.

Die Gänge, die mich zur Bibliothek führen, kenne ich nun schon, ich weiß, dass etwa auf halber Strecke eine Mulde kommt, die einen leicht zum Stolpern bringen kann, wenn man unvorbereitet hineintritt. Ich habe die Schritte bis zur ersten Abzweigung mehrfach gezählt; manchmal sind es zweihundertfünf, manchmal zweihundertsieben, aber nie mehr als zweihundertzehn. Meine rechte Hand ersetzt mir die Augen, sie gleitet über alten Stein, glatt und kalt. In der Dunkelheit versuche ich, meine Übungen von früher durchzuführen, wie sie in der Akademie tägliche Routine waren. Gezielt Emotionen in meine Miene legen – Erstaunen, Interesse, Zustimmung. Bewunderung, Verachtung, kühle Ablehnung. Nach ein paar Minuten gebe ich auf, wie schon gestern. Ohne Spiegel kann ich nicht kontrollieren, ob ich überzeugend wirke, und damit ist das Training sinnlos.

Der Gedanke bedrückt mich nicht nur, weil ich fürchte, dass all die Fertigkeiten, in deren Perfektion ich während meines Studiums so viel Zeit und Mühe investiert habe, verloren gehen. Sondern vor allem wegen Grauko. Ich war zwölf, als er mein Mentor wurde, und er fehlt mir. Ich wüsste gern, ob er mich für tot hält – wahrscheinlich, unser aller Tod wurde öffentlich bekannt gegeben. Allerdings ist es fast unmöglich, Grauko etwas vorzumachen. Seine Fähigkeit, aus dem Verhalten anderer Menschen zu lesen, grenzt ans Unglaubliche. Falls bei der Todesnachricht auch nur eine Winzigkeit unstimmig war, wird er sie zumindest angezweifelt haben.

Das hoffe ich. Ich möchte glauben können, dass er in seinem Quartier am Schreibtisch sitzt und auf die verschneiten Hügel hinaussieht, die wie weiße Wellen sind. Dass er mir gute Gedanken hinausschickt in die Weite.

Schon um seinetwillen darf ich meine Übungen nicht aufgeben. Vielleicht gibt es unter Quirins Schätzen noch eine Spiegelscherbe, die er mir leihen kann; Tycho erwürgt mich, wenn ich eine aus seiner Beleuchtungskonstruktion entferne.

So. Hier ist die Abzweigung, ich muss mich nach links wenden. Jetzt ist es nicht mehr weit, noch knapp siebzig Schritte, dann werde ich zur Rechten auf ein eisernes Tor stoßen.

Ich beeile mich zu sehr und stolpere prompt, vermeide nur mit Mühe einen Sturz. Ermahne mich selbst. Wozu die Ungeduld? Ich werde ohnehin warten müssen, es dauert immer einige Zeit, bis jemand die Tür öffnet.

Da ist sie. Und da ist die Kette, an der ich ziehen muss, um mich bemerkbar zu machen.

In den Minuten, die vergehen, übe ich weiter. Zweifel. Begeisterung, aber nicht plump, sie soll nur aus den Augen leuchten. Betroffenheit. Ungerührtheit.

Ich bin gerade bei offener Feindseligkeit, als jemand das Tor öffnet, überraschend schnell. Fiore.

»Was machst du denn für ein Gesicht?«

Die Verlegenheit, die sich jetzt in meiner Miene abzeichnet, muss ich nicht spielen. »Tut mir leid, das hatte nichts mit dir zu tun. Ist Quirin da?«

Fiore fährt sich durch ihr stachelkurzes Haar, als müsse sie nachdenken, dann macht sie einen Schritt zur Seite und lässt mich eintreten. Das spärliche Licht, das den Korridor erleuchtet, färbt ihr Gesicht orange. »Ja, aber erst seit einer halben Stunde. Ich weiß nicht, ob er jetzt schon Zeit hat, in den Tiefspeicher zu kommen.«

Hinter uns fällt das Tor mit einem Krachen ins Schloss. Fiore sperrt zusätzlich mit einem altertümlich wirkenden Schlüssel ab.

»Ihr könntet euch übrigens angewöhnen, gemeinsam hier einzutreffen. Egal, ob ich Tordienst habe oder jemand anderes, wir sind auf jeden Fall dankbar, wenn wir nicht alle fünf Minuten den ganzen Weg hinunter- und wieder zurücklaufen müssen.«

Selbstverständlich hat sie recht. Nur dass Aureljo und Dantorian nach dem Frühstück zu schnell fort waren, es kaum erwarten konnten, mit ihren Plänen voranzukommen. Sie haben es so eilig damit, sich um Kopf und Kragen zu bringen.

»Ich werde ab jetzt darauf achten. Tut mir leid.«

Über ihre Schulter hinweg grinst Fiore mich spöttisch an, sagt aber nichts. Was sie vermutlich Überwindung kostet, sie ist normalerweise nicht sparsam mit spitzen Bemerkungen, und da sie klug ist, trifft sie mit ihren Worten oft ins Schwarze. Ich frage mich, welche ihrer Fähigkeiten genetisch veranlagt sind und wie viel davon Quirins Werk ist. Sie hilft ihm in der Bibliothek, seit sie acht ist, kennt jeden Gang, jedes Regal und unzählige Bücher. Nicht alle natürlich, aber das würde niemand schaffen. Es waren einmal über sieben Millionen, hat Quirin mir erzählt. Ein großer Teil davon wurde verheizt. In der eisigen Kälte der langen Nacht und der Zeit, die darauf folgte, war den Menschen Wärme wichtiger als Wissen.

»Bisschen schneller, wenn's geht, ich habe heute noch etwas anderes vor.« Fiore nimmt immer zwei Stufen auf einmal, mit ihr Schritt zu halten, ist nicht einfach.

»Und zwar … was?«, keuche ich.

»Ich begleite die Sammler. Letztens hat Andris ein Gerät zerstört, das wir gut hätten brauchen können, ich will ihm auf die Finger sehen.«

Zu meiner eigenen Verwunderung identifiziere ich das, was in mir aufflackert, als Neid. Ich war selbst draußen mit den Sammlern, mit Andris, habe verfallene Häuser nach unentdeckten Schätzen aus Holz, Eisen und Plastik durchsucht. Nach geheimnisvollen Relikten einer vergangenen Zeit, in der alles an Kabeln gehangen haben muss.

Die Arbeit war anstrengend, aber faszinierend. Es war, als könnte ich durch die Jahrhunderte greifen und die Menschen von damals berühren. Außerdem befand ich mich unter freiem Himmel. In den Ruinen pfiff der Wind und immer wieder schimmerte eine warme Sonne durch die Wolken, um in manchen unvergesslichen Momenten hervorzubrechen und die Welt aufstrahlen zu lassen. Das ist nichts, worauf ich leichten Herzens verzichte.

Wir haben das richtige Geschoss erreicht und ich komme wieder zu Atem. Die Nachwirkungen meiner Verletzung sind immer noch spürbar, der Ring um meinen Hals – da, wo der Sentinel die Schlinge zugezogen hat – fühlt sich heiß an und pocht im Takt meines Herzschlags.

Über vier Etagen verfügt der Tiefspeicher – hier wurden in unterirdischen Hallen früher all die Bücher gelagert, die in den oberen Teilen der Bibliothek keinen Platz mehr hatten. Quirin hat mir letztens einen Platz im zweiten Untergeschoss zugewiesen. Meine Aufgabe ist fast beleidigend einfach: Ich soll unbeschädigte Bücher von beschädigten trennen. Dass ich die noch lesbaren anschließend thematisch ordne, ist mein persönliches Vergnügen. Auf diese Weise erhasche ich Blicke auf den Inhalt, auf Worte, die ich nicht kenne, auf Leben, die mir fremd sind. Außerdem habe ich noch ein ganz persönliches Projekt, über das ich bisher mit keinem gesprochen habe. Ich hoffe, auf etwas ganz Konkretes zu stoßen. Auf ein Buch mit rotem Umschlag und einer Abbildung des Sphärenwappens. Drei rote Kreise auf grauem Grund, die Farben von Asche und Feuer.

Es trägt den Titel *Jordans Chronik* und muss etwas mit dem zu tun haben, was uns zugestoßen ist. Der Mann, der unseren Tod angekündigt hat, erwähnte das Buch im gleichen Atemzug, und eine der letzten Nachrichten, die Fleming auf seinen Salvator erhielt, hatte damit zu tun.

Fleming. Ich schiebe den Gedanken an ihn fort, wieder einmal. Wenn ich es nicht tue, verliere ich mich nur in einer endlosen Spirale von Vermutungen und Rückschlüssen, die niemand bestätigen oder widerlegen kann. Er war einer von uns und war es doch nicht, er hat uns verraten, aber am Ende wollte er uns schützen, und das dürfte ihn das Leben gekostet haben.

Zwei Nächte ist es her, da habe ich von ihm geträumt. Er stand vor mir, gut einen Kopf größer als ich, trotzdem hatte ich ihn an seiner Jacke gepackt und ihm eine Frage nach der anderen ins Gesicht geschrien: Warum sollten wir sterben, worin besteht die angebliche Verschwörung, wie konnte er glauben, dass wir daran beteiligt sind?

In meinem Traum gab Fleming mir Antworten, er redete ganz ruhig, wie es seine Art war, aber in einer Sprache, die ich nicht verstand und die keiner der fünfzehn, die ich gelernt habe, ähnelte. In meiner Wut begann ich ihn zu schütteln und Aureljo weckte mich, weil er dachte, ich hätte einen Albtraum.

Die Korridore zwischen den hohen Buchregalen scheinen endlos. Gestern habe ich begonnen, mich durch den zweiten von links zu arbeiten, weil das pure Chaos, das dort herrscht, mich fasziniert. Alles durcheinandergeworfen. Auf dem Boden Bücherhaufen, die Regale fast leer. Es sieht so aus, als hätte dort jemand einen unkontrollierbaren Wutanfall ausgelebt. Ein solches Szenario wäre in den Sphären unmöglich gewesen, schon aus Platzmangel. Dort war Ordnung oberstes Prinzip, alles wurde sortiert, katalogisiert, nummeriert.

Nummern und Zahlen tragen auch die Bücher hier unten; Quirin hat mir erklärt, dass diese Signaturen den Platz bezeichnen, an dem man das jeweilige Werk finden soll. *Sollte*. Nichts davon hat mehr Gültigkeit.

»Ich gehe dann, ja?« Fiore hat zwei Energiesparlaternen eingeschaltet, ihr bläuliches Licht erwacht flackernd zum Leben. Ich kenne das Modell, wir haben es in den Sphären verwendet. Wenn ich die zwei Lampen in vernünftigem Abstand voneinander aufstelle, kann ich ungefähr fünf Regalmeter beleuchten.

»In drei Stunden bringt jemand das Essen in den großen Saal. Wenn es vertretbar ist, dass du dazukommst, wird Bojan dich holen, wenn nicht, bringt er dir etwas.«

»Danke.« Ich nehme die erste Laterne und tauche damit tiefer in meinen Korridor ein, bis ich die Stelle finde, an der ich gestern Schluss gemacht habe.

Wenn es vertretbar ist. Das bedeutet, wenn nicht gerade jemand von den Dornen da ist, um sich Rat zu holen oder um sich verarzten zu lassen. Die Gefahr, dass einer von uns hier gesehen wird, ist eine ständig über unseren Köpfen schwebende Bedrohung. Falls das passiert, müssen wir fort, noch am gleichen Tag, ohne einen Ort, wohin wir gehen können. Im Clan sprechen die Dinge sich schnell herum, wenn einer etwas weiß, wissen es bald alle, und dann würden es in Kürze auch die Sentinel erfahren, die nach uns suchen. Dazu müssten sie nur einen der Dornen fangen und ein wenig härter anpacken. Fürst Vilem will keine Sentinel-Trupps anlocken, und in Anbetracht der Blutbäder, die schon aus weit geringeren Gründen unter Clans und Stämmen angerichtet wurden, kann ihm das niemand verdenken.

Dass wir immer noch hier sind, wissen nur Sandor, Vilem, Quirin und seine Untergebenen. »Sie hüten wichtigere Geheimnisse«, hat Quirin gesagt, »ich lege meine Hand dafür ins Feuer, dass sie euer Versteck nicht verraten.«

Die Pfahlbauten und ihre Bewohner. Eine Darstellung der Cultur und des Handels der europäischen Vorzeit ist das Buch, das ich gestern zuletzt eingeordnet habe. Es stammt aus dem Jahr 1866, aus einer Zeit, die ich mir trotz aller Bemühungen nicht vorstellen kann. Dann schon eher die Vorzeit, von der das Werk handelt. Manche der Clans leben wie die Menschen damals. Ursprünglich. Aufs Wesentliche konzentriert – essen, schlafen, Wärme, Sicherheit.

Die Seiten des nächsten Buchs, das ich vom Boden aufhebe, sind miteinander verklebt, der Titel auf dem Rücken nicht mehr lesbar. Ich lege es auf den Stapel der verlorenen Bücher, wie ich ihn nenne. Mit Bedauern, wie immer. Verlorene Bücher sind verlorenes Wissen, verlorene Geschichte, verlorene Gedanken. In mein Bedauern mischt sich auch diesmal wieder die Befürchtung, dass *Jordans Chronik* das gleiche Schicksal erlitten haben könnte. Dass ich vielleicht gerade eben das Buch, das ich so verzweifelt suche, auf den Stapel derer gelegt habe, die niemand mehr entziffern kann.

Wenn es so ist, lässt es sich nicht ändern. Ich greife nach dem nächsten.

Die Wasserräder und Turbinen, ihre Berechnung und Konstruktion. 1903 geschrieben. Ich blättere es vorsichtig durch, betrachte die Abbildungen. Das könnte man verwenden, um ein Wasserrad für den Fluss zu bauen, der die Stadt durchfließt. Ich packe das Buch auf den Stapel Nützliches für den Alltag. Weiter. Das nächste Buch. Das nächste. Die Zeit tritt in den Hintergrund.

Als mir plötzlich jemand auf die Schulter tippt, fahre ich mit einem Schrei herum, aber es ist nur Bojan, der eine stumpfgelbe Plastikschüssel mit einem Stück Fleisch und einem bräunlichen Fladen bringt, dazu einen Blechkrug mit Wasser.

»Tut mir leid, dass ich dich erschreckt habe. Hast du mich nicht rufen gehört? Ich habe auch an die Tür geklopft.«

Ich nehme ihm das Essen ab. »Nein, entschuldige bitte. Ich habe gelesen und nichts um mich herum bemerkt.«

Er schüttelt den Kopf, sodass der blonde Zopf, der ihm über den halben Rücken fällt, hin- und herschwingt. »Das ist unvorsichtig. Es kommen keine Schlitzer hier rein, denke ich, aber zwei Scharten mussten wir schon mal vertreiben.« Er legt seine Stirn in nachdenkliche Falten. »Ich könnte für dich die Tür bewachen. In einer Stunde müsste ich mit der Arbeit fertig sein, die Quirin mir gegeben hat, und dann …«

Ich lege ihm die Hand auf den Arm. »Danke, Bojan. Das ist ein großzügiges Angebot, aber es kommt gar nicht infrage, dass du deine Zeit für mich opferst. Ich passe jetzt besser auf.«

Er legt den Kopf schief. Achtzehn ist er, hat Fiore mir erzählt, genauso alt wie ich, doch die liebenswerte Naivität, die er an den Tag legt, lässt ihn jünger erscheinen.

»Schade, dass du nicht mit hinaufkommen kannst. Aber einer von den Jägern ist gebissen worden und liegt oben, Quirin kümmert sich gerade um ihn.«

Ja, schade. »Wolfsbiss?«

Bojan nickt. »Hat den Unterarm erwischt und nicht losgelassen. Aber Quirin sagt, er wird wieder.«

Ich frage mich, ob ich den Jäger kenne. Wahrscheinlich, denn ich bin auch mit auf der Jagd gewesen, während meiner Zeit an der Oberfläche.

Insgeheim hoffe ich, dass es Yann war, den der Wolf erwischt hat.

Das Fleisch ist kühl und ein wenig zäh, ich könnte mir vorstellen, dass es Ziege ist. Der Fladen ist einer von denen, die aus gestampftem Moos gemacht werden, der muffige Geschmack ist mir mittlerweile vertraut. Innerhalb von fünf Minuten habe ich alles aufgegessen, mit einer Gier, die mich selbst erstaunt. Als ich noch in den Sphären gelebt habe, musste ich mich oft zum Essen zwingen, jetzt picke ich die letzten Krümel mit dem Finger auf, bevor ich Bojan die Schüssel zurückgebe. »Danke.«

»Gern geschehen.« Er druckst noch ein wenig herum, blinzelt. »Falls du Hilfe brauchst«, mit einer vagen Handbewegung deutet er auf den riesigen Bücherspeicher, in dem wir sitzen, »dann frag mich ruhig. Ich kenne mich ganz gut aus in diesen Schluchten.«

Schluchten. Das ist ein treffender Vergleich. Doch obwohl mich die schiere Größe des Depots immer wieder einschüchtert, bin ich hier lieber allein. Ich kann es nur schwer erklären, aber ich habe das Gefühl, dass sich die größten Kostbarkeiten nur dann zeigen werden, wenn niemand stört. Dass ich sie rufen hören kann, wenn ich still und aufmerksam bin.

»Ich bin dir sehr dankbar für dein Angebot«, erwidere ich und nehme seine Hand. Sehe die weiße Linie, einen schwungvollen Haken zwischen Daumen und Zeigefinger – möglicherweise seine ganz persönliche Erinnerung an seinen Gang durch die Dornenhecke. »Aber ich kann mich besser konzentrieren, wenn ich allein bin.« Zuneigung in Stimme und Augen legen. Das fällt mir nicht schwer, ich mag Bojan.

Wie ich gehofft habe, versteht er meine Antwort nicht als Zurückweisung, sondern lächelt und drückt meine Hand, bevor er sie loslässt. »Das kenne ich. Es ist nur so, dass du niemanden rufen kannst, wenn du Hilfe brauchst, und hinauf in die Halle sollst du ja nicht …«

»Ich komme zurecht.« Ich greife nach dem letzten Buch, das ich in Arbeit hatte – *Meerestiere im Aquarium* –, und lege es auf den Stapel der gut erhaltenen, aber nutzlosen Werke.

»Wenn du mir einen Gefallen tun willst, könntest du am Abend wiederkommen und mich zurück ins Gewölbe begleiten. Ich habe nämlich kein Licht.«

Bojan strahlt und verspricht es. Ich sehe ihm nach, als er geht, und überprüfe in Gedanken die Signale, die ich ausgesendet habe. Vielleicht hätte ich seine Hand nicht nehmen sollen. In den Sphären ist das eine sehr verbreitete und rein freundschaftliche Geste, aber hier draußen könnte sie mehr bedeuten. Obwohl Bojan weiß, dass Aureljo und ich ein Paar sind, macht er sich eindeutige Hoffnungen. Das hätte ich auch erkannt, wenn ich nicht jahrelang die Nuancen menschlicher Regungen studiert hätte.

Ich nehme das nächste Buch zur Hand. *Von der Einsamkeit des Menschen.* Der Rücken ist gebrochen und vom Buchdeckel fehlt eine Ecke, sonst ist es in gutem Zustand. Trotzdem brauche ich lange, um es einem der Stapel zuzuordnen.

Vielleicht sollte ich Bojan bitten, sich um Tomma zu kümmern.

2

Es dauert zwei Tage, bis ich endlich wieder einen Streifen Himmel sehe, einen dämmrigen roten Himmel durch eins der Fenster in Quirins Säulenhalle. Das Glas ist intakt, was vermutlich den Metallstreben zu verdanken ist, die es in Quadrate unterteilen, in stabile, transparente Vierecke.

Ich hatte mich auf den Anblick von Sonnenlicht gefreut, aber kaum hatte Bojan sich mit uns zur Halle hinaufgeschlichen, musste er uns auch schon in einem der Nebenräume verstecken.

»Es gibt ein Neugeborenes«, erklärte er strahlend. »Und das bringen sie Quirin zur Aufnahme.«

Auf mein Nachfragen hin erläuterte Bojan, dass der Clan Schwarzdorn seine Kinder schon in den ersten Tagen ihres Lebens mit der Härte der Wildnis bekannt macht. Symbolisch natürlich – ein winziger Stich mit einem Dorn, an eine Stelle, wo es nicht wehtut. »Dafür sind die Bewahrer auch zuständig.«

Wir zucken zusammen, als draußen das Baby zu schreien beginnt.

»Oje.« Bojan zieht eine Grimasse. »Da beschwert sich jemand.«

Der Brauch erinnert mich an religiöse Rituale von früher. Taufen, Beschneidungen. Faszinierend, wie sie sich bei den Clans in Naturrituale gewandelt haben.

Als man uns endlich holt, hat sich der Himmel bereits rot und dunkelblau verfärbt. Während ich den Blick keine Sekunde lang von den Farben wenden kann, den Wolken, den Lichtstreifen, vertiefen sich hinter mir Quirin, Aureljo und Dantorian in ein Gespräch, bei dem es um die Frage geht, ob Aureljo sich mit einem Grenzgänger treffen soll.

Quirin ist skeptisch, er traut diesen Außenseitern nicht, die zwischen Sphären und Clans pendeln, ohne sich irgendwo dazugehörig zu fühlen. »Sie leben davon, Informationen zu verkaufen, und glaub mir, der Sphärenbund würde es sich einiges kosten lassen, zu erfahren, wo ihr seid und was ihr vorhabt. Das ist eine Versuchung, der keiner der Grenzgänger, die ich kenne, widerstehen könnte.«

»Ich würde mich natürlich als Clanmitglied ausgeben, das mehr über die Sphäre wissen will, über die Sicherheitsvorkehrungen, die Anzahl der Außenwachen und die Arbeitsbereiche. Wenn Vienna 2 zum Beispiel eine Recyclingstation hat, gibt es dafür ein spezielles Belüftungssystem, mit einem eigenen Schacht, über den man unbemerkt in die Sphäre eindringen kann, wenn man weiß, wie.«

Sie verlieren sich in technischen Details und ich höre nicht länger zu. Es wird jetzt schneller dunkel. Der Himmel ist blutrot, lila, schwarz und ich möchte hinaus, um den Wind zu spüren, der nun einsetzt.

Mit diesem Wind schwebt ein Vogel heran, segelt in weiten Kreisen herab und landet auf dem höchsten Punkt der Ruinenmauer gegenüber. Ich glaube, ich habe Lederriemen an seinem rechten Bein gesehen.

Dann sollte sein Besitzer nicht weit sein. Er müsste jeden Moment den Platz überqueren, hinter dem Denkmal auftauchen, ich kann ihn gar nicht übersehen. Doch es pocht an der Saaltür, bevor sich auch nur ein Schatten vor dem Fenster blicken lässt.

Sie sind zu zweit, Vilem und Sandor. Der Fürst und der Than, sein vorherbestimmter Nachfolger. Fiore begleitet sie herein, bleibt aber nicht, sondern möchte gemeinsam mit Bojan und zwei anderen eine Runde um die Bibliothek drehen. »Jemand hat Scharten gesehen. Ich will sichergehen, dass sie wieder verschwunden sind.«

Vilem bietet ihr an, die vier Jäger, die mit ihm gekommen sind, auf den Patrouillengang mitzunehmen, was Fiore dankend akzeptiert.

Der Clanfürst wirkt erschöpft. Ich habe ihn schon lange nicht mehr gesehen, nicht, seitdem wir uns unter der Stadt verstecken. An seiner Schläfe verheilt eine grob genähte Wunde und er zieht sein linkes Bein nach – kaum wahrnehmbar, ich bemerke es selbst erst, nachdem er schon fast vor Quirin steht. Mir scheint es, als wäre sein langes Haar seit unserem letzten Treffen grauer geworden und der Haaransatz weiter nach hinten gerückt.

Sandor bleibt im Schatten des Fürsten. Seine Schritte sind lautlos auf dem glatten Steinboden und er wirkt noch wachsamer als sonst. Sprungbereit. Hat er nicht mit unserer Anwesenheit gerechnet?

Ich löse mich aus der Nische neben dem Fenster, gespannt, ob einer der beiden Männer von meinem plötzlichen Auftauchen überrascht sein wird, aber ich müsste mich wesentlich geschickter tarnen, um von ihnen übersehen zu werden. Sie sind Jäger. Ihnen entgeht kaum etwas – darin sind wir uns ähnlich.

»Vilem!« Quirin ist von seinem Platz aufgestanden, wie nebenbei wendet er die Skizze um, über die er, Aureljo und Dantorian sich eben noch gebeugt haben. Der Fürst und er umarmen sich kurz – ein graubrauner und ein schneeweißer Mann. »Was ist passiert?«

Es sind blitzschnelle, sparsame Fingerbewegungen, mit denen Sandor und Vilem sich verständigen. Die Zeichensprache der Jäger. Ein paar der Gesten kenne ich bereits, aber meistens habe ich keine Chance, einer solchen Unterhaltung zu folgen, auch jetzt nicht, und es bringt mich jedes Mal aus der Ruhe. Die Äußerungen anderer Menschen zu analysieren und zu interpretieren, das war mein Schwerpunkt an der Akademie. Nicht nur das zu deuten, was gesagt, sondern vor allem das, was verschwiegen wird. Angesichts dieser Zeichensprache fühle ich mich, als hätte ich plötzlich einen meiner wichtigsten Sinne verloren.

Arbeite mit dem, was vorhanden ist, waren Graukos Worte, meist dann, wenn ich mich über die Schwierigkeit einer Aufgabe beschwerte. *Es gibt immer Material, du musst es nur verwenden.*

Ich konzentriere mich also auf die Haltung und die Mienen der beiden Männer und komme zu dem Schluss, dass Sandor Bedenken hat und Vilem sie nicht gelten lassen will. Die Unstimmigkeit hat mit uns zu tun, Sandors Blick schnellt flüchtig zu Aureljo und Dantorian hinüber. Seine Gesten sind kurz und hart, die von Vilem gelassener. Würden sie sich mit Worten unterhalten, klänge seine Stimme vermutlich beschwichtigend.

Sie haben etwas Dringendes mit Quirin zu besprechen und Sandor will nicht, dass wir dabei sind, während es Vilem nicht allzu sehr stört.

Quirin scheint zu begreifen, wo das Problem liegt. Mit einem Kopfnicken gibt er Aureljo und Dantorian zu verstehen, dass sie ihre Hocker für die Neuankömmlinge frei machen sollen.

Im Aufstehen zieht Dantorian seine Skizze vom Tisch und rollt sie dabei mit einer geschmeidigen Bewegung zusammen.

»Ich würde gern mit dir allein sprechen«, erklärt Sandor an Quirin gewandt, während er einen der Hocker zu sich heranzieht. »Ohne die Lieblinge.«

Ich sehe Dantorian flüchtig grinsen, bevor er sich abwendet. Ebenso wie Tycho findet er den Namen, den die Außenbewohner uns verpasst haben, höchst amüsant. *Lieblinge des Schicksals* hat Melchart, der Mann, der die Sphären erdacht hat, uns Bewohner in seiner berühmtesten Rede genannt, und die Clans gebrauchen diesen Begriff mit ebenso viel Hohn wie wir Sphärenbewohner den Ausdruck Prims.

»Warum nicht einfach offen sein?«, entgegnet Quirin. »Von Aureljo und den anderen haben wir am wenigsten zu befürchten, sie begegnen niemandem, an den sie uns verraten könnten.«

Vilem nickt. »Der Meinung bin ich auch.« Nun, da ich seine Stimme höre, bestätigt sich mein Eindruck von vorhin. Er ist müde, wahrscheinlich machen seine Verletzungen ihm zu schaffen. Ich bin sicher, Quirin bemerkt es ebenfalls.

»Ist das so? Ich dachte, Aureljo wollte in eine der Sphären zurückkehren«, entgegnet Sandor scharf. »Und von Ria wissen wir, dass es sie ins Freie hinauszieht und dass sie diesem Drang nachgibt. Irgendjemand wird sie eines Tages fangen – Sentinel, Feindclans oder unsere eigenen Leute – und dann wird sie erzählen, was sie weiß, so wie alle.«

Er sieht mich nicht an, während er spricht, aber mir ist klar, dass er an gestern denkt, an den Morgen des Dornenrituals. Ich frage mich, ob die Schrammen an seinem Körper noch schmerzen.

»Ria war mit meiner Erlaubnis draußen«, erklärt Quirin umgehend. »Sie ist wissbegierig, das stimmt. Aber sie hält sich an unsere Vereinbarungen.«

Die Diskussion findet ein Ende, indem Vilem mit der flachen Hand auf den Tisch schlägt. In letzter Konsequenz zählt hauptsächlich die Meinung des Fürsten und ihn stört unsere Anwesenheit offenbar nicht. Er wendet sich an Quirin. »Die Sentinel-Trupps werden wieder mehr. Wir sichten sie nun schon beinahe jeden Tag. Sie bleiben meistens auf Distanz und greifen nicht an, aber sie behalten uns im Auge. Letztens haben sie versucht, einige von uns auszufragen.« Vilems rechte Hand ballt sich zur Faust und entspannt sich wieder. »Nicht die Krieger, aber die Sammler und Hirten. Sie fragen nach den Lieblingen, natürlich, und da der ganze Clan überzeugt ist, dass sie fortgezogen sind, erfahren sie nichts, das uns in Gefahr bringen könnte. Trotzdem gehen sie nicht fort, sondern werden immer mehr.«

Es sind nicht wir, um die Vilem sich sorgt, so viel ist klar. Wenn es nach ihm ginge, wären wir längst wieder in der Gewalt der Sphären und damit wohl tot. Für die Dornen hätte das nichts als Vorteile – die freundliche Geste gegenüber dem Sphärenbund hätte sich sicher bezahlt gemacht. Doch Quirin hat uns für sich beansprucht und damit hat uns auch Vilem am Hals.

»Fiore hat mir schon davon erzählt.« Quirin scheint weder beeindruckt noch beunruhigt zu sein. »Es sind rote, nicht wahr? Nur leicht bewaffnet und sie nähern sich offen, wenn man überhaupt von Nähern sprechen kann. Fiore sagt, sie kommen kaum auf zehn Schritte heran. Wir müssen nicht mit einem Angriff rechnen, denke ich.«

»Noch nicht.« Sandors Miene ist unbewegt und seine Stimme leise. »Wir wissen nicht, was sie tun werden, wenn ihre Suche nach den fünf Lieblingen erfolglos bleibt. Die Spur endet bei uns, daran ist nicht zu rütteln.«

Quirin schlägt seine Beine übereinander. »Was willst du mir vorschlagen? Dass ich sie ausliefern soll? Oder vertreiben und darauf vertrauen, dass sie über die Runden kommen werden?«

Ich glaube, Sandors Blick auf mir zu spüren, bin mir aber nicht sicher. Er sitzt im Halbschatten und seine Augen sind so dunkel wie sein Haar.

»Nein. Aber ich möchte über eure Pläne informiert sein. Mich interessiert zum Beispiel, was der Junge dort vor uns versteckt?« Er deutet auf Dantorian, der die zusammengerollte Skizze der Sphäre hinter seinem Rücken verborgen hat.

»Das ist nichts, was den Clan gefährden könnte«, entgegnet Quirin seelenruhig.

»Dann zeigt es uns. Oder nein, lasst mich zuerst raten: Ihr wollt euch immer noch in die nächstgelegene Sphäre schleichen, nicht wahr? Nach Vienna 2.« Mit einem Ruck schiebt Sandor seinen Hocker zurück, springt auf und ist so schnell bei Dantorian, dass der kaum Zeit hat, zurückzuweichen. »Und das soll uns nicht in Gefahr bringen? Jeder Dummkopf weiß, dass ein solcher Plan nicht in einem Keller geschmiedet werden kann. Ihr werdet hinausmüssen, die Strecke erkunden, die tatsächliche Umgebung sondieren ...« Er lacht auf, streicht sich das Haar aus der Stirn. »Ihr müsst Verbündete suchen, Kontakte knüpfen. Das soll nicht riskant sein?«

Nun nimmt er Quirin ins Visier, der nicht beeindruckt wirkt. Er hat lediglich den Kopf schief gelegt und bietet das Bild eines Mannes, der mit aller Aufmerksamkeit zuhört.

Erinnert er sich nicht mehr daran, dass Aureljo noch vor zehn

Minuten davon gesprochen hat, Kontakt mit einem Grenzgänger aufzunehmen? Macht er sich keine Sorgen, dass wir auffliegen könnten?

»Heute Mittag«, fährt Sandor fort, »ist über den Sammlern ein Haus eingestürzt. Andris schwört, dass er gestern noch alle Stützen geprüft hat und das Gebäude sicher war. Trotzdem sind sechs von uns verschüttet worden.« Er stützt sich mit den Fäusten auf dem Tisch ab, sein Gesicht ist nur eine Handbreit von Quirins entfernt. Ich kann sehen, wie sehr er sich beherrscht und wie gerne er seine Wut hinausschreien würde. Seine Kiefermuskeln treten hervor, als würde er etwas zu heben versuchen, das zu schwer für ihn ist.

Quirin sieht bestürzt aus. »Niemand hat mir davon erzählt. Warum habt ihr keinen Boten geschickt?«

Ohne auf seine Frage einzugehen, fährt Sandor fort. »Innerhalb von fünf Minuten war ein Trupp Sentinel da und hat geholfen. Sie haben nicht selbst mit Hand angelegt, aber sie haben Geräte zur Verfügung gestellt und waren unglaublich freundlich, sagt Andris, haben sogar Anweisungen von ihm entgegengenommen. Bis auf einen haben alle Sammler überlebt.«

Noch vor drei Monaten hätte mich diese Geschichte nicht überrascht, im Gegenteil. Sie hätte genau in mein Weltbild gepasst: Die Sphärenbewohner tun alles, um den Außenbewohnern das Leben erträglicher zu machen, sie zu unterstützen, ihnen zu helfen. Sogar jetzt, obwohl ich es inzwischen besser weiß, stellt sich das vertraute warme Gefühl ein, das ich immer mit diesem Gedanken verbunden habe.

Sandor atmet tief ein und aus, während er sich aufrichtet und wieder mehr Abstand zwischen sich und Quirin bringt. »Andris meint, dass jemand in der Nacht die Stützen gelockert hat. Er findet es auch merkwürdig, dass ausgerechnet eins der kleineren Häuser einstürzt. Eins, das nicht aus schwerem Stein gebaut ist. Nur so war es überhaupt möglich, dass jemand überlebt und dieser wirklich sehr schnelle Sentinel-Trupp hilfreich eingreifen konnte.«

Aureljo und ich verständigen uns mit Blicken. Halten wir ein solches Manöver für denkbar? Ja, ohne Zweifel. Das Vertrauen der dummen Prims erschleichen, indem man bei einem selbstinszenierten Zwischenfall als Retter auftritt – das ist etwas, das Tudor hätte einfallen können.

An ihn habe ich lange nicht mehr gedacht. Nach Aureljos Verschwinden, genauer gesagt nach seinem Tod – der offiziellen Version nach –, ist er nun sicherlich die Nummer 1 der Akademie. Ob ihm langweilig ist, ohne ebenbürtigen Gegner?

»Wie geht es den Verletzten?«, will Quirin wissen. »Wieso habt ihr sie nicht zu mir gebracht?«

Sandor lacht auf. »Um den Sentineln den Weg zu dir zu weisen? Ich bin froh, dass sie die Ruinen meiden und sich lieber auf freiem Feld bewegen, das soll auch so bleiben.« Er verschränkt die Hände auf dem Rücken, macht einige ungeduldige Schritte auf eins der Fenster zu und wieder zurück. »Außerdem waren die Verletzungen nicht allzu schlimm. Ein Bein schienen können wir ebenso wie Fleischwunden nähen. Trotzdem: Könntest du morgen zu uns kommen und nach ihnen sehen?«

Quirin schließt kurz die Augen, lächelt. »Sicher.«

Während des gesamten Wortwechsels hat Fürst Vilem sich nicht mehr geäußert, hat Sandor weder unterstützt noch ihm widersprochen. Was bewegt ihn?

Ich versuche, es aus seiner Miene und Haltung abzulesen, ohne großen Erfolg. Er wirkt abwesend, in Gedanken versunken, streicht mit der linken Hand immer wieder über das Wolfsfell, das er um die Schultern trägt. Sein Blick liegt auf Aureljo, den er, wie es alle aus dem Clan tun, als unseren Anführer betrachtet. Wahrscheinlich erwartet Vilem, dass er Stellung beziehen wird. Zum Verhalten der Sentinel oder zu seinen Plänen.

Doch das tut Aureljo nicht. Er wendet alle Tricks an, die Grauko uns gelehrt hat, wenn es darum geht, möglichst mit dem Hintergrund zu verschmelzen. Sich unsichtbar zu machen. Er will nicht in die Diskussion hineingezogen werden, so viel ist zumindest mir klar.

»Ihr müsst euer Vorhaben, Vienna 2 zu erreichen, nicht aufgeben«, sagt Vilem schließlich. »Aber bleibt unter der Stadt, solange die Sentinel hier nach euch suchen.«

»Und zwar ohne Ausnahme«, ergänzt Sandor. Er deutet mit dem Zeigefinger auf mich. »Ich warne dich, ich meine es ernst. Du hältst dich für sehr schlau, ich weiß, aber du hast keine Ahnung, wie man sich draußen verhält, ohne gesehen zu werden. Ich hatte dich gestern entdeckt, lange bevor ich den Kleinen abgefangen habe.«

Ich lege Bescheidenheit in meine Miene und Körperhaltung. »Ja, ich bin noch sehr ungeübt«, entgegne ich. »Aber mit der Zeit werde ich sicher besser wer–«

»Nein!«, unterbricht er mich scharf. »Keine Übungsspaziergänge. Du bleibst unter der Erde, genauso wie deine Freunde. Quirin findet sicherlich eine Beschäftigung für dich, die deinen Begabungen entspricht.«

Bücher sortieren.

Der Gedanke, dass mir Sonne, Wind und Regen bis auf Weiteres versagt sind, lässt die Wunder der Bibliothek plötzlich schal wirken. Ich halte die Enttäuschung tief in mir fest und demonstriere nach außen hin Verständnis. Forme nebenbei mit den Fingern das Zeichen für Wildschwein, das Sandor mir beigebracht hat, als wir gemeinsam auf der Jagd waren. Er dreht sich weg, bevor er es sehen kann.

Ƹ

Wir verbringen den Abend schweigsam in unserem Gewölbe, Tycho ist der einzig Gesprächige, er war den ganzen Tag in den Schächten, Kellern und Kanälen unterwegs. Alles, was er dort gefunden hat, präsentiert er uns jetzt und es ist erstaunlich viel. »Laut Quirin sind die Gänge unterhalb der Stadt 3600 Kilometer lang«, erzählt er und malt mit den Händen labyrinthartige Gebilde in die Luft. »An vielen Stellen war seit Hunderten von Jahren niemand mehr.«

Mein Kopf liegt an Aureljos Schulter, wir haben eine Decke um uns geschlungen und ich atme seinen vertrauten Geruch ein. Dass wir nicht einer Meinung sind, darüber, wie es weitergehen soll, darf nichts an unseren Gefühlen ändern.

Das hat er gestern zu mir gesagt, kurz vor dem Einschlafen, und ich habe ihm zugestimmt. Habe dann kurz versucht mir vorzustellen, wie es wäre, ohne ihn hier zu sein – ein Gedanke wie ein Abgrund.

»Das sieht aus wie der Teil eines Schaufelblatts, findet ihr nicht?« Tycho hält ein rostiges Stück Metall hoch. »Wenn ich es schaffe, einen Stiel dran zu befestigen, können wir Dinge vergraben. Oder ausgraben.«

Ich wünschte, ich könnte so viel Begeisterung aufbringen wie er. Tycho hat die Außenwelt ebenso genossen wie ich, findet sich aber problemlos damit ab, dass er dort im Moment nicht sein kann, und konzentriert seine geballte Energie eben auf etwas anderes. Im Vergleich zu ihm fühle ich mich starr und unflexibel, unfähig, das Beste aus der Situation zu machen.

Im Vergleich zu Tomma hingegen bin ich ein Muster an Optimismus und strahlender Lebensfreude. Wenn ich es nicht besser wüsste, würde ich glauben, dass sie sich nicht vom Fleck gerührt hat, seit wir anderen am Morgen das Gewölbe verlassen haben. Sie hockt an der Wand, schweigend, ein bewegungsloser Schatten, ein stummer Vorwurf.

Ich mache mich von Aureljo los und deute mit dem Kopf zu ihr. Er nickt, versteht mich ohne Worte. »Gute Idee. Danke, Ria.«

Tomma hat die Augen geschlossen, ihre Wimpern heben sich dunkel von der blassen Haut ab. Ich kauere mich neben sie.

»Ist dir nicht kalt, hier an der Wand? Komm doch zu uns, es gibt auch gleich etwas zu essen.«

Zuerst reagiert sie überhaupt nicht. Will sie mich glauben machen, dass sie schläft? Ich lege ihr eine Hand auf die Schulter.

»Tomma. Bitte. Du erreichst doch nichts, indem du dich von allem fernhältst. Ich verstehe, dass du wieder nach oben willst, mir geht es genauso, aber wir müssen noch ein wenig Geduld haben.« Ich greife nach ihrer Hand und bin erstaunt, wie heiß sie ist. Tommas Husten klingt seit Tagen unschön, hat sie jetzt auch Fieber?

Es ist nicht das erste Mal, dass ich mir wünsche, Fleming wäre noch bei uns. Mit seiner Ruhe, seiner Klugheit und seinem ganzen medizinischen Wissen.

Mich an ihn zu erinnern löst jedes Mal die gleiche Vielfalt heftiger Gefühle aus. Wut, weil er uns verraten hat. Trauer, weil er tot ist. Hilflosigkeit, weil ich trotz aller Mühen die Zusammenhänge nicht verstehe.

Nichts davon hilft mir im Moment weiter. Ich sollte meine Aufmerksamkeit Tomma widmen.

»Fühlst du dich schlechter?« Ich streiche ihr über die Stirn. Ebenfalls heiß. »Komm zum Feuer, bitte. Ich gebe dir meine Decke, du musst dich warm halten, sonst wird die Erkältung noch schlimmer.«

Jetzt sieht Tomma mich an. Ich weiß nicht, ob es Fieber oder Abneigung ist, was ihre Augen glänzen lässt. »Lass mich in Ruhe.«

Ich denke nicht daran. »Wir brauchen dich, das weißt du, nicht wahr? Es dauert vielleicht noch ein paar Wochen … oder Monate, aber dann können wir wieder nach oben und du kannst Beete anlegen. Felder. Du wirst Nahrung wachsen lassen, die in der Sonne reift und nicht unter Biolichtstrahlern.«

Tomma blinzelt nicht einmal. Zieht sich nur die Decke enger um ihre Schultern. In den Innenwinkeln ihrer Augen sehe ich etwas Gelbliches, Kristallartiges. Verhärtetes Augensekret, wie bei einer Bindehautentzündung.

Ich habe einmal gelesen, dass die Abwehrkräfte des Körpers versagen können, wenn ein Mensch sehr unglücklich ist, und ich fürchte, dass ich gerade Zeuge eines solchen Falls werde. Morgen muss ich Quirin bitten, einen Blick auf Tomma zu werfen.

»Was hältst du davon, mich in die Bibliothek zu begleiten, wenn ich das nächste Mal hingehe?«, starte ich einen letzten Versuch. »Ich habe schon mindestens vier Werke gefunden, die sich mit Botanik beschäftigen, eins davon ist ein richtiger Almanach, so schwer, dass man es kaum heben kann.«

Sie antwortet nicht. Starrt einfach geradeaus.

»Oder soll ich dir ein paar Bücher mitbringen? Ich bin sicher, Quirin hat nichts dagegen.«

Wieder keine Reaktion. Ich gebe auf. Wahrscheinlich hätte ich mehr Erfolg bei Tomma, wenn ich ihr versprechen würde, Yann mit hinunter in unser Gewölbe zu bringen, aber das kann ich nicht.

Die nächsten zwei Tage vergrabe ich mich im wahrsten Sinn des Wortes im Tiefspeicher der Bibliothek. Neben mir wachsen die Bücherstapel zu Türmen, noch nie hatte ich so viel vermischtes und ungefiltertes altes Wissen um mich herum. Manche Buchtitel lassen mich ratlos zurück, zum Beispiel *Die ultimative Google-Bibel*. Ich vermute dahinter ein religiöses Werk, aber das stellt sich als Irrtum heraus, es ist ein Ratgeber, der helfen soll, mit einer früheren Form von Datenterminals besser umzugehen.

Auf einen Extrastapel sortiere ich lesbare Bücher, die sich mit Familie, Kindererziehung und Ehe beschäftigen. All das ist für mich unbekanntes Terrain und ich brenne darauf, zu erfahren, wie diese Dinge vor der Langen Nacht gehandhabt wurden.

Allein die Menge an Werken, die sich mit Problemen bei der Aufzucht von Kindern beschäftigen, zeigt mir, dass der Sphärenbund zumindest in einem Punkt recht hat: Etwas so Heikles und Schwieriges darf man nicht in die Hände von Laien legen, nur weil sie die biologischen Eltern sind.

Obwohl ich konzentriert und ohne nennenswerte Pausen arbeite, habe ich nicht den Eindruck, Fortschritte zu machen. Der Speicher ist so gewaltig, dass man hundert Leute bräuchte, um hier wieder Ordnung zu schaffen.

Oder hundert Jahre.

Alles, was ich an medizinischen Werken finde, sammle ich ebenfalls auf einem Extrastapel, vielleicht ist in einem der Bücher eine Therapie gegen Tommas Erkältung beschrieben, die wir auch mit unseren bescheidenen Mitteln durchführen können. Quirin hat sich bisher nicht bei ihr blicken lassen, er war die letzten Tage vor allem draußen unterwegs und hat Boten anderer Clans empfangen. Sosehr es mich auch interessiert hätte, was diese zu berichten hatten – weder ich noch jemand anderes aus unserer Gruppe durfte sich in der Halle zeigen. Also beschränke ich mich auf meine Arbeit mit den Büchern und koche Tomma abends ein Gebräu aus heißem Wasser und Tannennadeln, die Fiore uns zu diesem Zweck gebracht hat.

Es passiert am dritten Tag, kurz nachdem ich mein Mittagessen beendet habe. Bojan hat mir Gesellschaft geleistet, mir aber auch nicht sagen können, wann Quirin Zeit für Tomma haben wird.

»Es wäre besser, sie würde mit hinauf in die Halle kommen, wenn er euch das nächste Mal zu sich ruft«, meint Bojan.

Das weiß ich selbst, aber Tomma sträubt sich leider immer noch gegen alles, was ich vorschlage. Als würde sie mich persönlich für ihr Unglück verantwortlich machen. Vielleicht klappt es besser, wenn Aureljo sich ihrer annimmt.

Bojan geht und ich knie mich wieder vor den unübersichtlichen Haufen von Büchern, an dem ich heute arbeite. Als hätte ein wütender Riese dieses Regal geschüttelt, ungeachtet der Tatsache, dass es fest in Boden und Decke verankert ist. Oder aber das Chaos ist Resultat eines Erdbebens.

Ich ziehe das erste Buch heraus und stelle fest, dass gut die Hälfte fehlt. Es ist in der Mitte des Rückens auseinandergerissen. Mein

Herz blutet und ich denke daran, mit wie viel Sorgfalt wir in den Sphären die alten Papierbücher behandelt haben, in dem Wissen, dass sie unwiederbringliche Schätze sind.

Hier draußen waren andere Dinge wichtiger. Wärme zum Beispiel.

Ich lege das kaputte Buch weg, in dem Haufen vor mir stecken auch jede Menge lose, herausgerissene Blätter. Wenn man sich die Mühe machen würde, sie den dazugehörigen Büchern wieder zuzuordnen …

Einen solchen Auftrag hätten wir Studenten der Akademie als Auszeichnung verstanden und wir hätten jede freie Minute darauf verwendet. Ich hingegen sitze hier, drehe das nächste Buch zwischen den Händen und frage mich, ob es diese Mühe wert ist. Der Titel lautet *Das große Buch der Kartentricks* und offenbar kann man damit lernen, wie man andere Menschen verblüfft, indem man mit eigenartigen kleinen Kärtchen hantiert, auf denen schwarze und rote Symbole abgebildet sind.

Ohne besagte Kärtchen ist aber auch das Buch sinnlos. Trotzdem ziehe ich ein paar einzelne, zerknitterte Seiten aus dem Haufen vor mir. Wenn sie zufällig zu diesem Werk gehören, dann lege ich sie wenigstens hinein.

Nur eine davon ist ein Treffer, die anderen sind größer oder kleiner oder behandeln ganz andere Themen. Und eins … ist mit der Hand beschrieben. Als hätte jemand sich auf einem Blatt Papier Notizen gemacht und sie in eins der Bücher hineingelegt, vielleicht, um sich die Stelle zu merken, an der er oder sie zuletzt gelesen hat.

Handschriften haben mich schon immer fasziniert, wahrscheinlich, weil ich sie so selten zu Gesicht bekomme. In den Sphären war Papier zu kostbar, um es zu bekritzeln, und mit Neupapier war es kein Vergnügen. Man konnte kaum einen Stift darauf setzen, ohne es zu zerreißen. Als Kinder lernten wir das Schreiben mit der Hand, aber nur auf kleinen Tafeln, die sich anschließend wieder sauber waschen ließen.

Ich lege das Blatt vor mir auf eine freie Stelle am Boden und streiche es glatt, vorsichtig, dann fällt mein Blick auf die rechte obere Ecke und ich vergesse zu atmen.

33.64.NA

Das ist eine Datumsbezeichnung, wie sie in den Sphären üblich ist. Dieses Papier wurde auf die dreiunddreißigste Woche des vierundsechzigsten Jahres nach dem Ausbruch datiert. Von jemandem, der mit der Zeitrechnung der Sphären vertraut war.

Ich überschlage es schnell im Kopf – die Zeilen sind fast neunzig Jahre alt.

Gestern wieder zwei Tote. Ein alter Mann und ein kleines Kind, beide zu geschwächt, um dem Fieber standhalten zu können. Ich schreibe alter Mann, *weil er über fünfzig war; seinem Aussehen nach hätte ich ihn auf fast achtzig geschätzt. Haut, Knochen und weißes Haar. Kaum noch Zähne. Für jemanden, der außerhalb der Sphären lebt, hat er ein hohes Alter erreicht, die meisten sterben jünger, wenn auch nicht so früh wie das Mädchen, das kurz nach ihm gegangen ist. Sechs Jahre alt, weiß und leicht wie eine Schneeflocke.*

Ich tue, was ich kann, ich halte mein Wissen wie einen Schild über die Menschen und erreiche doch nur so wenig. Ich friere mich ja selbst fast zu Tode.

Glenna ist immer um mich. Ohne sie wäre ich längst nicht mehr am Leben. Sie kocht Suppe aus Schmelzwasser und den kleinen, schwarzen Pilzen, die endlich zu wachsen beginnen. Abends flechte ich ihr Haar und erzähle ihr von den Menschen, die ich nicht retten konnte, und sie ...

Hier endet die Seite. Ich erfahre nicht, was Glenna noch tut, während der Schreiber ihr die Haare flicht. Aber ich begreife, dass ich auf etwas Außergewöhnliches gestoßen bin, noch bevor ich die zwei winzigen Zeichen am unteren Rand des Papiers entdecke.

JC

Mit einem Mal habe ich wieder die tonlose Stimme des farblosen Sentinel im Ohr, so deutlich, als stünde er neben mir:

Sind Sie sich der Bedeutung von Jordans Chronik *bewusst?*

JC. Natürlich könnte das auch Zufall sein, aber daran glaube ich keine Sekunde lang. Fleming wurde ausgeschickt, ein Buch mit rotem Umschlag zu suchen, auf dem das Wappen des Sphärenbundes aufgedruckt ist.

Ich beginne, den Bücherhaufen vor mir abzutragen, schaufle einen Band nach dem anderen zur Seite, auf der Suche nach einem weiteren Blatt mit Handschrift oder nach dem beschriebenen roten Einband, aber ich bekomme nichts dergleichen zwischen die Finger.

Ganz ruhig, sage ich mir. So unsystematisch, wie ich es angehe, werde ich höchstens etwas übersehen oder, noch schlimmer, zerstören. Diese eine Seite habe ich gefunden, indem ich ein paar lose Blätter aus dem Stapel gezogen habe. Vielleicht waren sie in eins der intakten Bücher hineingelegt?

Der Gedanke raubt mir sofort den Mut. Ich kann unmöglich alle Werke, die hier vor mir liegen, durchblättern. Nicht einmal flüchtig. Aber wenn dieses eine Blatt hier lag, spricht alles dafür, dass auch der Rest in der Nähe sein muss. Irgendwo in dieser riesigen Bibliothek.

Ich setze mich auf einen der Bücherstapel, das Papier in meinen Händen zittert leicht. ... *ich halte mein Wissen wie einen Schild über die Menschen und erreiche doch nur so wenig. Ich friere mich ja selbst fast zu Tode.*

Der Autor dieser Worte war kein Außenbewohner, so viel steht fest. Für mich klingt es, als wäre er in einer der Sphären ausgebildet worden und durch widrige Umstände in der Außenwelt gelandet.

Ging es ihm wie uns? Ist er geflohen? Oder wurde er vertrieben?

Ich werde es erfahren, vermute ich, wenn ich den Rest seiner Aufzeichnungen finde. *Jordans* Aufzeichnungen.

Bin ich zu voreilig, wenn ich aus den zwei Buchstaben am Blattrand darauf schließe, dass ich es mit einem Teil des Buchs zu tun habe, das der farblose Sentinel so dringend finden wollte? Weil es etwas mit der Verschwörung zu tun hat, in die wir angeblich verwickelt sind. Auch Gorgias, der Rektor unserer Akademie, war sofort hellhörig geworden, als der Titel erwähnt wurde, es muss also etwas Bedeutsames enthalten.

Ich suche weiter, mit doppelter Kraft. Immer wieder stoße ich auf lose Blätter und jedes Mal schlägt mein Herz schneller, doch keins ist von Hand geschrieben. Keins erzählt mir mehr darüber, wie Jordans Leben vor neunzig Jahren weiter verlaufen ist.

4

An diesem Abend kehre ich später in unser Gewölbe zurück als sonst, und auch deutlich erschöpfter. In meinem Ärmel habe ich die sorgfältig zusammengefaltete Seite aus der Chronik versteckt, um sicherzugehen, dass sie nicht abhandenkommt. Ich würde Aureljo gern davon erzählen, aber wieder ist es Tomma, um die ich mich zuerst kümmern muss. Sie hat ihre lethargische Haltung aufgegeben und steht mit verschränkten Armen in der Mitte des Raums. Ihre Augen wirken immer noch entzündet, aber weniger stumpf als heute Morgen.

»Lasst mich durch«, sagt sie.

Aureljo und Tycho stehen vor ihr, beide schütteln entschlossen den Kopf.

»Du wirst uns nicht mutwillig in Gefahr bringen. Uns und alle Schwarzdornen.« *Die Bestimmtheit des Anführers* hat Grauko diesen speziellen Ton immer genannt. Ich habe ihn während meiner Zeit an der Akademie vielfach trainiert; Aureljo beherrscht ihn perfekt. Es liegt nicht der kleinste Hauch von Aggression darin, doch auch keinerlei Raum für Widerspruch.

Tomma lässt die Arme sinken, weicht aber nicht zurück. »Ich will hier raus. Sonst werde ich verrückt.«

»Du hättest uns begleiten können, mich und Dantorian oder Ria. Sie hat es dir mehrfach angeboten, nicht wahr?«

Trotzig hebt Tomma ihr Kinn. »Ich will aber nicht in die Bibliothek, dort bin ich genauso lebendig begraben wie hier. Ich will unter freien Himmel.« Sie unterbricht sich, ihr Blick wandert zur Seite, hakt sich dann wieder an Aureljo fest. »Zu Yann.«

Es ist an der Zeit, mich einzumischen. Ich kenne Tomma am besten von uns allen und ich weiß, dass sie sonst nicht so uneinsichtig reagiert.

»Ich verstehe dich so gut.« Das ist die volle Wahrheit. Meine Sehnsucht nach draußen ist mindestens so groß wie ihre. Ich gehe zu ihr, lege ihr einen Arm um die Schultern, wie früher. Überraschenderweise lässt sie sich die Berührung gefallen. »Wir brauchen jetzt Geduld. Ein paar Wochen, vielleicht zwei oder drei Monate. Dann kann alles ganz anders ausseh–«

Mit einer groben Bewegung macht sie sich von mir los. »Ja«, faucht sie, »für dich ist das einfach. Du hast ja auch Aureljo, der dir nachts den Rücken wärmt, du bist nicht allein.« Tomma zieht eine Grimasse, blinzelt Tränen weg. »Ich will zu Yann. Ich weiß, ihr könnt ihn nicht leiden, aber ich kenne keinen anderen Menschen, der so unverfälscht ist. Immer sagt, was er denkt, auch wenn es nicht das ist, was die anderen gern hören wollen.«

Wie zum Beispiel: *Wer zurückbleibt, wird zurückgelassen. Aber nicht lebend.* Yanns Worte, nachdem wir vom Clan aufgegriffen worden waren und er Tomma verboten hatte, ihre Thermostiefel wieder anzuziehen.

Erinnert sie sich nicht mehr daran? Wie sie seinetwegen in dünnen Socken im Schnee stehen musste? Sie war schon zu diesem Zeitpunkt erkältet und der Gedanke, dass sie sich dank Yanns damaliger Quälerei nie richtig erholt hat, ist nicht allzu weit hergeholt.

»Du bringst auch Yann in Gefahr, wenn du dich draußen zeigst. Unsere Verfolger lassen den Clan nicht aus den Augen.«

Tomma sieht mich an, nagt an ihrer Unterlippe. »Er würde mich sehen wollen.«

Da bin ich mir nicht so sicher. Er war nicht einmal unter denen, die sich von uns verabschiedet haben, als wir unsere angebliche Reise in die Ferne antraten.

»Natürlich«, antworte ich dennoch. »Aber es wäre zu unser aller Nachteil.«

Ich sehe das Aufblitzen in ihren Augen erst einen Moment, bevor sie sich gegen mich wirft. Zu wenig Zeit, um auszuweichen, aber immerhin stürze ich nicht zu Boden, sondern taumle nur gegen Tycho, der mich auffängt.

»Bist du wahnsinnig?« Aureljos Stimme ist leise, aber messerscharf. In der nächsten Sekunde hat Tomma auch ihn zur Seite gestoßen und die Tür erreicht, sie ist schon auf den finsteren Gang hinausgelaufen, als Dantorian sie an der Schulter erwischt.

Er ist schneller und kräftiger, als ich es ihm nach seiner Verletzung zugetraut hätte. Tomma wehrt sich, will nicht in unseren Keller zurückgezerrt werden, doch ihr Widerstand zerbricht in einem Hustenanfall, der ihren Körper verkrümmt und ihre Knie nachgeben lässt.

Gemeinsam mit Aureljo stützen wir sie und helfen ihr in ihre Ecke zurück, wickeln sie in unsere Decken ein und warten, bis sie wieder zu Atem kommt.

Jemand sollte Quirin holen, denke ich. Tycho hingegen spricht es aus.

»Es reicht jetzt, ich gehe in Quirins Halle und zerre ihn an seinem weißen Umhang her, wenn es sein muss.«

Schon ist er fort, ohne eine von den Lampen mitgenommen zu haben. Sein Training, Orientierung in der Dunkelheit, scheint sich zu lohnen.

Tommas Atem geht jetzt rasselnd.

Lungenentzündung, denke ich, und dass wir keine Antibiotika haben. Vielleicht können wir Quirin überreden, Tomma mit in seine Räume zu nehmen, wo er sich regelmäßig um sie kümmern kann. Vorausgesetzt, sie lässt es zu – meine und Aureljos Versuche, ihre Lage bequemer zu machen, lehnt sie jedenfalls brüsk ab, dreht sich zur Wand und schließt die Augen.

Quirin taucht in Tychos Begleitung etwa eine halbe Stunde später auf. Er bleibt in der Türöffnung stehen, sein Blick ist auf Tommas schmalen Rücken gerichtet, der sich in hastigen Atemzügen hebt und senkt.

»Ich wollte gestern schon nach ihr sehen«, murmelt er und holt einen kleinen Beutel aus der Ledertasche, die er umgeschnallt hat. »Aber wir haben gerade eine Menge Probleme. Sentinel und Scharten, vielleicht auch noch Schlimmeres. Tut mir leid, dass ich euch vernachlässigt habe.«

Er kniet sich neben Tomma, berührt sie an der Schulter, bittet sie, ihn anzusehen. Nach einigen Minuten gibt sie nach und tut, was er verlangt.

Quirin ist kein Arzt, keiner jedenfalls, wie wir sie aus den Sphären kennen. Ihm fehlen die Geräte und modernen Arzneimittel, trotzdem habe ich den Eindruck, dass er genau weiß, was er tut.

Er befühlt Tommas Stirn, misst ihren Puls, lässt sie husten. Ihren entzündeten Augen schenkt er besondere Aufmerksamkeit, obwohl das Licht im Gewölbe schlecht ist und Einzelheiten vom Halbdunkel verschluckt werden.

»Wie lange geht es dir schon so?«, erkundigt er sich.

»Weiß nicht genau. Lange jedenfalls.« Sie richtet sich halb auf, als sie der nächste Hustenanfall schüttelt. »Begonnen hat es vor unserer Abreise, danach war es eigentlich besser«, keucht sie, als sie wieder genug Atem zum Sprechen hat. »Aber jetzt ...«

Quirin betrachtet sie lange und nachdenklich, dann holt er eine kleine, verbeulte Blechdose aus dem Beutel. »Wenn der Husten schlimm wird, wenn deine Brust schmerzt oder du Angst hast, keine Luft mehr zu bekommen, dann lege dir eine Prise von diesem Pulver auf die Zunge und lass es langsam im Mund zergehen.« Er spricht leise, fast zärtlich, ganz anders als die Sphärenärzte. »Halte dich warm und trink viel Wasser.« Er drückt Tomma an sich, streicht ihr übers Haar.

Erstmals habe ich das Gefühl, dass sie sich entspannt. »Das werde ich tun«, sagt sie.

Quirin hilft ihr dabei, sich aufzusetzen, und zeigt ihr, wie viel sie von dem Pulver nehmen soll. Er stützt ihren Rücken, wiegt sie wie ein Kind, das aus einem Albtraum erwacht ist, und sie schmiegt sich an ihn. Es dauert keine drei Minuten, dann ist sie eingeschlafen.

»Lungenentzündung«, vermute ich, während Quirin Tomma behutsam auf ihr Lager zurückgleiten lässt und sie in ihre Decke wickelt.

»Nein.« Er streicht ihr über die Stirn und richtet sich auf. »Es ist eine Infektion, aber keine Lungenentzündung. Soweit ich es beurteilen kann.«

Tommas Atem geht jetzt viel regelmäßiger. Einige Male zucken ihre Hände, vielleicht träumt sie davon, Setzlinge zu pflanzen.

»Was sollen wir tun, wenn es ihr wieder schlechter geht?«, fragt

Aureljo. »Es liegt nicht nur an der Infektion, sie ist auch sehr unglücklich hier unten.«

Quirin lässt sich Zeit mit seiner Antwort. Ich kann sehen, wie er Möglichkeiten abwägt und wieder verwirft; er schüttelt sachte den Kopf, als würde er sich in Gedanken selbst widersprechen.

»Dass sie unglücklich ist, verstehe ich gut«, sagt er dann. »Aber ich kann sie nicht nach oben lassen. So gerne ich das tun würde. Am besten wäre es, sie bekäme ordentliche ärztliche Hilfe und Medikamente«, er zuckt hilflos die Schultern, »doch die haben wir hier nicht.«

Was er nicht ausspricht, was ich aber in seiner Miene und Haltung erkenne, ist die Sorge, in die Tommas Befinden ihn versetzt. Der Blick, mit dem er sie betrachtet, sticht in meinem Inneren. Es ist der Blick eines Mannes, der schon viele kranke Menschen gesehen hat und weiß, dass es ernst ist.

»Was können wir tun, damit es ihr bald besser geht?«

Er blinzelt, als hätte ich ihn aus einem Tagtraum geweckt. Betrachtet den Beutel in seinen Händen. »Nicht sehr viel, fürchte ich. Unsere Mittel sind beschränkt. Aber Wärme ist sicherlich gut. Und Gesellschaft. Lasst sie nicht zu oft allein.« Er wendet sich zum Ausgang. »Ich komme morgen wieder und sehe nach ihr.«

Erst als wir um das kleine Feuer sitzen, dessen Rauch durch einen Spalt in der Wand nach draußen in die Gänge abzieht, fällt mir *Jordans Chronik* wieder ein. Die Aufregung um Tomma hat mich das Blatt in meinem Ärmel völlig vergessen lassen.

Jetzt hole ich es heraus und drücke es Aureljo in die Hand, kommentarlos. Ich möchte wissen, was er davon hält, ohne ihn durch meine eigenen Schlüsse zu beeinflussen.

Während er liest, beobachte ich ihn genau. Sehe, wie er beim Anblick der Datumsangabe stutzt. Wie er im Geist nachrechnet und die Stirn runzelt, als er das Kürzel entdeckt. Seine Augen weiten sich, er atmet scharf ein. Also interpretiert er das JC genauso wie ich.

Dantorian, an den er das Blatt weiterreicht, achtet hingegen vor allem auf die Schrift. »Interessant. Dieser Mann muss viel per Hand geschrieben haben, die Zeilen laufen so flüssig.«

Vielleicht sogar ein ganzes Buch, denke ich. Lediglich Tycho, der den Text mit gerunzelter Stirn überfliegt, spricht es anschließend aus. »JC? Ist das hier ein Teil von *Jordans Chronik*?« Er dreht das Papier hin und her, als würde er etwas suchen, was ihm bisher verborgen geblieben ist. »Jemand erzählt davon, wie schlecht es den Außenbewohnern geht. Große Sache, hm? Ich meine, das wissen doch wirklich alle, wenn da nichts Brisanteres drinsteht –«

»Wir haben nur ein Blatt, Tycho«, unterbreche ich ihn. »Den Rest habe ich noch nicht gefunden, aber wer sagt, dass Jordan darin nicht die Schwachstellen der Sphären ausplaudert? Von dort kam er ja ganz offensichtlich, vielleicht hat er ein Geheimnis nach draußen mitgenommen.«

Tycho gibt mir die Seite zurück. »Suchst du weiter? Nach dem Rest der Chronik?«

»Auf jeden Fall.«

Später, als wir uns zum Schlafen legen und ich Aureljos Arme um meinen Bauch und seinen Atem in meinem Nacken spüre, wird mir bewusst, wie schnell wir alle bereit sind zu glauben, dass wir tatsächlich auf *Jordans Chronik* gestoßen sind. Nur wegen zwei Buchstaben, die möglicherweise erst nachträglich eingefügt worden sind.

Vielleicht sollte ich meinen Fund Quirin zeigen, der immerhin der Herr über all die Bücher im Tiefspeicher ist. Der Bewahrer. Gut möglich, dass er mehr darüber weiß.

Andererseits – nicht einmal er kann den Überblick über Millionen von Schriften haben, und die Wahrscheinlichkeit, dass ihm je ein unauffälliger, handgeschriebener Band in einem Haufen durcheinandergewürfelter Bücher aufgefallen ist, halte ich für winzig. Umso mehr, als die Chronik offenbar stark beschädigt worden ist.

Ich muss eingeschlafen sein, denn das Nächste, was ich weiß, ist, dass etwas leicht gegen meine Schulter tippt. Sachte und rhythmisch. Will Aureljo mich wecken?

Er muss sich im Schlaf von mir fortgedreht haben, ich spüre seinen Körper nicht mehr an meinem. Mühsam und widerwillig öffne ich die Augen, nur um im nächsten Moment einen Schrei zu unterdrücken.

Vor mir hockt eine dunkle Gestalt, kaum zu erkennen im schwachen Licht der Lampe, die sie bei sich trägt. Sandor.

Offenbar hat ihn niemand von uns kommen hören, alle anderen atmen tief und regelmäßig, sogar Tomma.

Ist etwas passiert?, will ich fragen, doch noch bevor ich einen Laut von mir geben kann, legt Sandor einen Zeigefinger an die Lippen. Das ist kein clantypisches Zeichen, sondern ein allgemein bekanntes.

Er deutet auf meine unförmige Felljacke, die ich als Kissen benutze, und auf meine Stiefel. Ich nicke, ziehe die Kleidungsstücke an mich und versuche, dabei kein Geräusch zu machen.

Sandor richtet sich auf und geht vor mir zur Tür, lautlos wie ein Schatten. Erst als wir draußen sind, schlüpfe ich in die Fellsachen.

»Ist etwas passiert?«

Er schüttelt den Kopf, macht das Zeichen für später, dann nimmt er meine Hand und zieht mich hinter sich den finsteren Korridor entlang.

Ein Stück weiter hängt eine Art Fackel in einer Wandhalterung, brennt mit schwacher, unentschlossener Flamme, schafft es aber trotzdem, einen großen Abschnitt des Tunnels zu erhellen.

Direkt neben der Fackel bleibt Sandor stehen. Er mustert mich aufmerksam und ohne merkliche Regung im Gesicht. »Deine Verletzung«, sagt er dann. »Ist sie ausgeheilt?«

Ich muss die feine Linie, die sich um meinen Hals zieht, nicht berühren, um zu wissen, dass sie da ist. Vielleicht für immer da sein wird – jetzt noch dunkelrosa, dann heller und schließlich silbrig weiß.

Es ist das erste Mal, dass ich mit Sandor unter vier Augen spreche, seit dem Tag, an dem ich dieses Mal erhalten habe. Er war es, der den Sentinel, dessen Würgeschlinge mir den Atem und die Stimme nahm, getötet hat.

»Es geht mir gut. Ich kann wieder reden, schlucken, alles wie früher.«

»Gut. Das hatte ich gehofft.«

Ist er deshalb so früh am Morgen zu mir gekommen? Um sich nach meinem Befinden zu erkundigen?

Er sagt nichts, hat aber wieder diesen prüfenden Blick aufgesetzt, als würde er sich fragen, inwieweit man mir trauen kann. Also ergreife ich das Wort.

»Gibt es einen Grund dafür, dass wir hier stehen?«

Seine Augenbrauen wandern nach oben, die normale und die in der Mitte gespaltene. »Natürlich.«

Ohne weitere Erklärung wendet er mir den Rücken zu und setzt den Weg fort. Offenbar erwartet er, dass ich ihm folge. Was ich auch tue, aber nicht ohne Ärger.

Er ist ein Außenbewohner, erinnere ich mich. Du kannst von ihm nicht die gleichen Umgangsformen erwarten wie von jemandem aus den Sphären.

Wir sind nach links abgebogen, hier ist es stockdunkel, der Boden ist bedeckt mit Schutt und Steinen. Sandor schaltet seine Leuchte ein und streicht mit dem Lichtkegel über das Geröll. »Vorsichtig gehen.«

Es ist ein mühsames Vorwärtskommen und zweimal kann ich nur knapp einen Sturz vermeiden, aber genau in dem Moment, als ich meinen Stolz beiseiteschieben und fragen will, was zum Teufel wir hier eigentlich tun, bleibt Sandor stehen.

»Wir sind da.«

Er steigt auf einen Steinbrocken und streckt die Hände bis zur Tunneldecke. Drückt dagegen.

Eine kreisrunde Scheibe löst sich, lässt sich beiseiteschieben. Was dahinter zum Vorschein kommt, ist beinahe ebenso dunkel wie die Wände um uns herum, aber eben nur beinahe. Ein kühler Luftstrom trifft mein Gesicht.

Sandor dreht sich zu mir herum. »Warte, ich gehe zuerst.«

Er zieht sich an den Rändern hoch, in einer einzigen, mühelos wirkenden Bewegung, dann streckt er eine Hand zu mir hinunter. »Komm.«

Ich recke mich nach oben und umfasse seinen Unterarm. Hole Schwung und drücke mich ab. Sandor zieht mich ins Freie, unter den endlosen dunkelgrauen Himmel eines frühen Morgens. Luft, klar und kalt. Ich lande auf einer ebenen und gleichzeitig rauen

Fläche; das Material wurde früher Beton genannt, so viel habe ich schon gelernt.

Direkt vor mir ragt eine bröckelnde Ruinenmauer auf, rechts von mir eine weitere. Es ist ein geschützter Ort, an dem man nicht sofort entdeckt wird, wenn man aus der Unterwelt auftaucht. Ähnlich wie die Stelle, von der aus Quirin mich das Dornenritual hat mit ansehen lassen.

Es ist ein Geschenk, das Sandor mir macht, das habe ich begriffen. Ich weiß nur noch nicht, wofür ich es bekomme – und ob eine Gegenleistung damit verbunden sein wird –, aber im Moment ist mir das egal. Ich werde jede einzelne Sekunde hier draußen genießen, das Gefühl der Weite innerlich speichern, damit ich es jedes Mal abrufen kann, wenn ich mich durch die dunklen Korridore unter der Stadt taste.

Augen schließen, auf Geräusche achten: Da ist Wind, der zwischen den alten Mauern wispert. Das fast unhörbare Tapsen eines kleinen Tieres. Ein Vogelschrei, dann noch einer.

Ich öffne meine Augen. Dort, wo der Himmel das Land berührt, verfärbt er sich, von Grau nach Rot, in immer helleren Tönen. Und dann passiert das, was ich heimlich gehofft, woran ich aber nicht geglaubt habe: Die Wolken gleiten beiseite und legen eine orangefarbene Sonne frei, gleißend, rund und schön wie das Leben selbst.

»Danke«, sage ich, zu dem Moment und zu dem, der ihn für mich möglich gemacht hat.

Sandor antwortet nicht, er steht ein Stück hinter mir und tritt jetzt näher, ich höre seine Schritte auf dem harten Boden.

Erst als die Sonne lange Schatten in unsere Richtung wirft, räuspert er sich. »Das sind mir die liebsten Minuten des Tages.«

»Kann ich verstehen.« Ich drehe mich zu ihm um und zu meiner Überraschung lächelt er, wenn auch mit leichtem Bedauern.

»Wir müssen gleich wieder zurück. So schön die Sonne ist, so verräterisch ist sie auch. Ich weiß nicht, wo die Sentinel letzte Nacht gelagert haben, aber sie schicken mit dem ersten Licht ihre Spähtrupps aus.« Sandor schwingt sich auf die Mauer und sieht sich nach allen Seiten um. »Außerdem sammeln sich im Osten wieder Scharten. Yann hat vor zwei Tagen eine ganze Horde in unserem Jagdrevier entdeckt, sie waren erstaunlich gut bewaffnet. Es wird bald Ärger geben.«

Den letzten Satz hat er leise gesagt, eher zu sich selbst als zu mir.

Die Scharten sind ein Clan, dem ich nicht mehr begegnen möchte. Der eine Überfall, dessen Zeuge ich geworden bin, hat bleibende Eindrücke hinterlassen. Die Schreie der Krieger, das Blut der Verwundeten … und Fleming, der sie ärztlich versorgt hat. Er war gutherzig und menschenfreundlich, davon bin ich im Innersten überzeugt, obwohl er uns vom ersten Moment an hintergangen hat …

»Stimmt etwas nicht?«

Sandor hat mir meinen Stimmungsumschwung am Gesicht abgelesen, ohne dass ich das beabsichtigt hatte. Wenn Grauko das wüsste, würde er mir für diese Nachlässigkeit zehn Punkte abziehen.

Ich versuche einen gleitenden mimischen Übergang von Ratlosigkeit zu Nachdenklichkeit. Ändert man den Ausdruck zu schnell, wirkt es niemals echt. »Es ist alles in Ordnung.«

Aber die Erwähnung der Scharten hat noch eine andere Erinnerung in mir angestoßen. Die an Lu.

Kurz erwäge ich, ob es ein Fehler sein könnte, Sandor von ihr zu erzählen, aber ich wüsste nicht, weswegen. Unsere Blicke treffen sich, seiner ist abwartend, er spürt, dass noch etwas folgt.

»Nicht lange bevor wir die Sphären verlassen haben, gab es einen Zwischenfall. Drei meiner Freunde waren auf einer Außenmission und sie wurden getötet. Von … Außenbewohnern.« Fast hätte ich den respektlosen Ausdruck Prims gebraucht, aus reiner Gewohnheit. »Jedenfalls hat man uns das gesagt. Dass Clanleute die drei erschlagen hätten, kaum dass sie aus der Magnetbahn gestiegen waren, und ich habe mich immer gefragt, welcher Clan das gewesen sein könnte. Seit ich das erste Mal Scharten gesehen habe, ist es immer ihr Bild, das ich sehe, wenn ich versuche, mir den Überfall vorzustellen.«

Ein letzter Rundumblick, dann springt Sandor von der Mauer und landet kaum zwei Schritte von mir entfernt. »Natürlich könnten es Scharten gewesen sein. Oder Schlitzer. Vielleicht sogar Nachtläufer, obwohl die meistens nur andere Clans überfallen, keine Lieblinge.« Er sieht mich an, als würde er auf eine Reaktion von mir warten, doch da keine kommt, fährt er fort. »Dann wären da noch die Messack. Fast so grausam wie die Schlitzer, nur besser organisiert. Sie wandern allerdings immer weiter nach Süden, wollen sich das beste Land sichern. Gut für uns.«

Von diesem Clan habe ich noch nie gehört, aber das ist kein Wunder. Es gab an der Akademie zwar das Fach Außenkunde, doch das beschäftigte sich mehr mit Tieren und Wetterbedingungen. Man lernte, wie lange man damit rechnen durfte, mit Notfallausrüstung draußen zu überleben. Wie man ein optimales Versteck fand. Wie man am besten die Begegnung mit Wölfen und Bären vermied. Aber nichts Genaues über die Menschen, die außerhalb leben.

»Wir müssen jetzt wieder nach unten.« Sandor nimmt mich am Arm und führt mich auf das runde Loch zu; der metallene Deckel liegt direkt daneben.

Ich sehe hinunter. Finsternis. Sicherheit.

»Natürlich könnte es auch sein, dass unsere eigenen Leute meine Freunde umgebracht haben.« Ich weiß, dass es dieser Satz ist, den Sandor hören will, und wahrscheinlich hat er ein Recht darauf. So furchtbar die Schlitzer auch sein mögen, das Würgemal um meinen Hals verdanke ich nicht ihnen. Die farblosen Sentinel haben sich alle Mühe gegeben, mich und die anderen zu töten, wer sagt, dass es ihnen bei Lu, Raman und Curvelli nicht gelungen ist?

Nur warum? Hat man sie wie uns verdächtigt, Verräter zu sein?

Wir steigen wieder in den Unterleib der ehemaligen Stadt hinab und die ersten Minuten bin ich wie blind und nehme Sandors Vorschlag, mich an seinem Mantel festzuhalten, dankbar an.

»Das Gewölbe, in dem ihr wohnt«, sagt er, während wir langsam den Weg zurück antreten, »ist uralt, hat Quirin euch das erzählt?«

»Alles hier ist uralt.«

Er lacht. »Ich meine, älter als das meiste andere, was du in deinem Leben sehen wirst. Es stammt aus der Zeit, als die Römer die Stadt gegründet haben, vor weit über 2 000 Jahren. Und es ist nie eingestürzt.«

Ich versuche, mir eine solche Zeitspanne vorzustellen. Wie viele Leben in so vielen Jahren begonnen haben und vergangen sind. Jeder einzelne Mensch ein ganzes Universum aus Gedanken und Gefühlen, aus Liebe und Hass, Mut und Angst.

»Vor der Langen Nacht war über dem Gewölbe ein Haus, in dem man Dinge erwerben konnte«, fährt Sandor fort. »Wein vor allem, und Tee, das war ein warmes Getränk aus getrockneten Blättern.«

Ich kenne Tee aus den Sphären, aber ich weiß nicht, ob er aus Blättern gemacht wurde. Nur, dass er bitter war und man ihn mit Kunsthonig versetzen musste, damit er seine tröstende Wirkung entfalten konnte.

»Woher weißt du das alles?«

»Quirin ist ein guter Geschichtenerzähler. Er hat mehr gelesen als jeder andere von uns.«

Ich frage mich, wie viele aus dem Clan überhaupt lesen können. Sandor hat es offensichtlich gelernt, Fiore und Bojan natürlich auch. Aber Andris? Yann? Ich kann sie mir nicht mit einem Buch in der Hand vorstellen.

Als ich unser Gewölbe wieder betrete, tue ich es mit einem anderen Gefühl als bisher. Dass dieser Raum so alt ist, gibt mir Mut. Etwas überdauert immer, egal, was passiert.

5

Drei weitere lange Tage in der Bibliothek. Jeden Abend tränen meine Augen vor Anstrengung und irgendwann auch vor Frustration. Mein Zufallsfund wiederholt sich nicht, es taucht kein weiterer Zipfel einer Chronikseite auf, sosehr ich mich auch bemühe. Dafür wächst der Stapel an altem Wissen, den Quirin sich wünscht. In den Jahren vor der Langen Nacht war die Technik hoch entwickelt, so wie sie es in den Sphären heute noch ist, doch hier draußen können wir mit Büchern über Informatik in der Medizintechnik oder Elektronik in der Landwirtschaft nichts anfangen. Dagegen sind Werke wie *Bodennutzung und Ernte* sehr hilfreich.

Am vierten Tag fällt mir ein Buch über Infektionen in die Hand und ich lese mich fest. Tommas Zustand ist unverändert und ich würde zu gerne ein Mittel finden, das ihr hilft und das wir zu beschaffen imstande sind. Doch überall ist nur die Rede von Antibiotika.

»Wir haben einen riesigen Schritt vorwärts gemacht«, verkündet Aureljo am gleichen Abend, als wir alle wieder im Gewölbe versammelt sind. Fiore hat uns Essen gebracht und ist geblieben. Jetzt kniet sie neben Tomma und kühlt ihre Stirn mit einem nassen, kalten Lappen, den sie alle paar Minuten in eine Schüssel mit Wasser taucht und auswringt.

Aureljos Ankündigung lässt Tycho und mich einen alarmierten Blick wechseln. Wir beide hoffen, dass die Arbeit an dem verrückten Plan, sich in Vienna 2 einzuschleichen, möglichst langsam vorangeht, aber wie es aussieht, ist das Gegenteil der Fall.

»Ich habe mit einem Grenzgänger gesprochen«, erklärt Aureljo, »mit einem, dem Quirin wenigstens einigermaßen vertraut. Ich habe mich als Clanmitglied ausgegeben und behauptet, ich würde gern für einige Zeit in Vienna 2 leben. Daraufhin hat der Mann mir alles erzählt, was er über die Sphäre weiß.« Aureljo sieht mich an, die Begeisterung in seinen Augen könnte ansteckend sein, wenn die Idee dahinter nicht so selbstmörderisch wäre. »Wir haben wirklich Glück. Vienna 2 ist ideal für unsere Zwecke. Nicht sehr groß und eine von den Sphären, die eher nachlässig geführt werden. Man nimmt die Sicherheitsbestimmungen nicht so ernst wie beispielsweise in Vienna 1. Es gibt keine wichtigen Einrichtungen, die scharf bewacht werden müssen, und der Kontakt zu den Außenbewohnern ist relativ freundlich. Es ist eine unauffällige Sphäre, in der Menschen ohne großen beruflichen Ehrgeiz leben. Wenn wir erst einmal drin sind –«

»Wenn«, unterbreche ich ihn. »Das Wort kommt in deinem Plan recht häufig vor, nicht?« Ich brauche meine ganze antrainierte Technik, um einen ruhigen und beherrschten Ton beizubehalten. »Selbst wenn du an den Sentinel bei der Schleuse vorbeikommst, obwohl mir schleierhaft ist, wie das ohne einen Salvator oder Chip möglich sein soll, kann es passieren, dass irgendjemand sich daran erinnert, dein Gesicht schon einmal in einer Nachrichtenmeldung auf seinem Datenterminal gesehen zu haben. Vielleicht kommt ihm das verdächtig genug vor, damit er dich bei der Kuppelverwaltung meldet. Und was tust du dann, Aureljo? Wie willst du dich ausweisen? Das kannst du nicht, also werden sie eine Blutprobe nehmen, die Werte in die Datenbank eingeben und große Augen machen, wenn sie sehen, dass eine hundertprozentige Übereinstimmung mit dem angeblich toten Aureljo aus der Sphäre Hoffnung besteht.« Ich hole tief Luft und nehme Dantorian ins Visier. Ihn einzuschüchtern wird einfacher sein.

»Vielleicht bist du es ja, der als Erster auffliegt. Aber egal, spätestens wenn sie Aureljos Identität kennen, sind sie auch dir auf der Spur. Sie werden wissen wollen, wieso ihr lebt und wie ihr in ihrer Sphäre gelandet seid, aber vor allem werden sie sofort Meldung erstatten – an die Sphäre Hoffnung und an die Leitung des Kommandos. Dann dauert es höchstens zwei Stunden, bis die Exekutoren Bescheid wissen und euch abholen kommen.« Ich lasse Dantorian nicht aus den Augen. »Erinnerst du dich an die Keule, mit der sie unsere Wachen erschlagen haben?«

»Hör auf!« Es klingt wie eine höfliche Bitte, aber ich kann die Härte in Aureljos Stimme hören. »Du erzählst uns nichts, was wir nicht bereits wissen.« Er nimmt meine Hand und ich unterdrücke das Bedürfnis, sie zurückzuziehen.

»Taktisches Vorausdenken war eins meiner Hauptfächer an der Akademie, weißt du das nicht mehr? Glaubst du wirklich, ich würde blindlings draufloslaufen, ohne nicht wenigstens drei Notfallpläne ausgearbeitet zu haben?« Er verschränkt die Arme vor der Brust, halb amüsiert, halb verärgert. »Natürlich werden wir uns ausweisen können, es gibt die Möglichkeit, an Identitätschips heranzukommen. Es wird keinen Grund geben, uns Blut abzunehmen. Unsere Chancen stehen so viel besser, als du glaubst, Ria.«

Beim letzten Satz imitiert Aureljo die Stimme und Sprechweise von Andris. Ausgerechnet Andris, der fellbehangene Riese, der die Sammler des Clans anführt. Wider Willen muss ich lachen. Genau das wollte Aureljo erreichen; er stimmt mit ein.

Trotzdem werde ich nicht zulassen, dass er sich mit einem Scherz aus der Affäre zieht. »Gut, sagen wir, du kommst unbeschadet hinein. Was tust du dann? In der Ackerbaukuppel Furchen ziehen?«

»Vielleicht. Eine gewisse Zeit lang, bis ich mich besser orientiert und Freundschaften geschlossen habe. Bis ich den Wochenablauf in Vienna 2 gut genug kenne. Dann habe ich mehrere Möglichkeiten. Am wichtigsten ist es, an Information zu gelangen. Wenn ich mich irgendwann zu erkennen geben will, muss ich genau wissen, was man uns vorwirft. Das hat also oberste Priorität und ich denke, dass ich über ein Sentinel-Datenterminal die besten Chancen habe. Noch besser wäre es«, er wirft einen Seitenblick zu Tycho, »wenn jemand dabei wäre, der ein Datenterminal zuverlässig hacken kann, aber … na ja.«

Tycho schüttelt entschieden den Kopf. »Du kennst meine Einstellung.«

»Ja.« Aureljo hat begonnen, vor uns auf und ab zu laufen. Nicht aus Nervosität, sondern weil er Denken gerne mit körperlicher Bewegung vereint. »Es gibt noch eine Möglichkeit, die ich geradezu großartig finde, aber sie erfordert Geduld. Wenn ich über Monate hinweg nicht aufgeflogen bin und die Dinge gut laufen, könnte ich mich zum Sentinel ausbilden lassen. Und am Ende eine Versetzung in Sphäre Zukunft beantragen oder wenigstens einen Transport begleiten, der dorthin geht.«

Die Sphäre Zukunft ist der Regierungssitz. Aureljo hat es also immer noch auf ein Gespräch mit dem Präsidenten abgesehen.

»Vienna 2 und Zukunft sind nicht mehr als zwei Tagesreisen voneinander entfernt. Wenn ich es geschickt anstelle, und das habe ich vor, werde ich eines Tages Zugang zum Präsidenten haben, und dann ist alles möglich.« Er lächelt.

Aureljo verlässt sich auf sein Charisma und auf die Fairness der Obrigkeit. Er glaubt nicht, dass der Befehl, uns zu töten, von höchster Stelle gekommen ist, und wenn doch, dass es ein Irrtum war. Falls das stimmt, könnte er eine Chance haben. Falls nicht …

Ich schließe die Augen, rufe mir das Gespräch zwischen Gorgias, Morus und dem farblosen Sentinel ins Gedächtnis. Sofort fühle ich mich wieder so angespannt wie damals, zusammengekauert in meiner Lauschposition.

Der Präsident nimmt den Fall sehr ernst. Er will, dass es schnell erledigt wird.

Es – das ist unser Tod. Wenn der Präsident ihn befohlen hat, ist es egal, was Aureljo sagt oder tut. Sobald man ihn enttarnt, wird er sterben, ebenso wie wir und die Dornen, die uns Unterschlupf gewährt haben.

Ich sage ihm das genau so, gebe jedes der Worte wieder, mit denen der Farblose damals unser Ende besiegelt hat.

Die Betreffenden müssen getötet werden … Die Regierung will einen Schnitt, sauber und endgültig.

»Das glaube ich dir doch.« Es kostet Aureljo mittlerweile Mühe, geduldig zu wirken. »Aber wir wissen schließlich alle, dass wir uns an keiner Verschwörung beteiligt haben. Also ist es ein Missverständnis oder eine Lüge. Beides lässt sich aufklären.«

Tycho schnaubt und springt auf. Ohne ein Wort verlässt er das Gewölbe, verschwindet in der Dunkelheit.

»Wir wollen nur das Beste für die ganze Gruppe«, murmelt

Dantorian. »Tycho kann doch nicht ernsthaft vorhaben, hier unter den Außenbewohnern weiterzuleben. Ohne Kultur, ohne Möglichkeit, sich geistig weiterzuentwickeln!«

»Das Schlüsselwort ist *weiterleben*.« Ich rappele mich hoch und gehe zu Tomma, die zusammengerollt unter drei Decken liegt. Sie hat sich zu der Frage, was weiter passieren soll, noch nicht geäußert, aber das ist auch nicht notwendig. Wir wissen, dass sie hierbleiben will, um ein Teil der wiedererwachenden Natur zu sein, um zu sehen, wie sich die von ihr gesäten Pflanzen der Sonne entgegenrecken.

Und um bei Yann zu sein.

Ihre Stirn ist trocken und weniger heiß als heute Morgen. Ich verbuche das als Fortschritt, ebenso wie die Tatsache, dass sie vor meiner Hand zurückweicht und »Lass mich« flüstert.

Den restlichen Abend bleibe ich bei ihr und versuche, ihr tröpfchenweise Flüssigkeit einzuflößen. Irgendwann kommt Tycho zurück und setzt sich zu uns.

Wir drei hier an der Wand, Aureljo und Dantorian am Feuer … es lässt sich nicht leugnen: Unsere ohnehin so kleine Gruppe hat sich in zwei Lager gespalten. Umso enger presse ich mich in dieser Nacht an Aureljo; nicht nur der Wärme wegen, sondern auch in der naiven Hoffnung, dass dadurch die Kluft zwischen uns verschwinden könnte.

Dass jemand vor dem Eingang steht, spüre ich mehr, als dass ich es höre. Ich kann nicht einmal annähernd abschätzen, wie spät es ist; unter der Erde verliert man völlig das Zeitgefühl. Aber ich bin ausgeschlafen, also muss es bald Morgen sein, und ich ahne, wer da draußen wartet und auf wen.

Vorsichtig schäle ich mich aus Aureljos Armen und schlüpfe in meine Stiefel. Das winzige Notlicht – wieder einmal Beute aus einem der Transporte zwischen den Sphären – erhellt den Raum nur sehr dürftig. Ich sehe gerade genug, um über niemanden zu stolpern und die Tür zu finden.

»Die Ohren einer Jägerin«, sagt Sandor leise, als ich zu ihm auf den Gang hinaustrete. Er hat diesmal eine zweite Leuchte dabei, die er mir in die Hand drückt. »Es wird ein schöner Tag heute. Kaum Wolken.«

Ich folge ihm und lasse den Lichtkegel meiner Lampe über die Wände gleiten. Ziegel hauptsächlich, rund gewölbt, wie unsere Unterkunft. Nach einiger Zeit biegen wir links ab und dort verändert sich die Struktur der Tunnel. Die Wände sind glatter, härter und grau, das Geräusch, das unsere Schritte machen, deutlicher.

»Das ist ein anderer Weg als beim letzten Mal«, stelle ich fest.

»Allerdings. In der Nähe wurden Scharten gesichtet, ein ganzer Haufen. Keine gute Idee, sich dort blicken zu lassen, wenn man nicht mindestens zwanzig Bewaffnete bei sich hat.«

Noch eine Abzweigung. Ich habe nicht gut genug aufgepasst, ohne Sandor würde ich nicht wieder zurückfinden. Ein Fehler, tadle ich mich. So etwas darf mir eigentlich nicht passieren.

»Es ist nicht mehr weit«, erklärt er.

Wir gehen ein paar Treppenstufen hinauf, dann nach rechts. Ein Stück geradeaus, links und schließlich folgt eine Wendeltreppe, die zu einer der runden Öffnungen mit Metalldeckel führt. Sandor drückt ihn hoch und steigt als Erster ins Freie. Ich warte, bis er mir winkt, dann folge ich ihm.

Es ist eine ganz andere Landschaft diesmal. Wir stehen am tro-

ckenen Ufer eines kleinen Flusses, der glucksend an uns vorbei-
läuft. Nirgendwo ist Eis zu sehen, aber hie und da leuchten noch
weiße Schneeflecken. Dort, wo die Sonne nur selten hinscheint.
Doch der Großteil des Bodens ist dunkel, wie Erde oder Stein.

»Die Freileger werden nicht mehr viel Arbeit haben«, murmle
ich und erinnere mich an die wenigen Male, als ich sie begleitet
habe. Schnee wegschaufeln, damit die Erde von der Sonne berührt
werden kann.

»Doch, die Arbeit ist nur eine andere. Sie pflügen den Boden,
beginnen zu säen und bewachen die Felder. Im letzten Jahr war
unsere Ausbeute noch klein, aber wir lernen dazu.«

Ich denke an das Buch *Bodennutzung und Ernte*, das ich in der
Bibliothek gefunden habe. Vielleicht sollte ich es Sandor zukommen lassen.

Wir gehen den schmalen Fluss entlang, eine Weile sagt keiner
von uns ein Wort. Ich kann meinen Blick kaum vom Wasser abwenden, es ist erst das zweite oder dritte Mal, dass ich es frei
durchs Land fließen sehe und nicht als starre, glitzernde Eismasse,
in der nichts leben kann.

»Warum?«, frage ich Sandor, als er schließlich stehen bleibt und
zum Himmel hinaufsieht, an dem sich die ersten Zeichen des be-
ginnenden Tages zeigen. »Warum tust du das für mich?«

Erst antwortet er nicht, sondern stößt einen leisen Pfiff aus,
dann dreht er sich suchend im Kreis. Sein dunkles Haar schlägt
eine Welle im Nacken, fest und glänzend.

Über uns Flügelschlag. Sandor hebt die Hand, die mit dem Lederhandschuh, der bis zum Ellenbogen reicht, und lässt Kelvin
landen. Der Falke betrachtet mich misstrauisch aus seinen gelben
Augen, sträubt das schneefarbene Gefieder und stürzt sich dann

auf das kleine Stück Fleisch, das Sandor für ihn aus seiner Umhängetasche holt.

»Du weißt es zu schätzen. Deshalb.«

In meinen Augen ist das der beste Grund, den er nennen konnte, denn es ist wahr. Ich weiß jede Minute hier zu schätzen, jede Erdscholle unter meinen Stiefeln, jeden Windstoß.

Sandor hebt die Hand hoch über seinen Kopf und Kelvin stößt sich ab. Nutzt die morgendliche Brise, um sich in den Himmel zu schrauben.

Ein Stück weiter den Weg entlang liegt ein kniehoher, breiter Stein, dort setzen wir uns.

»Erzähl mir, wie euer Leben in den Glaswarzen war«, fordert er mich auf und tritt dabei gefrorene Schneeklumpen in den Fluss, wo sie transparent werden wie Gelee und sich dann in Nichts auflösen.

Ich denke nach, bevor ich beginne. Das Raster zur Vorbereitung einer Ansprache, das Grauko mir über Jahre hinweg antrainiert hat, funktioniert in meinem Kopf wie eh und je. Was ist wichtig, was ist interessant? Und: Beginne mit dem Ungewöhnlichen.

»Wir hatten Nummern«, sage ich also. »Jedem Studenten an meiner Akademie wurde eine Zahl zugeordnet. Je niedriger diese Zahl war, desto besser und bedeutender war ihr Träger. Meine Nummer war die 7.«

Ich muss Sandor nicht ansehen, um zu spüren, dass er lächelt. »Du warst also ausgesprochen gut und sehr bedeutend.«

Aus Bescheidenheit zu lügen wäre dumm. »Ja, in gewisser Weise war ich das. Hätte nicht jemand beschlossen, uns als Verräter abzustempeln, hätte ich bald einen hohen Posten in einer der Sphären übernommen.« Ich sehe ihn von der Seite an. »So ähnlich wie du. Bei uns gibt es keine Fürsten oder Thans, aber einen Präsidenten und seinen Stab. Und es hat auch jede Sphäre einen Sphärenmeister, der sie leitet.« Ich betrachte meine Hände, die in den Fellhandschuhen wie die Tatzen eines Tieres aussehen. »Ich habe so hart gearbeitet. Wollte unbedingt an die Spitze des Bundes und dazu beitragen, dass es schneller geht mit …«

Mit der Zivilisation der Außenbereiche, so wurde das bei uns genannt, aber diesen Begriff kann ich vor Sandor natürlich nicht verwenden.

»… der Einbindung der Außenbewohner in eine technisch fortschrittliche Gesellschaft.« Ein Ziel zu verlieren schmerzt oft ebenso wie der Verlust eines Freundes. Was ist mein Leben jetzt noch wert? Meine ganze Bildung, meine Fähigkeiten sind verschwendet. Mit einem Mal verstehe ich, warum Aureljo so dringend zurückwill.

»Die Einbindung der Außenbewohner«, wiederholt Sandor, nicht ohne Spott. »Redet ihr so in den Sphären?«

»Entschuldige. Das bedeutet –«

»Ich weiß, was es bedeutet. Mir fällt nur kein Grund ein, warum man es so merkwürdig ausdrücken muss.«

Mein Fehler. Ich habe mich verhalten, als säße ich mit anderen Studenten zusammen, nicht mit einem künftigen Clanfürsten. »Du hast recht«, sage ich.

Er lacht auf. »Ich habe mir das von Anfang an gedacht. Schon bei unserem ersten Aufeinandertreffen in der Ruine. Du bist eine Führungsnatur. Stärker als alle anderen in eurer Gruppe.«

Ich strecke meine Beine aus. Am rechten Zipfel des Horizonts errötet der Himmel, als wäre er verlegen. Das bedeutet, dass ich bald wieder nach unten muss.

»Nicht stärker als Aureljo«, erwidere ich. »Er war die Nummer 1 in unserer Reihung.«

Sichtlich unbeeindruckt zuckt Sandor die Schultern. »Dann gab es in dieser Reihung eben einen Irrtum. Wärt ihr ein Wolfsrudel, wärst du die Leitwölfin. Dass ihr noch am Leben seid, ist nur dir zu verdanken, und dem, was du zu uns gesagt hast, als wir vor Maias Leiche standen.«

Der Schauer, der mir über den Rücken läuft, kann ebenso gut von dem kalten Stein herrühren, auf dem ich sitze, wie von Sandors Worten. Ich habe mir schon lange nicht mehr bewusst gemacht, wie knapp wir damals einem gewaltsamen Tod entronnen sind.

Sandor betrachtet mich aufmerksam. »Deine Eltern müssen sehr stolz auf dich gewesen sein.«

Ich schüttle den Kopf. »Kaum. Ich hatte nie Eltern.«

Bevor er noch denkt, dass ich ihn auf den Arm nehmen will, erkläre ich es ihm. Das System der Kinderaufzucht in den Sphären, das Verhältnis zwischen den Vitros und den natürlich Gezeugten.

»Als Vitro wächst man mit einer Ziehmutter auf, die darauf achtet, die Talente jedes Kindes zu fördern. Deshalb kommen vor allem die künstlich Gezeugten für große Karrieren infrage. Sie sind auch genetisch besser ausgestattet, weniger anfällig für Krankheiten und sind nicht dem Einfluss von leiblichen Eltern ausgesetzt. Stattdessen werden sie von Menschen großgezogen, die gelernt haben, wie man das macht.«

Dass es auch noch die sogenannten Aufgelesenen gibt – Kinder aus Clans, die von ihren Eltern fortgegeben wurden und die in den Sphären gleichberechtigt genährt, ausgebildet und gefördert werden, erwähne ich nicht. Tycho ist einer von ihnen, und nachdem bei ihm große Begabungen festgestellt worden waren, konnte er ebenso eine Akademielaufbahn antreten wie jeder von uns Vitros.

Als ich Fiore von den Aufgelesenen erzählt habe, wäre sie mir beinahe ins Gesicht gesprungen. *Wenn Kinder aus Clans verschwinden*, meinte sie, *dann bestimmt nicht, weil sie von ihren Eltern im Stich gelassen werden.*

Ein Thema, das ich in meinen Gedanken gern umschiffe. Obwohl ich mittlerweile begriffen habe, dass die Sentinel Massaker unter einigen Clans angerichtet haben, kann ich mir immer noch nicht vorstellen, dass sie Kinder entführt haben sollen.

»Warst du nicht einsam?«

Die Frage kommt überraschend. Sandor sieht mich nicht an, er blickt zum Himmel, mit leicht verengten Augen. Wahrscheinlich hält er Ausschau nach Kelvin.

»Nein. Es war normal. Ich habe nichts vermisst. Keiner meiner Freunde hatte Eltern.«

Wäre ich ganz ehrlich, müsste ich zugeben, dass ich mich trotzdem oft allein gefühlt habe, innerlich, obwohl meine Ziehmutter die beste war, die man sich denken konnte. Bajas Umgang mit mir war immer voller Zärtlichkeit, Liebe und Verständnis. Ich muss mir nur ihr freundliches, kluges Gesicht in Erinnerung rufen und mir wird warm.

Allein war ich, wenn mir bewusst wurde, dass unsere gemeinsame Zeit begrenzt war. *Wir sind Durchlaufposten*, hat einer meiner Ziehbrüder einmal gesagt. *Sobald wir auf eine Akademie geschickt werden, sind wir für Baja Geschichte. Wenn du gehst, bekommt sie einen neuen kleinen Schreihals geliefert, der deinen Platz einnimmt.*

Der Gedanke tat jedes Mal weh, wenn ich nachts im Bett lag und unvorsichtig genug war, ihn an mich heranzulassen.

»*Meine* Freunde hatten Eltern«, sagt Sandor wie nebenbei.

Er nicht. Ich erinnere mich, Yann hat es einmal erwähnt, es damals aber wie einen Vorwurf klingen lassen.

»Wie hast du sie verloren?«, frage ich und hoffe, dass das unter den Außenbewohnern nicht als taktlos gilt.

Er zuckt nur kurz mit den Schultern. »Gewaltsam und sehr früh, ich kann mich kaum an sie erinnern. Aber sieh mal, da drüben. Das wollte ich dir zeigen.«

Leicht irritiert von seinem plötzlichen Themenwechsel, folge ich mit dem Blick seinem ausgestreckten Zeigefinger.

Geschmolzenes Gold, das sich in einem Band über die Landschaft legt. So hell, dass ich vernünftigerweise den Blick abwenden müsste, aber ich weigere mich. Besser, von der Schönheit geblendet zu werden, als ihren Anblick zu verpassen.

Die Sonne hat den Fluss mit ihrem Licht zum Strahlen gebracht, hat ihn verwandelt. Ich möchte einen Finger eintauchen und sehen, ob er vergoldet wieder zum Vorschein kommt.

»Unfassbar«, höre ich mich sagen, und dann spüre ich Sandors Hand auf meiner Schulter.

»Es ist Zeit.«

»Ich weiß.« Kaum wende ich meine Augen von dem gleißenden Strom ab, sehe ich nur noch dunkle Flecken, die nicht mehr verschwinden, egal wie sehr ich blinzle.

Sandor geht voran und ich folge ihm, so gut ich kann. Zweimal stolpere ich, beim dritten Mal nimmt er mich am Arm.

»Es vergeht wieder. Aber das weißt du sicher.«

Vor dem Eingang in den Untergrund bleibe ich noch einmal

stehen. Meine Augen haben sich erholt, die Flecken sind kleiner geworden, und ich will so viele Bilder von der Welt unter der Sonne in meinem Kopf sammeln, wie ich nur kann. Wer weiß, wann ich sie wiedersehen werde.

»Komm.« Sandors ausgestreckter Arm deutet auf das kreisrunde Loch, hinter dem tiefes Schwarz wartet. »Du zuerst, Liebling.«

6

Bücher rechts und links, Stapel so hoch wie ich selbst. Ich summe, während ich Ordnung ins Chaos bringe. Ab sofort bin ich nicht mehr verloren in den dunklen Gedärmen der Ruinenstadt. Sandor hat mir die Taschenlampe dagelassen. Es ist eine von denen, die einen Hebel haben, mit dem man pumpen muss, um das Lämpchen zum Leuchten zu bringen.

Ich werde es Tycho gleichtun können und die Gänge unter der Stadt erforschen. Heute, gleich nachdem ich den Weg zum nächsten Regal freigeräumt habe.

Ein Teil der Bücher, die dort den Boden bedecken, muss vor langer Zeit nass geworden und dann wohl gefroren sein, jetzt sind die Seiten wieder biegsam, aber sie wellen sich und sind kaum voneinander zu lösen.

Mit Bedauern lege ich einen Band nach dem anderen auf den Stapel der nicht zu rettenden Bücher. Die Flüssigkeit, mit der sie durchtränkt wurden, kann kein Wasser gewesen sein, dafür sind die Flecken zu dunkel, das rötliche Braun macht auch die Stellen unleserlich, die nicht verklebt sind.

Dann habe ich endlich Zugang zu dem Regal. Es muss einmal ein System gegeben haben, nach dem die Bücher geordnet waren. Dantorian hätte seine Freude an dieser Ecke des Tiefspeichers, denn es gibt hier kiloweise Werke über Malerei.

Ich finde einen schweren Band mit glänzenden Abbildungen. Die, die ich zufällig aufgeschlagen habe, zeigt das Gemälde eines kahlköpfigen alten Mannes, der mit einer Art rotem Tuch bekleidet ist, das seine Brust frei lässt. Er sitzt an einem Tisch und tut das Gleiche wie ich: Er betrachtet Bücher. In einem liest er gerade und macht sich dabei Notizen, ein zweites liegt aufgeschlagen am Rand des Tisches. Obendrauf, als würde er den Mann aus leeren Augenhöhlen beobachten, thront ein Totenschädel.

Der heilige Hieronymus von Antonio Caravaggio lautet die Beschreibung, die unterhalb des Bildes abgedruckt ist. Ich streiche mit der Fingerkuppe erst über den haarlosen Kopf des Mannes, dann über die knochige Wölbung des Totenschädels und frage mich, was mit dem Gemälde passiert sein mag. Ob es die Lange Nacht überlebt hat? Ist es in eine der Sphären gerettet worden oder hängt es in einem der alten Museen? Brüchig vom Eis und bald schwarz vor Schimmel?

Mit besonderer Behutsamkeit stelle ich den schweren Band ins Regal zurück, weit nach oben, als könnte ihn das vor zerstörerischen Kräften bewahren. Dabei rutscht er mir fast aus der Hand und zwischen den Seiten wird ein loses Blatt sichtbar.

Ich weiß sofort, was es ist. Das Format, die Handschrift, alles stimmt. Meine Finger zittern, als ich es aus dem Buch ziehe, meine Augen suchen hektisch nach dem Kürzel am unteren Seitenrand. Ja, da ist es: JC.

Ein neu begonnener Stapel zerstörter Bücher dient mir als Hocker. Die Buchstaben wirken blass und ich richte die Lampe darauf, um sie besser lesen zu können. Der Text beginnt mitten in einem Satz.

… getan, was ich konnte. Dhalion hat alles gut überstanden und die Kälte hier draußen tut ihr Übriges, dass es auch so bleibt. Wenn ich mich tief unter die Erde zurückziehe, finde ich Räume und Kavernen, in denen es wärmer ist als irgendwo sonst in der Außenwelt. Eine davon darf ich für mich beanspruchen, hier habe ich alles aufgebaut, was ich brauche, und schütze es vor Frost, so gut ich kann.

Glenna ist eine unschätzbare Hilfe. Ich habe ihr erklärt, was ich getan habe, und erst war sie fassungslos, aber nun hat sie begriffen, dass ich nicht mehr derselbe bin wie früher. Ich habe ihr erzählt, was wir herausgefunden haben, alles, auch das, was ich selbst kaum glauben kann. Gemeinsam haben wir um die Toten geweint. Und um die Lebenden.

Meine Träume beginnen mir Angst zu machen. Letzte Nacht war ich wieder auf der Flucht und Laveran war hinter mir. Dann ist alles so gekommen wie damals: Sie haben ihn geschnappt und er hat nach mir gerufen, voller Panik, aber ich bin nur schneller gelaufen, schneller, immer schneller, genauso wie Chendar und Porter. Wir mussten uns retten, uns und den Schlitten, der all das Wertvolle trug, das wir mitgenommen hatten. In meinem Traum sind wir davongekommen, so wie im wahren Leben, aber Laverans Stimme hat mich die ganze Nacht verfolgt, lauter mit jedem Schrei, schriller.

»Jordan, Jordan, Jordan.«

Heute Morgen war ich wie …

Hier ist die Seite zu Ende. Ich drehe sie hin und her, als ob ich sie auf diese Weise dazu bringen könnte, mehr Text auszuspucken.

Jordan.

Also ist es wahr. Ich habe die Chronik gefunden, oder zumindest das, was von ihr übrig ist.

Beim ersten Lesen habe ich die Zeilen voller Gier und Hast überflogen, jetzt studiere ich sie genauer.

Jordan muss aus einer Sphäre geflohen sein, so viel ist klar. Er und seine Freunde hatten Ausrüstung auf einen Schlitten gepackt und zu fünft den Weg in die Wildnis angetreten, verfolgt von Sentineln. Einer der Männer, Laveran, war gefasst worden, was aus Chendar und Porter geworden ist, steht hier nicht. Jordan muss es jedenfalls geschafft haben und außer ihm noch jemand namens Dhalion – dem die Kälte nichts auszumachen scheint, im Gegenteil. Klar wird auch, dass Jordan einen Plan hatte, den er für überaus wichtig hielt.

Hat er die Sphären wegen Glenna verlassen? Oder ist sie ihm erst während seiner Flucht begegnet? Was war es, das er ausprobieren wollte? Ist es ihm gelungen?

Das Blatt in meiner Hand beantwortet keine dieser Fragen. Der Autor muss längst tot sein, aber vielleicht gibt es jemanden im Clan, der ihn kannte?

Ich könnte mit Quirin sprechen. Falls er weiß, wer Jordan war, weiß er möglicherweise auch, weshalb die Sphären so scharf auf seine Chronik sind.

Meine Entdeckungsreise durch die Schächte und Kanäle verschiebe ich auf ein anderes Mal, ich habe es eilig, meinen Fund mit Aureljo, Tycho und Dantorian zu teilen. Doch als ich in unser Gewölbe zurückkehre, vergesse ich die Chronik innerhalb von Sekunden. Etwas anderes erweist sich als viel dringender.

Es ist Tomma. Ihr Zustand hat sich in den letzten Stunden dramatisch verschlechtert. Tycho, der heute bei ihr geblieben ist, hat Tränen in den Augen.

»Ich wollte Hilfe holen, aber ich konnte sie doch nicht allein lassen. Ich habe mir ehrlich gewünscht, in einer Sphäre zu sein, da hätte ihr Salvator den nächsten Medpoint angefunkt, aber …« Er zuckt die Schultern. »Sie atmet so schwer und ihr Fieber ist wieder gestiegen. Wenn ich sie anspreche, reagiert sie nicht.«

Ich mache noch auf der Schwelle kehrt. »In fünfzehn Minuten bin ich mit Quirin zurück. Bleib bei ihr. Versuche, ihr leicht gegen den Rücken zu klopfen, manchmal erleichtert das das Atmen. Hast du Kurse in medizinischem Notfalltraining belegt?«

Er nickt. »Habe ich, aber du musst nicht gehen. Aureljo ist schon unterwegs, er sollte gleich zurück sein. Und Dantorian sucht Fiore, sie gehört auch zu den Clanleuten, die medizinische Kenntnisse haben.« Er streicht Tomma eine schweißverklebte Haarsträhne aus der Stirn. »In solchen Momenten verstehe ich Aureljo. Zu wissen, dass es in Vienna 2 jede Menge Medikamente gäbe und Tomma in ein paar Stunden wieder auf den Beinen wäre … und hier können wir überhaupt nichts für sie tun.«

Ich lausche nach draußen, da war ein Geräusch – hoffentlich Quirin. Aber offenbar habe ich mich verhört oder es war nur eine der Ratten, die immer wieder an unserem Quartier vorbeihuschen.

Weil es das Einzige ist, was mir einfällt, nehme ich einen unserer vier Wasserkanister und tränke den Zipfel meiner Decke damit. Wahrscheinlich bilde ich es mir nur ein, aber der kühle Stoff auf ihrer Stirn scheint Tomma gutzutun. Ihre Haut ist heiß und trocken wie die frische Wäsche, die wir in den Sphären auf die Zimmer geliefert bekamen.

Die größten Sorgen machen mir die Geräusche, die Tomma beim Atmen von sich gibt. Ich habe so etwas noch nie gehört. Wie ein Kind, das mit einem Strohhalm Luft in ein Glas Wasser bläst, bis die Flüssigkeit blubbert. Es fühlt sich so an, als wäre mindestens eine Stunde vergangen, doch wahrscheinlich dauert es nur zehn Minuten, bis Aureljo und Quirin endlich da sind.

Aureljo kniet sich hinter Tomma und stützt ihren Oberkörper, während Quirin ihren Puls kontrolliert, mit einer Art Trichter ihre Lunge abhört und zum Schluss ihre immer noch entzündeten Augen untersucht.

Als er sich aufrichtet und uns ansieht, kann ich nichts aus seiner Miene lesen, obwohl ich mir große Mühe gebe. Da ist weder Hoffnung noch Resignation noch Ratlosigkeit.

»Sie hat keine Schmerzen, und es wird ihr besser gehen, wenn sie ein wenig aufrechter liegt. Ich lasse euch Kissen schicken, wir werden schon etwas auftreiben, womit wir es ihr bequemer machen können.«

Das ist mir nicht genug Information. »Geht diese Krankheit im Clan gerade um? Habt ihr Erfahrung damit, wie sie verläuft und wie man sie am besten behandelt?«

Quirin zögert, dann schüttelt er den Kopf. »Nein. Mir ist kein weiterer Fall dieser Art bekannt. Wir haben drei Kinder mit Mageninfektion, aber niemanden mit Symptomen, wie Tomma sie zeigt. Mit diesem speziellen Krankheitsbild hatte ich bisher noch nicht zu tun.«

Meine Hoffnung sinkt. »Vielleicht haben die Noraner sie angesteckt? Gibt es bei ihnen Kranke?«

Quirin will schon Nein sagen, ich sehe den Ansatz eines Kopfschüttelns, doch dann überlegt er es sich noch einmal. Ich habe den Eindruck, er tut es mir zuliebe und gegen seine eigene Überzeugung, aber andererseits kann er sich keinesfalls ganz sicher sein, ohne sich direkt bei den Noranern zu vergewissern. Soweit ich weiß, sind sie immer noch auf dem Territorium der Schwarzdornen, ratlos, wohin sie gehen sollen, nachdem ein Trupp von Exekutoren versucht hat, ihren ganzen Clan auszurotten.

»Ich werde mit ihnen sprechen.« Quirin streicht über Tommas Hand und nimmt sie fest in seine.

»Müssen wir befürchten, dass wir uns anstecken könnten?«, erkundigt sich Dantorian.

Seine Frage lässt etwas in Quirins Gesicht erscheinen, das ein Lächeln sein könnte, würde sich ein Funken Fröhlichkeit darin befinden. »Ich vermute, das wäre längst passiert, wenn die Gefahr bestünde.« Behutsam legt er Tommas Hand auf ihre Brust und zieht die Decke bis zu ihrem Kinn. »Hat jemand von euch ähnliche Symptome? Augenentzündung? Husten oder Atembeschwerden?«

Nein. Wir schütteln alle vier die Köpfe.

»Dann ist es wohl weniger ansteckend, als es den Eindruck macht.« Quirin schüttet Wasser aus einem der Kanister in einen Becher und löst Pulver darin auf. Niemand von uns fragt, woraus es gemacht ist. Ich möchte die Antwort lieber nicht wissen, wäre ja möglich, dass es sich um geriebene Knochen eines Schweins, Wolfs oder Menschen handelt. Oder alternativ um getrockneten Ziegendung.

Das Gebräu gibt Quirin Tomma zu trinken, oder versucht es zumindest. Sie ist zwar kaum bei Bewusstsein, sträubt sich aber, und mindestens die Hälfte der Medizin läuft über ihr Kinn und auf die Decke.

»Gebt es ihr zweimal oder, noch besser, dreimal am Tag. Es sollte sie ruhiger werden lassen und ihr das Atmen erleichtern.«

Der Ton, in dem er das sagt, gefällt mir nicht. »Und sie heilen?«, ergänze ich.

Quirin sieht mich nicht an, sein Blick bleibt auf Tomma gerichtet, voller … Mitgefühl? Wehmut? »Es wäre wahrscheinlich gut, sie in eine Sphäre zu bringen, dort kann man ihr besser helfen.« Er wirft Aureljo einen fragenden Blick zu, doch der schüttelt entschieden den Kopf.

»Zu früh. Wir sind noch nicht so weit und ich werde uns nicht alle in Gefahr bringen, indem ich ungenügend vorbereitet und zum falschen Zeitpunkt handle.«

Ein Schatten zieht über Quirins Gesicht, ein Anflug von Resignation. Trotzdem bemüht er sich um eine zuversichtliche Antwort. »Ich glaube, dass Tomma stark ist. Sie wird –«

Die Tür zum Gewölbe fliegt auf, so plötzlich und laut, dass wir alle herumfahren. Herein stürzt Fiore. Sie ist atemlos und die linke Seite ihres Gesichts ist mit Dreck verschmiert, der ihr auch an den Hosenbeinen klebt.

»Scharten«, keucht sie. »Ein Angriff auf das Clangebäude, sie müssen völlig wahnsinnig geworden sein. Wir haben sie schon vertrieben, aber drei Männer sind verletzt, einer blutet aus dem linken Ohr, und ich fürchte, sein Schädel ist gebrochen.«

Quirin drückt Tycho den Beutel mit dem weißen Pulver in die Hand, rafft seinen Mantel enger um sich und ist ohne ein weiteres Wort aus der Tür.

Fiore dagegen lehnt noch im Türbogen und versucht, wieder zu Atem zu kommen. Sie stützt die Hände auf die Knie, ihr Haar ist seit Neuestem so kurz geschoren, dass man die Kopfhaut sehen würde, wenn es nicht so dicht wäre.

»Die Verletzten«, sage ich. »Jemand, den wir kennen?«

Sie hätte es erwähnt, wenn Sandor der mit dem Schädelbruch wäre. Oder Vilem.

»Yann hat einen Pfeil in den Oberarm abbekommen«, antwortet Fiore, mit Blick auf Tomma. »Ihr hättet ihn eigentlich bis hierher fluchen hören müssen. Der mit der Kopfverletzung ist Egor, auch einer von den Jägern. Eher klein, stämmig, mit rötlichem Haar.«

Kann sein, dass ich mich an ihn erinnere. Jedenfalls entschuldige ich mich in Gedanken bei ihm dafür, dass ich erleichtert bin.

»Aber von den Scharten hat gut ein Dutzend dran glauben müssen«, fährt Fiore fort, nicht ohne Genugtuung. »Dämlicher Haufen. Als ob sie nicht wüssten, dass sie gegen uns immer den Kürzeren ziehen.«

Sie richtet sich auf, ihr Atem geht wieder ruhig und lautlos. »Ich gehe zurück, Quirin wird meine Hilfe brauchen. Gute Nacht.«

Es wird eine gute Nacht, zumindest im Vergleich zu meinen düsteren Erwartungen. Das Mittel, das Quirin ihr verabreicht hat, scheint Tomma zu helfen, sie schläft über weite Phasen durch. Wir wachen abwechselnd bei ihr, Dantorian als Erster. Er hält Abstand, seine Angst vor Ansteckung ist unübersehbar. Während er neben Tomma sitzt, zeichnet er im sparsamen Schein der Leuchte ihr schlafendes Gesicht. Er zeigt mir das Bild, als er mich weckt, damit ich ihn ablöse.

Ich lehne mich gegen die Wand, ziehe die Knie an die Brust und stütze mein Kinn darauf ab. Wach bleiben, während alle um mich herum sich in das sorglose Vergessen des Schlafs retten dürfen, ist eine Sache, die ich noch nie gemocht habe. In der Nacht bekommen meine Gedanken Zähne und meine Ängste eine zusätzliche Dimension.

Kann es sein, dass die Scharten von jemandem aus den Sphären angeheuert worden sind, um den Clan zu überfallen? Ging es am Ende wieder um uns?

Die Taktik wäre nicht neu, beim letzten Mal waren es zwei Schlitzer, die nicht nur scheußliche Waffen, sondern auch Fotos von uns bei sich hatten. Da war die Sache klar. Aber jetzt? Es weiß doch niemand, dass wir immer noch hier sind.

Ich schlinge die Arme fest um meine Knie. Es war ein Fehler, an die Schlitzer zu denken. Jetzt sehe ich bei jedem Geräusch ihre vernarbten Gesichter vor mir und die spitz gefeilten Zähne.

Am liebsten würde ich Aureljo wecken. Er ist nach mir an der Reihe, sich um Tomma zu kümmern, und er wird dieser Aufgabe sicher besser gerecht werden als ich. Ich bin viel zu sehr mit mir selbst beschäftigt.

Aber ich habe Disziplin gelernt. Zwei Stunden, das war vereinbart, und auch wenn ich die Zeit nirgendwo ablesen kann, werde ich beim Schätzen nicht schummeln.

Tomma regt sich ein wenig und die Decke rutscht zur Seite. Ich ziehe sie wieder zurecht und versuche mich zu erinnern, wann ich die ersten Krankheitssymptome bei ihr beobachtet habe.

Sie selbst hat Quirin erzählt, dass sie sich schon vor unserem Aufbruch angeschlagen gefühlt hat, und ich erinnere mich daran – gerötete Augen und eine laufende Nase. Sie war damals der Ansicht, sie hätte sich bei einem weiter zurückliegenden Außengang erkältet. Dann kam unsere Flucht durch den Schnee, in denkbar schlechter Ausrüstung, und das muss ihr den Rest gegeben haben.

Ich frage mich, ob Yann noch an sie denkt.

Der Gedanke führt mich fast wie von selbst zu Sandor, der jetzt im Clangebäude sitzt und … Was tut er wohl gerade? Ich glaube nicht, dass er schläft, aber vielleicht wacht er über die Verletzten, so wie ich über Tomma.

Oder er lässt die toten Scharten zu einem Haufen aufstapeln.

Du zuerst, Liebling.

Seit dem Morgen kreisen die Worte in meinem Kopf. Amüsieren mich, irritieren mich, stellen mich vor eigenartige Fragen. Wie zum Beispiel die, warum mir darauf keine schlagfertige Entgegnung eingefallen ist.

7

Am nächsten Tag geht es Tomma tatsächlich besser. Ihr Fieber ist gesunken und sie hat Appetit, was mich besonders freut, denn ihre Handgelenke sind dünn geworden wie die eines Kindes. Wir alle dürften an Gewicht verloren haben, aber niemand so viel wie Tomma.

Nachdem Tycho gestern bei ihr geblieben ist, biete ich an, ihr heute Gesellschaft zu leisten. Die anderen verabschieden sich kurz nach dem Frühstück. Aureljo und Dantorian wieder in »ihren« Teil der Bibliothek, dorthin, wo die Karten aufbewahrt werden. Tycho bleibt noch ein wenig bei uns, er bearbeitet Blechreste, will uns aber nicht sagen, was daraus werden soll. Gegen Mittag macht er sich auf eine weitere Expedition durch noch unbekannte Stollen und Gänge, immer voller Hoffnung, etwas ganz Unerhörtes zu finden.

Es wird für mich ein langer Tag werden und ich wünschte, ich hätte gestern ein oder mehrere Bücher mitgenommen. Dann hätte ich Tomma vorlesen können und eine Beschäftigung gehabt, für die Zeit, in der sie schläft. Doch ich habe nur die Seiten aus Jordans Chronik dabei, sie stecken nach wie vor in meinem Ärmel, die zweite habe ich bisher niemandem gezeigt. Der richtige Moment hat sich einfach noch nicht ergeben.

Während ich aus der Matratze und den zusätzlichen Decken,

die Bojan heute Morgen gemeinsam mit dem Frühstück herge-
bracht hat, ein möglichst bequemes Lager für Tomma baue, berichte ich ihr von all den Entdeckungen, die ich bisher im Tiefspeicher gemacht habe, wobei ich die Chronikseiten nicht
erwähne. Dafür aber die zahlreichen Werke über Pflanzen, die
uns völlig fremd sind – Orchideen zum Beispiel. Ich beschreibe
ihr die Farben und Formen der Blüten, bis sie lächelt.

»Morgen bringe ich dir das Buch mit, dann kannst du sie dir
selbst ansehen.«

Tomma erwägt das kurz, bevor sie den Kopf schüttelt. »Bring
mir besser etwas, das nützlich ist. Etwas über Landwirtschaft, über
Saatgut oder Frostschutztechniken. Wir sind noch nicht so weit,
dass wir uns die Köpfe mit Luxusthemen zukleistern sollten.«

»In Ordnung.« Der Beutel mit dem Pulver ist so gut wie voll
und ich versuche, die gleiche Menge davon in den Becher zu
schütten wie Quirin gestern. Dann Wasser drauf und verrühren.

»Was ist das?« Tomma runzelt die Augenbrauen.

»Medizin von Quirin. Er war letzte Nacht hier, als es dir schlecht
ging, und nachdem du seine Mixtur getrunken hattest, wurde es
besser.«

Sie nimmt den Becher entgegen, aber ihre Hand zittert und ich
stütze sie.

Gestern hat Tomma den Geschmack des Gebräus nicht wahrgenommen; heute verzieht sie angeekelt das Gesicht. »Widerlich.
Hat Quirin gesagt, was da drin ist?«

»Nein.« Ich nehme mir vor, ihn zu fragen, wenn ich ihn das
nächste Mal sehe. »Aber es senkt das Fieber, wie es scheint.«

Sie trinkt aus und schüttelt sich. »War er allein hier? Quirin,
meine ich.«

Sie hofft immer noch, dass Yann sie besucht. Ich streiche mir das Haar zurück, um Zeit zu gewinnen. Hat sie vergessen, dass er denkt, wir wären unzählige Tagesmärsche entfernt? Selbst wenn er Sehnsucht hätte, was ich bezweifle, könnte er im Moment gar nicht herkommen, verletzt, wie er ist. Ich überlege, ob ich Tomma von dem Pfeil in seiner Schulter erzählen soll, beschließe aber, dass es besser ist, so zu tun, als hätte ich den wahren Sinn ihrer Frage nicht verstanden.

»Ja, erst war Quirin allein, später ist Fiore noch gekommen. Sie haben im Moment ziemlichen Ärger mit den Scharten.«

Tomma schließt die Augen. »Yann hasst die. Er hat oft zu mir gesagt, dass er gern jedem von ihnen eine Scharte in den Hals schnitzen würde, bis zur Halswirbelsäule …«

Das klingt ganz nach Yann. Vermutlich haben sich nach dem gestrigen Kampf seine Gefühle für den feindlichen Clan noch vertieft.

»Ich weiß, du magst ihn nicht.«

Ich müsste lügen, wenn ich ihr widersprechen wollte. Egal, was ich auf ihre Feststellung hin entgegne, es hat das Potenzial, einen Streit auszulösen. Den ich mit großer Sicherheit gewinnen würde, bedenkt man meine Ausbildung und Tommas Zustand. Also nehme ich nur ihre Hand.

»Ich verstehe das sogar«, fährt sie fort. Ihre Stimme wird leiser – ist das wieder Quirins Pulver, dessen Wirkung einsetzt? »Man muss ihn besser kennen. Dann ist er zwar immer noch ein grober Kerl ohne Manieren«, sie lächelt, »ein richtiger Prim eben. Aber er hat mir gezeigt, wie man das Leben mit beiden Händen packt und sich das nimmt, was man möchte.«

Tomma hält inne, das Reden strengt sie an.

»In den Sphären … haben wir immer nur getan, was man uns gesagt hat. Genau so, wie man es uns gesagt hat. Dafür haben wir Punkte bekommen und Essen und …« Sie hustet. Ich helfe ihr in eine sitzende Position und klopfe sanft zwischen ihre Schulterblätter, bis sie wieder Luft bekommt, dann lege ich sie wieder hin.

»Ich weiß, was du meinst. Es stimmt, wir haben alles getan, was sie wollten, alles geglaubt. Vermutlich ist das der Preis für Wärme und Sicherheit.«

Tomma reagiert nicht, sie hat ihren Kopf zur Seite gedreht und ihr Atem gleitet in den langsamen, tiefen Rhythmus des Schlafs. Ich richte ihr die Decke, mehr kann ich im Moment nicht tun. Außer vielleicht ein wenig aufräumen.

Ich bin dabei, die Wasserkanister in Reih und Glied an der Wand aufzureihen, als ich spüre, dass jemand das Gewölbe betreten hat. Gehört habe ich nichts, aber ich fühle ganz deutlich eine weitere Person im Raum. Alarmiert drehe ich mich um, frage mich, was ich tun soll, wenn doch ein Schlitzer den Weg unter die Stadt gefunden hat.

Aber es ist Sandor, der unbeweglich im Eingang steht, die Arme vor der Brust verschränkt. Er betrachtet Tomma, sein Blick ist nachdenklich.

»Ich wollte dich nicht erschrecken«, sagt er leise, als ich ihn näher winke. »Quirin meinte gestern, es ginge ihr nicht gut; ich bin hier, um mir selbst ein Bild zu machen.«

Tomma seufzt im Schlaf, dreht sich zur Seite.

»Ich habe den Eindruck, es ist besser geworden«, erwidere ich. »Sie hat nicht mehr so hohes Fieber und war auch wieder klar im Kopf. Wahrscheinlich wäre alles halb so schlimm, wenn wir richtige Medikamente zur Verfügung hätten.«

Sandors gespaltene Augenbraue wandert nach oben. »Deshalb bin ich hier. Wir haben erfahren, dass in den nächsten Stunden ein Transport per Magnetbahn hier in der Nähe vorbeikommt, der Arzneimittel geladen hat. Ich denke, wir werden ihn ausräumen.«

Ist das ein anderes Wort für überfallen? Ja, vermutlich. Mein Erstaunen verberge ich hinter einer höflich interessierten Miene. »Wegen Tomma? Das finde ich sehr großzügig.«

»Nicht nur ihretwegen, wir brauchen auch selbst einiges, vor allem Verbandsmaterial und Wunddesinfektionsmittel. Aber ich würde euch zur Verfügung stellen, was ihr für Tomma verwenden könnt.«

»Danke.« Und dann, nach einer kleinen Pause, kann ich es mir nicht verkneifen. »Warum?«

Sandor rückt den langen Bogen zurecht, den er quer über dem Rücken trägt. »Ihr seid in der Obhut des Clans. Ich fühle mich für euch verantwortlich, wie Quirin.«

So wie ich erst vor wenigen Minuten, befühlt er Tommas Stirn. Seine Hand hebt sich fast dunkel von ihrem blassen Gesicht ab.

»Wie groß ist das Risiko bei einem solchen Überfall?« Sosehr ich mir die Medikamente wünsche, so wenig möchte ich, dass jemand von den Dornen dafür sein Leben lässt.

»Kommt darauf an. Wir sind wirklich schnell. Wenn der Magnetfluss erst einmal unterbrochen ist, entsperren sich die Ladeklappen von selbst. Immer noch – ich weiß nicht, wieso die Lieblinge das nicht ändern. Dann plündern wir die Laderäume, so rasch wir können, und sobald die Sentinel aus der Bahn springen, machen wir uns davon. Sie sind immer im vordersten Abteil, nie bei den Transportgütern. Aus Angst oder Geiz, weil sie nicht die ganze Bahn heizen wollen.« Er sucht meinen Blick und hält ihn fest, er will, dass ich ihm glaube, was er als Nächstes sagen wird. »Wir sind nicht auf Kampf aus. Nie. Wir vermeiden ihn, wo wir können.«

Natürlich, weil eure Waffen unterlegen sind. Ich spreche den Gedanken nicht aus, wozu Sandor provozieren? »Haltet Ausschau nach großen weißen Schachteln mit blauen Streifen. Wie viele von euch können lesen?«

»Einige. Ich zum Beispiel. Hennik. Ramon. Und Lennis natürlich.«

Natürlich. Als ehemaliger Sphärenbewohner hat er es auf jeden Fall gelernt.

»Gut. Wenn ihr euch entscheiden müsst, dann nehmt Packungen mit der Aufschrift Tetracyclin oder Erythromycin.« Ich durchforste mein Gedächtnis nach weiteren Namen. »Vancomycin wäre auch fantastisch.«

Halb rechne ich damit, dass Sandor mir einen Vogel zeigen oder zumindest von mir verlangen wird, dass ich ihm die Worte aufschreibe. Aber er nickt nur und wiederholt die drei Namen dann fehlerfrei.

»Richtig«, sage ich, ohne meine Anerkennung zu verbergen. »Das sind alles Antibiotika. Helfen gegen Infektionen, die durch Bakterien hervorgerufen werden.«

»In Ordnung. Wir werden tun, was wir können.« Er geht ein paar Schritte zur Tür, bleibt dort stehen und dreht sich noch einmal um. »Brauchst du auch etwas für dich? Kleidung und Werkzeug nehmen wir immer mit, wenn wir können, aber falls es etwas aus den Sphären gibt, das du besonders vermisst …«

Das Angebot ist mehr als großzügig und wird so schnell nicht wiederkommen. Ich denke ernsthaft darüber nach und stelle zu meinem eigenen Erstaunen fest, dass mir nichts einfällt. Ein frisch bezogenes Bett in einem geheizten Raum wird Sandor nicht für mich stehlen können, also schüttle ich den Kopf. »Ich habe Essen, Bücher und dank dir seit gestern sogar Licht. Mir fehlt nichts.«

»Gut.« Er geht durch die Tür und verschwindet in der Dunkelheit, ohne sich zu verabschieden.

»Die Ernte wird gut dieses Jahr«, sagt Bojan.

»Die Ernte wird gut dieses Jahr«, wiederholt Aureljo.

Es ist Abend. Bojan hat uns nicht nur Essen gebracht, sondern er ist geblieben, um mit Aureljo Sprachübungen zu machen. Wenn er unter den Bewohnern von Vienna 2 möglichst wenig auffallen will, kann es nicht schaden, so zu klingen wie einer von ihnen. Das wird die Fragen nach seiner Herkunft auf ein Minimum reduzieren. Aber selbst wenn er den Tonfall nicht ganz hinbekommt – auf keinen Fall darf er sich anhören wie ein Elitestudent. Auch eine Form der Tarnung.

»Du sprichst die R zu hart.« Bojan sagt noch einmal »Ernte« und »wird«.

»Weicher. Und wenn du *Jahr* sagst, darf man das R gar nicht hören. Sprich einfach nur ein lang gezogenes A.«

Im Kopf mache ich die Übungen mit, flüstere die Sätze vor mich hin. Ich mache etwa doppelt so schnell Fortschritte wie Aureljo, aber das ist ein unfairer Vergleich, weil Sprachen schon immer mein Metier waren. Ich höre den Tonfall, die Melodie und kann beides nach kurzer Zeit in mein System integrieren. Dann lässt es sich abrufen, verlässlich.

»Borg mir bitte deine Schaufel« ist der nächste Satz, an dem die beiden feilen. Aureljo kämpft, er verbeißt sich in die Lektion, bis Bojan zufrieden ist.

Ich habe mich gegen die Wand gelehnt und drücke mein Kissen an mich. Ich könnte Aureljo stundenlang ansehen, ich habe sein Gesicht schon geliebt, bevor er operiert wurde. Sein offenes Lachen, die wachen Augen. Durch die Arbeit der Chirurgen kommen diese Qualitäten noch besser zur Geltung. Er ist zum Anführer ausgebildet worden, er hat alle nötigen Fähigkeiten – und er sieht aus wie jemand, dem die Menschen mit Freude folgen.

Wärt ihr ein Wolfsrudel, wärst du die Leitwölfin.

Ich vertreibe die Erinnerung aus meinem Kopf. Der Satz macht mir Angst, ohne dass ich sagen könnte, warum. Vielleicht weil darin mitklingt, dass Aureljo eines Tages nicht mehr hier sein könnte und ich dann an der Reihe wäre … Die Gewissheit, dass es genau darauf hinauslaufen wird, dass er genau dafür im Moment trainiert, kommt mit einem Schlag. Ich habe es schon vorher gewusst, natürlich, aber begreifen kann ich es erst jetzt. Er wird gehen. Ich werde allein sein. Ich werde wissen, dass er nicht wiederkommt, es aber gegen jede Vernunft trotzdem hoffen.

Als Bojan geht und Tomma schläft, nehme ich Aureljo bei der Hand und schlage ihm einen Spaziergang vor, was ihn erst zum Lachen reizt, dann aber verblüfft, als er merkt, dass es mir ernst ist.

»Ich habe Licht«, erkläre ich und lasse den Strahl der Lampe über die Ziegelwände wandern, bevor ich Aureljo auf den Gang hinausziehe. Nach links. Dort gibt es ein paar kleinere Keller, halb leere Lagerräume. Ich wähle einen, der in sich verwinkelt ist, an der rechten Wand stehen große Metallkisten – Transportbehälter aus den Sphären.

Wir waren so lange nicht mehr allein miteinander. Ich stelle die Lampe auf eine der Kisten, wo sie höchstens noch eine halbe Minute lang Licht spenden wird, wenn ich den Hebel nicht betätige, aber das ist egal. Ich muss nichts sehen.

Meine Hände suchen sich einen Weg unter Aureljos Jacke, unter sein Shirt; sie sind viel kälter als die glatte Haut, die sich über seine Rückenmuskeln spannt.

Das Licht verlöscht, im selben Moment spüre ich Aureljos Mund auf meinem Haar, dann meiner Stirn, meinen Lippen. Fast habe ich vergessen, wie gut er schmeckt.

Sein Körper ist ein Stück Zuhause, so vertraut. Ich habe meine Heimat aus den Sphären mitgenommen, wieso wird mir das jetzt erst klar?

Wir lassen uns zu Boden sinken, ich liege halb auf ihm, zerre am Verschluss seiner Jacke, während er meine öffnet.

»Ich habe solche Sehnsucht nach dir, Ria.«

»Und ich nach dir.«

Seine Hände auf meiner Haut. Ich vergrabe mein Gesicht in seiner Halsbeuge, taste nach seiner Gürtelschnalle. Alles ist plötzlich so einfach. So klar.

»Du darfst nicht gehen.«

»Ich liebe dich.«

»Und ich dich. Du darfst nicht gehen. Wir schaffen es hier draußen, wir bauen etwas Neues auf, wir können das. Zusammen.«

Seine Hände halten inne, ich spüre, wie er mich ein Stück von sich wegdrückt. »Es ist so schön. Lass uns jetzt nicht reden.«

»Es ist nur schön, wenn ich weiß, dass ich dich nicht verliere.«

Er schweigt. Seine Hände beginnen wieder, mich zu streicheln. Es fühlt sich mechanisch an.

»Es kann so viel schiefgehen«, flüstere ich. »Lass uns einen neuen Plan machen, gemeinsam. Du und ich. Wir brauchen die Sphären nicht, wir –«

Jetzt rückt er endgültig von mir fort. Seufzt. »Ich weiß, was ich tue, Ria.«

»Ja, sicher, nur –«

»Es ist ein Risiko dabei. Aber ein kalkulierbares.« Er sucht meine Hand, findet erst nur meinen Arm und tastet sich daran nach unten. »Ich kann nicht weitermachen, ohne zu wissen, was passiert ist. Was uns vorgeworfen wird. Es lässt mir keine Ruhe, verstehst du das nicht?«

Ich möchte ihn wieder an mich ziehen, ihm seine Sturheit wegküssen, ihm klarmachen, dass er ein Leben hat, mit mir, und dass das wichtiger ist als die Hintergründe eines verrückten Irrtums.

»Du weißt, dass du vielleicht tot sein wirst, bevor du auch nur das Geringste herausgefunden hast?«

Sein Daumen streicht über meine Fingerknöchel. »Trau mir doch ein bisschen mehr zu. Ich laufe nicht blind in eine Falle, ich bereite mich vor.« Er zieht mich näher zu sich. »Unser Leben könnte wieder so sein wie –«

Noch bevor er seinen Satz beenden kann, reiße ich mich los. »Wie es war, meinst du das? Es könnte alles wieder in Ordnung kommen und wir machen weiter wie zuvor, nach einer herzlichen Entschuldigung des Präsidenten und ein paar Rückenklopfern für unser erstaunlich langes Überleben in der Wildnis?«

Ich springe auf, stoße gegen etwas. Die Metallkisten. Klappern. Die Lampe muss umgefallen sein. Mit beiden Händen gleite ich vorsichtig über die Kistendeckel, bis ich sie finde.

»All das, was wir erfahren haben, willst du das verschweigen?

Vergessen? Die Massaker an den Clans, von denen Lennis uns erzählt hat? Die toten Noraner?« Ich drücke den Hebel der Lampe, Licht flackert auf. Mit meiner linken Hand ziehe ich den Kragen meines Shirts nach unten, bis das Würgemal sichtbar werden muss. »Das da? Sie wollen uns töten, Aureljo. Sie wollen es wirklich, es ist kein Spiel, auch wenn du so tust, als wäre es anders.«

Ich warte seine Reaktion nicht ab, sondern stürze nach draußen und lasse ihn im Dunkeln zurück. In mir pocht das bittere Bewusstsein, dass ich alles falsch gemacht habe. Als hätte ich nicht jahrelang studiert, wie ich Menschen dazu bringe, meine Ideen für ihre eigenen zu halten. Ausgerechnet diesmal bin ich mit der Tür ins Haus gefallen, völlig geradeheraus, ausgerechnet bei Aureljo. Wie dumm von mir, wie unverzeihlich dumm.

Es wäre ein Wunder, wenn sich noch einmal eine Chance ergeben würde, die Sache von einer anderen Seite her anzupacken. Er wird seinen Plan in die Tat umsetzen und ich werde ihn nie wiedersehen.

Weder Tycho noch Dantorian stellen Fragen, als ich allein ins Gewölbe zurückkomme. Sie stochern ein wenig im langsam verglühenden Feuer und wechseln ansonsten nur einen Blick, den ich nicht mitbekommen soll. Ist mir recht.

Ich wickle mich in meine Decke und drehe mich zur Wand, warte mit geschlossenen Augen darauf, dass Aureljo ebenfalls zurückkommt. Die Minuten vergehen. Tycho und Dantorian unterhalten sich mit gedämpften Stimmen, es geht um einen verschütteten Gang, den Tycho gern freilegen möchte, weil er sich große Entdeckungen davon erwartet.

Nach ungefähr fünfzehn Minuten bin ich überzeugt, dass etwas passiert sein muss. Aureljo ist in der Finsternis gestürzt oder hat sich verirrt oder wurde von etwas Namenlosem angegriffen. Ich werde noch zehn Minuten warten, wenn er dann nicht da ist, gehe ich ihn suchen.

Kurz vor Ablauf meiner persönlichen Frist höre ich Schritte am Eingang und Aureljos leise Worte, mit denen er die beiden am Feuer begrüßt. Er kommt nicht zu mir, sondern setzt sich zu ihnen; das Gleiche hätte ich an seiner Stelle auch getan. Er will sichergehen, dass ich schlafe, wenn er sich an meine Seite legt, denn dann kann unsere Auseinandersetzung nicht in die nächste Runde gehen.

Ich atme ruhig, bin aber weiter vom Einschlafen entfernt als je zuvor. Aus Wut auf mich selbst, Enttäuschung über Aureljo und weil ich nichts von dem verpassen will, was er mit den beiden anderen bespricht. Zu Recht, denn es dauert nicht lange und sie wenden sich wieder dem »großen Vorhaben« zu, wie Dantorian es nennt.

In seine Begeisterung hat sich Vorsicht gemischt, wenn ich die Veränderungen in seiner Stimme richtig deute. Vielleicht ist er aber auch nur müde, ich müsste ihn ansehen, um das beurteilen zu können.

Tycho bezeichnet die Idee nach wie vor als bescheuert. »Ich kapiere nicht, warum Quirin euch unterstützt. Ich hätte ihn für klüger gehalten. Außer natürlich, er will euch loswerden, dann hat er einen guten Weg gefunden.«

Leises Lachen. »Er weiß, dass wir uns für die Clans einsetzen werden«, erklärt Aureljo. »Dass wir Wahrheiten aussprechen werden. Und er meint, die richtigen Menschen am richtigen Ort können durch ihre bloße Anwesenheit oft mehr bewegen als eine ganze Armee.«

Dieser letzte Satz ist so untypisch für Quirin, dass ich mich frage, ob er ihn wirklich gesagt oder ob Aureljo ihn erfunden hat. Was er normalerweise nie tun würde.

Ich drehe und wende diese merkwürdig hohlen Worte in meinem Kopf und schlafe irgendwann darüber ein.

8

Immer noch steckt die neue Seite aus Jordans Chronik in meinem Ärmel, immer noch habe ich sie niemandem gezeigt. Am nächsten Morgen stimmen die Umstände wieder nicht. Aureljo übernimmt den Pflegedienst bei Tomma, obwohl er offensichtlich lieber an seinen Plänen weiterfeilen würde. Wir sprechen beim Frühstück nicht viel, mir sitzt der gestrige Abend noch in den Knochen, die Situation fühlt sich ausweglos an und die Düsternis hier unten bedrückt mich.

Immerhin kann ich wieder in die Bibliothek gehen. Vielleicht schaffe ich es, noch eine Chronik-Seite zu finden oder sogar ein paar aufeinanderfolgende Einträge, die ein klareres Bild ergeben.

Ich verlasse das Gewölbe als Erste, meine Stablampe in der Hand. Bevor ich mit meiner Arbeit beginne, möchte ich Fiore oder Bojan suchen, die sicher schon wissen, ob Sandors gestriger Raubzug erfolgreich war.

»Er hat dir davon erzählt?«, fragt Bojan ungläubig. Ich habe ihn im nächsthöher gelegenen Buchspeicher aufgestöbert; seine freudige Überraschung wird durch meine Frage aber stark getrübt.

»Ja, warum nicht? Er wollte wissen, ob wir Medikamente für Tomma brauchen.«

»Trotzdem. Wenn die Jäger einen Transport überfallen, erfahren die anderen das erst, wenn alles vorüber ist.«

»Warum?«

Bojan verschränkt die Finger. »Weil es früher Fälle von Verrat gegeben hat. Selten, aber es kam vor. Jemand, der gern von der Kälte in die Wärme wechseln möchte, gibt einem Sentinel einen Tipp, und schon tappen die Jäger in die Falle. Was keiner weiß, kann auch keiner ausplaudern.«

Natürlich, das habe ich nicht bedacht. »Dass ich nicht loslaufen und einen Sentinel ins Vertrauen ziehen würde, war Sandor wahrscheinlich klar«, erwidere ich. »Ich bin sicher, er hat nichts dagegen, wenn du mir verrätst, ob alles gutgegangen ist.«

»Ja, einigermaßen. Sie haben Mehl, Zucker und eine Menge anderer Lebensmittel erbeutet. Medizin leider nicht, zumindest keine Antibiotika, nur Vitaminpillen.«

Die Nachricht legt sich wie ein Bleigewicht auf meine Brust. Keine Medikamente. Wir sind auf Tommas eigene Abwehrkräfte angewiesen, und wenn die endgültig schwinden …

»Sag Sandor, ich danke ihm dafür, dass er es versucht hat. Dass er das Risiko eingegangen ist.«

Bojan legt seine Stirn in Falten. »Gestern soll es angeblich ein Spaziergang gewesen sein, aber Sandor meint, es wird schwieriger werden, nachdem es jetzt taut. Bisher konnten sie ihre Beute noch auf einen Schlitten verladen und damit fliehen, aber sobald der Schnee weg ist …«

Dann braucht man etwas mit Rädern dran wie die Transportwagen in den Sphären. Bei unserem nächsten Ausflug nach draußen werde ich Sandor beschreiben, wie man so etwas konstruiert, und ich bin mir sicher, Tycho kann es bauen.

»Es war einfacher als sonst, da waren sich alle einig«, unterbricht Bojan meine Gedanken. »Als hätten die Sentinel überhaupt nicht mit einem Überfall gerechnet. Sie haben langsam reagiert. Verschlafen. Am Ende haben sie allerdings geschossen und Hennik nur knapp verfehlt. Die Kugel hat direkt neben ihm in einen Baumstamm eingeschlagen.«

Erst nicke ich nur, in Gedanken immer noch bei meiner Wagenkonstruktion, doch dann begreife ich, was Bojan gerade erzählt hat. Einfacher. Verschlafen. Lebensmittel.

»Ich muss mit Quirin sprechen, sofort!«

»Das geht nicht, er ist –«

Ich habe keine Zeit, mich mit Kleinigkeiten aufzuhalten. Mit ziemlicher Sicherheit ist Quirin in der Säulenhalle, sitzt vor einer der gewaltigen Bücherwände und hilft Dantorian dabei, seinen frühen Tod zu planen. Oder er versorgt Kranke, dann muss ich mich wirklich gedulden, bis die Luft rein ist. Egal, es ist dringend, ich werde einen Weg finden.

Bojan ruft mir nach, ich soll stehen bleiben, aber ich bin den ersten Treppenabsatz schon halb hinaufgelaufen. In meinem Kopf läuft ein Gespräch ab, das ich einmal mit Fiore geführt habe, als ich mit den Sammlern unterwegs war. Da ging es um Hilfspakete.

Die Angst, zu spät zu kommen, treibt mich an, gleichzeitig beflügelt mich aber auch die Hoffnung, Licht und Himmel sehen zu können, auf dem Weg in die Halle. Sobald ich in die ebenerdig liegenden Bereiche des Gebäudes gelange, gibt es überall Fenster, und manche davon sind nicht abgedeckt.

Bojan hat die Tür, die zu den Treppen führt, offen gelassen. Ich erinnere mich gut an den Weg, und je höher ich komme, desto heller wird es – gleich werde ich meine Stablampe nicht mehr brauchen.

Dafür muss ich umso vorsichtiger sein. Auch wenn in dem riesigen alten Bau kein ständiges Kommen und Gehen herrscht, sind doch immer wieder Clanleute hier, die auf die eine oder andere Weise Quirins Hilfe suchen.

Ich schleiche um die Ecken, lausche mit all meiner Aufmerksamkeit auf Schritte, auf Stimmen. Einmal verharre ich für gut fünf Minuten in einer Nische, weil ich nicht sicher bin, ob das Klappern, das ich höre, von Menschen verursacht wird oder von einem Fensterflügel, der im Wind schlägt.

Als ich über eine weitere Treppe endlich vor dem Tor zu Quirins Halle ankomme, bin ich schweißnass. Das alte Holz ist zu dick, als dass ich hören könnte, was sich dahinter abspielt, also hämmere ich dagegen, einmal, zweimal, dreimal, um dann blitzschnell um die nächste Ecke zu verschwinden.

Einige Sekunden vergehen, bis sich die hohe Tür öffnet, ohne dass ich zuvor Schritte gehört hätte. »Wer ist da?«

Quirins Stimme. Ich schlüpfe hervor, deute auf den Eingang zur Halle, setze ein fragendes Gesicht auf.

»Ja, die Luft ist rein. Komm.«

Das ist ein großes Glück und ich hoffe, dass es anhält.

»Es gibt etwas Dringendes, das ich dir sagen muss«, beginne ich schon beim Eintreten, erst dann sehe ich, dass Quirin doch nicht allein ist in seinem Reich. Fürst Vilem sitzt an dem runden Tisch, an dem sonst Aureljo und Dantorian ihre Tage verbringen, und er wirkt nicht, als würde er sich freuen, mich zu sehen. Möglicherweise ist er aber auch nur erschöpft, dafür spricht seine gebeugte Körperhaltung und die blasse Haut.

»Wir waren mit unserer Unterhaltung ohnehin fast fertig«, sagt Quirin.

»Nicht ganz.« Vilem sieht nur kurz zu mir und durchbohrt dann

Quirin mit einem Blick, der die Worte ersetzen soll, die er in meiner Gegenwart nicht aussprechen will. Er wartet auf Zustimmung, doch Quirin verweigert sie ihm.

»Wir bleiben bei dem, was wir ursprünglich besprochen haben«, entgegnet er. »Auch wenn nicht alle damit einverstanden sind.«

»Soran und Rika wollen herkommen.« Vilems Stimme ist leise geworden. »Dann werden unsere Leute Fragen stellen, du weißt, warum.«

»Lass ihnen ausrichten, sie sollen auf ihrem Territorium bleiben. Hier ist es im Moment ohnehin nicht sicher. Wer weiß, wann die Scharten das nächste Mal an–«

»Was ich zu sagen habe, ist wichtig!«, unterbreche ich Quirin. Ich tue das nicht gerne, aber das Gespräch zwischen den beiden kann sich noch endlos hinziehen und über willkommenen oder unwillkommenen Besuch können die beiden auch später reden. »Es geht um den Transport, den Sandor mit seinem Trupp gestern überfallen hat.«

Vilem richtet sich auf. »Was ist damit?«

»Ich habe gehört, es soll sehr einfach gewesen sein. Die Sentinel waren langsam und haben erst spät eingegriffen.«

Quirin verschränkt die Arme vor der Brust. »Wenn die Erzählungen von Sandor und den anderen stimmen, ja.«

Es ist nur eine Vermutung und vielleicht liege ich falsch. Beginne unter Verfolgungswahn zu leiden, das wäre sogar verständlich. Trotzdem, der Verdacht, den ich hege, ist zu massiv, als dass ich ihn für mich behalten könnte.

»Was ihr an Lebensmitteln erbeutet habt, solltet ihr nicht anrühren. Ich habe kein gutes Gefühl bei der Sache.«

Vilem schiebt seinen Stuhl zurück und steht auf. »Du denkst, die Waren sind vergiftet?«

»Das halte ich für möglich.«

Er mustert mich lange. Für einen Sekundenbruchteil zuckt der Gedanke durch meinen Kopf, dass Vilems Erschöpfung bereits ein Vergiftungssymptom sein könnte. Ich denke an die gemeinsamen abendlichen Mahlzeiten in der Halle des großen Clanhauses. Wenn die erbeuteten Lebensmittel gleich verkocht worden sind …

Langsam schüttelt Vilem den Kopf. »Bisher haben wir noch nichts davon angerührt.« Ein fragender Blick zu Quirin, der unerklärlicherweise lächelt. Als wäre er in einer wichtigen Sache bestätigt worden.

»Sehr klug, Ria«, sagt er. »Siehst du, wir halten uns so gern für überlegen, und wenn etwas Schwieriges problemlos gelingt, dann klopfen wir uns selbst auf die Schulter und loben uns für unsere Geschicklichkeit.« Er streicht sich mit der Hand über den Bart, lässt sie am Kinn verharren. »Niemand von uns ist auf eine derartige Idee gekommen. Keiner hat den einfachen Beutezug bedenklich gefunden.« Er beginnt zu lachen. »Dass uns das passiert! Giftköder, ausgerechnet! Und wir hatten nicht den geringsten Verdacht. Eine Schande, findest du nicht, Vilem?«

Der Fürst teilt Quirins Heiterkeit nicht, im Gegenteil. Über seiner Nasenwurzel bildet sich eine Falte, tief wie ein Krater. »Bisher war nie Gift in erbeuteter Ware.«

Nur mit Mühe kann Quirin seine Belustigung zügeln. »Natürlich nicht. So etwas geschieht nur einmal, denn wenn gründlich gearbeitet wurde, sind hinterher alle tot und ein zweiter Schlag ist nicht mehr nötig. Möglicherweise hat Ria gerade eben die Ausrottung unseres Clans verhindert.«

Vilems Gesichtsausdruck verfinstert sich weiter. »Umso mehr denke ich, dass ich recht hatte, vorhin. Und du unrecht.«

»Mein Freund.« Quirin tritt auf den Clanfürsten zu und umarmt ihn. Einen Moment lang stehen sie da wie zwei Menschen, die sich seit Jahren zum ersten Mal wieder begegnen. Oder die für lange Zeit Abschied voneinander nehmen.

Vilem löst sich als Erster aus der Umarmung und geht einen Schritt zurück. Zittert sein Kinn tatsächlich? »Ich weiß nicht, ob ich dir in dieser Sache beistehen kann. Ich dachte, ich könnte es, aber –«

Nun lacht Quirin nicht mehr. »Es ist keine Frage des Könnens. Du hast es geschworen.«

Ich würde viel darum geben, zu erfahren, worum es in dem Gespräch eigentlich geht, aber keiner der beiden würde es mir verraten, egal wie trickreich ich vorgehe.

Vilem öffnet den Mund und schließt ihn wieder, ganz offensichtlich sucht er nach etwas, das er Quirins Argument entgegensetzen könnte. »Wenn du wüsstest, wie zuwider mir das alles ist«, murmelt er. Sein Protest prallt an Quirins ungerührter Miene ab.

Du hast es geschworen.

Er sieht mich an, als könnte ich ihm helfen, bis ihm offenbar klar wird, wie sinnlos das ist. Schließlich dreht er sich um und geht zur Tür. »Erinnerst du dich noch an Soran?«

Ein wehmütiges Lächeln erscheint auf Quirins Lippen und verschwindet sofort wieder. »Natürlich. Wir sind Freunde. Das waren wir immer.«

Unter Vilems Druck öffnet sich die große Tür mit einem Knarzen. »Ich fürchte, das wirst du bald nicht mehr sagen können.«

Nachdem ich meine Warnung losgeworden bin, kehre ich zurück in den Tiefspeicher, doch ich kann mich nicht auf meine Arbeit konzentrieren. Ich wüsste unglaublich gern, was Fürst Vilem geschworen hat und wieso er seinen Schwur gegenüber Quirin plötzlich nicht mehr halten will.

Ich befürchte, es geht wieder einmal um uns. Um unseren Unterschlupf, den Vilem uns nicht mehr guten Gewissens gewähren kann, ohne seinen Clan zu gefährden – aber dieser ominöse Eid zwingt ihn dazu.

Selbst als Quirin ihm vor Augen geführt hat, dass meine Warnung die Dornen vor dem Gifttod bewahrt haben könnte, war das kein Grund, den er gelten lassen wollte.

Gedankenverloren suche ich nach Büchern über Ackerbau oder Ähnliches, ich will mein Versprechen Tomma gegenüber halten. Keine Orchideen. Etwas, das nützlich ist.

Stattdessen finde ich etwas anderes. Ein Buch mit dem Titel *Falknerei – ein Nachschlagewerk für Prüfung und Praxis*. Beim Durchblättern stoße ich auf das Bild eines Sakerfalken, der Kelvin zum Verwechseln ähnlich sieht. Die weißen Federn mit den schwarzen Sprenkeln, der gelbe Schnabel.

Sandor kann lesen, das hat er letztens selbst bestätigt, und ich werde das Buch für ihn mitnehmen. Es ist nur ein kleines Geschenk im Vergleich zu der Lampe, die ich von ihm bekommen habe, aber ich hoffe, es wird ihn freuen.

Dafür dauert es Stunden, bis ich endlich ein Buch finde, das Tomma interessieren könnte. *Getreide- und andere Körnerfruchtarten. Bedeutung, Nutzung und Anbau.* Das klingt vielversprechend.

Ich klemme es mir zusammen mit dem Falkenbuch unter den

Arm und beschließe, es damit für den Moment gut sein zu lassen. Ich glaube nicht, dass ich heute noch einen Teil von *Jordans Chronik* finden werde, dafür bin ich zu sehr abgelenkt von den Ereignissen der letzten Stunden, und mir graut ein wenig vor den fleckigen, verklebten Büchern, die ich mir als Nächstes vornehmen sollte.

Also tue ich, was ich gestern schon tun wollte: die Gänge erkunden und die Stadt unter der Stadt besser kennenlernen.

Das ist wichtig, sage ich mir, während ich den Lichtstrahl meiner Lampe über die Wände gleiten lasse. Alter Ziegel, braunrot wie getrocknetes Blut. Ich will mich orientieren können, denn was, wenn wir plötzlich fliehen müssen?

Es dauert nicht lange und ich habe drei verschiedene Arten von Gängen identifiziert. Zum einen gibt es die sehr alten, die schon in der Zeit vor der Langen Nacht alt waren, niedrig, mit gewölbter Decke aus bröckeligem Stein. Die zweite Sorte sind viel geräumigere Tunnel, durch die manchmal Wasser fließt. Man muss zum Glück nicht durchwaten, denn diese Durchgänge haben mehrere Ebenen und eigene, gemauerte Stege, über die man trockenen Fußes vorwärtskommt, während zwei Meter tiefer ein Bach rauscht. An manchen Stellen des Steges gibt es sogar Geländer, an denen man sich festhalten kann. Sich in diesen Tunneln zu verirren ist einfach – alle paar Meter zweigen neue Gänge ab und man stößt nirgendwo auf Sackgassen.

Zu guter Letzt gibt es noch eine dritte Tunnelart, die mit den metallenen Schienen am Boden. Hier sollen früher Züge gefahren sein und Menschen transportiert haben, ähnlich wie heute die Magnetbahnen.

Ich habe meinen Weg in einem der ganz alten Gänge begonnen

und bin jetzt in einem der mehrgeschossigen Tunnel angelangt. Hier hallen meine Schritte vielfach wider und ich bleibe unwillkürlich stehen. Lausche, ob mir nicht jemand oder etwas folgt. Aber es ist ruhig, abgesehen von dem Geräusch, das entsteht, wenn Wassertropfen auf den nassen Boden fallen.

Ich gehe weiter, rolle meine Füße behutsam von der Ferse bis zum Ballen ab, so bin ich kaum zu hören. Die Lichtscheibe meiner Lampe gleitet über die Wände, verzerrt sich, wenn sie auf eine Kante trifft.

War ich nicht schon einmal hier? Ich glaube, ich erkenne einen der Gänge zu meiner Linken, halb eingestürzt und gut eineinhalb Meter unterhalb von meiner Position. Wenn ich recht habe, dann müsste ich dort vorne nach rechts und dann …

Ich versuche es einfach. An der Stelle, wo ich um eine Ecke biege, zeichne ich mit einem Stück Ziegel ein kleines Kreuz an die Wand, auf diese Weise sollte ich sicher wieder zurückfinden. Mein rechtes Handgelenk schmerzt bereits vom ständigen Drücken des Hebels an der Lampe, aber schließlich machen sich Mut und Mühe bezahlt: Ich erkenne den engen, niedrigen Zugang zu dem Keller, in den Quirin mich vor einigen Tagen geführt hat. Dort drinnen befindet sich die Treppe, und wenn ich oben angekommen bin …

Ich tue es, ohne zu denken, die Sehnsucht nach Tageslicht treibt mich voran. Ein kräftiger Druck und die Klappe öffnet sich. Wind pfeift herein und macht mir erst in diesem Moment bewusst, dass ich dabei bin, ein unverantwortliches Risiko einzugehen. Wer sagt mir denn, dass die Ruine, die oberhalb der Treppe liegt, nicht gerade von den Scharten als Unterschlupf genutzt wird? Oder dass Sentinel dort keinen Beobachtungsposten eingerichtet haben?

So schnell und leise ich kann, gleite ich die Stufen wieder hinunter, um die nächste Ecke herum, dort halte ich inne.

Nichts. Keine Schritte, kein Rufen. Nur der Wind, der fauchend den Keller in Besitz nimmt und kalten Staub in meine Richtung bläst.

Nach einer mir endlos scheinenden Zeit, in der ich nichts höre, was auf die Anwesenheit eines lebenden Wesens schließen lässt, wage ich mich noch einmal auf die Treppe. Ich trage einen Schal, den wickle ich mir so ums Gesicht, dass nur die Augen frei bleiben. Selbst wenn jemand mich sieht, sollte er mich nicht erkennen.

Langsam und vorsichtig steige ich hoch, blicke mich um, in jede Richtung. Ich bin allein, die Ruine liegt verlassen da, trotzdem bleibe ich in Deckung, ducke mich hinter die Mauer, an der gleichen Stelle, von der aus ich vor wenigen Tagen das Ritual beobachtet habe. Kleine Kinder und spitze Dornen.

Die Hecke wird vom Wind gerüttelt, an ihrem Fuß liegt ein schmaler Streifen Schnee. Davon abgesehen ist der Boden frei, die letzten Tage müssen warm gewesen sein.

Noch einmal drehe ich mich im Kreis, überprüfe die Umgebung. Natürlich könnte sich jemand bei der kleinen Baumgruppe dort links verstecken oder hinter dem Haufen aus Schutt und Steinen zu meiner Rechten. Aber ich glaube nicht, dass dem so ist.

Ich komme hinter der Mauer hervor, gehe auf die Hecke zu. Hier haben die Kinder gestanden, da drüben Quirin. Aus der Nähe sehen die Dornen erschreckend lang und spitz aus, kein Wunder, dass der kleine Junge davonlaufen wollte.

Der Wind frischt weiter auf und ich fröstle, die Wolken hängen tief. Keine Chance, einen Blick auf die Sonne zu erhaschen, trotzdem will ich nicht zurück. Noch nicht. Ich will mich von dem Gefühl überwältigen lassen, ein Teil dieser wilden, unkontrollierten Welt zu sein.

Etwa eine halbe Stunde lang bleibe ich bei der Hecke, überlege mir, an welcher Stelle ich sie durchqueren würde, wenn ich es müsste. Kratze Rinde von einem Baum und stecke sie in meine Tasche, um an dem daran klebenden Harztropfen riechen zu können, wann immer ich möchte. Beobachte einen kleinen schwarzen Vogel, der Nahrung vom Boden aufpickt.

Nur weil die Bücher unter meinem Arm lästig zu werden beginnen und weil ich das Gefühl habe, mein Glück zu sehr zu strapazieren, steige ich schließlich wieder in die Unterwelt hinab, voller Wehmut.

Ein Ausbruch in die Freiheit. Ganz sicher nicht mein letzter.

9

Tomma freut sich von Herzen über das Buch. Sie sitzt aufrecht an der Wand und sieht besser aus als heute Morgen, ihre Augen sind nicht mehr so rot und das Fieber scheint weiter gesunken zu sein. Sie lächelt mich sogar an, das hat sie lange nicht getan. Nur ihr Husten klingt immer noch furchtbar, er kommt anfallartig und ist minutenlang nicht zu stoppen.

Aureljo, der den ganzen Tag bei ihr verbracht hat, kann seine Erleichterung über mein Auftauchen kaum verbergen. Tomma habe den halben Tag geschlafen, berichtet er, und er habe nichts weiter tun können, als zu warten, bis seine Hilfe wieder benötigt wurde.

Untätigkeit ist etwas, das er schlecht erträgt.

Bevor er beginnen kann, mir Fragen über meinen Tag zu stellen, hole ich endlich die neue Seite aus der Chronik hervor und zeige sie ihm.

»Das ist der Beweis.« Aureljo deutet auf das Ende der Seite. »Er nennt uns seinen Namen und die seiner Gefährten – Dhalion, Laveran, Chendar und Porter. Jetzt wissen wir mehr, Ria, sie sind geflohen, vielleicht haben sie das gleiche Schicksal erlitten wie wir ...«

Wer weiß. Einen Zusammenhang muss es geben, sonst hätte der farblose Sentinel das Buch nicht erwähnt, damals, bei seinem Gespräch mit Gorgias und Morus. *Sind Sie sich der Bedeutung von Jordans Chronik bewusst?*

Vielleicht steht in der Chronik geschrieben, worin der Verrat besteht, den Jordan und seine Freunde begangen haben. Dann würde ich meine Hand dafür ins Feuer legen, dass uns genau das Gleiche vorgeworfen wird.

Ich werde meine Anstrengungen, weitere Seiten zu finden, verdoppeln. Wenn ich Erfolg habe und wir endlich durchschauen, weswegen man uns töten will, lässt Aureljo hoffentlich von seinem Vorhaben ab.

Tycho hat seine Blecharbeiten beendet, es sind zweiunddreißig eigenartige Figuren entstanden, die er an der Wand aufgereiht hat. Nun ist er dabei, mit Kreide ein Gittermuster auf den Boden zu malen. Ein Schachbrett, um genau zu sein. Als er fertig ist, stellt er die Figuren in Position. »Blank ist Weiß, rostig ist Schwarz«, erklärt er.

Dantorian gewinnt die erste Partie, Tycho die zweite. Danach fordert jeder von ihnen Aureljo heraus und er besiegt sie beide, lächelnd und mühelos.

Ihm dabei zuzusehen, macht mir Hoffnung. Vielleicht sind seine Chancen besser, als ich zu denken wage.

»Liebling.«

Ein Flüstern in meinen Träumen. Eine federleichte Berührung an meiner Schulter. Ich schrecke nicht auf, sondern gleite langsam vom Schlaf in die Wirklichkeit.

Bis auf den gedämpften, kreisrunden Lichtschein vor mir ist es dunkel. Sandor hat ein Stück Tuch über seine Stablampe gespannt, sie leuchtet in dunklem Orange wie ein glühender Brocken Kohle.

Ich versuche, lautlos zu sein. Hebe vorsichtig mein Gewand vom Boden auf. Auf dem Weg zur Tür setze ich meine Schritte behutsam. Nur Tycho knurrt im Schlaf und dreht sich auf die andere Seite.

Erst draußen schlüpfe ich in meine Stiefel und hole meine eigene Lampe aus der Jackentasche. »Wohin gehen wir?«

»Zu einem Platz, den du noch nicht kennst. Ich habe … etwas vorbereitet.« Er geht voraus, und falls das *Vorbereitete* eine Überraschung werden sollte, ist sie jetzt geplatzt, denn über seinem Rücken trägt er heute statt einem Bogen zwei.

Wir verlassen die Stadt unter der Stadt nach einer halben Stunde, in der wir hauptsächlich Schienentunnel entlanggegangen sind, aber auch einige andere, die so schmal waren, dass ich mit ausgebreiteten Armen beide Seitenwände gleichzeitig berühren konnte.

Eine rostige Wendeltreppe führt uns nach oben, wo eben die Morgendämmerung einsetzt. Sandors Ziel ist ein »Innenhof«, so nennt er es; ein Platz, umgeben von vier ganz gut erhaltenen Häusern.

»Wenn du nicht mit Aureljo in die Sphären zurückwillst, musst du lernen, dich zu verteidigen und zu ernähren.« Er nimmt die Bogen vom Rücken und drückt mir den leichteren, schlankeren in die Hand. »Siehst du die Holzwand dort?« Allerdings. Ich sehe außerdem, dass jemand mit weißer Kreide die Umrisse von Tieren daraufgezeichnet hat. Ein Hirsch, ein Wildschwein, ein Wolf, ein Hase. Alle gut erkennbar.

Wir beginnen mit dem Hirsch, er ist am größten. Sandor zeigt mir, auf welche Stellen ich zielen soll, räumt aber gleichzeitig ein, dass ich ein solches Tier kaum allein würde erlegen können.

»Ebenso wenig wie ein Wildschwein. Du müsstest unverschämtes Glück haben und es sofort tödlich treffen. Niemand von uns jagt so starke Tiere alleine.«

Zu Beginn ziele ich auf den Hirsch und treffe den Wolf. Beim dritten Schuss steckt mein Pfeil immerhin schon drei Handbreit über dem Rücken des Hirsches, beim vierten in seinem Hals.

»Gut. Jetzt das Schwein.«

Ich mache spaßeshalber das Handzeichen für Wildschwein, das Sandor mir beigebracht hat. Er lächelt und antwortet mit einer blitzschnellen Abfolge von Fingerbewegungen. Ich erkenne kein einziges Zeichen.

»Ich sagte: Üben, keine Ablenkungen. Ohne Konzentration ist Erfolg bloß Zufall.«

Der Satz hätte von Grauko stammen können. Ich stelle mich wieder in Position, ziele auf die Schulter des Wildschweins. Verfehle sie. Ziele wieder.

Sandor ist hinter mich getreten. Er korrigiert meine Fingerstellung, hebt meinen rechten Ellenbogen leicht an. »Atme ein, dann atme ruhig aus. Visiere dein Ziel an und schieße.«

Ich tue, was er sagt, und der Pfeil bohrt sich in die imaginäre Schulter des Wildschweins.

»Na also. Gar nicht so ungeschickt.«

Ich drehe mich halb zu ihm um und ziehe eine Grimasse. »Danke, Than.«

»Gerne, Liebling.« Er hat meinen Ellenbogen noch nicht wieder losgelassen. »Es gibt noch etwas, das du wissen solltest.«

»Und zwar?«

»Du hattest recht mit deiner Vermutung. Von den sieben Säcken mit Mehl waren zwei vergiftet. Einer der Zuckersäcke ebenfalls.«

Ich beiße mir auf die Unterlippe. Obwohl ich selbst es war, die diesen Verdacht in den Raum gestellt hat, habe ich bis zu diesem Moment nicht daran geglaubt, dass die Sphären so widerliche Methoden anwenden würden, um die Clans loszuwerden. Sie müssen wissen, dass sie damit nicht nur Krieger und Jäger töten, sondern auch alte Frauen und kleine Kinder. Babys.

Ein Teil von mir fühlt sich offenbar immer noch den Sphären zugehörig, denn ich könnte in den Boden versinken vor Scham. Es macht ganz den Eindruck, als würde Sandor das merken.

»Ich danke dir«, sagt er. »Es hätten nicht viele von uns überlebt. Wir haben Boten ausgeschickt, um die anderen Clans zu warnen.«

»Wie …« Ich räuspere mich, damit meine Stimme nicht kippt. »Wie habt ihr es herausgefunden?«

»Mithilfe von Ratten. Wir haben ihnen Mehl- und Zuckerproben zu fressen gegeben. Drei Tiere waren innerhalb einer Stunde tot; die anderen sind immer noch bei bester Gesundheit.« Sandor nimmt mir den Bogen aus der Hand und dreht mich zu sich herum. »Du gehörst nicht mehr zu den Sphärenmenschen und du trägst keine Verantwortung für ihre Absichten. Im Gegenteil. Du hast verhindert, dass sie Erfolg hatten.«

Dass er das noch einmal betont, hilft mir, obwohl ich das Gefühl nicht loswerde, es hätte ohne uns gar keinen Giftanschlag gegeben. Dank Fleming wissen die Exekutoren, dass wir Kontakt zum Clan Schwarzdorn hatten.

»So.« Sandor drückt mir den Bogen wieder in die Hand. »Es geht weiter. Rücken gerade, Ellenbogen hoch.«

Wir üben mindestens eine Stunde, am Ende bin ich schweißgebadet und die Sonne ist bereits unverantwortlich weit über den Himmel gewandert. Aber ich habe viermal den Hasen getroffen.

Zum ersten Mal seit Langem fühle ich mich mit mir und der Welt im Reinen.

»Es wird heute ein schöner Tag«, sage ich, bestens gelaunt, als wir den Weg nach unten antreten und ich einen letzten Blick in den blauen Himmel werfe, auf dem weiße Wolkenflocken treiben.

Noch nie zuvor habe ich mich so furchtbar geirrt.

10

Es sind bereits alle wach, als wir ins Gewölbe zurückkehren, und knien um Tommas Lager, halten sie, versuchen, ihr beim Atmen zu helfen.

»Wo warst du?« Tycho ist aufgesprungen und zerrt an meinem Ärmel, schubst mich förmlich auf Tomma zu.

Sie sieht schrecklich aus. Wachsweißes Gesicht, bläuliche Lippen.

Aureljo hält ihren Oberkörper halb aufrecht und klopft ihr leicht zwischen die Schulterblätter, versucht, ihre Atemwege frei zu bekommen, aber das scheint nicht zu helfen. Sie ringt verzweifelt nach Luft, ihre Augen sind weit aufgerissen, ihr Blick fällt auf mich, hält mich fest.

Sandor hat die Situation sofort erfasst. »Ich hole Quirin.« Er rennt nach draußen, das Hallen seiner Schritte im Gang wird bald von den erstickten Lauten übertönt, die Tomma von sich gibt.

»Seit wann geht es ihr so schlecht?«

»Vor einer halben Stunde hat es angefangen.« Tycho weint beinahe. »Zuerst hat sie noch in dem Buch gelesen, das du ihr mitgebracht hast, dann meinte sie, dass ihr das Atmen schwerfällt ...«

Und seitdem wurde es schlimmer und schlimmer. Ich kann es mir vorstellen. Und ich weiß, was passieren wird, wenn wir nicht schnell eine Möglichkeit finden, ihr zu helfen.

»Was ist mit dem Pulver? Das hat bisher immer gewirkt, habt ihr es damit versucht?«

Aureljo nickt. »Natürlich. Aber es wird einfach nicht besser.«

Ich hebe den Beutel vom Boden auf, er ist immer noch halb voll. Meine Hände zittern und die erste Portion landet auf Tommas Jacke, doch die zweite kann ich ihr zwischen die weit geöffneten Lippen schieben.

Atme, denke ich, komm schon, Tomma, atme, los!

Mit einer Hand massiere ich ihre Kehle, damit sie besser schlucken kann. Hilft es? Aus ihrem Mund rinnt ein wenig Speichel, schaumig weiß. Ich wische ihn weg. Was soll ich jetzt tun, was *kann* ich noch tun? Am liebsten würde ich sie an den Schultern packen und schütteln, bis alles wieder normal ist, bis sie aufhört, dieses erstickte Röcheln von sich zu geben.

Ich nehme ihre Hand, die eiskalt ist, aber Tomma zieht sie fort, sie beginnt um sich zu schlagen, sich aufzubäumen, in ihrem verzweifelten Ringen um Luft.

»Das Medikament wirkt gleich, du wirst sehen«, rede ich auf sie ein. »Gleich geht es dir besser.«

Ich weiß nicht, ob sie mich hört, doch sie sieht mich an. Kann nicht sprechen, aber ihre Hand rudert durch die Luft … Sie will mir etwas sagen, etwas zeigen, will, dass ich etwas verstehe …

Ihre Gestalt vor meinen Augen verschwimmt und ich brauche meine ganze Kraft, um nicht wimmernd zusammenzusacken, so wie Dantorian. Nicht jetzt, jetzt muss ich begreifen, was Tomma meint, das ist es, was ich am besten kann, Signale anderer Menschen deuten, warum bin ich plötzlich so blind, so dumm, so …

Sie wiederholt die Bewegung, immer und immer wieder. Deutet nach oben. Endlich verstehe ich sie.

Als Quirin und Sandor eintreffen, hat Aureljo Tomma schon von ihrem Lager gehoben, trägt sie wie ein kleines Kind in seinen Armen.

»Hast du noch etwas, womit du ihr helfen kannst?« Es ist eine rhetorische Frage, noch bevor ich sie gestellt habe, sehe ich die Antwort in Quirins Augen.

Er geht zu ihr, fühlt ihre Stirn, streicht ihr über die Wange. An ihrer Brust muss er nicht horchen, jeder ihrer seltenen Atemzüge ist ein unüberhörbares Pfeifen.

»Ich fürchte, nein«, sagt er leise.

Wieder verschwimmt die Welt. Die Konturen von Quirins Gesicht lösen sich vor meinen Augen auf. »Dann bringt uns nach oben. Sie will hinaus. Macht schnell, bitte.«

Quirin zögert, doch Sandor hat sich schon auf dem Absatz umgedreht. »Kommt mit«, ruft er uns über die Schulter zu. »Ich weiß, wohin wir gehen.«

Wir folgen ihm; Aureljo mit Tomma als Erster, seine Schritte sind sicher und schnell, er gerät kein einziges Mal ins Stolpern, anders als Dantorian, der zwischen seinen Schluchzern selbst kaum Luft bekommt. Ich greife nach seinem Arm, ziehe ihn mit. Tycho ist hinter uns, ebenso wie Quirin. Eine kleine, hastige Prozession. Kurz darauf, höchstens fünf Minuten und drei Abzweigungen später, bleibt Sandor stehen. »Wir sind da. Lasst mich zuerst hinaufsteigen, ich will sichergehen, dass keine Gefahr droht.«

Er läuft eine brüchige, schmale Steintreppe hoch. Etwas knirscht, quietscht. Licht fällt nach unten, warm und golden.

»Alles in Ordnung, ihr könnt kommen. Aureljo, lass mich dir helfen.«

Wir finden uns zwischen zwei Häusern wieder, einem gut erhaltenen und einem halb eingestürzten, auf einer schwarzen, glatten Fläche mit weißen Pfeilen, die immer darauf schließen lassen, dass hier früher Autos gefahren sind.

Sandor führt uns ein Stück weiter, durch eine zerbrochene Haustür. Wir passieren eine dunkle Halle, von der aus Treppen nach oben führen, und kommen durch eine zweite Tür wieder ins Freie.

Ein Hof, der dem ähnelt, in dem ich heute Morgen Bogenschießen geübt habe. Wie lange ist das her, eine Stunde, weniger? Es fühlt sich an wie eine Erinnerung aus einem anderen Leben.

Jemand hat versucht, hier etwas anzupflanzen. Aus der aufgeschütteten Erde ragen einzelne Halme. Daneben wächst ein kleiner Busch, frische Blätter treiben aus seinen Zweigen.

Sandor nimmt seinen Mantel von den Schultern und breitet ihn auf dem Boden aus, dort, wo die Sonne die Farben von Erde, Gras und Steinen leuchten lässt; Aureljo legt Tomma behutsam darauf.

Das Blau ihrer Lippen ist dunkler geworden. Ich knie mich neben sie, lege ihr eine Hand auf die Stirn, wische ihr den kalten Schweiß von der Haut.

Sie atmet jetzt in kleinen, kurzen Stößen, doch die Luft scheint ihre Lunge nicht zu erreichen. Sie sieht mich an, aber ich glaube nicht, dass sie mich wahrnimmt.

Ich möchte etwas sagen, das sie beruhigt, das die Dinge besser macht, aber ich weiß nicht, was. Meine Kehle schmerzt, als würde jemand sie zudrücken.

Stattdessen kommt aus Tommas Mund ein neuer Laut. Es klingt wie »Ja«. Das glaube ich zumindest. Als ich diesmal ihre Hand nehme, lässt sie es zu.

»Ja«, wiederholt sie. »Ja?« Es ist nur eine einzige Silbe, doch die kostet sie entsetzlich viel Anstrengung.

»Ja«, stimme ich zu. »Es wird alles wieder gut.« Ich kann die Tränen spüren, die mir heiß übers Gesicht laufen. Kann ich ihr wirklich nicht mehr geben als diese dumme Lüge? Nichts wird wieder gut und keine meiner Lektionen bei Grauko hat mich auf eine solche Situation vorbereitet. Falls es Worte gibt, die es Tomma leichter machen könnten, kenne ich sie nicht.

»Ja?«

Erst da begreife ich. Ich drücke ihre Hand fester – ihr diesen Wunsch zu erfüllen, liegt nicht in meiner Macht.

»Sie will Yann«, sage ich.

Sandor und Quirin wechseln einen Blick. Sandors Augen stellen eine stumme Frage. *Soll ich ihn holen?*

Quirin schüttelt kaum merkbar den Kopf. *Du wirst nicht schnell genug sein.*

»Ja?«, wiederholt Tomma. Ihre zweite Hand, die, die ich nicht festhalte, greift in die Luft.

Sandor atmet durch. Kniet sich hin, fängt Tommas suchende Finger in seinen. »Meine Kleine. Ich bin da.«

Seine Stimme ist ein bisschen heller als sonst und beinahe trifft er Yanns lässige Sprachmelodie. Unter normalen Umständen würde Tomma der Unterschied sofort auffallen, aber jetzt packt sie nur Sandors Hand. Zieht sie zu sich, an ihr Gesicht. Ihre Lider flattern, sie schließt die Augen. Ein längerer, pfeifender Atemzug.

»Meine Kleine«, wiederholt Sandor. Er legt sich neben Tomma, drückt sie an sich, hält ihren Kopf an seiner Schulter fest.

Sie lässt meine Hand los. Auch ihre Fingernägel sind blau.

Sandor wiegt sie und summt eine Melodie, die ich nicht kenne, während wir anderen nur dastehen und zusehen können. Aureljo hat eine Faust an seinen Mund gepresst und atmet schwer; als er meine Tränen sieht, kommt er zu mir und hält mich. Es fühlt sich an wie Sicherheit, aber das ist ein trügerisches Gefühl; Sicherheit existiert nicht. Nirgendwo.

Auch Quirins Augen sind nass. Er wendet den Blick keine Sekunde lang von Tomma. Ein Windstoß weht ihm eine Strähne seines weißen Haares ins Gesicht, aber er scheint es nicht zu bemerken.

Irgendwann lässt Sandor Tomma los. Dreht sie behutsam auf den Rücken, als wollte er sie nicht wecken. Mit einer Hand streicht er ihr über die Lider. Betrachtet ihr Gesicht noch vier, fünf Herzschläge lang, bevor er zu uns aufsieht. Ohne Worte, aber die sind auch nicht nötig.

Ich verkrieche mich in Aureljos Armen, warte darauf, die Verzweiflung gleich in ihrer vollen Wucht zu spüren, warte auf sie wie auf den schmerzhaften Aufprall nach einem Sprung von sehr weit oben.

Aber sie kommt nicht. Alles, was ich fühle, ist Leere, trostlos und kahl wie eine Wüste aus Schnee.

Wir kehren in unser Gewölbe zurück. Wieder ist es Aureljo, der Tomma trägt; genauer gesagt ihren Körper, der schlaff in seinen Armen hängt. Ich will nicht hinsehen und muss es trotzdem, weil ein Teil von mir darauf wartet, dass sie sich wieder regt, die Augen aufschlägt, irgendetwas.

Es ging ihr doch gut, gestern Abend, besser als die Tage davor. Es ist nicht fair. Es ist nicht richtig. Es ist … ein Irrtum.

Ich weiß nicht, an wen sich meine Gedanken richten. Wen ich überzeugen will, aber mein Kopf hört einfach nicht auf, Argumente aufzulisten, dafür, dass Tomma nicht tot sein kann, dass es sich um einen Fehler handelt, der sofort rückgängig gemacht werden muss.

In unserer Unterkunft verstärkt sich das Gefühl. Da sind die Decken, die sie zerwühlt hat. Das Buch, aufgeschlagen bei der letzten Seite, die sie gelesen hat. Ihre Lampe. Ihre Stiefel.

Tycho streicht die Decken glatt, bevor Aureljo Tomma darauf ablegt. Sie sieht plötzlich kleiner aus. Und jünger, wie ein Kind.

Erst Fleming, dem jemand ein Messer zwischen die Rippen gestoßen hat. Jetzt Tomma. Wir waren sechs, nun sind wir nur noch vier. Der Nächste wird vielleicht von einem Wolf angefallen oder ein Schlitzer schneidet ihm die Kehle durch, und irgendwann hat der Sphärenbund sein Ziel erreicht.

Die Betreffenden müssen getötet werden.

Wenn es so weitergeht, müssen sich die Exekutoren nicht einmal die Finger schmutzig machen.

Eine Emotion durchbricht die Leere in meinem Inneren, es ist Wut, und ich begrüße sie wie eine alte Freundin. Sie und ich, wir könnten gemeinsam Dinge gegen die Wand werfen oder Leute anbrüllen, sie für das Geschehene verantwortlich machen. Irgendwann werden wir erschöpft sein, uns in eine stille Ecke setzen und der Trauer dabei zusehen, wie sie ihre grauen Fäden webt.

»Es tut mir so leid.« Quirins Stimme unterbricht meine Gedanken, anders als sonst klingt sie alt und brüchig. »Tomma wird mir immer als lebensfroher und kluger Mensch in Erinnerung bleiben. Sie hat alles geliebt, was wuchs und blühte, ich wünsche ihr Bäume und Wiesen, dort, wo sie jetzt ist.«

Ein paar Worte nur, schon laufen neue Tränen über mein Gesicht. Ich muss an Grauko denken … Wäre er enttäuscht, dass ich mich überhaupt nicht um Emotionskontrolle bemühe?

Nein. Ich glaube nicht. Sie ist ein Mittel zum Zweck und im Moment gibt es nichts, was ich damit erreichen könnte.

Aureljo steht hinter mir und schlingt seine Arme um mich, sein Atem geht zitternd. Du bist der Nächste, denke ich. Sie werden dich schnappen, bevor du die Sphäre überhaupt betreten kannst. Vielleicht auch erst kurz danach, wenn du gerade wieder beginnst, dich an die Wärme zu gewöhnen. Du wirst in einem dunklen Raum sterben, allein und ohne jemanden, der deine Hand hält, denn offiziell bist du längst tot, und die Sphären geben ungern Fehler zu, schon gar nicht derart unangenehme. An wie viele Korrekturmeldungen kannst du dich aus den letzten, sagen wir, fünf Jahren erinnern? Zwei, höchstens, und keine davon war von großer Bedeutung. Sie können es sich nicht leisten, dich am Leben zu lassen.

Ich mache mich von Aureljo los, im gleichen Augenblick, als Quirin weiterspricht.

»Wir müssen uns überlegen, wie wir Tomma zur letzten Ruhe geleiten.« Er sieht jeden von uns an, einen nach dem anderen. »Wir können sie nicht verbrennen, wie wir es bei Fleming getan haben. Das Feuer würde Menschen anlocken – Clanmitglieder, Sentinel, Feinde. Sie zu begraben ist ebenfalls schwierig. Selbst wenn Sandor und Bojan gemeinsam arbeiten, brauchen sie mehrere Stunden, um ein Loch auszuheben, das groß genug ist. Auch das würde auffallen, schon wegen des Lärms.«

Meine Freundin, die Wut, erwacht zu neuem Leben. Wie kann Quirin dieses Thema in einem solchen Moment zur Sprache bringen?

»Ich habe nachgedacht«, fährt er fort, »und eine Lösung gefunden, die mir sinnvoll erscheint. Es gibt alte Begräbnisstätten unter der Erde. Dort können wir Tomma bestatten und ihr habt die Möglichkeit, ihr Grab zu besuchen, wenn ihr das wollt.«

Unter der Erde, schon wieder. Tiefer wahrscheinlich, als jede Baumwurzel reicht. Ich will protestieren; wenigstens nach ihrem Tod soll Tomma die Welt vergönnt sein, nach der sie sich so gesehnt hat. Ihr Rauch soll in den Himmel steigen und sich dort mit den Wolken mischen, das wäre ein tröstlicher Gedanke.

»Gut.« Aureljos Antwort kommt meiner zuvor. »Ich bin sehr froh, dass du so umsichtig bist, Quirin. Es ist eine vernünftige Lösung.«

Ich beiße mir auf die Unterlippe, meine Augen brennen. Ja, eine vernünftige Lösung, in unser aller Sinn. Nicht von Emotionen getrübt. Eine Entscheidung, wie ich sie vor wenigen Wochen selbst getroffen hätte, ohne zu zögern.

Was hat sich geändert?

Ich weiß es nicht. Ich weiß nur, dass ich keine Minute länger hierbleiben will, ich brauche einen Ort, an dem ich allein sein kann, niemanden hören und sehen muss.

Ich überprüfe, ob ich meine Stablampe in der Jacke habe, und gehe, ohne ein Wort. Was Aureljo mir nachruft, verstehe ich nicht, und es ist mir auch egal. Ich habe nicht vor, mit ihm oder einem der anderen zu sprechen, bevor ich mich wieder fühle wie ich selbst.

Der Tiefspeicher empfängt mich mit dem vertrauten Geruch nach Papier und uraltem Staub. Ich verkrieche mich zwischen den Bücherstapeln, direkt vor mir ist die leere Stelle, an der das Buch für Tomma gestanden hat. *Getreide- und andere Körnerfruchtarten.*

Ich setze mich, ziehe die Knie an und schlinge die Arme um

meinen Oberkörper. Jetzt wäre eine gute Gelegenheit, mich gehen zu lassen, aber meine Tränen haben sich zurückgezogen wie das Meer bei Ebbe. Am liebsten würde ich schlafen, einen oder zwei Tage lang, tief und traumlos. Ich lege mich hin und schließe die Augen, aber sofort sehe ich Tomma vor mir, wie sie ihre Hand ausstreckt und nach Yann ruft.

Ausgerechnet. Nach diesem Widerling, der wahrscheinlich schuld ist an ihrem Tod. Seinetwegen musste sie im Schnee stehen, nur mit Socken an den Füßen, obwohl sie zu diesem Zeitpunkt bereits erkältet war.

Wenn wir die Infektion damals schon ernst genommen, Tomma dazu gebracht hätten, sich zu schonen und auszukurieren …

Es ist auch unsere Schuld. Wir haben nicht eng genug zusammengehalten. Ich selbst war immer wieder ärgerlich auf sie, weil ich dachte, sie übertreibt und benutzt eine lächerliche Erkältung, um sich vor der Arbeit zu drücken.

Ich versetze dem Bücherstapel, der meinem rechten Fuß am nächsten ist, einen Tritt. Mit einem dumpfen Krachen stürzt er ein, reißt einen zweiten mit. Im ersten Augenblick verspüre ich Erleichterung, doch sofort danach Scham. Es ist ein dummes und lächerliches Verhalten; nicht einmal die letztgereihten Studenten der Akademie würden sich je so unbeherrscht benehmen.

Verschämt und voller Reue staple ich die Bücher wieder aufeinander, und da ich nun schon dabei bin, mache ich gleich weiter mit meiner Sortierarbeit. Sie beschäftigt meine Hände, lähmt meine Gedanken. Tut mir gut.

Den Haufen mit fleckigen Büchern lasse ich unberührt, ich habe keine Lust, klebrige Seiten auseinanderzureißen. Ich suche etwas, das mich ablenkt. Schön wären Gedichtbände, Philosophie … Ich möchte ein Buch aufschlagen und darin einen Satz finden, der einen Lichtstrahl in diesen schwarzen Tag wirft.

Das Beste, was mir unterkommt, sind einige schwere Bildbände, in denen alte Gemälde abgedruckt und erklärt sind. Sie ähneln in Format und Gewicht dem Buch, in dem ich die Abbildung des heiligen Hieronymus gefunden habe. Und einen Chronik-Teil.

Vincent van Gogh steht in Golddruck auf dem Leineneinband des ersten Bandes, den ich vom Boden aufhebe. Der Name ist mir ein Begriff, natürlich, ich habe mehrere Einheiten Kunstgeschichte belegt.

Ich blättere es durch, es ist gut erhalten, manche der Seiten glänzen sogar noch. Bei der *Sternennacht* halte ich inne; dieses Gemälde bewegt etwas in mir. So habe ich mir als Kind die Lange Nacht vorgestellt: dunkel und geheimnisvoll, der Himmel voller Zeichen, die alles verheißen können, Glück oder Unheil, darunter die Häuser der Menschen und ihre Bewohner, die nichts tun können, außer nach oben zu blicken und das zu erwarten, was auf sie niederstürzen wird.

Ich widerstehe der Versuchung, das Bild herauszureißen und einzustecken, aber ich stelle das Buch so ins Regal, dass ich es leicht wiederfinden kann.

Das nächste. *Die Malerei der Renaissance.* Der Einband ist zerrissen, doch der Rest scheint intakt. Ich öffne es vorsichtig und es klappt wie von selbst auf, was kein Wunder ist, denn jemand hat etwas hineingelegt, wie ein Lesezeichen. Es ist eine weitere Chronikseite. Wieder in einem Buch, das sich mit Kunst befasst.

Die Schrift ist am oberen Rand ziemlich verschmiert und ich muss mit meiner Lampe direkt daraufleuchten, um sie entziffern zu können.

... und was mir fehlt, ist die Schönheit des Überflüssigen. Dass etwas geschaffen wird, damit man es bewundern kann, nicht weil es überlebensnotwendig ist. Ich wollte ein Gedicht schreiben, aber kaum hatte ich den Stift aufs Papier gesetzt, wurde mir klar, dass es Verschwendung wäre – Papier, noch dazu unbedrucktes, ist nicht unbegrenzt vorhanden, niemand kann es nachproduzieren und wer weiß, wofür wir es noch brauchen. Ganz bewusst schreibe ich kleiner als bisher, enge Zeilen, die viel Information auf wenig Platz unterbringen. Es gibt so vieles, das ich festhalten muss. Unglaubliches, Unaussprechliches. Ich werde bald damit beginnen. Meine Aufzeichnungen sind wichtig, sie weiterzuführen verursacht mir kein schlechtes Gewissen, aber ein Gedicht? Wahrscheinlich würde es nicht einmal gut werden.

Sich hier weiter darüber auszulassen ist ebenfalls Verschwendung und keinesfalls der Sinn dieser Chronik, also wende ich mich besser wichtigen Dingen zu.

Ich habe den Großteil der letzten Tage in einem der tiefsten Keller mit Dhalion verbracht. Er ist sicher hier, glaube ich, und die anderen sind sicher vor ihm. Ich will nichts riskieren und ich kann ihn noch nicht gut genug einschätzen, um sorglos zu sein.

Porter findet, dass ich übertreibe. Es ist bisher alles gut gegangen, warum sollte jetzt plötzlich etwas passieren? Du musst ihn nicht jede Minute persönlich bewachen, er wird nicht ausbrechen. *Seine eigenen Worte brachten Porter zum Lachen, als hätte er einen besonders klugen Witz gemacht.* »Ausbrechen! Ist das nicht herrlich?« *Als er sah, dass ich nicht mitlachte, beruhigte er sich wieder.* Im Ernst, ich glaube, es ist besser, du lässt ihn in Ruhe. Verdirb nicht, was wir erreicht haben. Du solltest ...

Was Jordan sollte, erfahre ich nicht, denn hier ist die Seite zu Ende. Ich drehe sie um und beginne, alles noch einmal zu lesen. Was genau war es, das Jordan so fürchtete? War Dhalion, wie ich vermutet hatte, einer seiner Gefährten aus der Sphäre? Oder doch jemand ganz anderes? Seiner Beschreibung nach könnte man meinen, Dhalion sei ein Schlitzer gewesen, den Jordan unter seine Fittiche genommen hat, oder ein wildes Tier.

Ich blättere das Buch über die Renaissance von vorne bis hinten durch; falls noch ein loses Blatt darin versteckt sein sollte, will ich es auf keinen Fall übersehen. Erst jetzt wird mir bewusst, an welcher Stelle ich die herausgerissene Chronik-Seite gefunden habe. Es ist ein gespenstischer Zufall, an einem Tag wie heute.

Der Tod und das Mädchen lautet der Titel des Bildes, das von dem Blatt aus der Chronik verdeckt war. Auf dem Gemälde ringt ein Mädchen die Hände, es ist blass und nackt, sein Blick wirkt verloren, geht ins Nichts, über seine Wangen laufen Tränen. Die Gestalt, die hinter dem Mädchen steht, lächelt siegessicher. Ein von ledriger Haut überzogenes Skelett. Es packt mit einer Hand das Haar des Mädchens und will sein Opfer fortzerren. Den ersten Schritt hat es schon getan, und als Betrachter weiß man, was passieren wird. Der Tod nimmt sich, was er haben will.

Das Mädchen auf dem Bild hat überhaupt keine Ähnlichkeit mit Tomma, trotzdem bereitet mir die Übereinstimmung Unbehagen. Dass ich ausgerechnet heute darauf stoße. Und dass genau an dieser Stelle des Buchs der Chronik-Eintrag versteckt war.

Drei Bildbände blättere ich noch durch, aber in denen hat Jordan nichts hinterlegt. Wenn er es denn überhaupt selbst war und nicht Porter, Dhalion oder jemand ganz anderes.

Dann sitze ich einfach nur da. Lasse die Zeit vergehen. Ich finde nicht die Kraft, aufzustehen und zu den anderen zurückzugehen. Vielleicht liegt Tomma immer noch auf ihrem Platz, noch blasser als vorhin, die Wangen eingefallen, die Glieder steif.

Oder sie haben sie schon weggebracht. Ich weiß nicht, was ich schlimmer fände.

Wir haben uns nicht allzu gut vertragen, in letzter Zeit. Sie war, vielleicht zu Recht, verletzt, weil ich ihr nichts von dem Gespräch zwischen Gorgias, Morus und dem farblosen Sentinel erzählt hatte. Sie ahnungslos die Reise antreten ließ, von der ich zu wissen glaubte, dass sie in den Tod führen würde.

Dafür revanchierte sie sich mit einer Rücksichtslosigkeit, die ich ihr nie zugetraut hatte. Warf sich Yann in die Arme und war bereit, uns an die Sphären auszuliefern, solange sie in Sicherheit bleiben konnte. Aber ich weiß noch, dass wir Freundinnen waren. Dass wir an der Akademie gemeinsam gelacht, gearbeitet und gegessen haben, dass es eine Zeit gab, in der wir einander vertrauten. Der Gedanke lässt mich endlich wieder weinen, ich rolle mich auf dem Boden zusammen und verberge mein Gesicht in den Armen.

Fiore findet mich Stunden später, schlafend zwischen den Bücherstapeln. Ich höre ihre Schritte, noch bevor ich ihre Hand an der Schulter spüre.

»Wir sind so weit«, sagt sie. »Wenn du Tomma auf ihrem Weg begleiten willst, dann komm.«

11

Sie liegt auf einer Bahre, die aus Holz- und Eisenstangen zusammengebunden ist. Jemand hat sie in ihre Decke gewickelt, nur ihr Kopf ist zu sehen. Ich suche in ihrem Gesicht nach dem Frieden, von dem häufig gesprochen wird, wenn es um Tote geht, aber ich kann ihn nicht finden. Ich sehe nur, dass Tomma fort ist. Dass in diesem Körper niemand mehr wohnt.

Sandor war hier, als ich in den Speicher geflohen bin, und er ist es noch immer. Oder schon wieder. Er und Aureljo packen die Holme der Bahre und heben sie hoch, tragen sie an mir vorbei.

Dantorian nimmt mich am Arm. »Komm«, sagt er, und dann beginnt er zu singen, während wir langsam den engen Gang entlanggehen, in dem die Lampe, die Sandor an den Gürtel geschnallt hat, zuckende Schatten an die Wände wirft.

Ich kenne das Lied nicht, aber es ist traurig und wunderschön. Bisher habe ich Dantorian nie singen gehört, ich wusste nicht, dass er eine so fabelhafte Stimme hat.

Mein Kopf schmerzt von den geweinten Tränen und denen, die ich jetzt zurückhalte. Doch diesmal werde ich der Versuchung, ihnen freien Lauf zu lassen, nicht nachgeben. Ich will wieder vernünftige Gedanken fassen können – wir sind nur noch zu viert und ich kann nicht zulassen, dass weiterhin einer nach dem anderen sein Leben verliert.

Ich rufe mir Graukos Lektionen ins Gedächtnis zurück. *Innere Ruhe finden, sie ist immer da, wenn man alles andere ausblendet.*

Ich denke an eine schimmernde Glasfläche.

An lautlos fallende Schneeflocken.

An eine gleißende Sonne auf strahlendem Blau.

Mein Atem geht ruhig, meine Gedanken sind klar wie frisches Wasser.

Die Dinge liegen in deiner Hand, du kannst sie nach deinem Willen formen. Die Erinnerung an Graukos Stimme ist so gegenwärtig, dass ich meine, sie in meinem Kopf hören zu können.

Wenn ich überleben will, muss ich mich auf meine Fähigkeiten besinnen. Ria auf der Flucht ist schwächer, als Ria aus der Sphäre es war. Sie zieht sich zurück, vergräbt sich zwischen Büchern und setzt ihre Begabungen nur noch nachlässig ein.

Damit ist jetzt Schluss. Es ist ein stummes Versprechen, das ich Tomma gebe. Hätte ich sie genauer beobachtet, hätte ich vielleicht früher gemerkt, wie ernst ihr Zustand war. Zu einem Zeitpunkt, an dem man noch etwas hätte tun können. Nie wieder wird mir so etwas passieren.

Der Gang wird niedriger und schmäler; auch älter, so kommt es mir jedenfalls vor. Wir biegen nach links ab, gehen einige Treppenstufen hinauf und gleich wieder hinunter. Jetzt sind die Mauern um uns herum aus rötlichem Ziegel und sie schmiegen sich fast an uns, so eng ist der Gang.

»Bis hierher bin ich noch nie gekommen.« Tycho, der hinter mir geht, spricht leise mit Fiore. »Ich muss den Durchgang übersehen haben. Ich wünschte …«

Er lässt den Satz im Nichts enden und Fiore fragt nicht nach. Sie begreift wahrscheinlich, genau wie ich, was Tycho meint. Dass er sich für die Befriedigung seines Forscherdrangs einen anderen Anlass gewünscht hätte.

Wir erreichen eine Art Halle, und als der Lichtkegel von Sandors Lampe über die Wände streift, traue ich meinen Augen nicht. Es ist ein Raum wie aus einem Albtraum. Bogenförmige Nischen, bis oben hin mit Knochen gefüllt. Augenlose Schädel.

Ich denke sofort an *Der Tod und das Mädchen*. Ist das Quirins Plan? Tomma in einer Gruft mit Tausenden anderen Toten zurückzulassen, sie zwischen die Gerippe zu legen, bis man sie nicht mehr von ihnen unterscheiden kann?

Wir durchqueren die Halle und gelangen in eine weitere. Dort wartet Quirin. Er trägt immer Weiß, aber so extrem wie in dieser Umgebung ist mir das noch nie aufgefallen. Eine helle Gestalt inmitten der Dunkelheit des Todes.

Auch hier sind die Wände mit Knochen bedeckt, scheinen förmlich daraus zu bestehen. Einige liegen verstreut am Boden. Doch in diesem Raum stehen auch Särge und einer davon ist offen. Eine steinerne Kiste in einer dunklen Kammer, Tommas letzte Ruhestätte.

Sandor und Aureljo setzen die Bahre vor Quirin ab. Beide sehen auf Tomma hinab, während sie einen Schritt zurücktreten.

Als Aureljo zu mir kommt und mich in den Arm nimmt, wehre ich mich nicht, obwohl die Art, wie er mich hält, mich daran erinnert, wie Sandor die sterbende Tomma gehalten hat, und ich fühle, wie meine Muskeln sich anspannen, wie mein Körper ausbrechen will. Aber das ist Unsinn. Ich lebe. Und das wird so bleiben.

»Wo sind wir?« Tychos helle Stimme füllt die Gruft mit Lebendigkeit und nimmt ihr einen Teil der drückenden Atmosphäre. Er ist das Gegenteil von allem, was uns hier umgibt.

»Diese Räume heißen Katakomben«, erklärt Quirin. »Über uns befinden sich die Reste der früheren Kathedrale und unter ihr wurden schon vor fast tausend Jahren Menschen bestattet. Domherren, Bischöfe, aber auch ganz normale Leute.« Er streicht mit der Hand über den offenen Deckel des steinernen Sargs. »Vor langer Zeit gab es eine Epidemie in der Stadt. Die Pest. Sie tötete so viele Menschen, dass man sie nicht mehr bestatten konnte, sondern einfach hier unten ablegte, zu Hunderten.« Er blickt auf. Sieht uns alle an, aber mich am längsten. »Mein Großvater wurde in den Katakomben zur Ruhe gebettet und mein Vater neben ihm. Wir können Tomma nicht in Luft und Licht verabschieden. Es ist nicht das, was sie sich gewünscht hätte. Aber sie wird hier nicht allein sein. Ich komme oft her, um nachzudenken, um Zwiesprache mit meinen Vorfahren zu halten. Es ist ein Ort der Stille, nicht des Schreckens.« Ein Lächeln umspielt seine Lippen und auch das gilt wieder mir. »Es ist ein Ort, an den man gehen kann, wenn man seine Toten ehren will. Und das ist es doch, was wichtig ist, nicht? Für Tomma selbst spielt es keine Rolle, sie hat ihr Licht und ihre Freiheit längst gefunden.«

Er fasst in Worte, was ich zuvor gefühlt habe. Tomma ist fort und wir klammern uns an Rituale, um allmählich damit zurechtzukommen.

Trotzdem lassen diese unterirdischen Hallen, diese geballte Ansammlung von Tod, mich schaudern. Jeder der grinsenden Schädel erzählt mir von meinem eigenen Tod, der unausweichlich ist. Nicht heute, vielleicht auch nicht morgen, aber irgendwann.

»Es ist jetzt Zeit, Abschied zu nehmen«, sagt Quirin leise. »Ich kenne eure Gebräuche nicht und möchte euch unsere nicht aufdrängen.«

Aureljo tritt vor. Wie schon bei Fleming greift er auf die Worte zurück, die bei den Trauerfeiern in den Sphären gesprochen wurden. Meine Tränen bilden eine brennende Wand hinter meinen Augen, aber ich lasse sie nicht passieren. Nicht mehr.

»Wir sind einen weiten Weg miteinander gegangen«, beginnt er. »Tomma ist er anfangs sehr schwergefallen, aber als sie gesehen hat, wohin er sie führen wird, hat sie ihn mehr genossen als jeder andere von uns. Sie hat Sonne, Luft und Erde geliebt wie niemand sonst, den ich kenne. Dass der Weg für sie so früh zu Ende sein musste, wird mir unbegreiflich bleiben.« Der Blick aus seinen dunkelgrünen Augen sucht mich, hält mich fest und lässt mich wieder los, um sich auf die Bahre zur richten. Aureljo atmet geräuschvoll ein und aus, bevor er weiterspricht. »Wir trauern um Tomma, benannt nach dem berühmten Biologen und Botaniker Mutius von Tommasini, mit dem sie den Forschergeist und die Liebe zu allem teilte, was wächst, blüht und uns nährt. Wir werden sie vermissen und sie nie vergessen.«

Er kniet sich neben sie, küsst ihre Stirn und streicht ihr über die Wange. Ich kann sehen, wie seine Unterlippe zittert, aber seine Stimme hat es nicht getan. Unser Training sitzt tief.

Dantorian ist der Nächste, aber er hält sich nicht mit Ansprachen auf, sondern tut das, was er bereits auf dem Weg hierher getan hat: singen. Es ist ein irisches Lied, das ich schon einmal gehört haben muss, es kommt mir bekannt vor, hat es nicht Tomma selbst einmal gesummt, als wir in den Sphären Setzlinge gepflanzt haben? *I watch the sunrise*, beginnt es und erzählt von Sonnenlicht und Schatten und Menschen, die uns immer nahe sein werden. Meine Kehle wird eng, aber auch diesen Kampf gegen die Tränen gewinne ich.

Danach tritt Tycho vor. Er fasst sich kurz und richtet seine Worte nicht an uns, sondern nur an Tomma. »Es ist so scheißunfair, dass du den Wölfen und den Sentineln und dem beschissenen Eis entkommen bist, nur um dann an einer Erkältung zu sterben. Oder meinetwegen an einer Lungenentzündung, wen kratzt das. Auch wenn wir nicht die besten Freunde waren und ich im Leben nicht kapieren werde, was du an Yann gefunden hast, ich hätte alles dafür getan, damit du dabei bist, wenn die Sonne den Schnee wegschmilzt und dann unendlich viel Erde da ist, die man endlich bepflanzen kann, mit allem, worauf man Lust hat. Ich weiß, dass du das tun wolltest, und ich könnte alles kurz und klein treten, wenn ich daran denke, dass du stattdessen hier unten sein wirst und wir ohne dich weitermachen müssen.«

Er dreht sich um und geht, wartet nicht ab, was jetzt noch kommt, sondern verschwindet in der Schwärze der schweigenden Korridore. Aber um ihn muss ich mir keine Sorgen machen, er wird sich nicht verirren. Nicht Tycho.

Mein Kopf ist leer, als ich an die Bahre trete. Dantorians Lied und Tychos Worte hallen in mir nach; sie haben alles ausgedrückt, was ich hätte sagen können. Also erzähle ich von Tomma. Wie ich sie kennengelernt habe, als wir beide zwölf waren, wie wir beide für den gleichen Sentinel der Quartierwache geschwärmt haben. Welche Pläne sie hatte, welche Ängste. Dass sie hierbleiben wollte, mit den Sphären völlig abgeschlossen hatte und dass sie – anders als wir Übrigen – ohne Zögern bereit war, sich auf eine Welt einzulassen, die ihr letztendlich den Atem genommen hat. Während meiner kleinen Rede wird mir erst das volle Ausmaß meines Verlustes bewusst. Niemanden aus der Gruppe kannte ich so lange wie Tomma, nicht einmal Aureljo. Sie war die Einzige unter uns, mit der ich Kindheitserinnerungen teilen konnte. Das haben wir nicht oft getan und in den letzten Wochen gar nicht mehr, doch jetzt ist es unmöglich geworden. *Weißt du noch, damals?* Das wird es nie wieder geben.

Die meiste Zeit, während ich spreche, sehe ich Tomma an, aber hin und wieder hebe ich den Kopf, um den Kontakt zu den Zuhörern nicht zu verlieren, wie Grauko es mich gelehrt hat. Bei einer dieser Gelegenheiten kreuzt mein Blick den von Sandor und mir wird klar, dass ich mindestens ebenso viel von mir erzähle wie von Tomma. Dass ich ihm und Quirin auf diese Weise regelrecht helfe, mich besser einzuschätzen, und dass das möglicherweise ein Fehler ist.

Ich fahre fort, langsamer und bedachter jetzt, schenke ihren Reaktionen mehr Aufmerksamkeit, aber weder in Sandors noch in Quirins Gesicht erkenne ich Berechnung. Sie lassen meine Erzählung auf sich wirken, mehr nicht, sie fühlen meinen Verlust mit und ein Teil meiner Trauer überträgt sich auch auf sie. Vor allem auf Quirin, der häufig blinzelt.

Dann bin ich fertig und knie mich neben die Bahre. Küsse Tomma auf die Stirn, die ebenso kalt ist wie der Steinboden unter meinen Händen.

Wie Aureljo und Sandor sie hochheben und in den Sarg legen, bevor sie den schweren Deckel zuschieben, sehe ich nicht mehr. Will ich nicht sehen. Gemeinsam mit Dantorian gehe ich in den nebenan liegenden Raum, den mit den knochengefüllten Nischen. Die Stablampe zittert in meiner Hand, aber ich werde mich nicht von den flinken Schatten täuschen lassen. Hier lebt niemand außer uns, und es gibt kaum etwas, das ich weniger fürchten muss als die Überreste längst verstorbener Menschen.

»Du hast sehr schön gesungen.«

»Und du schön gesprochen.«

Wir nicken einander zu. Mehr gibt es im Moment nicht zu sagen.

Auf dem Rückweg überlege ich, ob es nicht vernünftig wäre, meine Überredungskünste auf Dantorian anzuwenden, ihm so viel Angst einzujagen, dass er Aureljo bei seinem Projekt im Stich lässt, und dann darauf zu hoffen, dass auch er aufgibt.

Wir werden niemanden mehr aus der Gruppe verlieren, verspreche ich mir. Nicht an die Kälte, nicht an wilde Prim-Clans und erst recht nicht an die Sphären.

In den darauffolgenden Tagen rücken wir verbliebenen vier enger zusammen. Aureljo verzichtet darauf, seine Pläne weiter voranzutreiben, ich verzichte auf meine Ausflüge in den Bibliotheksspeicher. Wir sitzen beieinander und erzählen uns Dinge, die wir erlebt haben. Früher, in den verschiedenen Sphären, bei unseren Zieheltern und später an der Akademie. Banales, Außergewöhnliches, Witziges. Es wird überraschend viel gelacht, und das tut gut.

Tommas Lager bleibt lange unberührt, die Decken sind eine Hügellandschaft, die ihr Körper geformt hat. Doch der Teil des Gewölbes, den sie für sich beansprucht hat, wirkt durch all das, was sie zurückgelassen hat, nur noch verlassener, also räumen wir die wenigen Dinge am nächsten Tag weg, wir alle gemeinsam. Wir verteilen sie nicht untereinander, noch nicht, sondern legen sie ordentlich zusammen und verwahren sie in der hintersten Ecke des Raums.

Nur das Buch, das ich für Tomma mitgebracht hatte, behalte ich bei mir. Sie hat drei Wollfäden zu einem schmalen Lesezeichen geflochten, das die Stelle markiert, an der sie für immer zu lesen aufgehört hat. Irgendwann, bald, werde ich das Buch zurückbringen, mit dem Wollband zwischen den Seiten. Es ist ein Beweis dafür, dass Tomma gelebt hat. Eine winzige Spur, die sie hinterlassen hat und die ich keinesfalls auslöschen möchte.

12

Weder am nächsten noch am übernächsten Tag lässt Sandor sich blicken. Fiore bringt uns etwas zu essen, sie berichtet, dass einer von den Jägern einen Fahnder gesichtet und zerstört hat.

Die kleinen Geräte bewegen sich eigenständig durchs Gelände, sie sind oftmals mit Kameras ausgerüstet, außerdem mit Sensoren, die Lebewesen aufgrund ihrer Körperwärme aufspüren können. Sie folgen ihnen und senden die Bilder und Informationen an ...

An wen genau, weiß ich nicht, aber ich vermute, es sind die Exekutoren, die auf diese Weise lästige Clans orten und auslöschen. Ebenso wie flüchtige Feinde des Systems, also uns.

»Einer der Grenzgänger hat letztens Hirschfelle an einen Sentinel verkauft und ist mit ihm ins Gespräch gekommen«, erzählt Fiore. »Es sieht ganz so aus, als würde immer noch nach euch gesucht. Nach euch oder euren Gräbern, das scheint ziemlich egal zu sein. Sie wollen nur sichergehen, dass ihr nicht plötzlich auftaucht und für Ärger sorgt.«

Sie grinst, lässt die Mundwinkel aber pflichtschuldig sinken, als sie sieht, dass niemand von uns ihre Erheiterung teilt.

Ich weiß nicht, wie es den anderen geht, aber ich habe sofort Tommas Grab vor Augen und die Vorstellung, dass die Exekutoren es finden könnten, dreht mir den Magen um. Mit einem Mal bin ich Quirin dankbar dafür, dass er einen so sicheren Platz für ihre letzte Ruhestätte gewählt hat.

»Tut mir leid, ich wollte euch nicht zu nahe treten.« Fiore holt aus ihrem Beutel getrocknete Fleischstreifen und legt jedem von uns zwei auf den Teller. »Bei uns ist der Tod kein so seltener Gast, als dass wir ihm erlauben dürften, uns tagelang die Kraft und den Mut zu rauben.« Sie steht auf. »Wir wären sonst ständig kraft- und mutlos.«

In ihren Worten steckt ebenso viel Wahrheit wie Härte.

»Ich verstehe, was du meinst, aber wir können nicht einfach zur Tagesordnung übergehen«, sagt Aureljo bestimmt. »Danke für das Essen. Dantorian und mich findest du morgen wieder an unserem üblichen Arbeitsplatz. Sag Quirin bitte, wir wären froh, wenn er am Nachmittag Zeit für uns hätte. Es geht um die Identitätschips.«

Fiore nickt, offenbar ist sie informiert. Im Gegensatz zu mir, ich kann mir nur zusammenreimen, was Aureljo meint.

Anders als wir, die wir Elitestudenten und damit wichtig für die Zukunft der Sphären waren, tragen Sphärenbewohner, die niedrigere Arbeiten verrichten, keinen Salvator. Damit sie trotzdem jederzeit einer Sphäre oder Einheit zugeordnet werden können, bekommen sie im Alter von zwölf Jahren sogenannte Identitätschips eingesetzt. Kleine Metallplättchen, die ins Ohr geklammert werden. In den Sphären sind überall dort, wo eine Kuppel in die nächste übergeht, Lesegeräte angebracht, die genau aufzeichnen, wann sich eine Person wohin begibt.

Ohne Chip wird sich Aureljo niemals in Vienna 2 einschmuggeln können, denn jeder, der durch die Schleuse will, wird gescannt.

»Ich werde es Quirin sagen.« Fiore hebt zum Abschied die Hand, dann ist sie verschwunden.

Ich esse meine Portion auf, danach verkrieche ich mich unter meine Decke, Tommas Buch fest an mich gepresst. Aureljo will morgen weiter an seinem Plan feilen. Der Gedanke ist wie Eis in meinem Inneren. In meiner Vorstellung sehe ich nie, wie er Erfolg hat, sondern immer nur, wie Sentinel ihn niederschlagen und davonschleppen. Es ist, als würde ich beobachten, wie er das Messer schärft, das er sich selbst in die Brust stoßen wird, wie er dabei Scherze macht und voller Vorfreude sein Ende vorbereitet.

Wieder einmal entwerfe ich in meinem Kopf Gegenargumente, ein ganzes Plädoyer von unbezwingbarer Logik. Irgendwann schlafe ich darüber ein und am nächsten Morgen erinnere ich mich nur noch an Bruchstücke.

Die Tage vergehen, ich versuche, nicht allzu viel Zeit in der Bibliothek zu verbringen, sondern auch die Gänge und Korridore der unterirdischen Stadt zu erkunden. Die Bewegung tut mir gut, das Orientieren in der Dunkelheit schärft meine Sinne. Ein- oder zweimal breche ich das ungeschriebene Gesetz, mich nicht an der Oberfläche zeigen zu dürfen, und stecke den Kopf aus einem der Löcher, die nach draußen führen. Egal, wie das Wetter ist, die Momente unter freiem Himmel sind ein unbeschreiblicher Genuss. Ich fühle mich lebendiger und in besserer Form, wenn ich abends ins Gewölbe zurückkehre.

Gelegentlich kommt Quirin vorbei, um nach uns zu sehen. Er ist jedes Mal sichtlich froh, wenn wir ihm versichern, dass wir gesund sind und genug zu essen bekommen.

Sandor lässt sich auch weiterhin nicht blicken und ich habe die

Hoffnung auf Sonnenaufgänge in seiner Begleitung schon aufgegeben, als ich eines Morgens seine Hand auf meiner Schulter spüre.

»Es war zu gefährlich in letzter Zeit.« Wir sitzen wieder an dem Flüsschen und Sandors Blick ist nach oben gerichtet. Er sucht den Himmel ab, aber bisher hat Kelvin sich nicht sehen lassen.

»Gefährlicher als sonst? Was ist passiert?«

Sandors Kopf ruckt nach links, als hätte er dort zwischen den Wolken den Schemen seines Falken entdeckt. Offenbar ein Irrtum. Er seufzt. »Man könnte glauben, dass sich die widerlichsten Clans der Umgebung gegen uns zusammengerottet haben. Die Scharten natürlich, doch das sind wir gewöhnt. Aber so viele Schlitzer haben wir selten gleichzeitig in der Nähe beobachtet. Sie haben drei unserer Leute erwischt; zwei Alte und ein Mädchen von den Sammlern.«

Ich frage nicht nach, wer das Mädchen war, ich will kein Gesicht mit dieser Nachricht verbinden. Auch, wie genau die drei Dornen zu Tode gekommen sind, möchte ich lieber nicht wissen, denken kann ich es mir ohnehin. Die Schlitzer tragen ihren Namen nicht ohne Grund.

»Vor fünf Tagen wurde dann noch eine Horde Nachtläufer gesichtet. Das ist wirklich ungewöhnlich, denn die haben ihr Territorium viel weiter im Osten.«

Nachtläufer. Ich erinnere mich an die Geschichten, die in den Sphären über sie die Runde machten: Sie brechen ihren Opfern die Zähne heraus und füllen sie in alte Rohre, um Rasseln daraus zu machen. Ich frage Sandor, ob das stimmt, und er wiegt unschlüssig den Kopf hin und her.

»Früher haben sie das angeblich getan, ja. Aber selbst wenn das immer noch zu ihren Ritualen gehört, ist es nicht das größte Problem, das wir mit ihnen haben.« Er stößt einen Pfiff aus und hebt die Hand mit dem langen Lederhandschuh. Über uns kreist ein winziger Punkt, der allmählich größer wird, je tiefer er sinkt.

»Das Schlimme an den Nachtläufern ist, dass sie ein Clan von Ausgestoßenen sind. Ähnlich wie die Schlitzer.«

Nun kann auch ich Kelvins weißes Federkleid erkennen. Seine Flügel bewegen sich nicht, trotzdem zieht er perfekte Kreise am morgendlich grauen Himmel.

»Wenn jemand ein Verbrechen begeht«, fährt Sandor fort, »kann der Clan ihn ausstoßen. Bei uns passiert das selten, aber es kommt vor. Viele der Ausgestoßenen kommen ums Leben, aber einige suchen sich neue Clans. Oder gründen welche. Auf diese Weise haben sich vor vielen Jahren die Nachtläufer gefunden. Sie sind ehemalige Teliker, Wolfswächter, Noraner oder Dornen, manche sind sogar von den Scharten ausgestoßen worden. Sie sind gefährliche Gegner, denn sie kennen die Sitten und Gebräuche der anderen Clans, schließlich haben sie früher selbst dazugehört. Sie wissen, wie stark die Bewaffnung ist und wo ein Angriff den meisten Schaden anrichtet.«

Sie sind wie wir, geht es mir durch den Kopf. Auch wir sind Ausgestoßene und kennen die wenigen Schwachpunkte der Sphären. Aber das ist jetzt zweitrangig. Ich ahne, worauf Sandor hinauswill. Dass die Nachtläufer so weit von ihrem eigentlichen Territorium auftauchen, hält er nicht für Zufall.

»Du denkst, die feindlichen Clans sind nicht aus eigenem Antrieb hier, oder? Sondern dass sie von den Lieblingen dazu angestiftet wurden.« Es ist das erste Mal, dass ich das Wort in diesem

Zusammenhang verwende. Lieblinge. Heißt das, dass ich mich endgültig nicht mehr zu ihnen zähle?

»Und dass sie von ihnen bezahlt werden, ja.« Sandor hat mir sein Gesicht zugewendet, ich lese darin leises Erstaunen und eine gewisse Erheiterung. »Es würde sehr gut zu allem anderen passen, was gerade passiert.«

Ein heiserer Schrei. Kelvin setzt zur Landung an, steuert auf die Faust im Lederhandschuh zu, die Sandor jetzt wieder hoch in die Luft reckt.

»Da bist du ja.« Er streicht sanft mit der Rechten über Kelvins Kopf, über seinen Rücken.

Der Falke knetet mit seinen gelben Fängen die Hand, auf der er sitzt, die langen Krallen bohren sich ins Leder. Sandor versetzt ihm einen spielerischen Stups gegen den Schnabel.

»Nicht so grob, du Raubtier.«

Aus seiner Umhängetasche holt er ein rosafarbenes Stück Fleisch, das er Kelvin hinhält. Der stürzt sich gierig darauf.

»Ratte«, erklärt Sandor auf meine stumme Frage hin. »Heute Morgen eigenhändig gefangen. Falken vertragen nur ganz frisches Fleisch.«

Dass mir, während ich Kelvin bei seiner Nahrungsaufnahme beobachte, nicht der Hunger vergeht, sondern mir im Gegenteil bewusst wird, dass ich heute noch nichts gegessen habe, sagt eine Menge darüber aus, was sich alles verändert hat, seit ich die Sphären verlassen habe.

»Willst du ihn einmal halten?«

So, wie Sandor das sagt, klingt es wie eine Prüfungsfrage. Mein erster Impuls ist, sie mit Nein zu beantworten. Tiere haben in meinem Leben bisher keine Rolle gespielt, in den Sphären gab es nirgendwo Platz für sie, von ein paar Labormäusen abgesehen. Das bedeutet, dass ich nie Gelegenheit hatte, mich mit ihren Verhaltensmustern zu beschäftigen. Ein Mensch, der mich überraschen will, hat eine schwierige Aufgabe vor sich, aber einem Tier kann das jederzeit gelingen. Ich habe nicht gelernt, tierische Signale zu deuten.

Zeit für eine neue Herausforderung. Als ob ich davon in letzter Zeit nicht genug gehabt hätte. »Ich würde ihn sehr gerne halten.«

Sandor senkt seinen Arm, woraufhin Kelvin sofort in Richtung Schulter zu marschieren beginnt. Als er am Ende des Handschuhs angekommen ist, zieht Sandor ihn aus und reicht ihn mir.

Ich schlüpfe hinein. Warm und trocken. Ein bisschen zu groß, aber verlieren werde ich ihn nicht.

»Halte ihm die Hand hin. Vor seine Fänge. Wenn er bei dir ist, heb ihn hoch, am besten über deinen Kopf, sonst nimmt er sich den als Sitzplatz.«

Ich tue, was Sandor sagt, aber Kelvin lässt sich bitten, klammert sich an Sandors ungeschütztem Arm fest.

»So nicht, mein Freund.« Ein Schubs, und der Falke hüpft auf meine Hand, die Schwingen weit ausgebreitet, als müsste er sein Gleichgewicht suchen.

»Drohgebärde«, erklärt Sandor. »Musst du nicht ernst nehmen, solange du deine Augen nicht in Schnabelnähe hast.«

Kelvin ist leichter, als ich dachte, außerdem ist er misstrauisch – der Blick, den er mir aus seinen gelb umrandeten Augen zuwirft, verheißt nichts Gutes.

»Er mag es, wenn man ihm über die Brustfedern streicht.« Sandor macht es mir vor.

Ich ringe mit mir – der Vogel wird meine Unerfahrenheit spüren und sich zur Wehr setzen –, aber ich will mir mein Unbehagen nicht anmerken lassen.

Also mache ich einfach genau das, was Sandor getan hat. Mit der gleichen Selbstverständlichkeit, ohne Zögern und ohne Hast. Es funktioniert. Kelvin lässt sich streicheln, er sitzt ruhig auf meiner Faust, nur manchmal packt er mit seinen krallenbewehrten Fängen fest zu, als wollte er testen, ob ich empfindlich bin.

»Gut.« Sandor lächelt, das tut er selten. »Wenn du aufhörst, wird er fortfliegen wollen. Du kannst ihm helfen, indem du deine Hand ein Stück senkst und dann nach oben schnellen lässt, als würdest du etwas hochwerfen.«

Innerlich kämpfe ich mit der Vorstellung eines sich an meiner Faust festklammernden Falken, der trotz all meiner Bemühungen nicht wegfliegen möchte, sondern stattdessen seine Krallen durch den Handschuh und meine darunter befindliche Hand bohrt, doch Kelvin nutzt den Schwung, den ich ihm gebe, und hebt sofort ab, steigt mit kräftigen Flügelschlägen höher und höher, bis er eine Luftströmung findet, die ihn trägt.

Wir sehen ihm nach, den Kopf in den Nacken gelegt. Ich spüre, wie meine Schulter Sandors Oberarm berührt, und warte darauf, dass er von mir abrückt, doch das tut er nicht. Im Gegenteil. Er legt seinen Arm um meine Taille und drückt mich einmal, ganz kurz nur.

»Mir gefällt, wie schnell du lernst«, sagt er und lässt mich wieder los. »Du wirst außerhalb der Sphären überleben, du hast das Zeug dazu.« Die folgende Frage stellt er mir beiläufig, jedenfalls soll es so klingen, aber ich höre die leichte Anspannung in seiner Stimme. »Außer natürlich, du hättest doch beschlossen, zurückzugehen.«

Ich denke an Aureljo und die Identitätschips. An Sphären-
schleusen, die sich schließen und jeden Fluchtweg abschneiden.

»Nein.« Das Gefühl von Verlust ist schmerzhaft und fast übermächtig. »Das habe ich nicht.«

Von da an kommt Sandor häufiger vorbei. Immer knapp vor Sonnenaufgang. Jedes Mal führt er mich an einen Ort, dessen Sicherheit er kurz davor überprüft hat, und tatsächlich begegnet uns nie
jemand, kein einziges Mal. Ich übe mich weiterhin im Bogenschießen, im Überwinden von Mauern und im Orientieren unter
freiem Himmel. Kelvin hört auf, mich misstrauisch zu beäugen,
und lässt sich von mir füttern. Ich darf sogar über seinen Schnabel
streichen, ohne dass er nach mir hackt.

Die anderen sehen meine Ausflüge mit gemischten Gefühlen.
Tycho unterstützt mich, er betrachtet mich als Verbündete, die
sich, so wie er, auf das Leben draußen einstellt und mit den Sphären abgeschlossen hat. Aureljo versucht dagegen, mich durch
bunte Schilderungen seiner Fortschritte zu begeistern, sein En-
thusiasmus wirkt meistens echt, nur ganz selten schimmert die
Anstrengung durch, die dahintersteckt. Zweimal ertappe ich ihn
dabei, wie er mich betrachtet, und bin von dem traurigen Ausdruck in seinen Augen gerührt. Trotzdem ist keine Einigung in
Sicht. Er weicht nicht von seinen Plänen ab und ich nicht von
meinen, obwohl ich noch nicht genau weiß, wie sie konkret aussehen. Ziegen hüten für die Dornen vielleicht, wenn sie irgendwann bereit sind, mich in ihren Clan aufzunehmen. Oder weiter-
wandern, ins Ungewisse. Unter der Erde kann ich mich nicht ewig
verstecken, so viel ist klar.

An einem der nächsten Abende zeigt mir Aureljo ein silbernes

Plättchen, das mit seiner Ohrmuschel verwachsen zu sein scheint. Er hat sich den Identitätschip einsetzen lassen, von Lennis, dem desertierten Sentinel. Jetzt hat er hier Frau und Kinder. Es ist also möglich. Mit Lennis ist es wieder einer mehr, der von unserer Anwesenheit weiß, aber Aureljo ist sich sicher, dass wir ihm vertrauen können.

»Außerdem hatten wir keine Wahl. Er wusste, wie man das macht. Morgen ist Dantorian dran und …« Aureljo sieht mich an, mit diesen wunderschönen Augen, in die ich mich vor Jahren verliebt habe. »Und wir haben noch zwei Chips in Reserve. Falls du es dir anders überlegst. Denn dann würde Tycho auch mitkommen, das weißt du. Dantorian und ich können es schaffen, aber wenn wir zu viert wären, wäre es eine sichere Sache.«

»Das glaube ich nicht.« Weiß er, wie unfair das ist, was er da versucht? Mir einzureden, dass das Gelingen seines Plans von mir abhängt? Und dass, wenn ich mich weigere, das Misslingen automatisch meine Schuld ist?

»Du sollst nur wissen, dass dir noch alle Möglichkeiten offenstehen.«

Ich sage nicht Danke, sondern stehe auf und kümmere mich um unser kleines Feuer. Sollte Aureljo denken, er könnte mich manipulieren, dann irrt er sich.

»Woher habt ihr die Chips?«

»Gekauft. Es gibt mehr Sphären-Deserteure, als man denkt. Identitätschips sind häufig das Wertvollste, was sie besitzen, die können sie teuer verkaufen. Oder eintauschen.«

Das sehe ich ein. Für jeden, der rauswill, gibt es wahrscheinlich fünfzig, die reinwollen. »Ihr solltet den Chip, der für mich gedacht ist, weiterverkaufen. An jemanden, der ihn haben möchte.«

»Ria.« Aureljo tritt zu mir, zum Feuer, nimmt meine Hände. »Was, glaubst du, kann hier draußen aus uns werden? Denk daran, was wir alles hatten. Eine Zukunft, aber vor allem eine Aufgabe. Hier sind wir einfach nur überflüssig. Eine Last für die Dornen, die wir mit unserer Anwesenheit in Gefahr bringen.«

Ich halte meine Hände ruhig, widerstehe der Versuchung, sie zurückzuziehen. Diesmal prallen Aureljos Worte nicht an mir ab. Diesmal hat er recht.

»Wir wollten immer eine Welt für alle schaffen. Die Clans mit eingeschlossen. Und wir waren unserem Ziel noch nie so nah, denn jetzt haben wir Kontakt zu ihnen, wir wissen, dass sie viel zivilisierter sind, als wir dachten. Wir müssen nur dieses eine Missverständnis aus der Welt schaffen, dann können wir sie aus den Angeln heben!«

Ein schönes Wortspiel. Etwas, das sich in einer Rede gut machen würde, das im Gedächtnis bleibt. Aber was Aureljo in Wahrheit antreibt, hat er ein paar Sekunden vorher gestanden, in einem Nebensatz. Ihm fehlt die Aufgabe. Etwas, worauf er hinarbeiten kann, denn das hat er sein ganzes bisheriges Leben getan. Einfach nur zu überleben ist ihm zu wenig.

Vielleicht war er deshalb die Nummer 1 und ich nur die 7. Weil ich mich auch mit kleineren Zielen zufriedengebe als mit der Vereinigung von Sphären und Stämmen. Mit Pfeil und Bogen einen Kreidehasen auf einer Holzwand treffen, zum Beispiel.

13

Die meisten sind schwach und unterernährt. Vielen der Männer fehlen Zehen oder Finger, ein schmerzhafter Tribut an die Kälte. Vielleicht haben sie uns deshalb aufgenommen, weil es nicht mehr schlimmer werden kann.

Ich habe eine weitere Chronik-Seite gefunden, diesmal wieder eine mit Datum: 12.64.NA. Sie ist nicht besonders gut zu lesen, der Rand ist bräunlich verfärbt und gewellt. Zum ersten Mal frage ich mich, ob die Flecken auf dem Papier und das, was die Bücher in dem Haufen links von mir zusammenklebt, nicht Blut sein könnte. Doch wenn dem so ist, dann handelt es sich um altes Blut und ist von niemandem, den ich kenne.

Dem Inhalt nach zu schließen, muss Jordan den Text kurz im Anschluss an die gelungene Flucht verfasst haben, der Clan ist ihm noch fremd.

Entgegengefallen ist mir die Seite diesmal aus einem Buch über Architektur; die Abbildungen zeigen gotische Kathedralen und barocke Paläste. Allmählich beginne ich zu begreifen, nach welchem Prinzip Jordan seine Aufzeichnungen versteckt hat: Er hat sie in die Arme der Schönheit gelegt, unter deren Verlust er so gelitten hat, wie er selbst schreibt: *... was mir fehlt, ist die Schönheit des Überflüssigen.* Also Dichtung, Architektur, Malerei.

Natürlich haben wir ihnen Versprechungen gemacht. Dass wir sie lehren werden, was wir wissen, dass sie nicht mehr so oft werden hungern müssen. Alles wahr. Aber das Wichtigste haben wir ihnen verschwiegen: dass wir den Tod in unserer Gewalt haben. Den Tod, der für sie vorgesehen war. Dass wir geflohen sind, um sie zu schützen.

Porter sagt, es wäre keine Schande, ihnen zu sagen, wie sehr sie in unserer Schuld stehen, aber Chendar und ich konnten ihn vom Gegenteil überzeugen. Wir müssten zu viel erklären, damit sie es begreifen. Und wer weiß, wie sie dann reagieren.

Wobei – eine Frau aus dem Clan könnte man eventuell ins Vertrauen ziehen. Sie heißt Glenna und ich halte sie für außerordentlich intelligent. Sie hilft mir sehr dabei, die anderen Clanleute auf unsere Seite zu bringen und das Misstrauen zu bekämpfen. Man hört auf sie.

Von ihr habe ich auch erfahren, wie dieser Clan sich nennt: Totenwächter. Sie leben zwischen den Knochen ihrer Urahnen und legen sich einfach zu ihnen, wenn sie fühlen, dass das Ende nah ist.

Ein Name wie dieser kann keinen Mut geben. Es wird Zeit, dass …

Wieder endet die Seite mitten im Satz und ich lasse meine Hand mit dem Zettel sinken.

Totenwächter. Haben diese Menschen in den Katakomben überlebt, tief unter der Erde, wo sie vor Unwettern geschützt waren? Wo die Kälte nicht so schneidend war?

Wenn man Jordans Bericht glauben darf, dann war es vermutlich so. Kein Wunder, dass sie sich Totenwächter nannten, wenn sie ihr Leben zwischen alten Schädeln und Knochen verbringen mussten.

Jetzt ist Tomma eine von ihnen.

Ich schüttle den Gedanken ab. Unsinn. Tomma ist eine von uns und wird es immer bleiben. Ich will das Architekturbuch gerade auf einen meiner Stapel legen, da bemerke ich, dass ich um ein Haar eine zweite Chronik-Seite übersehen hätte. Sie ist in viel schlechterem Zustand. Stärker verfärbt, außerdem fehlt unten ein Stück. Die Schrift ist verwischt, manche Worte ganz unter Flecken verborgen. Trotzdem rekonstruiere ich mit einiger Mühe einen sinnvollen Text.

18, 19, 20, die magischen Zahlen. Es war meine Idee, diese Grenze einzuziehen, obwohl unsere Vorgesetzten es nicht billigten. Meine Freundschaft mit Chendar beruht darauf, dass er meine Gründe sofort verstanden hat und sie für richtig befand.

Es geht ihm hier nicht gut. Der Totenschädel, den er nun ständig mit sich trägt, ist der eines Mannes, und er nennt ihn Melchart. Mit Melchart führt Chendar ausführliche Gespräche, überhäuft ihn mit Beschimpfungen und gelegentlich übt er Zielspucken in die leeren Augenhöhlen. Ich mache mir Sorgen um ihn. Die Umgebung, die Finsternis und der Mangel an Beschäftigung machen ihm mehr zu schaffen als mir und Porter. Er trauert seiner Karriere nach und ich habe den Eindruck, er bedauert seinen Schritt. Richtig gut geht es keinem von uns. Was wir begriffen haben, was wir wissen, drückt uns allen aufs Gemüt, es presst die Hoffnung aus uns heraus und lässt uns kraftlos zurück.

Dunkelheit, Kälte und Angst müssen den Männern furchtbar zugesetzt haben. Ich möchte gern mehr wissen, weiterlesen, doch obwohl ich mindestens dreißig Kunstbücher durchblättere, findet sich keine weitere von Jordans Aufzeichnungen. Aber es ist nur eine Frage von Beharrlichkeit und Geduld. Ich werde morgen weitersuchen.

Das Zeichen für Gefahr. Für Feind. Für Gewässer. Für Wolf.

»Und jetzt zeig mir, dass in vierzig Metern Entfernung ein achtköpfiger Trupp Sentinel auf der Lauer liegt. Vier von ihnen sind bewaffnet.« Sandor verschränkt abwartend die Arme vor der Brust.

Die Aufgabe ist deshalb nicht ganz leicht, weil ich die Acht und die Vier unmissverständlich zuordnen muss. Acht Sentinel insgesamt, vier bewaffnete. Ich denke kurz nach, bevor ich beginne, setze winzige Pausen wie Kommas zwischen die Zeichen.

»Das war gut.«

Der Morgen graut und es schüttet. Richtiger Regen, der sich nicht einmal besonders kalt anfühlt. Ich habe mich ein paar Minuten unter den auf mich einstürzenden Tropfen gedreht, bevor Sandor mich am Arm in den Keller der Ruine gezogen hat, durch die wir gekommen sind.

Jetzt sitzen wir in einer trockenen Ecke, der Wind pfeift von oben herein und an uns vorbei. Die Zeit mit dem Erlernen der Zeichensprache zu verbringen, war mein Vorschlag. Insgeheim betrachte ich sie als meine sechzehnte Sprache, auch wenn ich bisher höchstens die Grundzüge beherrsche.

»Jetzt versuch mal: Ich glaube, hinter dem Hügel brennt ein Feuer.«

Brennen, gibt es dafür ein eigenes Zeichen? Oder genügt das für Feuer? Ich zeige Hügel und krümme Zeige- und Mittelfinger für die Geste, die dahinter bedeutet. Für Feuer brauche ich beide

Hände. Am Ende lege ich drei Finger gegen meine rechte Schläfe, was sowohl denken als auch glauben heißen kann.

»Hinter dem Hügel gibt es Fische?« Sandor grinst. Er wiederholt meine Geste und jetzt sehe ich, dass ich sie zu flach ausgeführt habe. Senkrecht bedeutet das Zeichen Feuer, waagerecht Fisch.

Noch mal. Je öfter man etwas übt, desto mehr verinnerlicht man es. An der Akademie haben wir es nicht anders gemacht, man darf nur keine Monotonie aufkommen lassen. Jedes Mal ist wie das erste Mal, nur besser.

»Du wirst sehr bald sehr gut sein.« Sandor nimmt meine Hände in seine und haucht darauf. Ich habe gar nicht gespürt, wie kalt sie geworden sind. »In allem, nicht nur im Zeichengeben. Du lernst schneller als jeder andere Mensch, den ich kenne.«

»Ich habe mein ganzes Leben lang nichts anderes getan.« Ich kann im letzten Moment verhindern, dass es weder wie eine Entschuldigung klingt noch arrogant.

Sandor schließt seine Finger fester um meine. »Erzähl es mir. Was war das Beste an den Sphären? Was das Schlimmste?«

»Das Beste waren die Menschen«, antworte ich, ohne zu zögern. »Nicht alle, aber viele von ihnen. Und die Momente, in denen ich allein war, in der Wärme, mit ein wenig Zeit, um meine Gedanken zum Stillstand kommen zu lassen. Wenn etwas vor mir lag, auf das ich mich freuen konnte.« Ich beiße mir auf die Unterlippe, denke nach. Was noch? »Sicherheit. Vielleicht war sie das Beste, obwohl ich fast nie darüber nachgedacht habe. Ich hatte nur selten Angst, dass etwas wirklich Schlimmes passieren könnte.«

Sandors Stirn ist in krause Falten gezogen, ich kann direkt sehen, wie er seine gesamte Vorstellungskraft aufwendet, um einen solchen Zustand nachvollziehen zu können. Sicherheit.

»Und das Schlimmste?«

Um darauf eine ehrliche Antwort geben zu können, muss ich länger überlegen. Was hat mich früher nervös gemacht, mir schlaflose Nächte bereitet?

Die Reihung. Die Befürchtung, meinen Status zu verlieren, meine Mentoren zu enttäuschen, zu versagen. Das und schlechte Nachrichten, die es immer wieder gab, trotz allem.

Das alles erzähle ich Sandor, auf die Gefahr hin, dass er es lächerlich findet. Auch von Lu erzähle ich ihm noch einmal, meiner Freundin, mit deren Tod alles begonnen hat, und diesmal fragt Sandor nach.

»Weißt du Genaueres? Von dem Überfall?«

»Nur, dass es knapp nach dem Aussteigen aus der Magnetbahn passiert sein soll. Wenn es solche … Zwischenfälle gab, haben wir nie Details erfahren.«

»Waren wertvolle Güter in der Bahn? Oder nur Menschen?«

Ich habe Lu damals zur Abfahrtsstelle begleitet und ihr nachgewinkt. Es war ein kleiner, schlanker Zug, in den sie eingestiegen ist, ohne massige Transportwaggons.

»Keine Güter, denke ich.«

»Dann muss es ein sehr dummer Clan gewesen sein, wenn er einen Überfall riskiert, bei dem es nichts zu erbeuten gibt.«

Auch wenn der Gedanke mir selbst immer wieder durch den Kopf gegangen ist, trifft mich die versteckte Bedeutung hinter Sandors Worten. Ist Lu tatsächlich von unseren eigenen Leuten getötet worden? Hat man sie ebenfalls für eine Verräterin gehalten?

»Es könnten Schlitzer gewesen sein«, entgegne ich ohne rechte Überzeugung. »Die ihre Feinde … essen.«

»Schlitzer überfallen keine Transporte. Dazu sind sie nicht gut genug organisiert oder ausgerüstet. Ihre Opfer sind erschöpfte Wanderer, die sich verirrt haben. Übermütige Menschen, die sich von ihrer Gruppe trennen und ihren Weg allein suchen.«

Ich erinnere mich an die zwei toten Schlitzer – die einzigen, die ich bisher gesehen habe. An ihre spitz gefeilten Zähne. »Vielleicht sollten wir die Klappe nach oben schließen. Was meinst du?«

Immer noch hält Sandor meine Hände. »Dass wir dann im Dunkeln sitzen würden. Mach dir keine Sorgen. Wenn Schlitzer hier wären und uns überfallen wollten, müssten sie einzeln hinuntersteigen, und das wäre eine schlechte Idee.«

Das mulmige Gefühl bleibt, aber ich habe nicht vor, Sandors Einschätzung anzuzweifeln. »Erzähl du mir von eurem Leben«, wechsle ich das Thema. »Davon, wie ihr die Lange Nacht überstanden habt. Und die Zeit danach.« Insgeheim hoffe ich, dass vielleicht Jordans Name fallen wird. Dann könnte ich Sandor die Chronik-Seiten zeigen und mir die weiteren Geschehnisse von ihm berichten lassen. Dann müsste ich nicht länger Kunstfachbücher durchsuchen.

»Ich habe die überlieferten Geschichten gehört, darüber, wie es war, damals, aber ich kann es mir trotzdem nicht vorstellen«, meint er nach kurzem Zögern. »Es sind so viele damals gestorben, Millionen. An Hunger, Kälte, Lungenversagen. Wer überleben wollte, musste Vorräte und einen geschützten Platz haben.« Sandors Daumen streicht über meine Handfläche, leicht wie ein Lufthauch. »Die Asche soll am schlimmsten gewesen sein, es hat unendlich lange gedauert, bis sie sich gesenkt hat. Und dann bedeckte sie die Erde wie ein Leichentuch, von Horizont zu Horizont.«

Ich nicke. So ähnlich habe ich es auch gehört. Die Asche muss auch an den Sphärenhüllen geklebt haben, doch an Hermetoplast bleibt nichts lange haften.

»Ihr wusstet es wirklich schon vorher?«

Er meint den Ausbruch. Ich nicke. »Es gab Anzeichen dafür. Paul Melchart, sagt dir der Name etwas? Er hat versucht, die Welt zu warnen. Zehn Jahre vorher. Er sagte, er wüsste nicht genau, wann, aber er sei sich sicher, dass es passieren würde, irgendwann in den nächsten zwei Dekaden.« *Zwei Dekaden*, das waren seine Worte. Wir haben oft Dokumentationen über Melchart gesehen, Aufzeichnungen von Interviews, in denen er an die Vernunft der Menschen appelliert.

Wir brauchen Zufluchtsstätten, wenn es so weit ist, aber die müssen wir jetzt bauen. Wenn Sie überleben wollen, stecken Sie alles, was Sie haben, in dieses Projekt. Je mehr von uns sich beteiligen, desto mehr Sphären können wir erschaffen.

Ich habe den Wortlaut noch genau im Ohr. Melchart konnte damals viele Menschen überzeugen, aber bei Weitem nicht alle. Nicht Sandors Vorfahren. Als der Vulkan unter dem Yellowstone Nationalpark schließlich explodierte und riesige Mengen Lava und Asche in den Himmel schleuderte, war ein Teil der Menschheit schon in Sicherheit. Ein kleiner Teil.

»Deine Urgroßeltern haben die richtige Entscheidung getroffen«, sagt Sandor ohne Bitterkeit in der Stimme.

»Ja – gewissermaßen, auch wenn ich nicht weiß, wer sie waren.«

Erbsubstanzspender. Ein unpersönlicherer Begriff lässt sich kaum denken. »Ich habe keine Eltern im eigentlichen Sinn. Ich bin ein Kind der Sphären.«

»Ein Vitro, nicht wahr?« Er lächelt, offenbar erfreut, dass er sich den Begriff gemerkt hat.

»Genau. Optimales Erbmaterial, genau aufeinander abgestimmte Anlagen.« Ich zucke die Schultern. »Das Ernüchternde daran ist, dass es meine Leistungen in einem anderen Licht erscheinen lässt. Sie sind weniger mein Verdienst als der meiner Gene.«

Sandor betrachtet mich nachdenklich. Hebt eine Hand und greift nach der Haarsträhne, die mir ins Gesicht gefallen ist. »Optimales Erbmaterial«, murmelt er. »Ja. Du bist …«

Er atmet tief ein. Runzelt die Stirn, als müsste er ein schwieriges Problem lösen, dann legt er die Hand in meinen Nacken und zieht mich zu sich. Seine Lippen sind kühl und sanft, sie streichen über meine, bevor sie sich auf sie legen.

Ich lasse es zu. Erwidere seinen Kuss, der, abgesehen von der Sonne, das Beste ist, was mir in der Außenwelt begegnet ist. Meine Hände streichen über Sandors Taille, weiter nach hinten, ertasten die harten Stränge seiner Rückenmuskeln.

Nicht denken. Nicht jetzt.

Sein Duft, sein Atem, seine Hände in meinem Haar. Neu. Anders. Die Zeit schwindet wie das Licht bei Nacht.

In meinem Kopf gibt es keine Fragen, was gut ist, weil ich sie alle mit Nein beantworten müsste, während mein Körper ein einziges großes Ja ist.

»Ria.« Kaum ein Flüstern. Ich fühle mit meinen Lippen, wie sich seine zu einem Lächeln teilen. »Liebling.«

Ich lasse mich nach hinten sinken und ziehe ihn mit mir, auf mich. Meine Hände suchen sich wie von allein ihren Weg an Jacke und Untergewand vorbei, finden Haut. Warm, fast heiß.

Sein Atem in meinem Ohr. Seine Lippen an meiner Halsbeuge, vorsichtig, zärtlich.

Alles ist gut, so gut, dass ich lachen möchte. Die Welt versinkt und nimmt ihre Mühen, Probleme und Fragen mit sich ins Nichts.

Daran liegt es. Deshalb hören wir die Laute von draußen erst so spät.

Es ist Sandors Jagdinstinkt, der uns rettet. Ich spüre, wie seine Lippen sich von meinen lösen, will es nicht zulassen und ihn festhalten, doch er ist bereits aufgesprungen und lautlos zur Luke gehuscht.

Jetzt höre ich es auch. Schritte. Knirschen. Unterdrücktes Rufen. Klingt, als wäre es nicht mehr weit entfernt.

Geh zurück.

Ich tue so, als könnte ich die Handzeichen nicht lesen.

Was ist los?, deute ich und stehe langsam auf. Mache drei Schritte auf Sandor zu, bis der Ausdruck in seinen Augen mich stoppt.

Feindclan.

Das Zeichen ist überdeutlich und diesmal täusche ich kein Unverständnis vor. Ich weiche zur Kellerwand zurück, dorthin, wo ein hüfthoher Durchbruch in das Labyrinth unter der Stadt führt.

Ich gehe nicht ohne dich. Komm mit. Keinesfalls werde ich zulassen, dass Sandor sich den umherstreifenden Scharten oder Nachtläufern alleine stellt.

Einzuschätzen, aus wie vielen Personen eine Gruppe besteht, die man nicht sehen kann, ist keine leichte Übung, aber ich versuche es trotzdem. Drei verschiedene Stimmen kann ich bisher auseinanderhalten. Eine davon ist zu meiner Überraschung weiblich. Jetzt kommen Schritte näher. Eine vierte Stimme ruft etwas aus weiter Entfernung. Es klingt wie »frische Spuren«.

Kann also sein, dass die Fremden auf der Jagd sind, fragt sich nur, was sie jagen. Oder wen.

Komm, bedeute ich Sandor. *Oder ich komme zu dir.*

Er schüttelt den Kopf. *Warte.*

Alles, was ich im Moment tun könnte – versuchen, ihn wegzuzerren, beispielsweise –, würde uns nur in Gefahr bringen, also bleibt mir nichts anderes übrig, als zuzusehen, wie Sandor langsam und geduckt die Treppenstufen hochschleicht. Nur so weit, dass er seinen Kopf ein kleines Stück hinausstrecken und sich umsehen kann. Es dauert keine fünf Sekunden, bis ich ihn wieder abtauchen und die Luke von unten verriegeln sehe. Jetzt dringen keine Geräusche mehr zu uns, nicht einmal das Pfeifen des Windes.

Erst als wir den Keller verlassen haben und uns auf den Rückweg durch einen der mehrstöckigen Tunnel machen (Kanäle, früher waren das Kanäle, hat Fiore mir letztens erklärt), ist Sandor bereit, kurz stehen zu bleiben und mich ins Bild zu setzen.

»Sieben konnte ich zählen, aber nach Norden hin war mir die Sicht durch eine Ruinenwand versperrt. Vermutlich waren es also mehr. Nachtläufer hauptsächlich. Aber auch zwei Scharten.«

Dass die verfeindeten Clans sich auf diese Weise mischen, höre ich zum ersten Mal. »Woran erkennt man Nachtläufer?«

Sandor vollführt mit der rechten Hand eine kreisende Bewegung um seinen Kopf. »Sie wickeln sich Tücher ums Gesicht, man sieht nur die Augen. Außerdem sind sie fast immer dunkel gekleidet, was in einer schneebedeckten Umgebung mehr als riskant ist. Außer natürlich, man jagt bei Nacht.«

Er will weiter, aber ich halte ihn am Ärmel fest. Was gerade zwischen uns passiert ist, beschäftigt mich noch weitaus mehr als die feindlichen Clans mitten auf Dornenterritorium.

In Sandors Augen sehe ich hauptsächlich Eile. »Ich muss Vilem informieren. So schnell wie möglich.« Er hebt die Hand, legt sie an mein Gesicht und streicht mit dem Daumen leicht über meine Lippen. »Du wirst in Sicherheit sein. Geh nicht mehr nach draußen, hörst du? Vielleicht seid ihr es, nach denen sie suchen, wer weiß. Jedenfalls ist es das erste Mal, dass Scharten so weit ins Innere unseres Gebiets vordringen. Von Nachtläufern ganz zu schweigen.«

Er nimmt mich an der Hand und zieht mich hinter sich her.

Den Rest der Strecke legen wir im Laufschritt zurück, soweit es die Bodenbeschaffenheit und die Höhe des jeweiligen Gangs zulassen. Erst kurz bevor wir in den Gang einbiegen, der zu meiner Unterkunft führt, lässt Sandor mich los.

»Sag es den anderen. Sie müssen vorsichtig sein, rede vor allem diesem Tycho ins Gewissen. Er ist überall und nirgends; vor ein paar Tagen hat Andris mir erzählt, dass er dachte, ihn gesehen zu haben.« Er packt mich an den Schultern, ein wenig zu fest, lockert seinen Griff aber sofort wieder, als er mich das Gesicht verziehen sieht. Das, was ihm offensichtlich auf der Zunge liegt, spricht er nicht aus, aber ich verstehe es auch so.

»Ja«, sage ich. »Wir haben Zeit. Kümmere dich um den Clan, sieh zu, dass deine Leute sicher sind.«

Er lacht. »Du bist wirklich gut, Ria aus der Sphäre. Du bist …« Er findet nicht das Wort, das er sucht, aber die Wärme in seinen Augen genügt mir. Ich lasse mich gegen ihn sinken und er hält mich, wieder ein wenig zu fest, aber so spüre ich wenigstens ohne jeden Zweifel, dass es ihn gibt. Dass es uns gibt.

»Bis bald«, murmle ich, als er mich loslässt, und lege eine winzige Frage in diese beiden Worte.

»Bis bald«, bekräftigt Sandor, dann dreht er sich um und beginnt wieder zu laufen, doch ehe er aus meinem Blickfeld verschwindet, bleibt er noch einmal stehen. Das Zeichen, das er mit seiner rechten Hand formt, kenne ich nicht, aber wenn ich raten müsste, würde ich sagen, es hat etwas mit Festhalten zu tun, also nicke ich.

14

Mein Bericht über die kleine Invasion, die gerade an der Oberfläche vor sich geht, beunruhigt vor allem Dantorian.

»Vielleicht hat uns jemand verraten und jetzt sind die Exekutoren uns wieder auf den Fersen.« Er sitzt auf dem Boden, die Arme um die angezogenen Knie gelegt, und schaukelt hin und her. »Gut möglich, dass der Fürst sich auf einen Handel mit den Sphären eingelassen hat. Warum auch nicht? Früher oder später war das zu erwarten.« Er sieht uns an, sucht nach Zustimmung in unseren Gesichtern. »Oder sein Stellvertreter, der mit dem langen, dunklen Haar. Ist euch nicht aufgefallen, mit welcher Abneigung er uns jedes Mal ansieht, wenn er uns über den Weg läuft?«

Jahrelanges Training verhindert, dass sich in meinem Gesicht auch nur ein Muskel rührt. »Nein, das finde ich nicht. Er hat uns immer unterstützt.«

»Ja, zum Schein.«

Aureljo schüttelt entschieden den Kopf. »Ich denke, du irrst dich, Dan. Erinnere dich, wie Sandor für uns eingetreten ist, als der Clan uns an die Sentinel ausliefern wollte. Er ist auf unserer Seite, ebenso wie Quirin und Fürst Vilem. Sonst weiß niemand, dass wir hier sind. Außer Lennis, seit Kurzem. Aber er hatte noch nicht genug Zeit, uns zu verraten.«

Tycho, der bisher schweigend zugehört hat, springt auf und

fährt sich mit beiden Händen durchs Haar. »Ich sehe es so wie Ria und Aureljo. Soll heißen, ich vertraue den dreien. Und jetzt muss ich raus hier, ich kriege sonst Beklemmungen.«

Ich weiß, dass Tycho schnell ist, deshalb beeile ich mich, bin mit einem Sprung bei der Tür und versperre ihm den Weg. »Keine Extratouren mehr. Du musst unter der Erde bleiben. Andris hat dich gestern draußen gesehen, zum Glück war er sich nicht sicher.«

Ein Hauch von Trotz lässt Tycho die Lippen aufeinanderpressen. »Erstens: Er kann mich nicht gesehen haben, denn ich war nur ganz kurz oben und weit und breit war niemand. Zweitens: Du gehst selbst gelegentlich an der frischen Luft spazieren, wenn du denkst, niemand merkt es. Und drittens: Ich bin kein Idiot. Natürlich bleibe ich heute unten.«

Er schlüpft an mir vorbei und ist wenige Sekunden später in der Dunkelheit verschwunden. Ich tue so, als würde ich ihm nachsehen, während ich in Wahrheit meine nächsten Schritte überlege.

Ich muss mit Aureljo sprechen. Was zwischen Sandor und mir passiert ist, oder beinahe passiert wäre, betrifft auch ihn. Offenheit ist das oberste Prinzip, das man uns beigebracht hat, wenn es um Beziehungen geht. Es kam in den Sphären nicht selten vor, dass jemand mehrere Liebesverhältnisse gleichzeitig führte – aber dann wussten immer alle Beteiligten Bescheid. Heimlichtuerei wäre verpönt und auch völlig unnötig. Nur die wenigsten Paare blieben mehr als fünf oder sechs Jahre zusammen. Warum sollten sie auch, wenn es zwischen ihnen schwierig wurde? Gemeinsam Kinder zu zeugen, stand nicht auf dem Programm, sie aufzuziehen schon gar nicht. Es brauchte auch keiner beim anderen zu bleiben, um versorgt zu sein, denn das erledigte ohnehin die Sphäre. Aber klare Verhältnisse zu schaffen, war wichtig für das

Zusammenleben der ganzen Gruppe und es war ein Konzept, das sich fast ausnahmslos bewährte.

Was nicht bedeutete, einfach draufloszuplappern.

Das werde auch ich nicht tun, sondern einen guten Moment abwarten. Dafür sorgen, dass wir allein sind und Zeit haben.

Wenn ich ganz ehrlich bin, will ich vor allem verhindern, dass Aureljo meine Entscheidung zum Anlass nimmt, früher als unbedingt nötig nach Vienna 2 aufzubrechen. Im Moment kann ich noch unsere Beziehung in die Waagschale werfen, um ihn von seinem Plan abzubringen – das wäre dann vorbei.

Ich schiebe den Gedanken beiseite. Statt über private Dinge nachzudenken, sollte ich Aureljo besser die Chronik-Seite zeigen, die ich gefunden habe. Mein neues Versteck für Jordans Aufzeichnungen ist der kleine Hohlraum zwischen zwei lockeren Ziegeln; dort hole ich die Buchseiten jetzt hervor.

»Jordan schreibt, er sei geflohen, um die Außenbewohner zu schützen. Der Clan, bei dem er Unterschlupf fand, hieß aber nicht Schwarzdorn, sondern Totenwächter. Könnt ihr euch darauf einen Reim machen?«

Aureljo und Dantorian verbringen die nächsten Stunden damit, Theorien aufzustellen. Sie widmen sich dem Text mit der gleichen Aufmerksamkeit, die wir früher unseren Akademieaufgaben geschenkt haben, aber aus den wenigen Angaben, die Jordan macht, lässt sich nichts Endgültiges ableiten.

»Für mich klingt es so, als hätten sie Angriffspläne gestohlen und dem Clan damit das Leben gerettet«, meint Aureljo am Ende. Er zitiert die Stelle aus der Chronik, die auch mir das meiste Kopfzerbrechen bereitet:

Das Wichtigste haben wir ihnen verschwiegen: dass wir den Tod in unserer Gewalt haben. Den Tod, der für sie vorgesehen war. Dass wir geflohen sind, um sie zu schützen.

»Der Clan sollte vernichtet werden und Jordan, Chendar und die anderen haben ihn gerettet. Ganz offensichtlich. Außer …«

Ich weiß, was er denkt. Nirgendwo ist der Name Schwarzdorn erwähnt. Haben die Sphären ihren Plan am Ende doch noch in die Tat umsetzen können? Haben die Dornen die verlassenen Wohnstätten eines ausgerotteten Volkes übernommen?

»Wir sollten endlich mit Quirin darüber sprechen«, schlage ich vor. »Er ist schließlich ein Bewahrer, nicht? Er hortet Wissen und er ist alt genug – er könnte Jordan noch gekannt haben. Wir hätten ihm die Seiten längst zeigen sollen.«

Aureljo und Dantorian wechseln einen Blick.

»Seine Zeit ist ohnehin immer so knapp«, sagt Dantorian. »Wir sind froh, wenn er es schafft, uns mit den Vorbereitungen für das Projekt zu helfen.«

Das Projekt. Die hübsche Umschreibung ihres Selbstmordplans.

»Du vergisst, dass auch die Exekutoren hinter der Chronik her sind«, erwidere ich. »Bestimmt nicht aus Nostalgie. Etwas, das Jordan geschrieben hat, interessiert sie so sehr, dass sie Fleming darauf angesetzt haben, das Buch zu suchen.« Und es hatte etwas mit unserem angeblichen Verrat zu tun. Hätten wir die Chronik vollständig vorliegen, könnten wir uns zusammenreimen, weswegen wir sterben sollten, da bin ich ganz sicher.

In unseren ersten Tagen unter der Stadt, als ich kaum einen Ton aus meiner gequetschten Kehle bekam, verbrachte ich viel Zeit damit, mir den gesamten Nachrichtenwechsel, den wir auf Flemings Salvator gefunden hatten, wörtlich einzuprägen.

Neuer Auftrag: Es gibt Hinweise darauf, dass sich ein Buch in den

Händen des Clans befindet, das für uns von Bedeutung ist. Der Titel lautet Jordans Chronik. *Finde es, dann betrachten wir deinen Einsatz als Erfolg.*

Die Chronik in seinen Besitz zu bringen, war Flemings Auftraggeber wichtig. Nicht ganz so wichtig wie unser Tod, aber beinahe. Ich bin überzeugt davon, dass niemand in den Sphären ahnt, dass es längst kein Buch mehr gibt, sondern nur noch einzelne Seiten, versteckt in einem Bibliotheksspeicher von fast unendlich scheinendem Ausmaß.

Wir verbringen den restlichen Tag mit Warten. Wir wissen, dass es oben Schwierigkeiten gibt, wahrscheinlich wird sogar gekämpft. Doch unser Gewölbe ist so tief unter der Erde, dass wir nichts davon mitbekommen – kein Waffenklirren, keine Schreie. Die Ungewissheit macht mir zu schaffen, lässt meine Fantasie Kapriolen schlagen. Aureljo ist ebenfalls unruhig; eine Zeit lang wiederholt er die Körperübungen, die wir in den Sphären gelernt haben, aber er hört etwa in der Hälfte des Programms auf, setzt sich neben mich und legt mir einen Arm um die Schultern.

»Ich warte, bis es Abend ist, dann gehe ich hinauf in die Halle. Ich muss mit Quirin sprechen. Wenn es unsere Anwesenheit ist, die die feindlichen Clans anlockt, werden wir so bald wie möglich aufbrechen. Uns notfalls an einem anderen Ort verstecken, bis unsere Projektvorbereitungen abgeschlossen sind.«

Aureljos Nähe ist mir so vertraut. Sein Geruch, die Stelle an seiner Schulter, an die mein Kopf sich lehnt. Die Vorstellung, wie verletzt er sein wird, wenn ich ihm von Sandor erzähle – von Sandor und mir –, macht mir das Atmen schwer.

»Ich komme mit zu Quirin. Wenn genug Zeit ist, kann ich ihm endlich die Seiten aus der Chronik zu lesen geben.«

Als wir aufbrechen, ist Tycho noch nicht wieder zurück. Unser Vorhaben findet allerdings ein schnelles Ende: Fiore fängt uns schon auf halbem Weg ab, sie sitzt im dämmrigen Schein einer Sentinel-Lampe vor der Tür, die zu den Tiefspeichern führt.

»Wir haben im Moment wichtigere Probleme als euch«, erklärt sie in ihrer üblichen schroffen Art. »Seit Mittag wird gekämpft. Quirin, Bojan und die anderen haben alle Hände voll zu tun, die Verwundeten zu versorgen. Seid also so nett, geht zurück in eure Kammer und verhaltet euch still.«

Was mir einen Stich versetzt, ist nicht der Ärger über ihre herablassende Art. Ich brauche einen Moment, um das Gefühl zu identifizieren. Es ist Sorge. Um Sandor. Ich möchte gern fragen, ob er unter den Verletzten ist, weiß aber genau, wie merkwürdig das klingen würde. Welche Schlüsse jeder Dummkopf daraus ziehen müsste.

»Gibt es Tote?«, frage ich stattdessen.

Fiore zuckt mit den Schultern. »Die gibt es immer, was denkst du denn? Sie bewerfen sich nicht mit Schneebällen da oben.«

Sie blinzelt und ich sehe die Erschöpfung in ihrem Gesicht. Außerdem einen Kratzer an ihrem Hals, der unter der Kleidung wahrscheinlich bis zum Schlüsselbein reicht. Rundherum getrocknetes Blut. Auch an ihren Händen, unter ihren Fingernägeln, finden sich rostbraune Spuren. Sie war mitten im Kampfgeschehen, aber jemand hat sie weggeschickt, ihr eine weniger gefährliche Aufgabe zugeteilt. Vielleicht war es Quirin selbst.

»Wir könnten das Tor gemeinsam bewachen, wenn du willst«, schlage ich vor. »Ich bin ausgeruht, ich kann Augen und Ohren offen halten. Falls du eine Pause brauchst.«

Ich erwarte, dass sie mein Angebot zurückweisen und mir zu

176

verstehen geben wird, dass meine Anwesenheit nur eine zusätzliche Belastung für sie ist.

Tatsächlich lacht sie kurz auf, aber sie sagt nicht Nein. »Meinetwegen, Liebling. Sing mir etwas vor, damit ich wach bleibe.«

Unser Platz vor der Tür ist eine helle Insel inmitten der Dunkelheit. Aureljo und Dantorian sind gegangen, nicht ganz freiwillig, aber Fiore hat ihnen unmissverständlich klargemacht, dass sie sie nicht hier haben will.

»Es ist mir egal, ob Quirin eure Idee, sich in Vienna 2 einzunisten, gut findet. In meinen Augen ist es einfach nur bescheuert. Wenn sie euch in die Finger kriegen, quetschen sie alles aus euch heraus, was ihr über uns Schwarzdornen wisst und über die Stadt unter der Stadt. Dann sind wir dran, und sei es nur, weil wir euch geholfen haben.«

Ein paar Minuten lang gaben Aureljo und Dantorian sich Mühe, ihr zu widersprechen, aber sie hätten ebenso gut auf einen Stein einreden können.

»Ich komme in einer Stunde und hole dich.« Aureljo wirkte niedergeschlagen, als er ging, und ich weiß, warum. Er teilt Fiores Sorgen nicht und würde sie gerne zerstreuen, doch das lässt sie nicht zu. Die Situation verlassen zu müssen, ohne sie bereinigt zu haben, das drückt ihm aufs Gemüt.

»Na, was ist? Ich dachte, du singst mir etwas vor.« Fiore lächelt spöttisch und müde zugleich.

»Wenn ich singe, locke ich die Wölfe an.« Beinahe bin ich überrascht, dass mein Scherz auf fruchtbaren Boden fällt. Fiore lacht auf.

»Ist bei mir ähnlich.« Sie zieht ein Messer aus dem Gürtel und beginnt, es an einem aus der Mauer hervorspringenden Stein zu schärfen. »Nur den Kindern singe ich manchmal etwas vor. Die lachen sich kaputt, das mag ich, besonders bei denen, die sonst nie lachen.«

Ich muss an den Clanjungen denken, mit dem ich vor einiger Zeit Stoffreste aneinandergenäht habe. Ihm fehlte ein Finger. Folgen eines Wolfsbisses. Ich frage mich, wo er jetzt wohl steckt, während die Scharten angreifen.

»Es ist sicher schwer, in der Wildnis aufzuwachsen«, sage ich.

Fiore wendet mir ruckartig den Kopf zu.

»Schwer, jaja. Das hast du hübsch umschrieben.«

»Entschuldige. Ich wollte nicht –«

»Das Schwierigste«, unterbricht sie mich, »ist, die Kleinen zu beschützen. Du kannst dir nicht vorstellen …« Ihr Blick wird weicher, um sich unmittelbar darauf wieder zu verhärten. »Fast jeder hier hat zumindest ein Kind verloren. Vilem, Andris, meine Familie … Unter der Stadt wäre es am sichersten, aber man kann sie ja nicht im Dunkeln großziehen.« Mit ihrer sehnigen Hand rückt sie die Lampe zurecht. »Und an der Oberfläche gibt es nun mal Wölfe, Bären, Frost und Lieblinge.«

Darauf werde ich nicht eingehen, auch wenn ich ihrem schrägen Blick entnehme, dass sie auf Widerspruch von mir hofft.

»Du hältst nichts von Aureljos Plänen, oder?«, wechsle ich nach einer kurzen Pause das Thema.

»Nein. Es ist verrückter, gefährlicher Irrsinn.«

»In dem Punkt sind wir einer Meinung. Ich wünschte, er würde es sich anders überlegen.«

Sie nickt. »Dann gib dir Mühe. Bring ihn davon ab. Ich habe Sandor schon vorgeschlagen, ihn und den Zeichner einzusperren, aber dummerweise haben sie Quirin auf ihrer Seite. Und Vilem. Ich begreife es einfach nicht.« Mit der flachen Klingenseite ihres Messers schlägt sie gegen die Mauer. »Sie sind schon ziemlich weit mit ihren Vorbereitungen, weißt du das überhaupt? Kann sein, dass sie in zehn Tagen aufbrechen, dann wären sie nämlich pünktlich zum Arbeiterwechsel in Vienna 2.«

An den Arbeiterwechsel erinnere ich mich, auch wenn ich nie direkt damit zu tun hatte. An drei Terminen im Jahr können Sphärenbewohner, die niedere Dienste verrichteten, sich versetzen lassen. Der Gedanke, der dahintersteht, ist, dass sie neue Tätigkeitsbereiche kennenlernen und dadurch in mehreren verschiedenen Funktionen einsetzbar werden sollten.

Die Idee ist nicht dumm: Ein Arbeiterwechsel ist die ideale Gelegenheit, sich in eine Sphäre einzuschmuggeln, wenn man das will. Aber so bald! Zehn Tage. Aureljo hat mir gegenüber noch kein Wort darüber verloren.

»Wie lange kennst du ihn schon?« Nach einem prüfenden Blick auf die Klinge hat Fiore das Messer wieder eingesteckt.

»Aureljo? Seit fünf Jahren. Näher aber erst seit zwei. Warum?«

»Nur so.« Sie nimmt die Lampe hoch, die zwischen uns auf dem Boden steht, und richtet sie auf die dunklen Mäuler der zwei Gänge, die vor uns nach links und geradeaus führen. »Er hat etwas an sich, das mich irritiert, aber ich kann nicht sagen, was es ist.« Der Lichtkegel wandert nach rechts, verharrt kurz und gleitet wieder zurück. »Ich denke immer, ich würde ihn gern besser kennenlernen, aber wenn er vor mir steht, möchte ich etwas nach ihm werfen.«

Also mag sie ihn. In Windeseile entwirft mein Hirn ein Szenario, in dem Fiore und Aureljo ein Paar werden und sie ihn zum

Bleiben überredet. Damit wären so viele Probleme auf einmal aus der Welt geschafft, dass es eindeutig zu schön ist, um jemals wahr werden zu können.

»Aureljo wäre sicher sehr daran interessiert, dich besser kennenzulernen.« Ich lege ruhige Überzeugung in meine Stimme, plus ein wenig Wehmut, damit es glaubhafter wirkt. Schließlich sind er und ich zusammen, da kann ich so etwas nicht leichthin sagen.

Wenn diese Information Fiore Freude macht, so lässt sie es sich nicht anmerken. Sie streicht nur vorsichtig mit der Hand über das verkrustete Blut an ihrem Hals. Bei näherem Hinsehen entdecke ich Schmutz an den Wundrändern.

»Du solltest das versorgen lassen.«

»Herzlichen Dank für den Hinweis. Sobald Quirin nicht mehr damit beschäftigt ist, abgeschnittene Arme und aufgeschlitzte Bäuche zu behandeln, wird er sich bestimmt um meinen Kratzer kümmern.«

Sie steht unter Druck und den lässt sie an mir aus. Das ist in Ordnung. Ihre Sorge um die Männer und Frauen an der Oberfläche ist sicher so groß wie meine um Sandor.

»Wie viele feindliche Krieger sind es, was schätzt du?«, frage ich leise.

Schulterzucken. »Hundert oder mehr. Ich habe nicht alle gesehen, aber Vilem meinte, es kommen ständig neue nach. Vor allem aus dem Norden, es hat sich wohl herumgesprochen, dass die Bedingungen bei uns immer besser werden ...«

Herumgesprochen, natürlich. Ich kann mir sehr gut vorstellen, wer den feindlichen Clans diese Nachricht zugeflüstert hat. Was kann den Sphären Besseres passieren als Clans, die sich gegenseitig an die Kehle gehen?

Dabei ist die Außenwelt doch riesig. Und jetzt, da es wärmer wird, könnten alle Stämme in völligem Frieden nebeneinander existieren, ohne sich in die Quere zu ko–

Ein Schlag. Die Tür, gegen die ich meinen Rücken gelehnt habe, erzittert. Jemand hämmert von der anderen Seite dagegen, wahrscheinlich mit der Faust.

»Fiore!«

Sie ist mit einem Satz auf den Beinen. »Bojan! Ist etwas passiert?«

Ich höre einen Laut ähnlich einem Schluchzen. »Ja. Komm, schnell, wir brauchen deine Hilfe.«

Der Metallschlüssel dreht sich im Schloss, die Tür springt auf und trifft mich beinahe am Kopf. Fiore ist bereits losgelaufen, ohne mir auch nur einen weiteren Blick zu schenken, und Bojan, dessen Gesicht weiß und verschwitzt ist, schickt mich nicht in mein Quartier zurück.

Also folge ich ihnen.

Es ist Quirin, denke ich, es hat Quirin erwischt, und jetzt wissen sie nicht mehr, was sie tun sollen, denn er ist der Kopf des Clans.

Ich bereite mich auf einen schauderhaften Anblick vor, auf Quirin mit zerschmettertem Kopf oder durchbohrter Brust, der weiße Mantel rot durchtränkt …

Die Bilder sind verstörend, aber immer noch besser als eine andere Möglichkeit, die am Rande meines Bewusstseins auftaucht. Ich dränge den Gedanken zur Seite, lasse ihn nicht zu. Und frage mich gleichzeitig, was mit mir geschehen ist. Seit wann Sandor mir so sehr am Herzen liegt.

Seit er die sterbende Tomma in den Armen gehalten hat, vielleicht. Ihr einen letzten glücklichen Moment geschenkt hat.

Ich laufe schneller. Meine medizinischen Kenntnisse sind nicht großartig, sie sind ein Witz im Vergleich zu dem, was Fleming konnte, aber sie sind besser als nichts. Ich kann Blutungen stillen, Druckverbände anlegen und Wunden säubern. Eine gute Assistentin bin ich allemal. Der Gang, den ich nun entlangrenne, befindet sich über der Erde. Draußen ist es schon dunkel, ich kann nur hoffen, dass mich keiner sieht. Im Laufen wickle ich mir mein Halstuch ums Gesicht; im schlimmsten Fall hält man mich damit für einen Nachtläufer. Aber nicht für einen Liebling.

Glatter Boden, beinahe rutsche ich aus. Doch da vorne liegt schon die Treppe, die in Quirins Reich führt, es sind nur ein paar Stufen. Fiore und Bojan drehen sich kein einziges Mal nach mir um, sie sind oben angelangt und hasten durch die geöffnete Tür.

Dann sehe ich das Blut. Breite Schlieren, die sich über die Treppe ziehen, verwischt von zahlreichen Fußspuren. Mein Puls schlägt so hart in meinem Kopf, dass ich nichts weiter höre. Trotz meiner Eile gebe ich mir alle Mühe, nicht in Blut zu treten, sondern nur auf grauweißen Stein. Als könnte ich dadurch ein Unglück verhindern, das längst passiert ist.

Erst als ich Quirin vor dem improvisierten Lager in der Mitte des riesigen Saals knien sehe, bleibe ich stehen. Er ist es also nicht, dem die allgemeine Sorge gilt. Dann …

Es riecht nach warmem Metall, ein Geruch, der mich schwindelig macht. In den Medcentern unserer Sphären war er immer von den alkoholisch-chemischen Dämpfen der Desinfektionsmittel überlagert; hier schlägt er mir pur entgegen. Ich befehle mir, jetzt nicht schlappzumachen.

Fallender Schnee. Ein lautlos fliegender Vogel. Wasser, das über runde Steine fließt.

Es funktioniert, mein Kopf wird klarer, mein Magen beruhigt sich. Ich werde zu den anderen gehen und hilfreich sein.

Ich habe erst drei Schritte gemacht, als mir etwas ins Auge sticht: ein Kleidungsstück, das ich kenne. Eine verschlissene Lederjacke, auf die unterschiedliche Sentinel-Rangabzeichen genäht sind. Über das rechte Brustteil verläuft ein langer Schlitz, rundherum ist der Stoff dunkel verfärbt.

Ich bin so erleichtert, dass meine Knie fast nachgeben. Das ist nicht fair, natürlich nicht, und ich werde mich gleich wieder so weit im Griff haben, dass ich helfen kann. Aber einige Sekunden lang stehe ich einfach nur da und atme tief durch.

Es ist Vilems Jacke. Seinetwegen sind Fiore und Bojan gerufen worden. Der Clanfürst ist schwer verletzt – wenn ich die Spuren an seiner Jacke richtig deute, muss er einen tiefen Schnitt in der Brust haben.

Bisher habe ich kaum darauf geachtet, ob sich jemand im Raum befindet, der mich nicht sehen darf. Keiner der Anwesenden hat sich nach mir umgedreht, noch könnte ich also unerkannt verschwinden.

Soweit ich erkennen kann, ist niemand hier, der nicht zu Quirins Leuten gehört. Also wage ich mich ein paar Schritte näher. Weiche den Blutspuren aus. Endlich sehe ich mehr.

Vilem liegt auf dem Rücken, seine Augen sind geschlossen, sein Gesicht schneeweiß. Der lange braune Bart ist schief knapp unterhalb des Kinns abgeschnitten worden; damit er nicht in die Wunde hängt, vermute ich.

Wenn ich es aus meiner Position richtig erkennen kann, dann hat Quirin mindestens zwei Finger in Vilems Brust versenkt und tastet darin nach inneren Verletzungen.

Ich atme tief ein und aus. »Kann ich helfen?«

Quirin lässt sich nicht so weit ablenken, dass er den Kopf drehen würde. »Ria. Gut. Ich glaube, die Klinge hat das Herz nicht getroffen, aber zwei Rippen sind halb durchtrennt, und wenn sich ein Knochensplitter in die Organe bohrt ...«

Er tastet weiter, beißt sich auf die Unterlippe. »Das Herz schlägt schnell, aber gleichbleibend kräftig. Er darf nur nicht noch mehr Blut verlieren.«

Ich knie mich neben Fiore, die mit zwei Haken die Wunde aufhält, damit Quirin besseren Zugriff hat. Vilem ist bewusstlos, sonst müsste er verrückt werden vor Schmerz.

Wie die Verletzung im Detail aussieht, lässt sich nicht sagen – man müsste das Blut absaugen, doch dazu fehlen die Instrumente und der Strom, um sie zu betreiben.

Ich war noch nie bei der Versorgung einer solchen Wunde dabei und mir ist nach dem ersten Blick klar, dass ich mehr stören als helfen würde.

»Die Flasche mit dem grünen Verschluss und die Tücher, die daneben liegen. Schnell«, befiehlt Quirin. »Dann geh zurück, Ria. Zu den anderen.«

Ich springe auf und hole ihm, was er verlangt. Nur gehen werde ich nicht. Ich will zusehen, lernen, dabei sein, wenn sie Vilem retten.

Erst sich nähernde Schritte von der Treppe her bringen mich wieder zur Besinnung. Wahrscheinlich ist die Schlacht noch in vollem Gange und es können jederzeit neue Verletzte hereingebracht werden oder gar Feinde den Saal stürmen – ich bin hier mehr als nur fehl am Platz.

So schnell ich kann, verschwinde ich aus der Mitte der Halle in eine der kleinen Nischen, von denen aus gewundene Treppen auf eine brüchige Galerie führen. Hier ist es dunkler. Ich versuche, mit den Schatten zu verschmelzen.

Die eiligen Schritte kommen näher, mischen sich mit den rauen, aufgeregten Stimmen der Laufenden.

»Wo ist er? Wie geht es ihm?«

Sandor. Nun würde ich mich doch gerne zeigen, aber das verlangt nur ein kleiner, gefühlsgesteuerter Teil von mir, der sich leicht durch Vernunft beherrschen lässt.

»Es waren drei Scharten, drei!«, dröhnt Andris' Bass durch die Halle. »Feiger Abschaum, sie haben ihn von allen Seiten angegriffen. Aber es war das Letzte, was sie je getan haben, dafür habe ich persönlich gesorgt.« Kurze Pause. »Was … was machst du da?«

»Die Blutung stillen.« Quirin klingt gereizt. »Tretet zurück. Wartet. Seid ruhig.«

Die Männer gehorchen. Ich höre schlurfende Schritte und eine Unterhaltung, die so leise ist, dass ich ihr nicht folgen kann. Aber ich zähle vier verschiedene Stimmen: Sandor, Andris, eine, die ich nicht kenne, und … Yann?

Ich widerstehe der Versuchung, einen spähenden Blick aus meinem Versteck zu werfen. Es spielt keine Rolle, ob Yann da draußen steht, meine Abneigung gegen ihn ist unwichtig und mein Wunsch, ihm Vorwürfe zu machen, kindisch. Aber wenn ich lautlos atme, kann ich vielleicht verstehen, worüber sie sprechen, und erfahren, ob der Kampf zu Ende und gewonnen ist.

Ein Schrei lässt mich zusammenzucken, es klingt, als würde jemand durchbohrt werden. Während mein erschrocken jagendes Herz mir gegen die Rippen hämmert, wird mir klar, dass es Quirins Wunddesinfektion gewesen sein muss, die Vilem aus seiner

Bewusstlosigkeit gerissen hat. Jetzt ist nur noch Stöhnen zu hören, und auch das verstummt schnell.

»Fiore. Das Nahtmaterial.«

Es herrscht das Schweigen konzentrierter Arbeit. Nach dem Schrei haben die Männer ihre leise Unterhaltung nicht fortgesetzt. Trotzdem ist ihre Anwesenheit hörbar. Räuspern. Das Scharren von Füßen. Seufzen.

Ich frage mich, ob Sandor ahnt, wie nah ich bin. Ob er meine Anwesenheit in Fiores oder Bojans Augen lesen kann. Oder ob jemand von Quirins Leuten irgendwann zu lange in die Richtung geschaut hat, in die ich verschwunden bin.

Wasserplätschern.

Ich vermute, Quirin wäscht sich die Hände in der Schüssel, die hinter ihm gestanden hat.

»Es lässt sich noch nichts sagen«, erklärt er dann. »Ob Vilem das überlebt, steht in den Sternen. Er ist stark. Hoffen wir das Beste.«

»Er muss es überleben.« Ja, das ist Yanns Stimme. »Wir haben niemanden, der ihn ersetzen könnte.«

Eine Spitze, die sich gegen Sandor richtet. Er ist der Than, der Nachfolger, und Yann spricht ihm gerade die Fähigkeit ab, diese Funktion zu erfüllen.

»Ich hoffe sehr, dass Vilem gesund wird.« Ich kann die leise Warnung hören, die Sandor in seine Worte legt. »Aber wenn es nötig ist, wird der Clan auch ohne ihn überleben. Es wäre gut, daran nicht allzu laut zu zweifeln, das schwächt uns nur.«

Ein Schnauben.

Ich kann geradezu vor mir sehen, wie Yann sich mit einem schiefen Grinsen abwendet.

»Ich zweifle nicht daran«, dröhnt Andris. »Aber es gibt überhaupt keinen Grund, über so etwas zu reden! Vilem wird eine Narbe mehr haben, das ist alles. Und was für ein Prachtstück von einer Narbe das werden wird.« Er lacht und Yann stimmt ein, wenn auch ein wenig verhalten.

»Ist der Kampf denn zu Ende?«, erkundigt sich Quirin.

»Ja.« Nun klingt Andris vergnügt. »Die Hälfte des Feindclans ist tot, der Rest fortgerannt. Sollten sie morgen wiederkommen, erledigen wir sie auch noch.«

»Wie viele Tote bei uns?«

Kurzes Schweigen.

»Wir haben noch nicht gezählt«, antwortet Sandor. »Mindestens acht, eher mehr. Den alten Hanno hat es erwischt. Außerdem Rolam und Kerrim.

»Das ist traurig.«

Langsame Schritte, Quirin kommt kurz in mein Sichtfeld, eine Hand ans Kinn gelegt. Ich kann an seinem Ellenbogen Spuren von Vilems Blut sehen; an seiner Kleidung sowieso.

»Ihr solltet zurückgehen und euch um die Toten kümmern. Von den Verletzten bringt mir nur die schweren Fälle.«

»Ah!«, ruft Yann. »Kann sein, dass du Merios Arm abschneiden musst. Zur Hälfte hat das schon ein Nachtläufer erledigt.«

»Warum ist Merio dann noch nicht hier?« Aus Quirins Stimme ist jede Freundlichkeit verschwunden. »Aber du stehst herum und machst dumme Witze? Los, Andris, Robko, Yann, ihr bringt ihn zu mir. Und alle anderen, um die es schlecht steht. Sandor, du bleibst.«

Leises Murren, Gelächter, polternde Schritte. Yann kann sich eine letzte Bemerkung nicht verkneifen.

»Passt auf, dass Sandor nicht einen günstigen Moment erwischt, um Vilem den Rest zu geben.«

Dann sind sie fort.

Ich warte, bis Quirin mich aus meinem Versteck winkt. »Du gehst jetzt auch. Schnell, und nimm die kleine Treppe da hinten, dort wird dir niemand entgegenkommen.«

»Gut. Danke.« Ich bleibe kurz bei Vilem stehen und betrachte seinen verbundenen Brustkorb. Sein fahles Gesicht mit dem grob abgeschnittenen Bart. Überlege fieberhaft, unter welchem Vorwand ich ein paar Momente mit Sandor allein verbringen könnte. Die Ereignisse von heute Morgen haben ein merkwürdig schales Gefühl der Ungewissheit in mir zurückgelassen. Ich weiß, dass das lächerlich ist, wenn man die schwere Krise betrachtet, in die der Clan gerade zu stürzen droht. Aber ich kann es nicht ändern, das Gefühl betäubt meine Vernunft. Wie Alkohol.

Eine Schwäche, die du dir nicht leisten kannst. Die deiner nicht würdig ist. Das würde Grauko sagen, wenn er wüsste, wie es um mich bestellt ist. Wäre er hier, hätte er mir meinen innerlichen Kampf längst von den Augen abgelesen.

Offenbar gelingt das auch Quirin, jedenfalls merkt er, dass etwas nicht stimmt. »Ria? Beeil dich bitte.« Sein Blick unter den prüfend zusammengezogenen Augenbrauen lässt mich nicht los.

»Ja. Natürlich.«

»Ich begleite sie ein Stück.« Sandor nimmt mich am Ellenbogen und ich muss tatsächlich all meine Beherrschung aufwenden, um mich nicht an ihn zu schmiegen.

So war ich nie. So will ich nicht sein. Schon gar nicht bei jemandem, den ich erst so kurz kenne und der schwieriger zu lesen ist als die meisten anderen Menschen.

»Ria findet den Weg auch ohne dich.« Quirins Augen sind schmal geworden, er beginnt zu begreifen und es besteht kein Zweifel daran, dass ihm nicht gefällt, was er sieht.

»Ich bin sofort wieder da. Nur zwei Minuten, dann erstatte ich dir Bericht.« Sandor wartet Quirins Reaktion nicht ab, sondern zieht mich fort, auf die hintere Treppe zu.

»Du musst besser auf dich aufpassen«, murmelt er. »Wieso bist du nach oben gekommen, obwohl du wusstest, dass gekämpft wird?«

»Ich war bei Fiore und sie wurde zu Hilfe geholt. Da bin ich mitgegangen. Ich dachte, meine Kenntnisse könnten vielleicht nützlich sein. War ein Irrtum.«

Er bleibt stehen, dreht mich zu sich. »Quirin kann euch nur beschützen, solange niemand weiß, dass ihr hier seid. Was, wenn Andris der Verletzte gewesen wäre? Oder Yann?«

Ich halte seinem Blick stand. »Was, wenn du es gewesen wärst?«

Ich habe ihm den wahren Grund genannt und das begreift er. Zieht mich an sich, kurz und sehr fest. Dann tritt er einen Schritt zurück und packt mich an den Schultern. »Tu das nie wieder. Ich weiß, dass du schlau bist, nur wird dir das nichts helfen, wenn du den falschen Leuten in die Arme läufst.« Sein Griff verstärkt sich, als wollte er mich schütteln. »Bleib so unsichtbar wie möglich, dann kann ich dich schützen. Und das werde ich, verstehst du? Außer, du machst es mir unmöglich, und das könnte ich dir nicht verzeihen.«

Ich nicke, stumm. Etwas in mir ist glücklich und möchte lachen. Nicht wegen Sandors Worten, sondern wegen all dem, was ich in seinen Augen sehe. Wegen seiner Unterlippe, die zittert, ganz leicht, ich kann es nur mit Mühe erahnen. Gehen zu müssen, ist das Letzte, was ich will, aber ich werde es ihm jetzt nicht schwer machen. Meine Emotionskontrolle war immer gut und ich weiß noch genau, wie man Gelassenheit nicht nur vortäuscht, sondern auch empfindet, wenn es nötig ist. Wie man den inneren Sturm zum Erliegen bringt, für eine gewisse Zeit.

»Geh zurück.« Ich nehme seine Hände von meinen Schultern und halte sie für ein paar Sekunden in meinen. »Quirin wartet und bald werden Andris und Yann wieder da sein. Ich hoffe, es gibt keine Angriffe mehr heute Nacht.«

Sandor lacht auf. »Das würde mich wundern.« Er beugt sich zu mir, seine Lippen berühren meine, öffnen sich leicht …

Ich mache einen Schritt zurück. »Nein. Geh zu Quirin.«

Wenn ich zulasse, dass er mich küsst, ist es mit meiner Haltung vorbei. Dann werde ich mich an ihn klammern und ihn anflehen, sich mit mir zu verstecken, zu warten, bis die Feindclans abgezogen sind. Alles zu tun, was verhindert, dass auch er irgendwann mit aufgeschlitzter Brust oder halb abgetrennten Armen sein Blut auf den Marmorboden der Halle vergießt.

»In Ordnung. Liebling.« Er lässt meine Hände los, streicht mir eine lose Haarsträhne hinters Ohr. »Sei vorsichtig, ja? Bleib unter der Stadt, bis sich alles beruhigt hat. Ein paar Tage, dann ziehen sich die fremden Clans wieder in ihre Höhlen zurück, du wirst sehen.«

Er zwinkert mir zu, dann geht er. Dreht sich nach fünf Schritten noch einmal um und bildet mit der rechten Hand das Zeichen für Wildschwein. Das erste, das er mich je gelehrt hat.

15

Tycho sitzt vor mir, Aureljo neben mir, Dantorian tigert an den Wänden entlang, während ich berichte, was passiert ist. Ich halte mich kurz und verzichte auf Details. Gleichzeitig konzentriere ich mich darauf, nicht von Aureljo abzurücken, dessen Hand auf meinem Knie liegt. Auch unsere Schultern berühren sich mit der gleichen Selbstverständlichkeit wie schon so oft. Warum ich das plötzlich kaum noch ertrage, kann ich nicht sagen.

»Ich hoffe wirklich, dass Vilem überlebt«, platzt Tycho heraus. »Er und Quirin sind ein bisschen wie Mentoren, findet ihr nicht? Ihnen traue ich nicht zu, dass sie plötzlich ihre Meinung ändern und uns an die Sphären verraten.« Er knetet seine Finger. »Aber wenn Vilem stirbt …«

»Dann wird Sandor Clanfürst.« Nein, man hört es mir nicht an. Ich kann seinen Namen völlig neutral aussprechen. »Bei ihm sind wir genauso sicher. Hast du einen Grund, daran zu zweifeln?«

Tycho wiegt den Kopf, unschlüssig. »Keinen konkreten. Aber überleg doch mal, er wird es am Anfang nicht leicht haben. Er ist ziemlich jung und es gibt eine Menge älterer Männer im Clan, die vielleicht selbst gern Fürst wären. Da wird er alle Hände voll zu tun haben, sich zu behaupten, und sich nicht auch noch den Kopf über uns zerbrechen wollen.«

Ein kluger Gedanke. Ich kann Tycho nicht widersprechen, vor

allem nicht, wenn ich an Yanns Äußerungen denke. Ob Than oder nicht, Sandor wird seine ganze Kraft brauchen, um seine Position zu festigen. Es wäre gut, wenn er mehr Zeit hätte, sich darauf vorzubereiten. Vielleicht kann ich ihm ja doch helfen, indem ich ihm beibringe, was Grauko mich gelehrt hat. Mit welchen Mitteln man die Menge für sich gewinnt, wie man mit ihr spielt und sie alles glauben macht, was man sagt.

Leider kann ich mir nicht vorstellen, dass Sandor sich dafür begeistern lässt, obwohl ich überzeugt bin, dass er sehr begabt ist.

»Ich hoffe auch, dass Vilem durchkommt«, murmle ich. »Er hätte es verdient.«

Es wird eine der unruhigsten Nächte, die ich seit unserer Flucht aus der Magnetbahn durchlebt habe. Ich liege unbequem und mir ist kalt, aber ich meide Aureljos Umarmung, weil ich mich darin nicht mehr wie ich selbst fühle. Ich weiß, dass ich mit ihm reden muss, und nutze die Schlaflosigkeit, um mir Worte zurechtzulegen, Sätze zu drechseln, die ihn so wenig wie möglich verletzen. Es gelingt mir nicht, ich scheitere auf ganzer Linie. Irgendwann liege ich nur noch da, lausche den Atemgeräuschen der drei Menschen, mit denen ich meine Unterkunft teile, und gehe in Gedanken an der Oberfläche spazieren. Frage mich, wie es Vilem geht. Wo Sandor jetzt ist und was er tut. Ob er schläft.

In den Sphären haben wir psychologische Übungen gemacht, die Motivanalysen genannt wurden. Wir nahmen uns eins unserer Ziele oder eine unserer Ängste vor und versuchten herauszufinden, was wirklich dahintersteckt. Diese Methode wende ich nun auf meine Gefühle für Sandor an. Was ist passiert, dass ich plötzlich bereit bin, meine Beziehung mit Aureljo zu beenden und mich in die Arme eines – ich zögere erst, dann denke ich das Wort in aller Deutlichkeit – eines Prims zu werfen? Mit dem ich nichts gemeinsam habe? Der gerade mal lesen kann, aber sonst völlig ungebildet ist? Der Kinder durch Dornenhecken schickt? Der sein Leben damit verbringen wird, einen Haufen Wilder im Zaum zu halten, und der in seiner Wohnstatt getrockneten Ziegendung verbrennt, um nicht zu frieren?

Es hilft nichts. Ich kann mir Sandor nicht madigmachen, trotz aller Bemühungen. Also wühle ich mich tiefer in mein Gefühlschaos. Haben meine Gefühle mit der ungewöhnlichen Situation zu tun? Menschen in Not neigen dazu, sich zu Partnern hingezogen zu fühlen, die ihnen einen Überlebensvorteil verschaffen können. Das passiert ganz unbewusst, es ist ein Instinkt.

Ich mache die Probe aufs Exempel. Stelle mir vor, ich wäre zurück in einer der Sphären: rehabilitiert, hoch angesehen, eine glänzende Zukunft vor Augen. Sandor dagegen wäre einer der Arbeiter in der Recyclingstation: das schwarze Haar nach Vorschrift kurz geschnitten, statt dem ledernen Falknerhandschuh Schutzhandschuhe aus Kevlar. Ein formloser grüngrauer Overall. Klobige Schuhe.

Ich habe das Bild klar vor mir, aber es ändert nichts. Ich sehne mich immer noch nach ihm.

Mit einem Seufzen rolle ich mich zusammen, ziehe meine Decke noch enger um mich. Spüre plötzlich eine Hand in meinem Haar.

»Ria? Ist alles in Ordnung?«

»Hm? Ja, natürlich. Schlaf nur weiter.«

Aureljo zieht seine Hand nicht gleich zurück, er streichelt mich, bis ich ihn durch tiefe, gleichmäßige Atemzüge glauben mache, dass ich wieder eingeschlafen bin. Hinter meinen geschlossenen

Lidern brennen Tränen, sie bahnen sich ihren Weg, laufen meine Wangen hinunter. Entfalten ihre betäubende Wirkung und lassen mich irgendwann tatsächlich einschlafen.

Wir erhalten keine Nachricht am nächsten Tag und auch nicht am übernächsten. Unsere Vorräte sind ausreichend für drei Tage und mir beginnt zu dämmern, dass sich vorher niemand blicken lassen wird. Das bedeutet, die Krise ist noch nicht vorbei. Es gibt keine Entwarnung. Wer weiß, wie viele Dornen verletzt oben in der Halle liegen. Wie viele noch getötet wurden.

Mehr denn je fühlt sich unser Gewölbe wie eine Gruft an. Als wäre ich lebendig begraben, abgeschnitten von den Menschen und der restlichen atmenden Welt. Abgeschnitten von aller Information. Um die dahinkriechende Zeit schneller vergehen zu lassen, drehe ich eine Runde durch die Schächte und Kanäle, ohne Ziel, nur um mich zu bewegen. Aber ich beeile mich, denn falls Fiore oder Quirin vorbeikommen sollten, will ich da sein und Fragen stellen können.

Bojan kommt am Morgen des dritten Tages; er bringt neue Vorräte und zwei Kanister mit frischem Wasser. Ich habe ihn noch nie so müde gesehen, und als ich ihm anbiete, mit uns gemeinsam zu frühstücken, nimmt er lächelnd an.

Vilem lebt noch. Die Mitteilung lässt mich aufatmen.

»Er ist selten bei Bewusstsein und hat Fieber, immer wieder auch Fieberkrämpfe«, berichtet Bojan. »Laut Quirin ist er aber noch nicht über den Berg. Lennis ist verletzt worden und hätte fast sein linkes Auge verloren, der Schlag ist nur ein paar Millimeter danebengegangen.« Bojan beißt in einen der harten Fladen, dass es kracht. »Glück im Unglück.«

Ich reiche ihm einen Becher mit Wasser. »Lass ihn von mir grüßen, aber unauffällig.«

Bojan nickt kauend. »Mache ich.«

»Gibt es weitere Verletzte? Tote? Jemand, den wir kennen?«

»Es war nicht so schlimm, die letzten Tage. Sandor sagt, in Gedanken sind die Feindclans schon auf dem Rückzug. Ein heftigerer Schlag muss uns noch gelingen, meint er, dann hauen sie ab.« Entweder das oder sie halten still, bis Verstärkung kommt.

»Habt ihr in letzter Zeit Sentinel gesichtet?«

Bojan hat gerade wieder den Mund voll, also schüttelt er nur den Kopf, kaut hastig und schluckt. »Keine Spur von ihnen. Wenn die Clans Krieg führen, halten sie sich meistens im Hintergrund.«

Nach dem Frühstück beschließe ich, einen Abstecher in den Tiefspeicher zu machen. Um mich zu beschäftigen und um das Buch über Falknerei mitzunehmen. Darin zu blättern, wird ein wenig so sein, wie sich mit Sandor zu unterhalten.

Ich schalte die beiden Lampen ein und blicke mich um. Was, wenn das hier alles ist, womit ich den Rest meines Lebens verbringen werde? Wenn die Situation an der Oberfläche schlimmer und nicht besser wird? Werde ich es ertragen und meine Hoffnung von einem Tag auf den nächsten verschieben oder werde ich irgendwann ausbrechen, ohne Rücksicht auf mein Leben?

Ich kann die zweite Variante nicht ausschließen und sie macht mir Angst. Zum Glück faszinieren mich derzeit die Bücher noch so sehr, dass ich meine innere Unruhe beiseiteschieben kann.

Ich hebe eins nach dem anderen vom Boden auf, blättere sie durch, lege sie auf einen passenden Stapel. Nach einer halben Stunde habe ich einen Rhythmus gefunden, der mich ruhig werden lässt. Ein Buch, das nächste, das nächste.

Fast hätte ich das lose Blatt übersehen, das nur wenige Millimeter aus einer Beethoven-Biografie herausragt. Ich greife vorsichtig mit zwei Fingern danach und ziehe, weiß sofort, dass es ein weiteres Puzzlestück ist, das erkenne ich allein daran, wie sich das Papier anfühlt.

An einem Tag wie heute habe ich nicht mit einem Fund gerechnet, ich war nicht auf der Jagd, sondern nur auf der Suche nach Beschäftigung. Umso heftiger schlägt jetzt mein Herz. Auch wenn es Unsinn ist, kann ich das Gefühl nicht abschütteln, dass ich gleich auf etwas Entscheidendes stoßen werde. Sonst wäre dieses Blatt mir nicht ausgerechnet heute in die Hände gefallen.

Umso enttäuschter bin ich nach dem Lesen des Eintrags. Jordan scheint beim Schreiben in einer ähnlichen Stimmung gewesen zu sein wie ich gerade. Unentschlossen und aufgewühlt. Hauptsächlich macht er sich Sorgen um einen seiner Freunde.

Oder um seinen Sohn?

Ich habe Dhalion mehrfach untersucht und es scheint alles mit ihm in Ordnung zu sein. Kaum zu glauben. Trotzdem werde ich nächste Woche die Tests wiederholen, ich will keinesfalls das Risiko eingehen, ihn zu verlieren. Auch Chendar hat gestern einen Blick auf ihn geworfen und war ebenfalls zufrieden. »Bin ich froh, dass wir die ganze Ausrüstung nicht umsonst mitgeschleppt haben«, meinte er. Dann schnappte er sich einen Totenschädel und nahm ihn mit in seine Kammer. Chendar liebt Symbole.

Ich bin unsagbar erleichtert, obwohl ich natürlich weiß, dass ich jetzt vor schweren Entscheidungen stehe. Manchmal wünschte ich, Dhalion könnte sie selbst treffen – was für ein unsinniger Gedanke!

Eben wäre mir fast der Stift aus der Hand gefallen. Ich bin entsetz-

lich müde, aber gleichzeitig widerstrebt es mir, Dhalion allein zu
wissen. Ihn und seinen freundlichen Bruder, den ich ebenfalls nicht
zurücklassen konnte. Ich wache über beide, voll Sorge und Angst;
das werde ich mein restliches Leben lang tun. Heute wird meine
Schlafstatt der Boden in diesem Raum sein.

Die Totenwächter besitzen Felle, die sie uns im Austausch gegen
schmerzstillende Medikamente und Desinfektionsmittel überlassen
haben. Zusammen mit der Thermoausrüstung, die wir mitgebracht
haben, lässt sich daraus ein erträgliches Lager bauen. Trotzdem
träume ich jede Nacht von unserem Zuhause: Ich stehe in einer der
vertrauten Kuppeln und ich fühle die Wärme und bin glücklich, ge-
borgen, in Sicherheit. Beim Aufwachen trifft mich die Verzweiflung
unmittelbar nach der Kälte und den Schmerzen, die eine unweiger-
liche Folge des harten Liegens sind.

Dann wünsche ich mir alles zurück, was ich aufgegeben habe. Ich
verfluche mich für meine Entscheidung und würde jeden Preis da-
für zahlen, unwissend zu sein. So wie Dhalion, der kein Gut und
kein Böse kennt; der einfach ist, was er ist.

Immerhin sind diesmal alle Sätze vollständig. Ich drehe das Blatt
wieder um und beginne, noch einmal alles von vorne zu lesen.
Diesmal finde ich das Geschriebene doch nicht so uninteressant.

Ich kann Jordans Gefühle ganz und gar nachvollziehen. Er
wünscht sich in die Wärme der Sphären zurück, er träumt von
ihnen und hasst die Kälte. Er sorgt sich um diesen Dhalion, der
weder Gut noch Böse kennt ... Vermutlich wirklich ein Kind, ein
sehr kleines. Oder ein Tier. Und sein Bruder, den er *freundlich*
nennt, also ist Dhalion wohl kein angenehmer Umgang.

Chendar stiehlt einen Totenkopf. Beim Lesen habe ich sofort die

Katakomben vor Augen, Tommas Grabstätte, wo die Schädel in Stapeln liegen. Haben die Flüchtlinge aus den Sphären dort ihren Unterschlupf gefunden?

Noch ein Wort sticht aus dem Text hervor: Ausrüstung. Hört sich an, als handle es sich dabei um medizinische Gerätschaften, mit denen sie Dhalion versorgen.

In meinem Kopf formt sich eine Geschichte, eine mögliche Erklärung. Es passiert immer wieder, dass Vitros lange, liebevolle Partnerschaften eingehen, und gelegentlich kommt es dabei zu natürlichen Schwangerschaften. Das kann zu Problemen führen, vor allem, wenn die Eltern nicht bereit sind, das Kind einer Ziehmutter zu überlassen. Damit schmälern sie nicht nur die Chancen ihres Nachwuchses, sondern auch die eigenen – sie können ja ihren Verpflichtungen den Sphären gegenüber nicht mehr so intensiv nachkommen, wie es von ihnen gefordert wird. Sind die Eltern sehr hoch qualifiziert und bekleiden sie wichtige Posten, wird man ihnen nicht erlauben, das Kind selbst großzuziehen.

Ist es das, was Jordan beschreibt? Ist Dhalion sein Sohn, für den er die Privilegien der Sphären geopfert hat? Aber warum ist dann nie von einer Mutter die Rede? Und wieso verflucht Jordan seine Entscheidung und wünscht sich, unwissend zu sein? Unwissend in welcher Hinsicht?

Ich gebe auf. Meine Theorie lässt sich nur mit Gewalt über den Chronik-Eintrag stülpen und ist somit wahrscheinlich falsch.

Gierig auf mehr Information suche ich nach anderen Biografien berühmter Komponisten und finde tatsächlich einige, aber in keiner davon ist ein weiterer Chronik-Eintrag versteckt.

In einer Arbeitspause, die ich mit einem schmalen Gedichtband verbringe, wird mir plötzlich bewusst, von wie viel Stille ich umgeben bin. Bis auf meinen Atem und das Rascheln der Seiten herrscht völlige Ruhe. Nur manchmal, ganz leise, ist da ein wisperndes Geräusch zu vernehmen, als würden die alten Bücher miteinander flüstern.

Ich lache laut auf, meine Nerven haben offenbar ihre Belastungsgrenze erreicht. Flüsternde Bücher, meine Güte.

Genug für heute. Ich stehe auf und klemme mir das Buch über Falknerei unter die Achsel, zusammen mit einem, das ich Tycho mitbringen möchte: *Die wichtigsten Erfindungen – Ideen, die die Welt veränderten*. Die lose Seite mit Jordans Bericht stecke ich in meinen Ärmel, wie immer. Dann lösche ich eine der Lampen, nehme die zweite und haste zur Tür. Der Weg zwischen den Regalen wirkt heute auf mich wie eine dunkle Schlucht, in deren Wänden neugierige Wesen hausen, die aufmerksam jede meiner Bewegungen verfolgen.

16

Der nächste Tag schleicht quälend langsam dahin. Ich schiebe mein Gespräch mit Aureljo vor mir her, was nicht schwierig ist, weil er ohnehin nur seine Mission im Kopf hat. Er kniet auf dem Boden und beugt sich über eine alte Landkarte, auf der er drei mögliche Routen nach Vienna 2 eingezeichnet hat. Dantorian hockt neben ihm und bemüht sich, seinen Standpunkt durchzusetzen: Der kürzeste Weg führt am schnellsten zum Ziel und wird daher die wenigsten Gefahren bergen. Aureljo kontert, dass die Route, die er gehen möchte, mehr Versteckmöglichkeiten birgt und außerdem den Weg der Leute kreuzen wird, die einen Arbeiterwechsel von Vienna 1 nach Vienna 2 vollziehen. »Dann sind wir schon Teil einer Gruppe, wenn wir ankommen, und fallen viel weniger auf, als wenn wir nur zu zweit sind.«

Tycho blickt von dem Buch über Erfindungen auf, in dem er seit heute Morgen liest. »Ich brauche Bewegung«, murmelt er.

In meinem Ärmel knistert die Chronik-Seite. »Geht mir genauso. Wollen wir gemeinsam eine Runde drehen?« Ich halte meine Lampe hoch. »Dann wärst du ausnahmsweise mal mit Licht unterwegs.«

Diese Aussicht hebt Tychos Laune beträchtlich. Er klappt das Buch zu und schnürt die Lederriemen um seine Fellstiefel fester, dann steht er neben der Tür und sieht mich erwartungsvoll an.

Weder Aureljo noch Dantorian bekommen unseren Aufbruch wirklich mit, was nichts ausmacht, da ich ohnehin nicht vorhabe, ihnen das Ziel des Ausflugs zu verraten. Auch Tycho weihe ich nicht sofort ein; erst als wir gut zweihundert Meter von unserem Gewölbe entfernt sind, bleibe ich stehen.

»Weißt du noch, wie man von hier zu den Katakomben gelangt?«

»Na sicher.«

Ich ziehe die Buchseite aus meinem Ärmel und leuchte mit der Lampe darauf. »Sieh dir das an und dann sag mir, was du denkst.«

Wie alles andere, was er tut, liest Tycho außerordentlich schnell. Und er begreift sofort, was ich vorhabe.

»Du glaubst, die Ausrüstung, die hier beschrieben wird, könnte noch immer dort sein?«

»Vielleicht. Auf jeden Fall möchte ich nachsehen.«

Tycho liest den Text noch einmal, stirnrunzelnd, bevor er ihn mir zurückgibt. »Bisher ist mir da unten nichts dergleichen aufgefallen, aber ich hatte auch kaum Licht. Ertastet habe ich jedenfalls keine technischen Geräte. Nur Knochen.«

Ich drücke ihm die Lampe in die Hand und er übernimmt die Führung. Zweimal muss ich ihn bitten, nicht so zu rennen, wenn er mich nicht abhängen will, trotzdem sind wir viel schneller bei den Katakomben angelangt, als ich es mir hätte vorstellen können.

Jetzt erst wird mir unbehaglich zumute. Ähnlich wie gestern in der Bibliothek, es ist eine Furcht, die keine logischen Ursachen hat. Wenn ich an die Erdoberfläche gehe, begebe ich mich in Gefahr; in den Katakomben bin ich unter lauter Toten, die nichts auf der Welt wieder ins Leben zurückbringen kann. Sie werden mir nichts tun. Wie sollten sie?

Ich wechsle einen Blick mit Tycho und er nickt. »Ja, es ist unheimlich. Ein dummer Reflex, aber auch irgendwie logisch, wenn du dir überlegst, wo wir herkommen. Aus transparenten Kuppeln, in denen es kaum Ecken und Winkel gibt, wo alles übersichtlich und hell ist. Die einzigen Menschenknochen, die ich dort je gesehen habe, waren die von Attila.«

Ich lache auf und der Laut kehrt als Echo zu mir zurück. Attila war eins der drei Skelette, die in den Medizinlektionen an der Akademie als Anschauungsobjekte verwendet wurden. Er hat mir nie Angst eingeflößt, warum also schrecke ich vor uralten Knochen unter der Erde zurück?

Weil sie einmal zu einem lebendigen Wesen gehört haben, das geatmet, gelacht und sich gefürchtet hat, wie du. Weil sie dir vor Augen führen, dass du eines Tages ebenso tot sein wirst wie sie. Dass das Einzige, was deinen Zustand von ihrem unterscheidet, ein paar Jahre sind. Oder weniger.

»Lass uns weitergehen.« Meine Stimme klingt fest und ich glaube, ich habe meine Gefühle wieder unter Kontrolle. Das, was mich ängstigt, sind nicht die Knochen selbst, sondern die Bedeutung, die ich ihnen gebe. Das zu kontrollieren, habe ich gelernt.

Wir steigen drei schiefe Stufen nach unten und mit jedem Schritt und jedem Atemzug werde ich ruhiger. Wenn ich wertvolle Geräte aus den Sphären besitzen würde, wo würde ich sie dann verstecken?

Tycho schlägt, ohne zu zögern, den Weg nach links ein. »Wollen wir bei Tomma vorbeigehen? Ich würde das gern tun.«

Eine gute Idee. Damit haben wir zumindest ein vorläufiges Ziel, auch wenn ich insgeheim fürchte, an ihrer Ruhestätte mit Dingen konfrontiert zu werden, die ich gern meiner Fantasie überlassen hätte. Gerüchen, zum Beispiel. Oder der Tatsache, dass es in den Gängen und Kanälen Ratten gibt, die nach Futter suchen.

Doch meine Sorge erweist sich als unbegründet. Der Steinsarg, der bei der Trauerfeier noch offen gestanden hat, ist jetzt fest verschlossen. Ich wünschte, wir hätten etwas mitgebracht, womit wir ihn schmücken könnten.

Quirins Worte kommen mir wieder in den Sinn. *Es ist ein Ort, an den man gehen kann, wenn man seine Toten ehren will. Für Tomma selbst spielt es keine Rolle, sie hat ihr Licht und ihre Freiheit längst gefunden.*

»Licht und Freiheit«, sage ich leise und streiche mit der Hand über den Steindeckel. »Das wünsche ich dir so sehr.«

Wir stehen ein paar Minuten schweigend da, jeder in seine eigenen Gedanken versunken. Die Gebeine an der Wand stören mich kaum noch; wenn ich ein wenig öfter herkomme, werde ich sie wahrscheinlich bald nicht mehr wahrnehmen.

Hohläugige Schädel, die ins Nichts starren. Einen davon hat Chendar an sich genommen ... weil er Symbole liebte. Das Einzige, wofür ein solcher Schädel meiner Meinung nach stehen könnte, ist der Tod.

»Weißt du, wohin es in dieser Richtung weitergeht?« Ich deute auf den Torbogen, der rechts von uns liegt.

»Ja. Den nächsten Raum kenne ich, der ist leer. Was danach kommt, habe ich mir noch nicht angesehen. Sollen wir?«

Ich nicke und Tycho läuft voraus, viel zu unvorsichtig für meinen Geschmack. Bei Gelegenheit werde ich versuchen, mit ihm ein Gespräch über Neugierde zu führen.

Wir durchqueren den leeren Raum, gelangen in den nächsten, der sehr ähnlich aussieht. Tycho leuchtet die Wände entlang –

hier gibt es weder Knochen noch Särge, nur ein wenig Holz, das von ehemaligen Möbeln stammt und in Stapeln in einer Ecke lagert. Brennstoff.

Als wir den dahinterliegenden Raum betreten, habe ich plötzlich das Gefühl, ein Echo meiner eigenen Schritte zu hören. Ich packe Tycho an der Schulter. Wir bleiben stehen, aber die Schritte verklingen nicht, im Gegenteil. Sie werden lauter. Jemand kommt auf uns zu.

Verstecken, ist mein erster Reflex. Zurück zu den Toten, zu den Nischen, dort kann man sich verbergen. Falls es Schlitzer sind, die einen Weg unter die Stadt gefunden haben. Auch wenn Fiore meint, dass sie nie in dunkle Schächte steigen, weil sie über keine Lichtquellen verfügen – für Schlitzer, die von den Sphären ausgestattet wurden, um einen Spezialauftrag zu erledigen, würde das nicht gelten.

Ebenso wenig für Nachtläufer – im Gegenteil, der Clan ist darauf spezialisiert, im Dunkeln zu jagen.

Tycho und ich verständigen uns durch einen stummen Blick und weichen leise zurück. Die Schritte nähern sich immer noch, aber wenn ich mich nicht täusche, ist es keine Horde von Menschen, die auf uns zukommt, sondern nur ein einziger.

Ein weißer Schemen erscheint im Torbogen. »Stehen bleiben.«

Erleichterung durchflutet mich, als ich die Stimme erkenne. »Quirin! Wir sind es nur. Tycho und Ria.«

»Was tut ihr hier?« Der Lichtkegel unserer Lampe trifft ihn und er schützt die Augen mit der Hand, um nicht geblendet zu werden. Seine eigene Lichtquelle ist eine Art Laterne, die viel schwächer brennt als unsere.

»Wir waren an Tommas Grab.« In meinem Ärmel spüre ich die

Chronik-Seite. Vielleicht ist jetzt ein guter Zeitpunkt, um mit Quirin über Jordan zu sprechen. Dann sehe ich die tiefen Furchen auf seiner Stirn und um seine Mundwinkel, die Blässe seiner Haut. Er wirkt, als hätte er nächtelang nicht geschlafen.

»An Tommas Grab. Verstehe. Wenn ihr den Weg zurück sucht, seid ihr hier aber falsch.«

»Wir wollten uns einen Überblick verschaffen«, erklärt Tycho.

Quirin wischt sich mit dem Handrücken über die Stirn. »Lasst uns zurückgehen. Dort hinten gibt es zwar noch weitere Räume, aber die meisten sind verschüttet und einer der Gänge ist einsturzgefährdet. Haltet euch davon bitte fern. Es reicht, dass wir Tomma hier bestatten mussten.«

Die Ermahnung richtet sich vor allem an Tycho, der gehorsam nickt.

»Wie geht es Vilem?« Auf dem Rückweg hält Quirin sich neben mir, die Gelegenheit, Neuigkeiten zu erfahren, ist günstig.

»Er hat Fieber. Ich habe die ganze letzte Nacht versucht, es zu senken, wir haben ihn in Schnee gepackt und ihm Wasser eingeflößt …« Ratloses Schulterzucken. »Heute Morgen war es ein bisschen gesunken. Denke ich. Wir haben keine Thermometer, um es genau zu messen.«

In den Sphären zeigten die Salvatoren auf Knopfdruck die Körpertemperatur an, innerhalb einer Fünftelsekunde. Ich frage mich, ob Tycho imstande wäre, eins der Geräte so weit zu reparieren, dass wenigstens die Basisfunktionen wieder laufen. Wenn wir ein paar verlässliche Angaben zu Vilems Zustand hätten, dann …

Ja, was dann? Dann wären wir schlauer, aber niemand könnte die nötigen Medikamente herbeizaubern oder eine Operation auf Sphärenstandard durchführen.

Frustriert verschränke ich die Arme vor der Brust. »Gibt es andere Neuigkeiten? Nichts zu erfahren und gleichzeitig so viel Zeit zum Nachdenken zu haben, ist schlimm.«

Ein mitfühlender Blick. »Das kann ich mir denken. Es sieht im Moment ganz gut aus. Heute gab es noch keinen Überfall, alle Anzeichen sprechen dafür, dass die Nachtläufer sich zurückgezogen haben. Mit den Scharten kommen wir zurecht, die sind wir gewohnt.«

»Gut.« Mir wird innerlich warm. Dann könnte Sandor sich bald wieder blicken lassen. Vielleicht schon morgen, zu seiner üblichen Zeit, vor Sonnenaufgang. Und ich könnte meinen Beitrag dazu leisten, dass er noch ein wenig länger Than bleiben kann.

»Falls du bei Vilems Versorgung Hilfe brauchst: Ich bin geübt in Krankenpflege. Früher habe ich oft freiwillig im Medcenter ausgeholfen.«

Wir durchqueren die Gruft, in der Tomma liegt. Quirins Blick bleibt ebenso an ihrem Sarg heften wie meiner.

»Wir haben Vilem in eine kleinere Kammer gelegt, wo er mehr Ruhe hat«, sagt er nachdenklich. »Ich vermute, wir könnten es riskieren, dass du dich dort um ihn kümmerst, es wird dich niemand sehen.« Er legt seine Hand auf meine Schulter. »Wenn du das möchtest. Ich würde es nie von dir verlangen.«

Da schwingt Traurigkeit in seinen Worten mit, ganz ohne Frage. Steht es doch schlimmer um Vilem, als Quirin es mir gegenüber zugeben will? Aber warum meint er, mich schonen zu müssen?

»Gerne. Bojan soll mich holen, wenn ihr mich braucht.«

Wir sind in der letzten Halle der Katakomben angelangt, von hier zweigt der Gang zu dem niedrigen Mauerdurchbruch ab, der zu den Tunneln und Kanälen führt. Tycho ist schon vorausgelaufen, ich kann in einiger Entfernung das tanzende Licht meiner Lampe sehen und vermerke innerlich, dass ich nicht vergessen darf, sie von ihm zurückzufordern.

Quirin will offenbar den Weg in die entgegengesetzte Richtung einschlagen. Er nickt mir zu. »Bis morgen.«

»Ja.« Ich sehe ihn davongehen, eine weiße Gestalt, umgeben vom Lichtschein ihrer Laterne, und der Entschluss, ihm nachzulaufen, formt sich wie ganz von selbst in meinem Kopf.

Er hört meine Schritte und wendet sich um. »Ist noch etwas?«

Es hat keinen Sinn, die Frage betont harmlos zu stellen, so als hätte sie keine große Bedeutung für mich. Quirin ist nicht dumm.

»Ist dir *Jordans Chronik* ein Begriff?«

Er regt sich nicht. Blinzelt nicht einmal, sondern steht einfach nur da und sieht mich an. Es dauert erstaunlich lange, bis er antwortet. »Ja. *Jordans Chronik* ist ein Buch, das es nicht mehr gibt.«

Also weiß er, dass es zerstört wurde. Weiß er auch, von wem? Bevor ich weiterfragen kann, kommt Quirin mir zuvor.

»Wo hast du davon gehört? Ich hätte nicht gedacht, dass sich noch jemand daran erinnert.«

Ich entschließe mich, ihm die Wahrheit zu sagen, in der Hoffnung, dass er mir meine Ehrlichkeit mit gleicher Münze zurückzahlen wird. »Ich habe ein Gespräch belauscht, zwischen dem Rektor unserer Akademie und einem Sentinel. Einem Exekutor, um präzise zu sein. Der erwähnte *Jordans Chronik* und es hörte sich so an, als hätte dieses Buch etwas mit uns zu tun. Als wäre darin erklärt, warum wir getötet werden müssen.«

Ich beobachte Quirin genau. Sein Atem geht ruhig, er runzelt nicht die Brauen, nimmt keine Abwehrhaltung ein. Nichts an seiner Reaktion lässt darauf schließen, dass meine Erklärung ihn überrascht oder dass er sie lächerlich findet. Aber er strahlt Interesse aus wie ein Heizelement Wärme.

»Das ist eine eigenartige Annahme. Hast du eine Theorie?«

»Nein. Gar keine.«

»Aber du denkst, ich könnte dir weiterhelfen?«

»Ich halte es für möglich.«

Er lächelt und schüttelt bedauernd den Kopf. »Leider nicht. Ich hätte sie selbst gern gelesen, aber es handelt sich dabei nicht um ein gedrucktes Buch, von dem es jede Menge Exemplare gibt, sondern tatsächlich um eine Chronik. Ein Tagebuch, mit der Hand geschrieben.«

Jetzt wäre der Moment, um die eine Seite, die ich immer noch im Ärmel versteckt habe, hervorzuholen und sie Quirin zu zeigen. Aber wie viel besser wäre es, wenn ich noch dreißig, vierzig, fünfzig weitere Seiten hätte und sie ihm chronologisch geordnet vorlegen könnte? Keine schlechte Idee. Doch der wahre Grund für mein Zögern ist ein anderer: Ich vermute, Quirin würde meinen Fund an sich nehmen. Mit Recht, es ist seine Bibliothek.

Ich verschränke die Arme vor der Brust. »Es ist schon merkwürdig. Die Chronik war im Besitz der Dornen, nicht? Das meinte jedenfalls der Exekutor. Und wir, die angeblichen Verräter, die zum Wohl der Sphären dringend sterben sollen, landen ebenfalls bei den Dornen. Zufälle dieser Art haben mich schon immer stutzig gemacht.«

Quirin scheint es ähnlich zu gehen. Er blickt zur Seite, zu den Totenschädeln in ihrer Nische, und schüttelt den Kopf, als würde er einen Gedanken verwerfen.

Ich nutze die Gelegenheit, wähle meine Worte aber besonders vorsichtig – so als hätte ich keinen der Chronik-Einträge jemals zu Gesicht bekommen. »Hast du Jordan gekannt? Hat er hier gelebt?«

Quirin wendet seine Aufmerksamkeit von den Schädeln ab und mir zu. Er lächelt, voller Wärme. »Ja. Er lebte noch, als ich ein Kind war, und ich mochte ihn sehr. Ein freundlicher Mann, der wunderbare Geschichten erzählen konnte. Er war wie ihr. Ein Flüchtling aus den Sphären und er hatte es nicht leicht hier. Ein Teil des Clans hat ihm vertraut, aber die anderen haben ihn immer nur als Feind betrachtet.«

Ich verstehe die Botschaft zwischen den Zeilen. *Euch wird es genauso gehen, wenn ihr bleibt. Aureljo trifft die richtige Entscheidung.* Doch diese Frage habe ich für mich längst geklärt.

»Hat er je erzählt, warum er fliehen musste?«

Ich habe den Eindruck, dass Quirin es weiß, es mir aber nicht sagen möchte. Wieder betrachtet er nachdenklich die Totenschädel in der Wand neben uns. Schließlich gibt er sich einen Ruck. »Er hatte etwas herausgefunden, das er nicht hätte herausfinden sollen, und war in einen Gewissenskonflikt geraten. Schon damals waren die Sphären daran interessiert, die Außenwelt von den Clans und Stämmen zu säubern. Jordan war damit nicht einverstanden, und als er begriff, dass seine offene Auflehnung gegen die Ausrottung der Außenbewohner ihn zum Verräter stempelte, floh er aus seiner Heimatsphäre.«

Verräter. Da ist es wieder, dieses Wort, und es verbindet uns mehr denn je mit Jordan. Nur, dass wir im Gegensatz zu ihm nie am System gezweifelt, sondern es mit all unserer Kraft unterstützt haben. Wir wussten ja nicht einmal von den Verbrechen an den Clans, wären also nie geflohen, wenn man uns nicht hätte umbringen wollen.

Einen Moment lang überlege ich, ob es etwas mit unseren Genen zu tun haben könnte. Dass man im Reproduktionscenter einen Fehler gemacht und uns aus Restbeständen von Jordans Erbmaterial gezeugt hat. Aber das ist Unsinn. Niemand hätte die Gene eines Verräters verwertet; außerdem wird das vorhandene Material immer optimiert, bevor es befruchtet wird. Und selbst im Fall eines solchen Fehlers hätte man uns lediglich heruntergestuft, unsere Karrieremöglichkeiten eingeschränkt, uns aber sicher nicht hinrichten lassen. Ganz abgesehen davon, ist Tycho ein Aufgelesener und damit der glatte Gegenbeweis für meine Theorie.

Im Moment ist Quirin meine beste Quelle für weitere Information. Immerhin hat er Jordan persönlich gekannt.

»Was weißt du noch über ihn? Hast du je Gelegenheit gehabt, in der Chronik zu lesen, bevor sie verschwunden ist? Was ist überhaupt damit passiert?«

Er nimmt mich bei der Schulter, ähnlich wie Grauko es manchmal getan hat, um mir seinen Beistand zu signalisieren, wenn ich glaubte, an einer seiner Aufgaben zu scheitern. »Ich verstehe, dass du viele Fragen hast, aber leider ist mein eigenes Wissen nur sehr lückenhaft. Ich habe die Chronik nie gelesen, angeblich hat Jordan sie selbst vernichtet.«

»Warum?«

Quirin zuckt die Schultern. »Das weiß ich nicht. Man sagt, er sei ein schwieriger Charakter gewesen, hin- und hergerissen zwischen den Welten und immer misstrauisch. Ich habe auch gehört, er soll an Verfolgungswahn gelitten haben. Mein Vater hat ihn besser gekannt, er meinte, im Alter habe Jordan Angst vor seinen eigenen Freunden bekommen und die Chronik vernichtet, damit sie keinem von ihnen in die Hände fallen konnte.«

Ich stelle mich unwissend. »Freunde? Meinst du Freunde aus den Sphären?«

»Ja. Er ist nicht allein geflohen.« Quirin seufzt. »Ich muss gehen, Ria. Ich muss mich um Vilem kümmern und bei Andris die Fäden ziehen. Bis bald.«

Er streicht mir über den Kopf und geht, ohne mir die Zeit zu lassen, nach den Namen der Freunde zu fragen. Das bedeutet, ich werde weiterhin so tun müssen, als hätte ich noch nie von Chendar, Porter und Dhalion gehört.

17

Name: Cecil Rehn, natürlich gezeugter Sohn
von Ramon und Zandra
Herkunft: *Sphäre Coburg*
Bisherige Einsatzbereiche: *Erntehilfe,*
Kantinendienst, Recycling, Kuppelreinigung
Körperstatus: *gut bis sehr gut*
Vertrauensstatus: *1b*

Ich finde das Blatt mit Aureljos neuer Identität auf dem Boden neben seinem Lager. Er hat sich noch einmal schlafen gelegt und vermutlich ist es das Rascheln des Papiers, das ihn jetzt weckt.

»Cecil?«, frage ich. »Wirklich?«

Seine Hand fährt zu seinem Ohr, wo der Identitätschip sitzt.

»Ja. Cecil Rehn, der sich einem wandernden Clan angeschlossen hat.«

»Wie hast du dem Chip die Informationen entlockt?«

Aureljo lächelt. »In Flemings Salvator ist ein Scanner eingebaut. Und lichtempfindliche Zellen, die den Akku geladen halten.«

Ganz offensichtlich ein Sondermodell für Exekutoren und ihre Spione. Ich atme gegen die Welle aus Traurigkeit, Wut und Resignation an, die in mir hochsteigt, wie so oft, wenn ich an Fleming denke. Es nützt nichts, er ist tot, er kann mir nicht mehr erklären, was ihn dazu bewogen hat, uns zu verraten. Bald, sehr bald wird auch Aureljo fort sein.

»Es wird merkwürdig sein ohne dich.« Ich sage es so sachlich wie möglich, es soll nicht sentimental klingen. Trotzdem wirkt Aureljos Lächeln gerührt. Er streckt mir die Arme entgegen.

»Mir geht es genauso. Wir sollten gemeinsam weitergehen, Ria, wir sind schon so weit gekommen und mit dir hat unser Vorhaben so viel größere Chancen auf Erfolg.«

Das war es nicht, worauf ich hinauswollte, aber Aureljo strahlt mich so glücklich an, dass ich es nicht über mich bringe, ihn in aller Härte vor den Kopf zu stoßen.

Ich nehme seine Hände und setze mich zu ihm. »Ich komme nicht mit. Meine Meinung hat sich kein Stück geändert, im Gegenteil. Ich werde hier leben.«

Jetzt. Jetzt sage ich es ihm. Ich räuspere mich und sehe Aureljo in die Augen. »Es gibt etwas, das mir auf dem Herzen liegt, und ich möchte, dass du es erfährst. Ich war in den letzten Wochen immer wieder frühmorgens an der Oberfläche und –«

»Ich weiß, dass du dir Sorgen machst«, unterbricht er mich und ich lasse es geschehen, fast erleichtert, weil seine Ungeduld mir weiteren Aufschub gewährt. »Aber die feindlichen Clans werden vertrieben sein, bis wir aufbrechen. Ich habe mit Dantorian und Quirin die perfekte Route zusammengestellt, das Risiko, überfallen zu werden, ist winzig! Und wenn wir erst dort sind … Sieh mal!«

Er greift nach einem großen, zusammengerollten Bogen Papier. Auf der einen Seite ist eine alte Landkarte abgedruckt, die andere zeigt den perfekt gezeichneten Querschnitt einer Sphäre mit neun Kuppeln.

»Hier sind die Arbeiterquartiere und hier und hier. Ich werde versuchen, für eine Beschäftigung in der Küche eingeteilt zu werden, die ist in Kuppel 9, in unmittelbarer Nähe der Bibliothek.«

Ich folge seinem Finger mit den Augen und nicke zu allem, was er mir erklärt.

»Es gibt dort freie Datenterminals, wahrscheinlich mit hohen Sicherheitssperren, aber die Geräte sind angeblich alt. Das heißt, ich schaffe es vielleicht auch ohne Tycho, die Sperren zu umgehen und an versteckte Information heranzukommen. Wenn das klappt, erleichtert mir das die Entscheidung, wie ich weitermachen soll, sehr. Information ist der Schlüssel, Ria, und die Chancen –«

Er hält mitten im Satz inne, als sich die Tür zum Gewölbe öffnet und Bojan den Kopf hereinstreckt.

»Ria? Quirin schickt mich, du sollst zu ihm kommen.«

Früher, als ich dachte.

Es kostet mich einige Mühe, nicht erschrocken die Luft einzuziehen, als ich vor Vilem stehe. Sein Gesicht ist fahl und schweißnass, sein Atem geht viel zu schnell. Fiore, die neben ihm sitzt und gerade ein nasses Tuch über einer Schüssel auswringt, sieht zu mir hoch.

»So geht es nun schon seit gut zwei Stunden. Ich habe versucht, ihn runterzukühlen. Mach du weiter, obwohl, gebracht hat es bisher nicht viel.« Sie erhebt sich und deutet auf ihren Hocker. »Bitte. Ich bin froh, dass du Quirin deine Hilfe angeboten hast, ich kann eine Pause gut gebrauchen.«

Es ist das erste Mal, dass ich Fiore erschöpft erlebe. Ihre Augen sind rot; entweder hat sie geweint oder nicht geschlafen.

Ich setze mich und nehme Vilems Hand, die schlaff auf der Bettdecke liegt. Taste nach dem Puls, der in erschreckendem Tempo dahinrast. Ich habe weder eine Uhr noch einen Pulsmesser, aber ich tippe auf eine Frequenz von mindestens hundertzwanzig Schlägen pro Minute, wenn nicht mehr. Das ist besorgniserregend.

Fiore ist gegangen und ich tue, was sie mir aufgetragen hat. Tränke das Tuch mit frischem, kaltem Wasser und lege es Vilem auf die Stirn. Er stöhnt leise auf, seine Nasenflügel zittern.

Wenn es um Medizin geht, bin ich in der Theorie viel besser als in der Praxis. Vor zwei Jahren habe ich einen Kurs belegt und während der Prüfung nannte uns die Mentorin drei bis vier Symptome, zu denen wir eine passende Diagnose finden mussten. Ich habe sie mit Auszeichnung bestanden und auch jetzt verursacht es mir keine Probleme, mir aus Vilems Zustand einen schlüssigen Befund zusammenzureimen.

Fieber. Viel zu schneller Herzschlag. Erhöhte Atemfrequenz. Dazu das Wissen um die schwere Wunde in seiner Brust. Man müsste ein Blutbild machen, um die Anzahl der weißen Blutkörperchen zu bestimmen, dann hätten wir Gewissheit. Aber auch so bin ich fast sicher, dass eine Sepsis für den schlechten Zustand des Fürsten verantwortlich ist. Die Wunde ist nicht ausreichend desinfiziert worden oder es sind beim Verbandwechsel Bakterien hineingeraten … Egal. Wie es aussieht, hat die Entzündung sich auf den ganzen Körper ausgebreitet, und sobald sie die lebenswichtigen Organe befällt …

Ich werfe das Tuch in die Wasserschüssel zurück. Damit werde ich überhaupt nichts ausrichten. Was Vilem braucht, wie schon Tomma, sind Antibiotika. Die der Clan nicht besitzt.

Vilems Hand zuckt auf der Decke, streckt suchend die Finger. Ich ergreife sie. Wenn erst einmal ein septischer Schock einsetzt, sind wir chancenlos. Und auch jetzt können wir nur darauf hoffen, dass Vilems Organismus die Infektion selbst besiegt.

Als Quirin eine halbe Stunde später einen Blick in die Kammer wirft, teile ich ihm meine Befürchtungen mit. Er wirkt nicht überrascht, natürlich nicht, er sieht ständig Verletzte. Er behandelt und verliert sie, Tag für Tag.

»Ich denke das Gleiche. Aber Vilem ist stark, er wird dagegen ankämpfen. Er hat sein ganzes Leben lang gekämpft.«

»Und es gibt wirklich keine Antibiotika?«

»Nein. Es wird also ein Kampf ohne Waffen.«

Im Verlauf des Nachmittags verstärkt sich mein Gefühl, dass Vilem ihn nicht gewinnen wird. Bojan bringt von draußen Schnee, der gar nicht mehr so leicht zu finden ist, nachdem es kürzlich mehrfach geregnet hat. Doch es ist mehr als genug, um Vilems Hände und Füße zu kühlen. Ich wickle Schnee in mein Tuch und lege es ihm auf die Stirn; das Schmelzwasser mischt sich mit seinem Schweiß und tränkt das Kissen.

Als der Abend dämmert, erscheint Sandor und kniet sich neben das Bett. Vilems Wangen sind in den letzten Stunden mehr und mehr eingefallen; was ich ihm zu trinken gebe, behält er nicht bei sich.

Sandor greift nach seiner Hand und hält sie fest in seiner. »Gute Nachrichten.« Die Fröhlichkeit in seiner Stimme ist zwar gespielt, klingt aber nicht gekünstelt. »Gerade eben haben wir die letzten sieben Nachtläufer aus unserem Territorium gejagt. Vorher haben wir ihnen noch die Waffen abgenommen – ich habe einen prächtigen Langbogen für dich reserviert.«

Vilem stöhnt, seine trockenen Lippen bewegen sich. Lächelt er?

»Die Männer schicken dir ihre Grüße, sie warten darauf, dass du zurückkommst. Andris vertreibt jeden von der Tafel, der es wagt, sich auf deinen Stuhl zu setzen.« Sandor spricht weiter, berichtet von alltäglichen Kleinigkeiten wie den Erfolgen der Sammler und der Geburt eines Zickleins. Ich kann sehen, wie Vilem sich allmählich entspannt. Sein Atem geht immer noch in hektischen Stößen, aber er wirkt nicht mehr, als hätte er Schmerzen.

Sandors Anwesenheit lässt auch mich ruhiger werden. Meine Erschöpfung verwandelt sich in Müdigkeit, die beinahe etwas Wohliges an sich hat. Ich beobachte ihn, jede seiner Gesten, jede Regung seines Gesichts. Er wird ein guter Fürst sein, wenn es so weit ist. Mitfühlend, ehrlich, Vertrauen einflößend. Die Menschen werden ihn lieben und auf ihn hören. Aber bis es so weit ist, wünsche ich ihm noch Zeit.

Falsch, korrigiere ich mich pflichtschuldig. Ich wünsche *uns* noch Zeit. Als Clanfürst wird Sandor andere Dinge zu tun haben, als einem Mädchen aus den Sphären Zeichensprache und Bogenschießen beizubringen.

Das Gefühl, beobachtet zu werden, lässt mich den Kopf zur Seite wenden und tatsächlich begegne ich Quirins Blick, der sorgenschwer und grüblerisch auf mir liegt. Der Ausdruck verschwindet sofort, als hätte ich Quirin bei etwas sehr Persönlichem ertappt, und wird durch ein aufmunterndes Lächeln ersetzt.

»Du hältst dich tapfer, Ria. Aber wenn du möchtest, kannst du nun zu deinen Freunden zurückkehren. Fiore ist wieder ausgeruht, sie und Bojan werden sich die Nacht über um Vilem kümmern. Und ich bin ja auch noch da.«

»Danke. Aber ich bin nicht müde.« Täusche ich mich oder wäre es Quirin lieber, ich würde seinen Vorschlag annehmen?

»Ich würde mir allerdings gern die Füße vertreten«, füge ich hinzu. »Ist die Halle im Moment sicher für mich?«

Quirin nickt. »Wir haben alle Zugänge verriegelt. Wenn jemand hereinwill, muss er sich erst bemerkbar machen.«

Auf dem Marmorboden sind meine Schritte geräuschlos. Die Statuen der früheren Herrscher – steinerne Dauerbewohner von Quirins Reich – werfen bizarre Schatten im Licht meiner Stablampe.

Ich drehe einige Runden unter der Kuppel, die Bewegung ist genau das, was ich gebraucht habe. Am liebsten würde ich rennen. Wann habe ich das das letzte Mal getan? In den Gängen unter der Stadt ist es unmöglich – zu wenig Licht, zu viele Hindernisse und Unebenheiten. An der Oberfläche war ich nicht oft, und sogar bei diesen Gelegenheiten habe ich mich langsam und vorsichtig bewegt, um möglichst keine Geräusche zu verursachen.

Meine Muskeln spannen sich wie von selbst. Ich werde einmal quer durch das Oval laufen, bis zu dem riesigen Fenster, dabei werde ich meine Lampe auf den Boden richten, um nicht versehentlich nach draußen zu leuchten. Doch selbst wenn das passiert, wäre es nicht schlimm – kein nächtlicher Beobachter wird mich hinter dem Lichtkegel erkennen können.

Ich atme durch und renne los. Es fühlt sich so befreiend an, dass ich gern laut lachen würde. Am Fenster mache ich kehrt und laufe zurück. Laufen, ohne verfolgt zu werden, ohne Gefahr im Nacken, ist fast wie fliegen. Noch eine Runde. Noch eine.

Bei meinem sechsten Lauf durch den Saal fällt mein Lichtkegel auf mit Lederriemen umwickelte Stiefel. Ich bremse ab, so schnell ich kann, trotzdem pralle ich fast gegen Sandor, der im letzten Moment die Arme ausbreitet und mich auffängt. Er drückt mich an sich, streicht mir übers Haar.

»Tut mir leid«, sage ich beschämt. Was ist eigentlich in mich gefahren? Ein paar Meter entfernt liegt ein Mann, der mir Unterschlupf gewährt hat, und ringt um sein Leben, während ich herumtolle wie ein kleines Kind.

»Entschuldige dich nicht.« Sandor dreht eine meiner Haarsträhnen zwischen den Fingern. »Du hättest dich sehen sollen. So wunderschön. Ohne deine übliche Selbstkontrolle, wie ein Tanz gegen den Tod. Ich hätte dir stundenlang zusehen können.«

Ich hebe den Kopf. Sein Gesicht ist ganz nah an meinem. »Und, hast du?«

»Nein. Ich bin gerade erst gekommen und du hast mich gleich bemerkt. Ich denke, das ist dir auch lieber so.«

Ins Schwarze getroffen. Es ist mir immer unangenehm, beobachtet zu werden, ohne dass ich es weiß. Andererseits – hier wird mir deshalb niemand Punkte abziehen oder Sonderlektionen aufbrummen. Ich bin nicht mehr an der Akademie.

Ich vergrabe mein Gesicht in Sandors Halsbeuge, er riecht so gut. Wenn ich den Rest meines Lebens damit verbringen könnte, ihn einzuatmen und seine Hände an meinem Rücken und in meinem Haar zu spüren, wäre ich zufrieden.

Dann küsst er mich und diesmal sind keine Nachtläufer da, vor denen wir fliehen müssen. Ohne seine Lippen von meinen zu lösen, hebt er mich hoch und trägt mich zu einer Nische, die von zwei Säulen halb verdeckt wird. Ein Unterschlupf, in dem wir gemeinsam zu Boden gleiten.

Meine Lampe ist ausgeschaltet und in dem spärlichen Mondlicht, das durchs Fenster fällt, sehe ich kaum mehr als Sandors Umrisse, als er sich über mich beugt.

»Komm, Liebling«, flüstert er. »Küss mich. Küss den Prim.«

Ich möchte lachen und weinen zugleich. Meine Arme schlingen sich um seinen Nacken und diesmal hat unser Kuss nichts Vorsichtiges. Ich lasse mich fallen. Keine Vernunft, kein Denken, keine Angst, keine Logik. Ich betrete fremdes Land und es ist wunderschön.

Ich weiß nicht, wie lange es dauert, aber irgendwann halten wir inne, wie auf ein unsichtbares Zeichen hin. Es ist weder der richtige Ort noch die richtige Zeit, um weiterzugehen.

»Bald«, flüstert Sandor und fährt mit einem Finger die Konturen meiner Lippen nach.

»Ja. Bald.« Ich brauche keine Sonne mehr, solange ich ihn sehen und hören und spüren kann.

Wir richten uns auf und ich ordne meine Kleidung. »Sollen wir gemeinsam zu Vilem zurückgehen?«

»Nein. Ich zuerst. Komm du in ein paar Minuten nach. Ich will nicht, dass sie denken …«

Nein, das möchte ich auch nicht. »In Ordnung. Ich warte.«

Sandor ist kaum hinter den beiden Säulen hervorgetreten, als das Geräusch eiliger Schritte auf uns zukommt und kurz darauf eine kreisrunde Lichtscheibe suchend über die Wände gleitet.

»Sandor! Bist du noch da?« Es ist Fiore und das Schwanken in ihrer Stimme verheißt nichts Gutes.

»Hier.« Er tritt in die Mitte des Raumes und ich sehe, wie der Lichtschein ihn trifft. Das dunkle Haar fällt ihm jetzt offen auf die Schultern, ich muss versehentlich das Lederband gelöst haben, das es zuvor im Nacken zusammengehalten hat.

»Es ist … Wir müssen …« Sie stößt zitternd den Atem aus. »Quirin sagt, du sollst kommen. Beeil dich.« Ein schneller Rundumblick. »Ist Ria schon fort?«

»Nein. Sie ruht sich nur aus. Lass uns gehen.«

Gemeinsam laufen sie den Gang entlang, den Fiore gekommen ist. Ich bin wieder allein in der Halle.

Langsam krieche ich hinter den Säulen hervor; das Glück, das ich eben noch empfunden habe, verwandelt sich mit einem Schlag in schlechtes Gewissen. Wir hätten bei Vilem bleiben müssen.

18

Er atmet flach und so schnell, als wäre er meilenweit gelaufen. Sein Gesicht ist nicht mehr weiß, sondern grau, und er zittert am ganzen Körper. Über ihn gebeugt steht Quirin und spricht leise auf ihn ein. In seiner Miene kann ich schon jetzt den Schmerz über den bevorstehenden Verlust lesen; Quirin hat genug Erfahrung, um zu wissen, dass dies hier das Ende ist.

Ich komme mir wie ein Eindringling vor. An meiner Stelle sollte Vilems Familie in diesem Zimmer sein, seine Freunde.

Sandor hebt Vilems Oberkörper an, um ihm das Atmen zu erleichtern, und während ich vorhin noch Zuversicht in seinen Augen gesehen habe, erkenne ich jetzt darin nur noch die Furcht vor dem Unausweichlichen. Es sind Vilems letzte Minuten und alle im Raum haben es begriffen. Bojan beginnt bereits damit, Fiore zu trösten, die ihn aber brüsk von sich stößt.

Ich schlüpfe wieder nach draußen. Ich kann nicht helfen und ich will nicht zusehen. Es ist erst wenige Tage her, dass eine Freundin mir unter den Händen weggestorben ist; so viel Tod auf einmal ertrage ich nicht.

Im Nachbarraum finde ich einen wackeligen Stuhl und setze mich. Es ist der Gedanke an Aureljo, der mich davon abhält, ins Gewölbe zurückzukehren. Ich könnte ihm nicht in die Augen sehen, ohne ihm zu erzählen, was zwischen Sandor und mir vorgefallen ist. Gleichzeitig müsste ich die Nachricht überbringen, dass Vilem stirbt. Für beides habe ich heute keine Kraft mehr, aber wenn ich mich ein wenig ausruhe, kurz die Augen schließe …

Wie viel Zeit vergangen ist, weiß ich nicht, aber ich schrecke hoch, als jemand meinen Kopf berührt, meine Wange, meine Schulter.

Sandor hockt vor mir, und während er noch nach Worten sucht, weiß ich, was er sagen wird. »Es ist vorbei.«

Ich brauche ein paar Sekunden, um völlig wach zu werden. »Das tut mir furchtbar leid«, murmle ich. Ein Satz, der völlig abgedroschen klingt, doch zum Glück nimmt Sandor daran keinerlei Anstoß. Er wirkt abwesend. Natürlich. Mein schlaftrunkenes Ich schafft es nur langsam, sich das ganze Ausmaß der Folgen zu vergegenwärtigen. Vilem ist tot. Sandor ist sein Nachfolger. Mit dieser Stunde ist er für den Clan Schwarzdorn verantwortlich.

Was für eine Aufgabe. Und er scheint ihr Gewicht schon jetzt auf seinen Schultern zu fühlen. So, wie er vor mir kauert, wirkt er jünger als je zuvor. Ich rutsche von meinem Stuhl und knie mich neben ihn. Nehme ihn in die Arme.

»Er war doch immer so stark«, flüstert Sandor. Es klingt verwundert. »Vilem hat mehr Verletzungen überstanden als jeder andere. Ich war mir so sicher, er würde alt werden.« Er bedeckt sein Gesicht mit einer Hand, schüttelt den Kopf. »Für mich war er … Er war wie … Ich hatte ja keine Familie.«

Ich sage nichts, nicke nur und streiche über sein Haar, für diesen kurzen Moment, in dem Sandor seiner Trauer nachgibt. Dann strafft er die Schultern und ich lasse ihn los. Fiores Worte fallen mir ein. *Bei uns ist der Tod kein so seltener Gast, als dass wir ihm erlauben dürften, uns tagelang die Kraft und den Mut zu rauben.*

Sandor hat seinen Blick auf die Tür gerichtet, hinter der Vilem liegt. »Es wird so schwer werden«, wispert er, so leise, dass ich es kaum hören kann. Aber ich verstehe genau, was er meint.

»Ja«, erwidere ich. »Deshalb hat man dich zum Nachfolger bestimmt. Weil du alles hast, was man braucht, um diese Aufgabe zu bewältigen.«

Ich lege meine ganze Zuversicht in die zwei Sätze und bemühe mich, sie selbst zu glauben. Sandor wird kein leichtes Spiel haben; er ist noch so jung. Die Gleichaltrigen werden ihm den Rang nicht gönnen und die Älteren ihm die Aufgabe nicht zutrauen.

Er nickt, mehr dankbar als überzeugt.

Wir könnten für diese Nacht einen Winkel in der Bibliothek finden, ein Bett aus alten Büchern. Wir könnten zusammen sein, ich würde ihn trösten –

»Sandor?« Quirins Ruf schneidet durch meine Gedanken, ich schaue auf und sehe ihn auf uns zukommen. »Ich muss mit dir sprechen.« Noch nie hat er so alt gewirkt. Am liebsten würde ich auch ihn in die Arme nehmen und trösten.

»Worüber?« Sandor macht keine Anstalten, sich zu erheben. »Lass uns bis morgen warten, bitte. Ich bin –«

»Du bist der Fürst.« Bedauern und Härte liegen in Quirins Stimme, die Härte überwiegt. »Und zwar bereits jetzt, nicht erst morgen. Es gibt ein paar Angelegenheiten, mit denen du dich vertraut machen musst. Über die du Bescheid wissen musst, bevor du beginnst, Entscheidungen zu treffen. Du hast einen Eid geleistet und er wird dir noch schwerere Dinge abverlangen, als deine Müdigkeit zu bezwingen.«

Mit einem Seufzen richtet Sandor sich auf. »Vilem hat mir schon so viel erklärt. Er hat mich auf diesen Tag vorbereitet und –«

»Das hat er«, unterbricht Quirin ihn erneut. »Aber du weißt noch nicht alles. Ich bin der Fürst unter der Stadt und du der Fürst unter der Sonne. Es gibt Dinge, die nur diese beiden miteinander teilen.«

»In Ordnung.« Sandor drückt mir einen Kuss aufs Haar. »Wartest du hier?«

»Nein«, sagt Quirin, bevor ich antworten kann. »Sie soll zurück zu den anderen gehen. Tu das bitte, Ria. Erzähle ihnen, was passiert ist. Mache Aureljo und Dantorian klar, dass sich ihre Abreise deshalb nicht verzögern darf, im Gegenteil. Je früher sie aufbrechen, desto besser.« Als würde ihn die Kraft verlassen, lehnt Quirin sich gegen die Wand, für einen Moment schließt er die Augen. »Es wird unruhig werden im Clan, das ist immer so, wenn der Fürst stirbt und der Than nachfolgt. Dann ist dieses Territorium kein guter Platz für Fremde.«

Am besten wäre es, du und Tycho würdet es euch anders überlegen und euch Aureljo anschließen, schwingt darin unausgesprochen mit. Als könnte Quirin unsere Sicherheit plötzlich nicht mehr garantieren, was er in Wahrheit nie gekonnt hat.

Sie gehen nicht in die Kammer, in der Vilem liegt, sondern in den daran angrenzenden Raum, dessen massive Holztür sich mit einem dumpfen Krachen hinter ihnen schließt.

Bisher habe ich mich noch nicht vom Boden hochgerappelt. Quirin will, dass ich gehe, aber Sandor hat mich gebeten zu bleiben. Keine Frage, wofür ich mich entscheide.

Die Minuten ziehen sich in die Länge, aber diesmal schlafe ich nicht ein, sondern nutze die Zeit, um zu prüfen, ob die neue Situation trotz aller Tragik nicht auch ihre positiven Seiten hat. Sandor ist jetzt der Fürst – und ich habe an der Akademie nicht nur gelernt, wie ich selbst als Anführerin zu handeln habe, mindestens ebenso gut kann ich einen Anführer unterstützen. Ich weiß, wie man Menschen auf seine Seite zieht. Das werde ich Sandor lehren, im Austausch gegen weitere Lektionen in Bogenschießen und Zeichensprache.

War da ein Geräusch hinter der schweren Holztür? Ich bin mir nicht sicher und es kommt niemand heraus. Besser, ich stelle mich darauf ein, dass es länger dauert.

Der Boden ist kalt, ich stehe fröstelnd auf. Es ist jetzt so ruhig hier, dass meine eigenen Atemzüge die lautesten Geräusche sind. Fiore und Bojan sind gegangen, um den Clan zu informieren. Ich bin allein mit meinen Gedanken und dem toten Vilem im Nebenraum. Die Tür ist nur angelehnt. Meine letzte Chance, mich zu verabschieden.

Was du zu Ende bringst, wird dich nicht verfolgen. War es Grauko, der das zu mir gesagt hat, oder Baja? Ich kann mich nicht erinnern, aber es war ein guter Rat.

Die Tür zu der Kammer öffnet sich mit einem leisen Knarren. Sie haben Vilem bis zum Kinn zugedeckt und seine Augen geschlossen. Sein Mund steht leicht offen, die Wangen sind eingefallen. Ich streiche darüber, über die raue Haut und den Bart.

»Danke, dass du uns geschützt hast. Das war nicht selbstverständlich. Wir werden nicht dabei sein können, wenn dein Clan von dir Abschied nimmt, aber wir werden an dich denken und dich nicht vergessen.«

Rituale zur Ehre von Toten sind nur eine Therapie für die Lebenden. Dieser Spruch stammt von Grauko, da bin ich mir sicher. Wie steht es dann mit Versprechen an Tote? Gibt man die in Wahrheit auch nur sich selbst?

»Ich werde Sandor mit meinem ganzen Wissen beistehen, so gut ich kann. Auch gegen die Sphären. Das ist –«

Ich führe diesen Satz nie zu Ende.

Die Tür des Nebenraums fliegt auf, ich höre, wie das Holz gegen die Mauer kracht und Quirin »Bleib stehen!« ruft.

»Lass mich!« Sandors Stimme vibriert. »Hör auf zu reden. Ich ertrage es nicht, ich –« Er unterbricht sich abrupt, als er mich aus Vilems Sterbezimmer treten sieht. Sein Anblick bringt mich einen Moment lang aus der Fassung. Zitternde Hände, das Gesicht unter dem schwarzen Haarschopf ist weiß wie frischer Schnee.

»Was ist passiert?« Als ich auf ihn zugehe, weicht er zurück. Schüttelt den Kopf.

Seine Ablehnung trifft mich tiefer, als ich es mir hätte vorstellen können. Ich begreife nicht, was geschehen ist, was in so kurzer Zeit überhaupt geschehen konnte.

»Willst du nicht mit mir sprechen?« Es kostet mich unglaublich viel Kraft, meine Stimme ruhig zu halten. Sandor schluckt, schließt die Augen. Schüttelt noch einmal den Kopf.

»Es wäre wirklich besser gewesen, du hättest auf mich gehört und wärst in dein Quartier zurückgegangen«, sagt Quirin hinter mir.

Ich wirble zu ihm herum. Am liebsten würde ich ihn packen und schütteln, damit er rückgängig macht, was er hinter der verschlossenen Tür mit Sandor angestellt hat. Er muss ihm irgendwelche Lügengeschichten erzählt haben. Aber warum? Quirin war doch die ganze Zeit auf unserer Seite. Liegt es daran, dass Sandor und ich einander nähergekommen sind? Ist es für einen Clanfürsten nicht akzeptabel, sich in eine ehemalige Sphärenbewohnerin zu verlieben?

»Was habt ihr da drinnen besprochen?«

Mitleid in Quirins Augen. »Am besten, du gehst jetzt, Ria. Wir sind alle müde, traurig und erschöpft.«

Ich denke nicht daran. Nicht, bevor mir jemand eine Antwort gegeben hat. »Was hast du zu Sandor gesagt?«

»Nur das, was er wissen muss.«

Aha. »Und mich kannst du nicht einweihen, vermute ich.«

Sandor gibt ein Geräusch von sich, das ein Lachen oder ein Schluchzen sein könnte, er schlägt die Hände vors Gesicht und wendet sich ab. Als ich zu ihm laufe und meinen Kopf an seine Schulter lege, stößt er mich, zu meinem Erstaunen, nicht fort.

»Ich weiß nicht, was Quirin dir erzählt hat. Wenn es darauf hinausläuft, dass wir dem Clan schaden wollen, dann stimmt es nicht. Das musst du mir glauben. Ich würde auch dann nicht mehr in die Sphären zurückgehen, wenn sie mich wiederhaben wollten.« Vorsichtig nehme ich seinen Kopf zwischen meine Hände, ich will, dass er mich ansieht. »Ich würde euch nie verraten. Wir verdanken euch doch unser Leben.«

Sind das Tränen in Sandors Augen? Glaubt er mir? Warum umarmt er mich dann nicht, sondern dreht sich weg?

»Erklär es mir. Bitte.«

Er krümmt sich, als hätte er Schmerzen. »Lass mich«, presst er hervor. »Ich muss … gehen. Ich muss zu meinen Leuten.«

»Das verstehe ich. Dann morgen, in Ordnung?« Ich bettle und hasse mich dafür. »Morgen. In aller Ruhe.«

»Nein.« Nur ein Hauch, kaum hörbar. »Ich werde nicht mehr zu dir kommen und du wirst nicht nach mir suchen. Leb wohl.«

Er dreht sich um, geht, wird mit jedem Schritt schneller, läuft in die Dunkelheit.

Es ist ein Gefühl, als würde ich mich auflösen. Ich möchte ihm etwas nachrufen, nachschreien, aber ich bekomme keinen Ton aus meiner Kehle. Mein Kopf ist leer, die Gedanken finden keinen Halt. Dann spüre ich eine Berührung zwischen den Schulterblättern. Eine Hand. Reflexartig drehe ich mich um und schlage sie weg, so hart, dass meine eigene Hand schmerzt.

Quirin sieht mir ins Gesicht, sein eigenes ist grau, man könnte glauben, er sei in dieser Nacht um zehn Jahre gealtert. Doch das ist mir im Moment egal.

»Ich weiß nicht, was du ihm weisgemacht hast«, zische ich. »Aber stell es richtig. Bring es in Ordnung.«

Er versucht zu lächeln, seine Mundwinkel bleiben auf halbem Weg stecken. »Das kann ich nicht. Es gibt nichts richtigzustellen.«

»Unsinn.« Meine Zunge ist trocken wie Papier. Ich muss ruhiger werden, ich kann die Emotionen anderer nicht deuten, wenn mich meine eigenen überwältigen. »Warum willst du mir etwas vormachen? Du hast ihm Lügen über uns erzählt, damit er die Finger von mir lässt und sich auf seine neue Aufgabe konzentriert. Kein übler Schachzug, ich kenne ein oder zwei Mentoren an der Akademie, die an deiner Stelle ähnliche Maßnahmen ergriffen hätten.« Jetzt bin ich es, die ihm eine Hand auf die Schulter legt. »Verrate es mir. Was hast du zu ihm gesagt?«

Quirin lässt sich Zeit mit seiner Antwort. »Keine einzige Lüge. Darauf gebe ich dir mein Wort.« Er nimmt meine Hand von seiner Schulter; erst in seinem warmen Griff spüre ich, wie kalt sie ist. »Lügen wäre so viel barmherziger gewesen.«

19

Ich bin nicht leise genug. Aureljo, Tycho und Dantorian wachen auf, als ich zurück ins Gewölbe stolpere.

»Was ist passiert?« Aureljo wickelt sich aus seiner Decke. »Wir haben uns Sorgen gemacht. Ich wollte nach oben in die Halle kommen und nachsehen, aber die Tür zu den Treppen war versperrt.«

Ich nicke kraftlos. Das weiß ich. Quirin hat sie eben erst wieder für mich geöffnet.

Ohne Widerstand lasse ich mich von Aureljo zu meinem Schlafplatz führen, mir die Stiefel von den Füßen ziehen und mich in meine Decke einpacken. Er nimmt mir meine Stablampe aus der Hand und schaltet sie aus, weil ich es nicht von selbst tue – er versorgt mich wie ein kleines Kind.

Auch Tycho hat sich von seinem Lager hochgerappelt und kommt nun zu uns. Seiner Miene nach zu schließen, muss ich furchtbar aussehen. Egal. Alles egal.

Oder doch nicht. Die unverkennbare Sorge in ihren Gesichtern sticht Löcher in die Kruste, die sich hauchdünn über dem tobenden Schmerz in meinem Inneren gebildet hat. Da ist er wieder. Er ätzt mir die Luft aus den Lungen. Ich sacke zusammen, versuche, nicht zu schluchzen, während mir neue Tränen über die Wangen laufen.

Jetzt ist auch Dantorian neugierig genug geworden, um sich zu uns zu gesellen.

»Was ist passiert? Sag es uns.« Aureljos Arm, sein Geruch, seine Wärme. So vertraut. So falsch.

Am liebsten würde ich alle meine Sinne verschließen, mich zusammenrollen und in mir selbst verkriechen. Aber natürlich bin ich ihnen eine Erklärung schuldig. »Vilem ist tot.«

»Was?« Tycho schüttelt den Kopf, seine Augen sind groß wie die eines Kindes. »Das gibt es doch nicht. Es ist ihm besser gegangen, Bojan war sich ganz sicher.«

Ich zucke mit den Schultern, eine ausführlichere Antwort bringe ich nicht zustande.

»Wie furchtbar«, flüstert Aureljo. Er drückt mich fester und ich lasse es zu. »Warst du dabei?«

Ja. Nein. Doch, in gewisser Weise schon. Ich nicke. Identifiziere das neu in mir aufsteigende Gefühl als glühenden Neid auf Vilem. Er ist von allen Emotionen, die ihn je geplagt haben mögen, befreit, während meine mich würgen, durchbohren und unter ihrem tonnenschweren Gewicht erdrücken.

»Was war die Todesursache?«

Ich hätte das an Aureljos Stelle auch wissen wollen, also quäle ich ein Wort aus mir heraus. »Sepsis.«

»Du lieber Himmel. Und das ohne Schmerzmittel.« Seine Hand streicht mir eine nasse Haarsträhne aus dem Gesicht. »Das sind wirklich furchtbare Nachrichten.«

Ja, aber bei Weitem nicht furchtbar genug, um meinen Zustand zu erklären. Als Tomma vor meinen Augen starb, war ich nicht halb so verstört. Was sagt das über mich aus?

Zu all meinem inneren Chaos gesellt sich nun auch Scham. Mit dem Tod einer Freundin, die ich jahrelang gekannt habe, kann ich kontrolliert umgehen – aber die Zurückweisung eines Mannes, der mir erst vor Kurzem begegnet ist, lässt mich zu einem wimmernden Wrack werden?

Plötzlich verachte ich mich selbst, und das hilft. Ich schlage den Aufruhr in meinem Inneren mit Gewalt nieder. Wische mir das Gesicht mit meinem Ärmel trocken. »Alle sterben sie«, murmle ich und hoffe, die anderen werden das als den Grund für meine Verzweiflung akzeptieren und meinen Zusammenbruch als kurze Episode betrachten, die sich nicht wiederholen wird: Die Nacht, in der Ria dem Druck nicht mehr standgehalten hat.

»Nicht alle«, sagt Aureljo und drückt mich ein weiteres Mal an sich. »Trotzdem ist es kaum zu ertragen. Ich verstehe dich, Ria. Ich verstehe dich so gut.«

»Ich auch«, meldet sich Dantorian. »Und ich wüsste gerne –« Er sucht nach den richtigen Worten. »Ich meine nur … Hat jemand etwas dazu gesagt, wie es mit uns weitergehen wird? Denn es könnte ja sein, dass der neue Fürst uns seine Hilfe entzieht. Dieser Sandor ist merkwürdig, findet ihr nicht? Schwer einzuschätzen.«

Es tut sogar weh, seinen Namen zu hören, gleichzeitig möchte ich ihn verteidigen. Ich bin so dumm.

»Ich glaube nicht, dass Sandor sich gegen uns stellt, aber falls doch, hat immer noch Quirin das letzte Wort«, erklärt Aureljo mit Bestimmtheit. »Er wird nicht aufhören, uns zu unterstützen, und er wird für Ria und Tycho sorgen, wenn wir aufgebrochen sind. Davon bin ich überzeugt.«

Ich auch. Quirin hat es vorhin bekräftigt. *Mache Aureljo und Dantorian klar, dass sich ihre Abreise nicht verzögern darf, im Gegenteil. Je früher sie aufbrechen, desto besser.*

»Ja, er ist immer noch Feuer und Flamme für euer Vorhaben«, bestätige ich. »Es kann ihm gar nicht schnell genug gehen.«

Damit rolle ich mich in meiner Decke zusammen und drehe mich zur Wand. Noch nie habe ich den Schlaf so sehr herbeigesehnt. Ich werde nicht lang auf ihn warten müssen, alles an mir und in mir ist schwer wie Stein; wenige Augenblicke noch, und ich werde dankbar auf den Grund des Vergessens sinken.

»… harter Schlag für die Dornen. Gerade jetzt …«

»… Ria bisher nie so gesehen. Es muss furchtbar für sie gewesen sein.«

»… kein gutes Gefühl dabei, sie hierzulassen, auch wenn du bei ihr bleibst, Tycho.«

Die Stimmen dringen zu mir wie durch Wasser. Verschwimmen ineinander. Die Worte verlieren ihre Bedeutung.

Trotz meiner Erschöpfung wache ich früher auf, als mir lieb ist. Nun schlafen die anderen, ich höre ihren ruhigen Atem und ihr leises Schnarchen. Alle Lampen sind ausgeschaltet, die Finsternis im Gewölbe ist absolut. Die in meinem Inneren übertrifft sie dennoch.

Obwohl ich mir nichts mehr wünsche, als in den Schlaf zurückflüchten zu können, weiß ich, dass mir das kaum gelingen wird. Zu viele Gedanken kriechen durch mein Bewusstsein, keiner davon ist optimistisch. Dazu wiederholt mein Kopf in einer Endlosschleife Sandors Worte. *Ich werde nicht mehr zu dir kommen und du wirst nicht mehr nach mir suchen. Leb wohl. Ich werde nicht mehr zu dir kommen und du wirst nicht mehr nach mir suchen …*

Was, wenn ich ihn trotzdem suche?

Ja, höhnt die Ria, die ich bis vor Kurzem noch war. Damit er dich wieder wegstoßen kann. Du hast geglaubt, er denkt und fühlt wie ein Sphärenbewohner, aber er ist anders, er ändert seine Meinung von einem Moment zum nächsten, er ist nicht einmal bereit, dir eine Erklärung zu geben. Er ist ein Prim.

Ich liege da und bemühe mich um einen gleichmäßigen Atem.

Küss den Prim. Ich beiße die Zähne zusammen, um die Attacke meines sadistischen Erinnerungsvermögens zu überstehen.

Sein Mund, seine Hände …

Nein. Ich werde mir das nicht antun. Statt mich von den Gedanken an Sandor zerstören zu lassen, versuche ich, mir meine Lektionen mit Grauko zu vergegenwärtigen. Was hätte er mir in dieser Situation geraten?

Als Erstes hätte er mir zehn Punkte abgezogen, für nachhaltiges Abschalten meiner Vernunft. Er hätte mich einige der Anfängerübungen auffrischen lassen, aber er wäre nicht ohne Mitleid gewesen. Das weiß ich. *Analysiere*, hätte er gesagt. *Wie bist du in diese Lage geraten? Was hat dich dazu gebracht, deine Vorsicht über Bord zu werfen? Weswegen bist du jetzt in diesem bedauernswerten Zustand?*

Ich sehe sein ironisches Lächeln vor mir und das lässt mich zum ersten Mal denken, dass ich es überleben werde.

Wann habe ich begonnen, mich zu Sandor hingezogen zu fühlen? Während der gemeinsamen Jagd, als er mich aus der Angriffsbahn des Wildschweins gezogen hat? Oder später, als er den Sentinel tötete, der mich beinahe erwürgt hätte? Das würde darauf schließen lassen, dass ich gerne gerettet werde. Kein erbaulicher Gedanke.

Eigentlich glaube ich aber, dass ich erst kürzlich begonnen habe, ihn mit anderen Augen zu sehen. In den Stunden, als er mich nach draußen geführt hat. Während unserer Schießübungen.

Der Gedanke an diese Momente schmerzt, also liege ich wohl richtig. Ich habe meine Schilde erst nach und nach gesenkt – sicherlich auch, weil ich froh war, jemanden zu haben, der nicht darauf aus war, mich in die Sphären zurückzulocken. Ich habe mich auf Sandor eingelassen, ebenso wie ich mich auf ein neues Leben in der Außenwelt eingelassen habe. Beides gehört zusammen: die Sonne und seine Berührungen, der Wind und sein Lachen, der Regen und sein Haar ...

Sehr kitschig, Ria, sagt Grauko in meinem Kopf und ich entschuldige mich stumm.

Trotzdem ist mir gerade eben noch etwas klar geworden: Zum zweiten Mal innerhalb sehr kurzer Zeit wird mir der Boden unter den Füßen weggezogen und wieder nennt mir niemand einen Grund dafür. Die Sphären wollten keinen Prozess, um uns des Verrats zu überführen, sondern zogen es vor, uns heimlich zu beseitigen. Sandor kippt innerhalb von Minuten all seine Gefühle für mich über Bord und erklärt, mich nie wieder sehen zu wollen.

Das darf einen doch aus dem Gleichgewicht bringen, findest du nicht?, frage ich den imaginären Grauko.

Das darf es, stimmt er mir zu. *Aber nur, wenn du im Anschluss etwas daraus lernst.*

Ich muss wieder eingeschlafen sein, denn als ich das nächste Mal die Augen öffne, ist es hell im Gewölbe und Tycho brät Fleischstreifen. Aureljo hilft ihm, indem er sie mit schnellen Bewegungen in der Pfanne wendet. Sogar Dantorian ist bereits wach und räumt auf. Er bemerkt als Erster, dass ich wach bin, und setzt sich neben mich.

»Wie geht es dir? Besser?«

»Ja.« Ob das wahr ist, weiß ich nicht, denn ich empfinde nichts.

Als wären meine Gefühle chirurgisch entfernt worden. Unter einer schweren Narkose, die noch nachwirkt.

»Schau mal. Habe ich heute Morgen gezeichnet.« Es ist ein Porträt von Vilem und wieder einmal bin ich beeindruckt, wie fantastisch Dantorian seine Kunst beherrscht. Mit nur wenigen Strichen fängt er eine ganze Persönlichkeit ein.

»Es ist großartig. Wenn sie dich in Vienna 2 schnappen und töten, wird das eine riesige Verschwendung sein.« Ich kann sehen, wie meine Worte ihn treffen, und nehme sie sofort zurück. »Entschuldige bitte. Wahrscheinlich wird alles gut gehen.« Gelogen. Egal. »Ich mache mir bloß Sorgen.«

»Das verstehe ich.«

Es ist rührend, wie leicht er sich beschwichtigen lässt. Wie gern er glauben möchte, dass alles auf ein glückliches Ende hinsteuert.

»War heute schon jemand von den Dornen hier?« Ich kann mir die Frage nicht verkneifen und am besten stelle ich sie Dantorian, der mir keinerlei Hintergedanken unterstellen wird.

»Nein. Sie wissen ja, dass du uns erzählt hast, was geschehen ist. Bestimmt haben sie alle Hände voll zu tun.«

Ja. Den alten Fürst verbrennen und den neuen einsetzen. Um ihn gleich danach zu stürzen, oder wenigstens zu bekämpfen, so wie Yann das angedeutet hat.

Dachte ich wirklich, in einer solchen Situation würde Sandor morgens an meinem Schlaflager stehen, entgegen seiner eigenen Ankündigung?

Nein. Nur gehofft hatte ich es.

Ich würge zwei dünne Streifen Fleisch hinunter, aus reiner Vernunft, dann flüchte ich in die Bibliothek. Die Tür zu den Treppen ist unverschlossen und einen Moment lang tobt in mir der

Wunsch, nach oben zu laufen, in die Halle, wo Vilem vermutlich noch liegt. Sandor wird bei denen sein, die ihn nach draußen bringen, davon bin ich überzeugt. Ich könnte ihn sehen, mit ihm sprechen. Vielleicht. Noch wahrscheinlicher ist aber, dass ich einer Menge Clanmitglieder begegne, die mich nicht zu Gesicht bekommen dürfen.

Diesmal siegt meine Vernunft. Ich begnüge mich mit dem Tiefspeicher und verbringe dort einen quälend langen Tag. Obwohl ich der Meinung bin, dass das Schicksal mir zumindest eine weitere Seite der Chronik schuldet, bleibt meine Suche erfolglos. Auch Jordan spricht heute nicht zu mir.

20

Als ich ins Gewölbe zurückkomme, sind Aureljo und Dantorian gerade dabei, Kleidungsstücke anzuprobieren. Es sind fleckige und verschlissene Overalls, wie sie von den Arbeitern in den Sphären getragen werden.

»Der hier ist zu kurz an den Beinen«, erklärt Dantorian und schlüpft aus seinem steingrauen Anzug, um den dunkelgrünen anzuprobieren, den Aureljo ihm hinhält. Grau wird in den Recyclingstationen und bei den Reinigern getragen, Grün von den Arbeitern in den Gewächshäusern und Pflanzstationen.

Aureljo scheint seine Wahl bereits getroffen zu haben. Er steckt im Hellrot der Maschinenschlosser. Der Overall ist ihm unter den Achseln etwas zu eng, davon abgesehen passt er wie maßgeschneidert.

Tycho lehnt mit verschränkten Armen an der Wand und beobachtet die zwei missbilligend. »Hübsche Totenhemden, findest du nicht?«, knurrt er, als er mich sieht.

Ich antworte nicht. Merkwürdigerweise weckt der Anblick so etwas wie Sehnsucht in mir. Nach der Zeit, als ich noch glaubte, dass die Sphären den Außenbewohnern helfen wollten. Ich erinnere mich an die Geborgenheit unter den Kuppeln, an die Sicherheit, die mir die geregelten Tagesabläufe an der Akademie vermittelt haben.

Alles Täuschung.

Mein Gesichtsausdruck muss mehr verraten haben, als mir lieb ist, denn Aureljo hebt einen etwas kleineren Overall hoch. Dunkelgelb tragen die Arbeiterinnen in der Wäscherei. »Der würde dir passen, Ria.«

Stumm schüttle ich den Kopf, während die Erinnerung an den Geruch eines frisch bezogenen Bettes mich erfüllt. Ich bin nie in einer Wäscherei gewesen, aber ich stelle mir vor, dass es dort warm ist und duftet.

Am nächsten Morgen bin ich sehr früh wach, vor allen anderen. Es fühlt sich an, als müsste Sandor jede Sekunde meine Schulter berühren und »Liebling« flüstern; wider besseres Wissen atme ich leise und horche auf sich nähernde Schritte. Doch die bleiben aus.

Wenn er es mir wenigstens erklären würde …

Sehr vorsichtig lasse ich die Erinnerung an Vilems Todesnacht zu, so wie man den Finger auf eine schmerzende Stelle legt und weiß, dass es wehtun wird.

Er war so zärtlich. Wollte bei mir sein, bat mich zu warten, während er mit Quirin ins Nebenzimmer ging. Als er wieder herauskam, war alles anders.

Quirin und seine Beteuerung, dass er Sandor nur mit der Wahrheit vertraut gemacht habe. *Keine einzige Lüge. Lügen wäre so viel barmherziger gewesen.*

Warum darf ich diese Wahrheit nicht erfahren? Weil ich sie widerlegen könnte?

Eine verlockende Vorstellung, aber ich habe in seinem Gesicht kein Anzeichen von Verstellung entdecken können. Quirin war selbst von seinen Worten überzeugt und machte ganz den Eindruck, als würde er bedauern, was er mir antun musste.

Und Sandor … Er war so entsetzt. So fassungslos. Kaum noch fähig, mir ins Gesicht zu sehen. Was, um Himmels willen, kann es gewesen sein, das Quirin ihm anvertraut hat?

Ich bin der Fürst unter der Stadt und du der Fürst unter der Sonne. Es gibt Dinge, die nur diese beiden miteinander teilen.

Der Fürst unter der Stadt wird mir Rede und Antwort stehen müssen. Ich balle meine Hände zu Fäusten, so fest, dass sich die Nägel schmerzhaft in meine Handflächen bohren. Ich werde keinem weiteren Geheimnis erlauben, mein Leben aus der Bahn zu werfen.

Für die Bibliothek habe ich heute nicht die nötige Ruhe, also laufe ich durch die Gänge. Ein hoher Schacht, ein niedriger, einer aus alten, bröckeligen Steinen. Ich bleibe stehen, als ich plötzlich Tageslicht sehe, es fällt durch eine Art Gitter nach unten. Sonnenlicht, hellgelb. Draußen muss ein schöner Tag sein.

Der Entschluss fällt fast ohne mein Zutun und ich stelle ihn nicht infrage. Ich werde nach oben gehen, hinaus aus der Dunkelheit. Mein Versprechen, unten in Sicherheit zu bleiben, zählt nicht mehr. Wer weiß, ob mir die Dinge unter freiem Himmel nicht klarer scheinen.

Ich habe eine grobe Ahnung, an welcher Stelle unter der Stadt ich mich befinde. Der Aufgang zu dem kleinen Fluss, an dem ich ein paarmal mit Sandor gesessen habe, während Kelvin über uns kreiste, ist nicht weit entfernt.

Einmal nehme ich die falsche Abzweigung, doch ich bemerke es schnell und korrigiere meinen Fehler. Dann stehe ich am Fuß der gewundenen Treppe.

Bisher musste ich den runden metallenen Deckel, der den Ausstieg verschließt, nie selbst anheben, und ich bin erstaunt, wie schwer er ist. Er rührt sich erst, als ich ihn mit meiner linken Schulter nach oben drücke. Licht strömt herein.

Bevor ich die Klappe zur Gänze abhebe, sehe und höre ich mich um. Durch den schmalen Spalt kann ich nur ein wenig braungraue Erde erkennen; wenn jemand hinter mir steht, sieht es schlecht für mich aus.

Ich halte die Luft an, um mich nicht von meinen eigenen Atemgeräuschen irritieren zu lassen. Keine Schritte, keine Stimmen. Nur das Rauschen des Flüsschens.

Mit einiger Kraftanstrengung hebe ich den Deckel aus seinem steinernen Bett und schiebe ihn zur Seite, gerade so weit, dass ich durch das entstandene halbmondförmige Loch passe.

Ein schneller Blick nach rechts und links. Niemand. Ich klettere hinaus. Leichter Wind weht mir das Haar aus dem Gesicht, er ist kühl, aber nicht eisig.

Zu weit will ich mich nicht vom Ausgang entfernen, die Angst vor Schlitzern oder Scharten sitzt zu tief. Aber bis zu dem Stein, auf dem ich letztens mit Sandor gesessen habe, während die Sonne aufging, wage ich mich.

Wolken ziehen vorbei, verändern ihre Form, treiben fort. Die Sonne tupft glitzernde Punkte auf den Fluss. Sandor ist nicht da.

Ich hatte gedacht, es würde hier besser zu ertragen sein, aber das Gegenteil ist der Fall. Die Schönheit der Umgebung macht mich nicht glücklich, sondern drückt mir auf die Seele, weil ich nichts lieber täte, als sie mit ihm zu teilen.

Etwa fünf Minuten lang bleibe ich sitzen, dann mache ich mich auf den Rückweg. Versuche mir einzureden, dass ich bloß vorsichtig bin, aber in Wahrheit weiß ich es besser. *Es ist nicht möglich, vor etwas davonzulaufen, das tief in einem selbst steckt*, hat

Baja mir schon erklärt, als ich erst sieben war. Zweifellos hatte sie recht, trotzdem versuche ich nun genau das.

Es gibt nichts Sinnvolles, das ich tun könnte, und im Moment ertrage ich nicht einmal den Gedanken an die endlose Einsamkeit des Bibliotheksspeichers, also laufe ich die dunklen Gänge entlang, als gäbe es irgendwo einen Ort, an dem ich Ruhe finden könnte. Oder wenigstens etwas, das mich ablenkt. Immerhin vergeht die Zeit schneller, wenn ich mich bewege und nicht bloß regungslos im Gewölbe sitze und darauf warte, dass Aureljo und Dantorian aufbrechen und mein Leben noch leerer machen.

Eine Kreuzung, an der ein schmaler einen breiteren Kanalschacht schneidet. Die Stelle kommt mir bekannt vor; wenn ich hier links abbiege, gelange ich wieder zu einem Ausgang, an dem ich nach oben steigen kann, ohne sofort gesehen zu werden. Dem Ausgang nahe der Dornenhecke.

Es ist, als würde ich mir selbst dabei zusehen, wie ich diesen Weg einschlage. Als hätte ich mit der Entscheidung gar nichts zu tun. Will ich mein Glück auf die Probe stellen? Noch einmal an die Oberfläche zurückkehren, mitten am Tag, auf die Gefahr hin, dass ich von Feinden empfangen werde?

Ich habe keine Antwort auf meine Fragen, ich weiß nur, dass ich mich beschäftigen muss, um nicht im Kreis zu denken, bis ich verrückt werde. Warum die Sphären uns töten wollen, was Quirin Sandor erzählt hat … Ich werde es nicht herausfinden, indem ich mir zum hundertsten Mal das Gehirn zermartere. Besser, ich bleibe in Bewegung. Körperliche Anstrengung unterbricht das Gedankenkarussell.

Es ist eine rostige Klappe, die ich öffnen muss, wenn ich hinauswill. Sie klemmt und quietscht, aber mit einiger Kraft schaffe ich es, sie aufzudrücken. Wieder Wind im Gesicht. Vor mir verkrustetes Erdreich und Schnee in den Winkeln der Ruinenmauer.

So wie vorhin am Flüsschen ist es auch hier ruhig. Ich lausche genau auf meine Umgebung, bevor ich ganz aus dem Loch klettere. Aber der erste Blick über die Ruinenmauer lässt mich zurückzucken und zeigt mir, dass ich gar nicht vorsichtig genug sein kann. Ich gehe sofort in Deckung, denn in ungefähr zweihundert Meter Entfernung, dort, wo die Dornenhecke beginnt, hat sich etwas bewegt. Ein Schatten.

Ob es ein Mensch oder ein Tier ist, habe ich in der Eile nicht erkennen können. Wenn es sich um ein Tier handelt, dann um ein großes. Ich muss zusehen, dass ich zurück nach unten komme, schnell, bevor es mich wittert oder meinen Atem hört.

Ein erster Schritt nach hinten, geduckt. Unter meinen Stiefeln knirschen Schutt und kleine Steine, obwohl ich verzweifelt versuche, mich geräuschlos rückwärtszubewegen. Ich bleibe stehen, überlege. Soll ich auf alle Vorsicht pfeifen und mich stattdessen auf meine Schnelligkeit verlassen? Die wenigen Schritte zur Treppe laufen, die Klappe hinter mir zuwerfen und mich in den labyrinthischen Gängen der Unterstadt verstecken?

Ein letzter schneller Blick über die Mauer, dann werde ich mich entscheiden. Ich halte die Luft an und strecke mich ein Stück, jeder Muskel in meinem Körper ist angespannt, notfalls kann ich auf der Stelle lossprinten.

Aber dann sehe ich, wer dort wirklich neben der Hecke kauert. Ich höre mich selbst einatmen, viel zu laut.

Es ist Sandor. Und er ist allein.

Wartet er auf jemanden?

Mein erster Impuls ist es, zu ihm zu laufen und ihn zu schütteln, ihn zu umarmen, zu küssen und wieder zu schütteln. Was ich nicht tun werde. Jedenfalls nicht, bis ich mich vergewissert habe, dass kein weiteres Clanmitglied in der Nähe ist.

Ich spähe nach allen Richtungen, kann aber keine Menschenseele entdecken. Der Wind ist stärker geworden und die Wolken dichter; sie ziehen über den Himmel, als würden sie fliehen.

Ich trete hinter meiner Mauer hervor.

Obwohl meine Schritte hörbar sind, dreht Sandor nicht den Kopf, er kauert auf dem Boden, die Arme auf sein angewinkeltes Bein gestützt, den Blick starr geradeaus gerichtet. Erst als ich auf gut zwanzig Meter an ihn herangekommen bin, sieht er zu mir.

Ich zwinge mich weiterzugehen, obwohl ich plötzlich viel lieber kehrtmachen würde. Was, wenn er sich wieder weigert, mit mir zu sprechen? Oder mir seinen Abscheu direkt entgegenschleudert? Noch bin ich zu weit entfernt, um den Ausdruck in seinem Gesicht deuten zu können.

Ohne dass es mir sofort bewusst wird, greife ich auf meine antrainierten Fähigkeiten zurück, wie so oft, wenn ich mich hilflos fühle. Ganz automatisch straffe ich den Rücken und nehme die Schultern zurück. Hebe das Kinn und trimme meine Gesichtszüge auf kühl und beherrscht. Damit kann ich nichts falsch machen.

Er richtet sich erst auf, als ich schon fast vor ihm stehe. Falls ein naiver, zuversichtlicher Teil meines Unterbewusstseins auf ein Lächeln gehofft hat, wird er nun eines Besseren belehrt.

»Was tust du hier?« Ich höre keinen Vorwurf in seinen Worten, nur Resignation. Er sieht mich auch nicht lange an, sondern wendet sich wieder dem Anblick der Hecke zu, als würde er hoffen, dass ich von selbst verschwinde, wenn er mich ignoriert.

An seiner Kleidung und seinen Händen entdecke ich Reste von

grauem Staub. Asche. Also haben sie Vilem schon verbrannt und offenbar hat Sandor seine Jacke als Erbe beansprucht. Sie liegt in ein paar Meter Entfernung über einem Steinhaufen. Die abgewetzte Lederjacke mit den aufgenähten Sentinel-Abzeichen.

Einige weitere Dinge erkenne ich ebenfalls mühelos und kann mir jede Frage danach sparen: Sandor hat in der vergangenen Nacht nur wenig geschlafen und er hat im Laufe der letzten Stunden einen Kampf ausgefochten. Der Schnitt am rechten Ärmel seiner Jacke ist kaum sichtbar, aber ich weiß, dass er gestern noch nicht da war. Ah. Die Spuren unter den Fingernägeln und am Nagelbett sprechen ebenfalls eine deutliche Sprache. Getrocknetes Blut, nur nachlässig abgewaschen. Ich glaube nicht, dass der Clan heute jagen war. Nicht an dem Tag, an dem der tote Fürst bestattet wird.

Immer noch habe ich Sandors Frage nicht beantwortet, stattdessen werde ich einen Schuss ins Dunkel wagen. Wenn ich es schaffe, ihn zu verblüffen, gelingt es mir vielleicht auch, ihn zu überrumpeln und herauszufinden, was zwischen ihm und Quirin vorgefallen ist.

»Yann«, beginne ich. »Ist er schwer verletzt?«

Ruckartig wendet Sandor mir den Kopf zu. »Mit wem hast du gesprochen?«

Also ein Treffer. »Mit niemandem. Ich habe nur ein paar naheliegende Schlüsse gezogen.« Soll er mich ruhig für arrogant halten. Alles, was ihn aus der Reserve lockt, kann hilfreich für mich sein.

In seinem Gesicht arbeitet es, seine Kiefermuskeln treten deutlich hervor. »Eine Fleischwunde, die er sich selbst zuzuschreiben hat.«

Davon bin ich überzeugt. »Gut, dass dir nichts passiert ist.«

Sandor presst die Lippen aufeinander, dann steht er abrupt auf. »Ich muss zurück.«

»Ich weiß. Aber zuerst musst du mir etwas erklären.«

Seine Augen waren schon immer dunkel, doch jetzt wirken sie fast schwarz. »Das kann ich nicht.« Er schlingt die Arme um sich, sieht weg, sieht mich wieder an, dreht sich zur Seite. »Ich wünschte, wir wären uns nie begegnet.«

Diesen Schlag mit unbewegter Miene einzustecken, kostet mich all meine Kraft. Ich möchte gleichzeitig weinen, mit den Fäusten auf Sandor einhämmern und ihn küssen.

Einatmen, ausatmen. Die Woge legt sich.

»Ich war nicht dabei, als du deine Meinung über mich geändert hast«, sage ich. »Ich konnte Quirin nicht widersprechen. Alles, was ich möchte, ist, fair behandelt zu werden. Ich bin mir keiner Schuld bewusst. Im Gegenteil, ich habe deinen Clan vor einer Giftattacke meiner eigenen Leute bewahrt.« Ich mache einen Schritt auf Sandor zu, einen kleinen. »Zeigt dir das nicht, auf welcher Seite ich stehe?«

Jetzt erkenne ich Schmerz in seinem Blick. Den Wunsch, fortzulaufen. Die Wut über diesen Wunsch.

»Es geht nicht um Seiten. Es ist so viel schwieriger als das. Tatsache ist … ich bin seit gestern für den Clan verantwortlich.« Er lacht kurz und bitter auf. »Glaube mir, hätte ich gewusst, was das bedeutet, ich hätte mich nie als Than zur Verfügung gestellt.«

Schwankt er? Wenn ja, dann hat er sich sofort wieder unter Kontrolle.

»Geh, Ria. Zu den anderen. Ich kann dich nicht länger ansehen, ohne …«

Der Ausdruck in seinem Gesicht, wenn er meinen Namen ausspricht. Nein, ich täusche mich nicht. Alles, was ich empfinde, sehe ich auch in seinen Augen. Er hasst mich nicht, egal, was Quirin erzählt hat. Unter meinem forschenden Blick wendet Sandor sich ab.

»Geh! Bitte!«

Starke Emotionen sind für mich das, was Griffe in einer Eiswand für Kletterer sind. Ich kann mich einhaken und Halt finden, mich weiter meinem Ziel entgegenziehen, und genau das werde ich jetzt tun. »Ich gehe, wenn ich die Wahrheit kenne. Das verspreche ich.« Ich bin nah genug bei ihm, um ihm behutsam eine Hand auf den Rücken legen zu können, und fühle, wie er zitternd einatmet.

»Was war es, das Quirin mit dir besprochen hat?«

»Hör auf«, murmelt er.

»Ich lasse mich nicht täuschen«, sage ich sanft. »Ich kann sehen, wie zerrissen du innerlich bist. Dass du noch das Gleiche für mich empfindest wie vor zwei Tagen.«

»Bitte. Hör auf.«

Ich setze alles auf eine Karte. »Du bedeutest mir so viel, Sandor. Ich habe die Menschen studiert und bin noch nie zuvor jemandem wie dir begegnet. Ich gebe dich nicht auf. Keinesfalls ohne Grund.«

Sein Rücken hebt und senkt sich unter einem tiefen Atemzug. Dann wendet er sich blitzschnell zu mir um und packt meine Handgelenke. »So«, wispert er, kaum hörbar. »Du brauchst also einen Grund?«

»Ich –«

»Schon gut, das kann ich verstehen.« Er zerrt mich auf sich zu, unsere Gesichter sind sich so nah, dass wir uns küssen könnten, würde sich einer von uns nur ein winziges Stück vorbeugen.

Du, möchte ich sagen. *Vertrau mir doch. Sag mir, was dich so quält, und wir lösen das Problem gemeinsam.*

Er schluckt schwer, presst die Lider zusammen. »Wenn du einen Grund brauchst, sollte ich dir wohl einen liefern.« Der Griff um meine Handgelenke wird schmerzhaft eng. Ich beginne, mich zu wehren, aber Sandor ist viel zu stark. »Sieh mich an«, fordert er. »Ich bin ein Prim und ich verhalte mich wie ein Prim. Unberechenbar und grausam, wie man es dir in den Sphären erzählt hat. Deine Lehrer hatten recht, weißt du? Vor uns muss man sich in Acht nehmen.«

Er versetzt mir einen Stoß, ohne meine Handgelenke loszulassen.

Ich stolpere nach hinten, falle aber nicht. »Sandor –«

Er lacht auf. »Es wird leichter für dich, wenn du dir bewusst machst, wie dumm du warst, dich in einen Prim zu verlieben. Wir sind so, weißt du? Ein bisschen gerissener, aber nicht viel besser als die Schlitzer.« Sein Gesichtsausdruck macht mir Angst. Wenn er mir gleich die Hände um den Hals legt und zudrückt, wäre ich nicht erstaunt.

Wieder lacht er, schüttelt den Kopf, als könnte er die Situation nicht fassen. »Manche Zufälle sind kaum zu glauben. Dass du mich hier findest …«

Ich sehe das Aufblitzen in seinen Augen – das wäre der Moment, in dem ich mich in Sicherheit bringen würde, wenn ich könnte. Jetzt lässt er meine Handgelenke los, doch ich erkenne zu spät, was das bedeutet.

In dem Stoß liegt Sandors ganze Kraft. Er reißt mich von den

Füßen, ich falle nach hinten, begreife im gleichen Moment, was mich dort erwartet, und hebe schützend meine Arme vors Gesicht.

Die Wucht meines Falls verwandelt die Dornen in Dolche, die durch meine Jacke dringen, den Stoff meiner Hose durchbohren und mir die Handrücken aufschlitzen. Die Zweige der Hecke krachen und brechen unter meinem Gewicht. Ich höre mich aufschreien.

Schmerzen, überall. Blut sickert durch meine Finger auf mein Gesicht. Ich habe Angst, die Augen zu öffnen.

»Jetzt ist es leichter, nicht wahr?« Sandors Stimme dringt wie durch Watte zu mir. Ich schaffe es, mich über ihren sachlichen Ton zu wundern. Keine Spur von Spott. Aber Resignation. »Jetzt solltest du mich hassen können.«

Schritte, die sich entfernen und dabei immer schneller werden. Ich blinzle vorsichtig, versuche, wieder hochzukommen, stütze mich erneut auf Dornen ab.

Als ich mich so weit aufgerichtet habe, dass ich die Gegend überblicken kann, ist von Sandor nichts mehr zu sehen.

Ich weiß nicht, wie lange es dauert, bis ich mich aus den Ranken befreit habe. Am Ende nehme ich keine Rücksicht mehr darauf, ob Stoff reißt oder weiteres Blut fließt. Ich verschwende auch kaum einen Gedanken daran, dass ich entdeckt werden könnte. In gewisser Weise wäre mir das sogar recht, denke ich voll grimmigem Trotz, dann hätte ich es endlich überstanden.

Mit dem Gefühl, keine heile Stelle mehr am Körper zu haben, krieche ich zurück unter die Stadt.

Aureljo, Dantorian und Tycho sind fassungslos, als sie mich zu

Gesicht bekommen. Ich erwähne Sandor und auch meine verbotenen Ausflüge mit keinem Wort, sondern gebe vor, in einem der dunklen Gänge in eine Stacheldrahtabsperrung hineingelaufen zu sein. Offenbar sind sie zu geschockt von meinem Anblick, um sich zu fragen, wieso dann der Großteil meiner Verletzungen die Rückseite meines Körpers betrifft.

Das ganze Ausmaß wird mir erst bewusst, als ich mich bis auf die Unterwäsche ausziehe. Man könnte meinen, ich hätte mit einem Raubtier gekämpft, und in gewisser Weise stimmt das wohl. Manche der Kratzer sind nur oberflächlich, andere richtig tief. Da und dort sind die Wundränder geschwollen und fühlen sich heiß an. Unwillkürlich denke ich an Vilem. Auch Verletzungen dieser Art können zu einer Sepsis führen.

»Ich laufe zu Quirin und bitte ihn um etwas zum Desinfizieren«, verkündet Tycho.

Ich nicke dankbar und schließe die Augen, während Aureljo beginnt, die Kratzer mit klarem Wasser zu reinigen.

Es ist gut, hier zu sein. Unter meinesgleichen. Wäre es nicht so traurig, könnte ich fast darüber lachen. *Ich bin ein Prim und ich verhalte mich wie ein Prim.*

Er wollte also, dass ich ihn hasse, ist ja interessant. Das hat nicht ganz geklappt, aber immerhin koche ich vor Wut. Jedes Mal, wenn ich die Augen schließe, sehe ich ihn vor mir, wie er mich mit beiden Händen in die Hecke stößt.

Warum? Ich habe keine Zweifel mehr daran, dass Sandor noch genau das Gleiche für mich empfindet wie vor Vilems Tod. Es war so deutlich von seinen Zügen abzulesen, er hätte es genauso gut aussprechen können.

Aber was plötzlich zwischen uns steht, konnte er mir nicht sagen, da zog er es vor, mich zu verletzen, und das nicht zu knapp. Besser ein Sturz in die Dornen als die Wahrheit.

Was muss das für eine Wahrheit sein?

Ich merke, wie ich mich wieder auf vertrauten Boden zubewege. Logische Schlüsse ziehen, Parallelen finden, Muster aufspüren – all das habe ich in der Akademie trainiert, bis es mir in Fleisch und Blut übergegangen ist.

Die Sphären erhalten eine Information und betrachten uns daraufhin als Verräter, die den gesamten Bund in Gefahr bringen könnten. Sie wollen uns töten, ohne Erklärung.

Sandor erfährt ein ... nennen wir es Geheimnis; er wendet sich von mir ab, ohne Erklärung.

Wie hoch ist die Wahrscheinlichkeit, dass Sandor und der Sphärenbund die gleiche Sache erfahren haben?

»Sehr hoch«, flüstere ich.

»Was sagst du?« Aureljo, der gerade eine Wunde an der Rückseite meines Oberarms abgetupft hat, hält inne.

»Nichts. Ich war in Gedanken.« *Jetzt solltest du mich hassen können.*

Nur dafür, dass du mich nicht ins Vertrauen ziehst, ergänze ich stumm. Du nicht, die Akademie nicht und am allerwenigsten Quirin. Der Bewahrer, der unter anderem auch das Schweigen bewahrt, wenn es ihm in den Kram passt.

Ich hatte mich damit abgefunden, dass Unwissenheit der Preis für ein Weiterleben in relativer Sicherheit ist. Aber seit dieser letzten Begegnung mit Sandor ist Ahnungslosigkeit keine Option mehr. Es gibt einen Grund für die Situation, in der ich mich befinde, und ich werde ihn herausfinden. An dem einzigen Ort, dessen Regeln ich gut genug kenne, um sie umgehen zu können, dessen Menschen mir vertraut genug sind, um sie zuverlässig überlisten zu können. Die Dinge sind plötzlich viel einfacher.

»Aureljo?«

Er legt mir eine kühle Hand auf die Stirn. »Ja?«

»Ich habe nachgedacht. Wenn du damit einverstanden bist, dann komme ich mit nach Vienna 2.«

21

Tycho kehrt zurück, aber er ist nicht allein. Quirin begleitet ihn, was mich verwundert. Ich hätte gedacht, dass er anderes zu tun hat, so kurz nach Vilems Tod.

Er verscheucht Aureljo von meinem Lager und sieht sich die Wunden an, jede einzelne. Nimmt sich Zeit.

»Wie ist das genau passiert? Tycho sagte etwas von Stacheldraht.«

»Ja. Ich bin hineingelaufen. Habe nicht aufgepasst, es tut mir leid.« Unter Quirins prüfendem Blick setze ich ein schuldbewusstes Gesicht auf und zucke hilflos mit den Schultern. Soll er mich eben für eine ungeschickte Sphärenbewohnerin halten. Das spielt keine Rolle mehr.

Er arbeitet schweigend weiter, desinfiziert jeden Kratzer sorgfältig. Ich verstehe zwar nicht, warum, aber ich habe den Eindruck, dass er innerlich vor Wut kocht und sich bemüht, es niemanden merken zu lassen.

»Stimmt etwas nicht?«, frage ich vorsichtig.

Er schüttelt den Kopf. Sieht mich dann aus verengten Augen an. »Warum sagst du mir nicht die Wahrheit?«

»Das tue ich doch«, entgegne ich und blicke verlegen zur Seite. »Und ich bin nicht stolz darauf, dass ausgerechnet mir so etwas passiert.«

Er presst die Lippen zusammen und allmählich frage ich mich, ob Sandor ihm alles erzählt hat. Dann mache ich mich gerade doppelt lächerlich. Ich schließe erschöpft die Augen, dazu muss ich mich nicht verstellen, und überlasse dem Schmerz das Feld. Meine Haut brennt, als hätte jemand Benzin darauf entzündet.

»Ich weiß genau, wessen Werk das ist«, presst Quirin leise hervor. »Das bleibt nicht ohne Konsequenzen, darauf kannst du dich verlassen.«

Das wäre ein guter Anknüpfungspunkt. *Ach ja?*, könnte ich sagen. *Du weißt, wer das war? Dann weißt du ja auch, aus welchem Grund, und es wäre nur anständig, ihn mir zu verraten.*

Den Atem kann ich mir sparen.

Ich betrachte Quirins konzentriertes Gesicht, in das der Zorn seine Spuren prägt, und finde ihn in gewisser Weise rührend. So leicht ist er eigentlich nicht aus der Fassung zu bringen, er muss mich wirklich mögen. Oder sich um den Ruf des Clans sorgen, schließlich will er ja, dass Aureljo eine Brücke zwischen den Sphären und der Außenwelt schlägt. Da ist ein solcher Zwischenfall nicht förderlich.

Quirin ist jetzt fertig, er streicht mir übers Haar – es fühlt sich an wie eine nachdenkliche Geste. »Ich hätte besser auf dich aufpassen müssen«, murmelt er.

Ich kann nicht anders, ich lächle ihn an, obwohl er mir verschweigt, was ich wissen muss. »Danke für die Hilfe.«

Er schüttelt nur den Kopf. »Schlaf gut, Ria.«

»Ist es schlimm?«, fragt Aureljo ihn auf dem Gang vor dem Gewölbe und dämpft dabei seine Stimme. Als ob ich ihn so nicht hören könnte.

»Nein. Sie wird sich erholen, aber es kann sein, dass sie ein wenig Fieber bekommt. Ihre Wunden sind nicht tief und ich habe sie sehr gründlich gereinigt.«

»Danke. Ich hoffe wirklich, dass sie bald wieder auf den Beinen ist.« Aureljo hält kurz inne. »Du weißt es ja noch gar nicht!«

»Was meinst du?«

»Ria hat es sich anders überlegt. Sie geht nun doch mit uns nach Vienna 2.«

Einen Moment lang ist es völlig ruhig, dann sagt Tycho laut »Was?« und Quirin beginnt zu lachen. Ich kann nicht beurteilen, ob er es aus Freude tut oder aus einem anderen Grund, aber sein Lachen hallt durch die Gänge der Stadt unter der Stadt, wer weiß, wie weit.

»Eine großartige Entscheidung.«

22

*Name: Sindra Holun, natürlich gezeugte Tochter von Poul
und Greda*
Herkunft: Sphäre Liechtenstein
*Bisherige Einsatzbereiche: Küchenhilfe, Kantinendienst,
Pflegedienste, Näherei*
*Körperstatus: gut, gelegentliche Blutdruckprobleme, Erschöp-
fungszustände*
Vertrauensstatus: 2

Ich murmle die Daten halblaut vor mich hin, während wir durch
den trüben Tag marschieren. Sindra Holun, das erste Mal in meinem Leben verfüge ich über einen Nachnamen.

Der Identitätschip in meinem Ohr fühlt sich noch ungewohnt
an, aber obwohl das Loch erst gestern gestochen wurde, verursacht er kaum Schmerzen, im Gegensatz zu den Spuren, die die
Dornenhecke an meinem Körper hinterlassen hat.

Vor zwei Stunden sind wir aufgebrochen. Zu dritt, Tycho hat
sich uns nicht angeschlossen. Mit mir hat er kaum noch ein Wort
geredet und ich kann es ihm nicht verdenken. Er bleibt allein in
unserem Gewölbe zurück und wird unbeschreiblich einsam sein.
So wie er es sieht, habe ich ihn im Stich gelassen.

Ich hoffe, er wird meinem Vorschlag folgen, weiter nach der

Chronik zu suchen. Die vorhandenen Teile habe ich ihm gegeben, ich kann sie fast auswendig.

»Wenn ich zurückkomme, ist der Stapel mindestens doppelt so dick«, habe ich zu ihm gesagt.

»Du wirst nicht zurückkommen«, war seine Antwort.

Große Schritte. Wir bemühen uns, schnell zu sein, denn wir sind einen halben Tag später aufgebrochen als ursprünglich geplant. Das ist meine Schuld; durch meine späte Entscheidung hat sich alles verzögert.

Während ich mich bemühe, Aureljos zügiges Tempo zu halten, suche ich die Umgebung nach einer bestimmten Silhouette ab, ohne zu wissen, ob ich mir wünsche oder ich mich fürchte, sie zu sehen. Dass Sandor sich nicht von uns verabschieden würde, war mir klar, aber ich hatte damit gerechnet, dass er irgendwo stehen würde, ein entfernter Beobachter, der Zeuge unseres Aufbruchs sein will.

Aber es ist nichts von ihm zu sehen. Vielleicht ganz gut so, denn es ist Zeit, Sandor aus meinem Kopf zu verbannen. Der Gedanke an ihn darf mich nicht ablenken. Es ist ein anstrengender und schmerzhafter Prozess, aber ich werde ihn bewältigen, schließlich habe ich endlich wieder ein Ziel, auf das ich hinarbeiten kann.

Ich hatte völlig vergessen, wie gut das tut.

Für die nächste Steigung brauche ich meine ganze Konzentration. Schnee ist hier kaum noch vorhanden, dafür versinken wir knöcheltief im Matsch. Ich rutsche aus, schaffe es aber im letzten Moment, einen Sturz zu vermeiden. Als Sindra Holun besitze ich nur eine einzige Garnitur Kleidung, die darf ich nicht ruinieren. In der Sphäre werde ich neu eingekleidet, entsprechend dem mir zugeteilten Arbeitsbereich.

Vienna 2 ist etwas mehr als einen halben Tagesmarsch entfernt. Ich erinnere mich noch, wie Lennis mir das erzählt hat, am ersten Tag bei den Dornen. Doch wie es aussieht, werden wir nicht rechtzeitig vor Sonnenuntergang ankommen, und Aureljo hält bereits Ausschau nach einem sicheren Platz zum Übernachten.

Der Aufstieg hat mich ins Schwitzen gebracht und mir den Atem genommen; auf der Kuppe bleibe ich stehen und stütze die Hände in die Seiten. Die Sonne steht schon tief am Himmel, das lässt sich trotz der Wolken erkennen.

Dantorian ist mit einer selbst gezeichneten Karte ausgerüstet, auf der er mit Quirins Hilfe mögliche Raststellen markiert hat – Ruinen, die angeblich sicher sind.

»Wenn wir uns links halten und uns beeilen, sollten wir den Unterschlupf hier«, er legt einen Finger auf die Karte, »noch vor Sonnenuntergang erreichen. Quirin meinte, das wäre einer der besten Plätze, um haltzumachen.«

Wir überlassen ihm die Führung. Dantorian hat sich in den letzten Stunden als hervorragender Anführer unseres kleinen Trupps erwiesen, sein Orientierungssinn ist praktisch unfehlbar. Ohne ihn wären Aureljo und ich schon zwei Mal in die falsche Richtung gelaufen.

Weiter. Während ich Dantorian hinterhereile, halte ich Ausschau nach Spuren, doch die sind nicht mehr so leicht zu finden, seit der Großteil des Schnees geschmolzen ist. Einmal entdecke ich den Abdruck einer Wolfstatze auf einem verbliebenen Schneefleck und sehe mich hektisch nach dem dazugehörigen Tier und seinem Rudel um, aber das scheint nicht mehr in der Nähe zu sein. Niemand von uns ist geübt im Fährtenlesen, wir können nicht beurteilen, wie alt die Spur ist. Obwohl die Luft rein sein dürfte, beschleunigt Dantorian seine Schritte und ich kann es ihm nicht verdenken. Die Erinnerung an sein zerbissenes Bein kann kaum verblasst sein; er hinkt immer noch leicht, wenn er müde ist.

Dämmerung. Bisher ist uns niemand begegnet, aber das wird sich ändern, sobald wir näher an Vienna 2 herankommen. *Dort blüht der Handel*, hat Lennis uns erklärt. *Gerade während des Arbeiterwechsels, das ist die Gelegenheit, um geklautes Zeug an die Grenzgänger zu verscherbeln. Oder an wandernde Clans.*

Das lässt darauf schließen, dass wir noch einen weiten Weg bis zur Sphäre vor uns haben, was mich in gewisser Weise erleichtert. Die Vorstellung, wie wir schon vor dem Eingang erkannt, von Sentineln festgenommen und in die unterirdischen Zellen geschleppt werden, ist mein ständiger Begleiter.

Wir erreichen den Unterschlupf, kurz bevor es richtig dunkel wird. Das Haus ist fast zu gut erhalten, um es guten Gewissens als Ruine bezeichnen zu können, und es verfügt über mehrere Stockwerke. Die Wände der beiden unteren Etagen wirken völlig intakt, wenn man von den Fenstern absieht, die mit Ziegeln zugemauert wurden. Erst das dritte Stockwerk befindet sich unter freiem Himmel, da das Dach fehlt.

Wir betreten das Gebäude durch eine Tür, die metallisch in den Angeln knirscht, als wir sie öffnen und hinter uns wieder schließen. Ich halte die Luft an und sehe Aureljo und Dantorian das Gleiche tun. Wer sagt eigentlich, dass das Haus nicht längst andere Reisende beherbergt? Die im nächsten Moment mit Messern und Keulen auf uns losgehen werden?

Doch es bleibt ruhig. Keine Rufe, keine Schritte. Niemand stürmt den Vorraum, in dem wir stehen und gegen die Furcht ankämpfen, die in uns hochsteigt.

Ein Versteck wie dieses kann schnell zur Falle werden. Das haben wir bereits einmal erlebt.

Rechts von uns führt eine steinerne Treppe nach oben, die Kanten der Stufen sind von tausendmaligem Darüberlaufen glatt geschliffen.

Aureljo deutet nach oben. »Da werden wir nicht sofort gefunden, wenn jemand nur eine kurze Pause machen will. Außerdem ist eins der Fenster schlampig zugemauert. Da ist ein Spalt, durch den wir nach draußen schauen können.«

Nicht dass uns das in der Nacht viel nützen würde, trotzdem folgen wir Aureljos Vorschlag. Ich leuchte mit meiner Stablampe die Treppen hinauf, mit der Stablampe, die ich eigentlich Tycho schenken wollte, damit mich nicht mehr an Sandor erinnert als das Brennen in meinem Inneren. Aber Tycho wollte sie nicht, weil sie von mir war. Von Ria, die ihn im Stich lassen würde. Aureljos Leuchte zu akzeptieren, war dagegen kein Problem für ihn.

Steinerne Stufen knarzen nicht. Wir huschen hoch, einer nach dem anderen, und finden uns auf einem Treppenabsatz wieder, von dem drei Türen abgehen. Von der linken Seite her riecht es schauderhaft nach totem Tier, hinter der mittleren Türschwelle häuft sich Schutt, aber rechts von uns sieht es einladend aus. Eine Tür, die noch an einer ihrer Angeln hängt, dahinter beinahe sauberer Holzboden. Aufgeworfen und mit breiten Spalten zwischen den einzelnen Brettern, ansonsten aber unversehrt.

Wir einigen uns wortlos. Aureljo überprüft die drei Räume, die hinter der Tür liegen, und winkt uns zu sich, als er sich vergewissert hat, dass die Luft rein ist.

»Eine Wohnung.« Dantorian sieht sich fast ehrfürchtig um. »Hier haben vor der Langen Nacht Menschen gelebt, ich hätte nie

gedacht, dass ich einmal eine richtige Wohnung betreten würde.«
Er berührt die Wand und zieht vorsichtig etwas ab. Einen schmalen Streifen, wie brüchiges Papier.

»Tapete«, sagt er gedankenverloren.

»Woher weißt du das alles?« Ich bin damit beschäftigt, meine Decke aus dem Rucksack zu ziehen, die dünne Thermodecke, die noch aus einem unserer Notfallpacks stammt und mit der ich lebhafte Erinnerungen ans Fliehen verbinde. Sie hält mich warm, aber ich fühle mich nicht behaglich dabei.

»Ich habe drei Semester alte Architektur belegt«, erklärt Dantorian. »Es muss fantastisch gewesen sein, vor der Langen Nacht zu leben. Es gab so viele Dinge, die keine Funktion hatten, sondern einfach nur schön waren oder Spaß machten. Tapeten waren zum Beispiel dazu da, aus einer weißen Wand eine gemusterte Fläche zu machen. Oder sie zu einem riesigen Bild werden zu lassen, das hieß dann, warte mal …« Er kneift die Augen zusammen, konzentriert sich. »… Fototapete! Genau.«

Er sieht sich um und deutet auf den kleinen Raum rechter Hand. »Das dort war die Küche. Dann gab es ein Wohn-, ein Schlaf- und ein Kinderzimmer, zumindest war das die übliche Aufteilung. Im Wohnzimmer kamen alle zusammen, um sich zu unterhalten oder um zu tun, was man als Familie eben so getan hat.« Er seufzt. »Ich würde so gern in die Vergangenheit reisen, um zu sehen, wie es war. Für einen Tag wenigstens!«

»Es gibt doch Bilddokumente.«

Eine wegwerfende Handbewegung. »Das, was wir uns ausleihen durften, war uninteressant. Ist dir das nie aufgefallen? In keinem der genehmigten Filme kamen Familien vor oder allzu viel Sonne. Damit wir keine Sehnsucht bekommen.«

Auch Aureljo hat seine Decke ausgepackt und sie sich um die Schultern gelegt. Er steht an der zugemauerten Öffnung, die früher ein Fenster war, und späht durch den Spalt nach draußen. »Stimmt, Dan. Mir ist das auch aufgefallen und ich habe es immer richtig gefunden. Heute bin ich mir nicht mehr so sicher.«

Er holt den Proviant aus dem Rucksack, den Quirin uns mitgegeben hat. »Lasst uns essen. Und dann schlafen. Morgen sollten wir bei Tagesanbruch weitergehen.«

Es ist offensichtlich, dass Aureljo es eilig hat, die Sphäre zu erreichen. Nicht ohne Grund, denn Quirin hat uns gewarnt: Wenn Vienna 2 seinen Bedarf an neuen Arbeitskräften gedeckt hat, werden die Tore geschlossen. Wir haben also keine Zeit zu verlieren.

Nach dem Essen kommt der Schlaf schnell zu mir und beschert mir gnädigerweise keine Bilder von Sandor, sondern einen Traum, in dem ich gemeinsam mit Grauko durch die Regalschluchten des Tiefspeichers spaziere und er mir erklärt, wie man mit Büchern spricht. Dass man sie vorsichtig zwischen ihren Nachbarn herausziehen muss –

Durchdringendes Quietschen.

»… schon gedacht, du findest es nicht mehr!«

Die Stimme hat nichts mit meinem Traum zu tun.

Ich reiße die Augen auf, bevor ich noch richtig wach bin, kann aber nicht das Geringste sehen. Einen Moment lang weiß ich nicht, wo ich bin, dann kehrt die Erinnerung zurück.

In einer gut erhaltenen Ruine mit verrosteten Türscharnieren am Eingang. Auf dem Weg nach Vienna 2.

Allmählich gewöhnen sich meine Augen an die Dunkelheit. Durch den Spalt in der Mauer dringt nicht nur Nachtluft, sondern auch ein schmaler Streifen Mondlicht.

»Ich finde alles, wenn mich keiner ablenkt. So, und jetzt such dir einen trockenen Platz, ein paar Stunden kannst du schlafen.«

Die erste Stimme war die eines Mannes, die zweite weiblich, beide klingen jung.

Ich kann sie unter uns rumoren hören und hoffe inständig, dass sie nicht auf die Idee kommen, die Treppe hochzugehen und sich im ersten Stockwerk umzusehen.

Neben mir beginnt Aureljo leise zu schnarchen und ich boxe ihn leicht gegen die Rippen. Er dreht sich zur Seite, schläft aber weiter, ab jetzt geräuschlos, hoffe ich. Wenn ich jedes Wort verstehen kann, das unten gesprochen wird, hören die Neuankömmlinge ebenso jeden Ton von uns.

Wieder Schritte. Die beiden, die ich bisher wahrgenommen habe, sind nicht allein.

»Es sind Wölfe unterwegs«, sagt eine dunkle, raue Männerstimme und eine weitere stimmt heiser zu.

»Ja. Verdammt, wenn es heller wäre, würde ich zwei davon erlegen. Wäre nicht schlecht, ein Gastgeschenk zu überreichen.«

Das Mädchen lacht. »Unsere Überraschung ist viel besser als jedes Geschenk. Nicht wahr?«

»Ich hoffe, du hast recht.« Wieder der junge Mann. »Wenn du dich irrst, wird er wütend sein, vermute ich …«

Mein Herz schlägt plötzlich schneller. Ich glaube, ich kenne diese Stimme. Aber woher? Ich schaffe es nicht, das passende Gesicht mit ihr zu verbinden.

»Er ist nicht der Typ, der leicht wütend wird«, erwidert das Mädchen. »Mein Vater kennt ihn. Er soll einer der friedlichsten Fürsten überhaupt sein.«

»Was ja nicht viel heißt.« Wieder der junge Mann. Ich kenne die

Stimme, ich kenne den Tonfall. Diesen Hauch von Arroganz. Ist es einer der Dornen? Nicht Yann, nicht Milan, auf keinen Fall Bojan, und Sandor schon gar nicht.

»Je weiter wir kommen, desto lieber möchte ich wieder umkehren«, fährt er fort. Aus einer Sphäre. Ich kenne die Stimme aus einer Sphäre, natürlich. Man hört die Sprachfärbung noch durch, es ist die gleiche wie meine, obwohl der Sprecher sich den Außenbewohnern ganz gut angepasst hat.

»Kommt nicht infrage!«, erklärt das Mädchen. »Umkehren ist für Lieblinge.« Sie lacht.

Neben mir rührt sich Dantorian im Schlaf. Seine Hand rutscht von seiner Brust auf den Boden.

»Still!«, ruft der mit der heiseren Stimme. »Ich habe etwas gehört. Ich glaube, da oben ist jemand.« Metallisches Klirren, als hätte jemand eine Waffe gezogen. »Wir sollten nachsehen.«

Ich halte die Luft an. Es ist nicht möglich, dass sie uns bemerkt haben, oder doch?

»Ich sehe heute nirgendwo mehr nach«, sagt der andere Mann. »Ich kenne die oberen Stockwerke, da gehen nur Idioten rauf. Tritt auf die falsche Stelle und du brichst durch.«

Auch das ist keine gute Nachricht, aber immer noch besser als ein bewaffneter Krieger eines feindlichen Clans, der uns aufstöbert. Erst recht in der Kleidung von Sphärenbewohnern.

»Außerdem«, fährt der Mann fort, »stinkt es von oben her wie die Hölle. Da verwest jemand und ich habe keine Lust, auf alte Gesichter in neuem Zustand zu treffen.«

Der Geruch ist in unserer Ecke kaum wahrzunehmen, aber selbst wenn, wäre er mein geringstes Problem. *Bleibt unten*, flehe ich stumm. *Bleibt unten oder haut ab.*

»Ich halte Wache«, sagt der mit der rauen Stimme. »Und wenn ich noch mal etwas höre, gehen ich und mein Messer nach oben – dann darf dort gerne noch jemand verwesen. Und alles, was ich erbeute, ist meins.«

Eben noch habe ich überlegt, ob ich Aureljo und Dantorian wecken soll, damit sie nicht völlig schlaftrunken sind, wenn die Fremden uns entdecken. Jetzt fürchte ich, dass die Situation dadurch nur schlimmer wird. Niemand schreckt absolut geräuschlos aus dem Schlaf. Eine rasche Bewegung, ein unwillkürlich lautes Einatmen – wenn der Wachhabende unter uns die Ohren spitzt, hört er es wahrscheinlich. Ich wünschte, unser Unterschlupf hätte eine Tür, die man schließen und verriegeln kann, statt traurig schief hängender Holzreste.

»Maiossa?« Der mit der vertrauten Stimme hört sich nun gar nicht mehr arrogant an.

»Was denn?«, fragt das Mädchen.

»Gibt es noch etwas, das du mir über Vilem erzählen kannst? Je besser ich ihn einschätzen kann, desto –«

»Was ich weiß, habe ich dir gesagt. Und jetzt schlaf.«

Mein Atem kommt mir unnatürlich laut vor, aber das ist hoffentlich nur Einbildung. Vilem! Die vier sind auf dem Weg zu den Dornen, einen von ihnen kenne ich, und ich würde viel dafür geben, wenn mein Gedächtnis mir ein passendes Gesicht zu der Stimme liefern würde. Oder wenn diese Maiossa ihr Gegenüber ebenfalls mit Namen angesprochen hätte.

Ich kann dir etwas über Vilem erzählen, das du noch nicht weißt, denke ich. Er ist nämlich tot. Hilft dir das dabei, ihn besser einzuschätzen?

Ich muss vorsichtig sein, sonst werde ich noch zu lachen beginnen, aus reiner Anspannung. Aber meine Konzentrationsübungen versagen, ich bin zu sehr damit beschäftigt, meine Erinnerungen zu durchforsten und gleichzeitig darauf zu achten, dass weder Aureljo noch Dantorian sich allzu heftig bewegen oder wieder zu schnarchen beginnen. Als ob sich das kontrollieren ließe.

Die Nacht kriecht dahin und ich gelange an einen Punkt, an dem ich überzeugt bin, dass sie nie vergehen wird.

Irgendwann rührt sich Aureljo im Schlaf und ich lege blitzschnell meine Hand auf seinen Arm.

»Ruhig«, hauche ich. »Wir sind nicht allein. Unten sind Fremde.«

Er hat mich verstanden. Ich höre ihn schlucken.

»Hast du denn etwas geschlafen?«, flüstert er ebenso leise wie ich.

»Nur kurz. Ich bin aufgewacht, als sie die Tür geöffnet haben. Es sind vier. Man hört hier oben alles und unten bekommen sie jede noch so kleine Regung von uns mit.« Von dem, dessen Stimme ich zu kennen glaube, erzähle ich Aureljo nichts. Kein guter Zeitpunkt für lange Erklärungen.

»Dann schlaf jetzt. Ich bleibe wach und passe auf.«

»Danke.« Ich würde mich gerne umdrehen, aber ich wage es nicht. Wahrscheinlich werde ich nicht einschlafen können, denn ich lausche immer noch angestrengt auf Laute aus dem Stockwerk unter uns. Ich kann einfach nicht anders.

Trotzdem ist es hell, als ich das nächste Mal die Augen aufschlage. Was mich geweckt hat, sind die Geräusche, die die vier Fremden beim Aufbruch machen. Viel wird nicht gesprochen. Der Heisere gibt einige kurze Anweisungen, das ist alles.

Ich wechsle einen schnellen, erleichterten Blick mit Aureljo, der lächelt und nickt. Gleich werden sie fort sein, dann können auch wir aufbrechen. Ich fühle mich wie gerädert und unterdrücke meinen Neid auf Dantorian, der geschlafen hat wie narkotisiert.

Die Tür quietscht.

»Es ist wärmer geworden«, sagt die mir vertraute Stimme.

»Es wird ein schöner Tag«, antwortet Maiossa.

Schritte entfernen sich. Ich befreie mich von meiner Decke und laufe zu dem Spalt zwischen den Mauersteinen. Spähe hindurch.

Vier Gestalten. Zwei davon groß und breitschultrig, mit zottigem Haar, das ihnen weit über die Schultern fällt. Einer trägt einen Bogen auf dem Rücken, daneben einen Köcher voller Pfeile. Der zweite hat eine lange Klinge in der Hand.

Die beiden anderen folgen ihnen in wenigen Metern Abstand. Maiossa ist hochgewachsen, ihre Lederstiefel reichen ihr bis über die Knie und ein glänzend brauner Zopf bis zu ihrem Gürtel.

Der junge Mann an ihrer Seite trägt eine Felljacke mit Kapuze, die sein Haar verdeckt. Er überragt Maiossa nur um einige Zentimeter.

Mit der ganzen Kraft meiner Gedanken versuche ich ihn dazu zu bewegen, sich umzudrehen und einen letzten Blick auf die Ruine zu werfen. Doch diesen Gefallen tut er mir nicht. Er geht weiter und weiter, mit langen, festen Schritten, bis die vier zwischen den Bäumen eines Fichtenwäldchen verschwinden.

23

»Es war eine Stimme, die ich kannte.«

Auch wir sind mittlerweile aufgebrochen. Mir steckt die Müdigkeit in allen Gliedern, aber ich versuche sie zu ignorieren. *Drei Stunden*, meinte Dantorian, *dann müsste Vienna 2 in Sicht kommen.*

»Und du bist dir sicher, dass sie zu den Dornen wollen?«

»Ja. Sie haben Vilem erwähnt. Das Mädchen meinte, er wäre nicht der Typ, der leicht wütend wird. So, wie ich es verstanden habe, möchten sie ihm eine gute Nachricht überbringen.«

»Damit werden sie sich an Sandor wenden müssen«, meint Aureljo achselzuckend.

Der Name versetzt mir einen Stich. Die Kratzwunden unter meinem Arbeitsoverall brennen immer noch, ich spüre sie bei jeder Bewegung. *Jetzt solltest du mich hassen können.*

Als ob das so einfach wäre. Als ob ich nicht wüsste, dass viel mehr hinter seiner Tat steckt als ein plötzlicher Stimmungsumschwung.

Knapp vor mir ist Aureljo abrupt stehen geblieben, beinahe laufe ich in ihn hinein. Er nimmt mich an der Schulter.

»Da vorne ist jemand.«

Jetzt schon? Ich reibe mir die brennenden Augen. Ja, wirklich, es kommt jemand auf uns zu. Noch ist derjenige zu weit entfernt, als dass wir Einzelheiten erkennen könnten, aber ich würde darauf wetten, dass er winkt. Beide Arme über dem Kopf schwenkt. Damit vermittelt er einen sehr harmlosen Eindruck, aber das kann täuschen.

Dantorian hat ein Messer am Gürtel, das er nun zieht. Aureljos Waffe ist eine lange Lederpeitsche, die stark der von Yann ähnelt und mir allein deshalb ein flaues Gefühl im Magen beschert.

»Hooooo!«, ruft der Mann uns zu, immer noch winkend. »Kommt ihr oder geht ihr? Verkauft oder kauft ihr?«

Je mehr er sich nähert, desto ruhiger werde ich. Vor diesem Kerl müssen wir uns nicht fürchten. Er ist kaum so groß wie ich, dafür aber doppelt so breit – ein Eindruck, der möglicherweise auf die diversen Beutel an seiner Jacke zurückzuführen ist, Beutel, die um ihn herumbaumeln wie reife Früchte.

»Hoooo! Ich bin es, Krunno. Und wer seid ihr?«

Zögernd geht Aureljo weiter; Dantorian und ich bleiben dicht hinter ihm.

»Mein Name ist Cecil Rehn«, ruft er. »Wir sind auf dem Weg nach Vienna 2.«

»Das dachte ich mir, dachte ich mir«, keucht Krunno und verlangsamt seinen Schritt. Verbeugt sich tief, als wir uns gegenüberstehen.

Sindra, memoriere ich, Sindra Holun, Sphäre Liechtenstein.

»Es ist viel los rund um Vienna 2.« Krunno verfügt über tiefliegende kleine Augen, die jetzt vergnügt blitzen. »Ihr könntet einen wegeskundigen Führer gut gebrauchen, der euch die beste Route zeigt. Und euch die Gepflogenheiten dieser Sphäre näherbringt. Was meint ihr?« Er nimmt meine Hand und drückt sie so herzlich, dass es schmerzt.

»Vor allem, weil ihr eine bezaubernde junge Frau bei euch habt. Es lagern Nachtläufer nicht weit von hier, die frisches Fleisch in jeder Hinsicht schätzen.« Er grinst breit. »Nicht dass sie euch fressen würden. Nein, nein, mein hübsches Sphärenmädchen. Diese Gerüchte stimmen nicht, jedenfalls, wenn es um die Nachtläufer geht. Aber einfach gehen lassen würden sie dich nicht.«

Ich setze einen erschrockenen Gesichtsausdruck auf und nicke heftig. Vielleicht keine schlechte Idee, für Krunno das verängstigte und etwas einfältige Mädchen zu geben, das bisher kaum einen Schritt in die Außenwelt gesetzt hat. Zumindest Letzteres ist nicht so weit von der Wahrheit entfernt.

»Sind Sie … Sind Sie ein Grenzgänger?«, stottere ich. Neben mir höre ich Dantorian ein nervöses Lachen unterdrücken, was ihm leider nur zum Teil gelingt. Wenn er so weitermacht, muss Krunno bald begreifen, dass ich ihm etwas vormache.

»Du hast es erfasst. Das Land rund um Vienna 1, Vienna 2 und den breiten Strom ist mein Revier. Da kenne ich jeden Stein!«

»Und … in den Sphären?«, frage ich schüchtern. »Da kennen Sie sich auch aus?«

»Innen, außen und drumherum«, dröhnt Krunno. »Jahrelange Erfahrung, die ich gerne mit euch teile, wenn ihr mich ein klein wenig dafür bezahlt. Was habt ihr denn anzubieten?«

Nicht allzu viel, leider. Von meiner Stablampe werde ich mich nicht trennen, obwohl ich diese Sentimentalität selbst lächerlich finde. Aber es stellt sich heraus, dass Krunno ein Auge auf unsere Thermodecken geworfen hat.

»So dünn und trotzdem sehr stabil und warm. In der Sphäre werdet ihr sie nicht mehr brauchen, oder? Ihr bekommt ja alles neu zugeteilt.«

Wir lassen uns auf den Handel ein, werden Krunno die Decken aber erst überreichen, wenn er uns sicher bis nach Vienna 2 geführt hat.

Aureljo hat Dantorian zu verstehen gegeben, dass er die Unterhaltung mit dem Grenzgänger mir überlassen soll, daher laufen die beiden ein Stück hinter uns. Nah genug, um alles mithören zu können.

»Sindra heißt du also? Das passt zu dir. Wo warst du zuletzt beheimatet?«

Ich bin nicht so gut auf meine Rolle vorbereitet wie Aureljo oder Dantorian, aber auf diese Frage habe ich mir eine Antwort zurechtgelegt. Es muss eine Sphäre sein, die ich kenne, falls jemand mich nach Details fragt, und sie muss weit genug entfernt sein, damit hoffentlich keiner der anderen Neuankömmlinge ebenfalls von dort kommen kann. »Sphäre Konstanz«, antworte ich. Eine zehnkuppelige, luftige Konstruktion, in der ich mich sehr wohlgefühlt habe. Ich habe sie besucht, um eine Proberede vor Sentinel-Anwärtern zu halten, das ist zwei Jahre her.

»Konstanz, soso. Ganz schön weit von hier. Was zieht dich denn ausgerechnet nach Vienna 2?«

Ich habe mich zwar entschlossen, vor Krunno das schüchterne Mäuschen zu spielen, aber ich werde trotzdem nicht zulassen, dass der Informationsfluss weiterhin in die falsche Richtung läuft.

»Entschuldigen Sie«, sage ich und lächle verhalten. »Aber eigentlich habe ich selbst eine Menge Fragen. Ich gebe Ihnen meine Decke gerne, aber Sie wissen schon …« Ein beschämter Blick zu Boden. Nur Erröten auf Kommando habe ich nie geschafft.

Krunno lacht. »Sehr schön. Dann stell sie mir doch, deine Menge Fragen. Wirst sehen, du bekommst etwas für deine Decke.«

Ich zucke zurück, als er mein Ohr berührt. »Ein guter Rat zu Beginn«, gluckst er. »Falls das nicht dein eigener Chip sein sollte – jaja, natürlich ist es deiner, aber trotzdem – falls nicht, dann gib dir Mühe, gesund zu bleiben. Sobald sie deinen genetischen Fingerabdruck mit dem vergleichen, der auf dem Chip gespeichert ist, und die Werte stimmen nicht überein …« Er schnalzt mit der Zunge. »Dann wird es ungemütlich.«

Ich zucke die Schultern, nach außen völlig ungerührt, während sich in meinem Kopf die Gedanken überschlagen. Daran, dass wir medizinische Hilfe benötigen könnten, habe ich nicht gedacht, und ich wette, Aureljo ebenfalls nicht. Wenn unsere Daten nicht die gleichen sind wie die auf dem Chip, ist das schlimm genug, aber wenn sie sie in den Computer einspeisen, dann wird es eine Übereinstimmung geben. Mit drei tot geglaubten Studenten aus der Sphäre Hoffnung.

Mit drei tot geglaubten Studenten …

Die Erkenntnis kommt wie ein Keulenschlag. Ich bin stehen geblieben und Dantorian rennt mich beinahe um.

»Was hast du, Sindra?« In Krunnos Miene mischt sich Sorge mit einem wissenden Lächeln. Er meint jetzt zu wissen, dass der Identitätschip nicht mein eigener ist, und damit hat er sogar recht – aber das ist es nicht, was mir gerade den Atem nimmt.

Mir ist eingefallen, wessen Stimme es war, die ich vergangene Nacht aus dem Erdgeschoss gehört habe. *Je weiter wir kommen, desto lieber möchte ich wieder umkehren.*

Einer von drei tot geglaubten Studenten. Curvelli, der angeblich von Außenbewohnern erschlagen wurde, gemeinsam mit Raman und meiner Freundin Lu. Es war Curvellis Stimme, seine Art zu sprechen. Immer ein bisschen überheblich. Ich erinnere mich an den Tag der Trauerfeier, das war kurz bevor ich das Gespräch zwischen Gorgias, Morus und dem farblosen Sentinel belauscht habe. Drei Särge auf dem Podium, einer davon leer.

»Sindra? Brauchst du eine Pause?«

Hätte ich diese Eingebung schon heute Nacht gehabt, wäre ich ins untere Stockwerk gelaufen und hätte endlich erfahren, was damals wirklich geschehen ist. Wer Lu und Raman auf dem Gewissen hat, falls sie nicht ebenfalls noch am Leben sind …

Wir hätten uns zusammentun können. Jetzt ist Curvelli auf dem Weg zu den Dornen. Weiß der Himmel, was er sich von Vilem erwartet.

Ich frage mich, welchen Empfang Sandor ihm bereiten wird. Schon wieder ein Liebling; ich denke nicht, dass er sich sehr freuen wird. Aber möglicherweise trifft Curvelli ja auf Tycho! Am liebsten würde ich sofort kehrtmachen und zurücklaufen. Das, was heute noch bei den Dornen passieren wird, interessiert mich viel mehr als die ganze Sphäre Vienna 2. Vielleicht habe ich Glück und es sind schon alle offenen Stellen besetzt, dann werden wir gar nicht erst eingelassen.

»Mir geht es gut.« Ich wehre Krunnos stützenden Arm ab und setze mich wieder in Bewegung. »Mir ist nur gerade eingefallen, dass ich etwas Wichtiges vergessen habe. Egal.«

Ich dränge Curvelli aus meinen Gedanken. »Wem werde ich in Vienna 2 begegnen, Krunno? Wem kann ich vertrauen und wem sollte ich besser aus dem Weg gehen?«

Er sieht mich aus großen Augen an. »Diese Frage bekomme ich zum ersten Mal von einem Neuankömmling gestellt.« Mit seiner schwieligen Hand reibt Krunno sich die Stirn. »Timwe ist ein guter Vorarbeiter, er schindet seine Leute nicht, sondern gönnt ihnen auch mal eine Minute mehr als die regulären Pausen. Wenn du für die Agrarkuppel eingestellt wirst, sieh zu, dass man dich Timwe zuteilt. Im Küchenbereich ist Ulrik ganz erträglich, ganz im Gegensatz zu Saffa, die ist ein unfassbar böses Geschöpf. Klaut Lebensmittel und schiebt es ihren Untergebenen in die Schuhe. Bespitzelt alle und spielt sie gegeneinander aus. Vor ihr nimm dich in Acht, genauso wie vor Himon, dem Leiter der Wäscherei, der prügelt seine Arbeiter.«

Krunno mustert mich und zieht die Nase hoch. »Für welche Bereiche kommst du denn überhaupt infrage?«

Ich bete herunter, was ich über Sindra Holuns Karriere weiß. »Also, ich war Küchenhilfe, habe in der Kantine gearbeitet, außerdem im Pflegedienst und als Näherin.« Sollte man mich in die Näherei der Sphäre stecken, kann ich nur möglichst schnell versuchen, mir die Finger zu brechen. Meine gesamte Näherfahrung beschränkt sich auf eine knappe Stunde, die ich mit einigen Kindern des Clans Schwarzdorn beim Zusammensticheln von Stoffresten verbracht habe.

»In der Kantine wärst du gut aufgehoben, denke ich. Versuch das. Die Leiterin des Bringdienstes ist ganz freundlich. Gelunda wird sich zwar nicht hinter dich stellen, wenn du Mist baust, aber sie lässt dich in Ruhe, solange du deine Sache gut machst.«

Tabletts in die Quartiere zu bringen, traue ich mir zu. Feldarbeit und Küchendienst auch. Ich habe den Arbeitern in der Sphäre Hoffnung so oft zugesehen, ich weiß, worin die wichtigsten Handgriffe bestehen, und wenn ich mich zu Beginn ungeschickt anstellen sollte, werde ich mich schon herausreden können.

»Welches sind die besten Quartiere?«, fragt Aureljo. Dantorian und er haben zu uns aufgeschlossen.

»Die in Kuppel 3a und 5b«, antwortet Krunno, ohne zu zögern. »Dort ist die Belüftung gut und die Heizelemente sind ausreichend. Versucht, 4a zu meiden. Gleich daneben befindet sich der Maschinenraum mit der Wärmepumpe; der Lärm bringt einen um den Verstand.«

Nicht 4a, präge ich mir ein. Ich muss schlafen können – Übermüdung ist eine gefährliche Sache, wenn man in einem ungewohnten Umfeld bestehen und auf einen falschen Namen reagieren muss.

Wir schlagen einen beschwerlichen Weg zwischen eingestürzten Häusern ein, der von dem abweicht, den Dantorian auf seiner Karte verzeichnet hat.

»Ich hatte den Eindruck, ihr würdet lieber unter euch bleiben«, begründet Krunno seine Entscheidung. »Auf der anderen Route herrscht ziemlicher Betrieb. Arbeiter, Sentinel und Kollegen von mir. Außerdem ist dieser Weg hier kürzer.«

Ich kann keine Anzeichen dafür erkennen, dass Krunno uns anlügt, also folgen wir ihm. Tatsächlich zeichnen sich eine Stunde später in einiger Entfernung die blasenförmigen Kuppeln einer Sphäre gegen den Horizont ab. Mein Magen zieht sich zusammen. Wir gehen zurück zu unseresgleichen.

Krunno ist sein Honorar wert, daran gibt es nichts zu rütteln. Obwohl wir aufgehört haben, Fragen zu stellen, spricht er unbeirrt weiter, erzählt von den kleinen Schwächen des Sphärenmeisters (für Süßes und hochprozentige Getränke), den Lücken im System (geklaute Güter lassen sich am besten frühmorgens am Ruhetag nach draußen bringen) und spart nicht mit praktischen Tipps (in der Essensschlange ganz links bekommt man die größten Portionen).

Während er spricht, kann ich meine Augen kaum von der Sphäre lassen. Gerade ist die Sonne hervorgekommen und bringt die riesigen transparenten Kugeln zum Leuchten.

Die Außenmauer ist hier niedriger als üblich, aber man kann bereits die grauen Uniformen der Sentinel erkennen, die dort patrouillieren.

Erstmals kommen uns jetzt Menschen entgegen: zwei Frauen, die unter ihren Thermojacken gelbe Overalls tragen, und ein Mann ganz in Grün. Er hebt grüßend eine Hand und wir erwidern die Geste.

»Beeilt euch«, ruft er. »Sind nicht mehr viele Plätze frei.«

»Wohin zieht es euch denn?«, erkundigt sich Krunno.

»Basel 1. In drei Stunden fährt die Magnetbahn ab. Dort drüben.« Der Mann zeigt auf eine Halbkugel aus Hermetoplast, etwas abseits der Sphäre. Ich kenne diese Art Konstruktion. Sie beherbergt die Waggons und klappt erst auf, sobald die Bahn abfährt. Das macht es Plünderern praktisch unmöglich, sich einzuschleichen und die wertvollen Rohstoffe, aus denen die Züge bestehen, zu stehlen.

»Viel Glück.« Ich lächle aufmunternd. »Das ist eine weite Reise.«

»Aber eine, die sich lohnt.« Der Mann strahlt. »In Basel 1 sind neue Arbeiterquartiere gebaut worden und sie haben praktisch alle Prims aus der Umgebung vertrieben. Das Paradies, angeblich. Sogar die Vorarbeiter sollen freundlich sein, das wird eine nette Abwechslung.« Die wegwerfende Geste, die er zu den Kuppeln von Vienna 2 hin macht, spricht Bände. »Und sie suchen Leute. Na? Wollt ihr es euch nicht anders überlegen?«

»Halt den Mund«, zischt eine der Frauen und zerrt den Mann weiter. »Willst du, dass sie uns die besten Jobs wegschnappen?«

Der Mann zuckt verlegen mit den Schultern, winkt uns noch einmal zu und wendet sich dann ab.

Ich wechsle einen Blick mit Aureljo. Niemand aus dem Sphärenbund würde uns in Basel vermuten. Dort wären wir sicherer als hier, keine Frage …

Doch er schüttelt den Kopf und im Grunde bin ich seiner Meinung. Wir haben einen halben Tagesmarsch zwischen uns und Tycho gebracht, das ist vertretbar. Etwas anderes war nicht vereinbart. Was auch immer geschehen wird, es wird in Vienna 2 geschehen.

24

Vor der Schleuse hat sich eine kleine Menschenschlange gebildet, aus etwa fünfzehn oder zwanzig Personen.

»Ich werde euch hier verlassen«, erklärt Krunno. »Aber mit gutem Gewissen; ich habe euch alles mitgeteilt, was für euch nützlich sein könnte.«

Nicht alles, was er weiß, wohlgemerkt.

Trotz meiner Nervosität gelingt mir ein Lächeln. »Danke. Eins noch: Wenn ich dich bitten würde, jemandem eine Nachricht zu überbringen und dafür, sagen wir, einen halben Tagesmarsch zurückzulegen, würdest du das tun?«

Er hebt die Augenbrauen. »Es gibt keine Sphäre in dieser Entfernung.«

»Ich weiß. Das beantwortet aber nicht meine Frage.«

»Sicher würde ich.« Er grinst, seine runden Wangen glänzen. »Wenn der Preis stimmt.«

Ich ziehe die Decke aus meinem Rucksack und überreiche sie ihm. »Natürlich. Und wie nehme ich Kontakt zu dir auf, ohne dass meine Vorgesetzten davon Wind bekommen?«

»Frühmorgens am Ruhetag drücken sich die Grenzgänger gern nahe der Sphäre herum. Ich sagte ja, das ist der Tag, an dem die hohen Herrschaften etwas länger schlafen und das Fußvolk die Gelegenheit nutzt, seine Tauschgeschäfte abzuwickeln. Das wird euch in Vienna 2 nicht sehr schwer gemacht.« Er deutet mit dem Kopf nach links. »Siehst du den kleinen Wall dort? Dahinter gehe ich am Ruhetag manchmal spazieren. Vielleicht haben wir Glück und begegnen einander wieder.«

Er sammelt noch Dantorians und Aureljos Decken ein, verbeugt sich übertrieben höflich und geht dann den Weg zurück, den wir hergekommen sind.

Ein idealer Zeitpunkt, denn wir sind jetzt so nah, dass wir von der Sphäre aus gesehen werden können.

Aber nicht erkannt. Keinesfalls erkannt. Das sage ich mir mit jedem Schritt, den ich näher an Vienna 2 herangehe, und mit jedem Schritt wird es weniger wahr.

Alles, wovor ich Aureljo gewarnt habe, jedes Szenario, das ich ihm ausgemalt habe, habe ich wieder vor Augen. Was, wenn sie Fotos unserer Gesichter auf die Videoschirme gestellt haben? Von mir gibt es außerdem Filmaufnahmen, von den anderen vermutlich ebenso. Wenn diese Filme oft genug öffentlich gezeigt wurden, erkennen mich die Bewohner sogar an der Stimme.

Wenn.

Die Warteschlange ist jetzt nur noch etwa zwanzig Schritte entfernt. Zwei nebeneinanderliegende Schleusen führen in die Sphäre, beide von Sentineln bewacht.

Ich wappne mich innerlich. Wenn ich in ihren Augen plötzliches Erkennen sehe oder auch nur einen allzu nachdenklichen, grüblerischen Blick, dann werde ich unter einem Vorwand umkehren und in das Halbdunkel des kleinen Wäldchens tauchen, das sich links von uns erstreckt.

Wir sind am Ende der Schlange angekommen. Vor mir tritt eine mürrisch wirkende Frau mit verfilztem, schulterlangem Haar von einem Bein aufs andere. Sie trägt keine besonders warme Kleidung und friert sichtlich.

»Ich habe schon gehört, dass sie langsam sein sollen in dieser Sphäre«, murmelt sie. »Aber die schlafen ja noch mitten in der Bewegung ein!«

Ich nicke mitfühlend, zu mehr bin ich im Moment nicht imstande. Die enormen Kuppeln sind nun direkt vor, fast über mir. Wie riesige, glänzende Augen. Aus dieser Perspektive habe ich sie noch nie gesehen und bin erstaunt, wie einschüchternd sie wirken. Dazu die Müdigkeit nach der durchwachten Nacht, Curvellis Stimme, die Masse an Informationen, die ich eben von Krunno erhalten habe …

Ich spüre erst, dass ich schwanke, als Aureljos Hand sich fest um meinen Oberarm schließt.»Alles in Ordnung?«

»Natürlich.« Ich weiß nicht, was lächerlicher ist, seine Frage oder meine Antwort. Noch zwölf Wartende vor mir. Ich schließe kurz die Augen, suche in meinem Kopf nach einem von Graukos Ratschlägen, einem, der mir jetzt helfen könnte. Stoße in meiner Erinnerung schließlich auf etwas, das mich fast auflachen lässt:

Wenn du das Gefühl hast, etwas nicht zu können, stell dir vor, du wärst jemand anders. Jemand, der es mit links schafft.

Ein Tipp, den er mir gegeben hat, als ich dreizehn war. Man kann ihn nicht auf alles anwenden – wenn es um Fremdsprachenkenntnisse oder das Beherrschen eines Instruments geht, wird man scheitern –, aber im Alltagsleben ist er Gold wert.

Ich bin jemand anders. Ich bin Sindra Holun, durchaus ein wenig nervös, weil sie noch keinen Platz in der neuen Sphäre gefunden hat, aber auch etwas genervt, weil das hier so lange dauert. Sie hat eine anstrengende Fahrt in einem der Massenabteile der Magnetbahn hinter sich und ist hungrig. Die Zuteilungsbeamten sind keine Bedrohung für sie, sondern nur ein lästiges Hindernis, das es zu überwinden gilt.

»Könnte wirklich schneller gehen«, brumme ich und ernte zustimmendes Nicken von der Frau vor mir.

»Allerdings.« Sie lächelt, sichtlich froh, sich die Zeit mit einem kleinen Schwatz verkürzen zu können. »Solltest mal die Zuteiler in Frankfurt 3 erleben. Da ist man ruck, zuck durch die Schleuse, kriegt sofort die Ausrüstung überreicht und ist fünf Minuten später im Quartier.«

»Ah«, sage ich höflich. »Frankfurt 3. Klingt gut.«

»Na ja, wie man's nimmt. Dafür sehen sie dir dort jede Sekunde auf die Finger. Bei jedem Kuppeldurchgang gibt's Kontrollen und du musst deine Taschen ausleeren, damit sie auch ja sicher sein können, dass du nichts mitgehen lässt. In den Quartieren haben sie Überwachungskameras installiert, man kann nicht mal ungestört in der Nase bohren.«

Die Schlange verkürzt sich um eine weitere Person. Sie schicken die Männer nach links und die Frauen nach rechts.

»Dagegen soll Vienna 2 völlig harmlos sein.«

Das entspricht dem, was Aureljo recherchiert hat. Ich entspanne mich ein wenig.

»Habe ich auch gehört.«

»Für welchen Bereich willst du dich zuteilen lassen?«

Ich zucke die Schultern und mime Unentschlossenheit. »Weiß noch nicht. Mal abwarten, was sie mir anbieten.«

»Also, ich will in die Wäscherei«, erklärt die Frau. »Die einfachste Arbeit, die es gibt. Maschine befüllen, eine halbe Stunde warten, Maschine ausräumen. Ab und zu ein bisschen sortieren und bügeln, das ist alles. Es ist immer warm und es riecht gut.« Sie entwirrt eine ihrer zerzausten Haarsträhnen. »Wenn nur noch ein Platz frei ist, schnappe ich ihn dir vor der Nase weg, tut mir leid.«

Soll ich ihr sagen, was ich von Krunno erfahren habe? Ja, das ist eine Sache der Fairness. »Der Vorarbeiter in der Wäscherei soll ein ziemlich mieser Kerl sein, habe ich gehört. Es heißt, er schlägt seine Mitarbeiter.«

»Was?« Zwischen den Augenbrauen der Frau bildet sich eine scharfe Falte. »Das glaube ich nicht.« Sie presst die Lippen aufeinander, ihr Blick wird böse. »Du sagst das, damit ich dir nicht die letzte Stelle wegnehme, stimmt's? Aber das kannst du vergessen!«

Ihr schneller Stimmungswechsel überrascht mich ebenso wie die Tatsache, dass sie nicht einmal in Betracht zieht, dass ich sie einfach nur warnen will. Ist es so unter den Sphärenarbeitern? Legen sie sich eher gegenseitig rein, als sich zu helfen?

Unser Gespräch ist jedenfalls beendet, die Frau dreht mir den Rücken zu. Was sie vor sich hin murmelt, ist unverständlich und sicher nicht für meine Ohren gedacht.

Als sie endlich an der Reihe ist, wendet sie sich noch einmal um und zieht eine spöttische Grimasse, bevor sie die rechte Schleuse ansteuert. Jetzt ist niemand mehr vor mir und ich kann durch die transparente Hermetoplastscheibe schon das unfreundliche Gesicht der Zuteilerin erkennen. Die offensichtlich Fragen stellt.

Meine Handflächen beginnen zu schwitzen und das vertraute Schweregefühl im Magen kehrt ebenfalls zurück, als sie Aureljo nach links winken. Bei den Männern geht es offenbar schneller mit der Zuteilung.

Seine Hand streicht über meinen Rücken.

»Viel Glück«, flüstere ich und sehe ihm nach, wie er auf die

Schleuse zugeht. Die Schiebetür öffnet sich vor ihm. Schließt sich hinter ihm. Wenn alles gut geht, wird sich in ein paar Minuten die nächste Tür öffnen, der eigentliche Zugang in die Sphäre. Wenn nicht, sitzt er in der Falle.

So wie ich.

»Nächste!« Der Sentinel winkt mich heran.

Ich gehe mit gesenktem Kopf auf ihn zu, damit er möglichst wenig von meinem Gesicht sieht, und mein Herz bleibt beinahe stehen, als er mir plötzlich in den Weg tritt. Eine Hand fasst nach meinem Kinn, hebt es an.

Umdrehen. Weglaufen. Schnell.

Doch ich sehe nichts Alarmierendes in seinen Augen. Nicht einmal große Wachsamkeit, eher Neugierde. »Na, Mädel?« Seine Hand bleibt eine Spur zu lange an meinem Gesicht liegen und ich warte auf den Ruck, das Blinzeln, mit dem ein plötzliches Erkennen normalerweise einhergeht. Doch seine Lippen verziehen sich nur zu einem wohlwollenden Grinsen, er versetzt mir einen freundschaftlichen Stups auf die Schleuse zu. »Nicht so schüchtern, hm? Vielleicht sehen wir uns ja bald wieder. Würde mich freuen.«

Ich stolpere vorwärts. Noch ist nichts überstanden, im Gegenteil. Wie hinter allen, wird sich auch hinter mir gleich eine Hermetoplasttür schließen, und dann darf mir kein Fehler unterlaufen.

Ich wünschte, ich hätte mit Aureljo und Dantorian trainiert.

Der entscheidende Schritt. Hinein. Das Zischen der Schiebetür. Ein dumpfer Laut, als der letzte Spalt sich schließt. Ich fühle meinen Herzschlag im ganzen Körper.

»Name?« Die Zuteilerin hasst ihre Tätigkeit, geht man nach ihrem Tonfall und ihrem Gesichtsausdruck. Ihr Blick streift mich flüchtig und mit demonstrativem Desinteresse; ich bin sicher, sie ahnt nicht, was für einen großen Gefallen sie mir damit tut.

»Sindra Holun.«

Das Lesegerät sieht wie eine breite Zange aus. Die Frau klemmt sie mir ans Ohr, genau über den Identitätschip. Mein frisch durchstochenes Ohr schmerzt, aber damit habe ich gerechnet. Kein Zucken.

Das Gerät piepst drei Mal und ich hoffe inständig, dass das so sein soll.

»Hm. Gebürtig aus Sphäre Liechtenstein? Hatten wir schon lange nicht mehr. Umdrehen.«

Sie tastet mich ab, wonach? Waffen?

»Mund auf.«

Ich tue, was sie verlangt, lasse zu, dass sie mir mit einem behandschuhten Finger die Mundhöhle entlang und sogar unter die Zunge fährt. Danach durchforstet sie meinen Rucksack, fördert Sandors Stablampe zutage, nimmt sie aber ebenso wenig an sich wie den Rest meiner kümmerlichen Besitztümer.

»In Ordnung. Wie heißt der Präsident des Sphärenbundes?«

Aha, eine Runde Anti-Prim-Fragen, mit deren Hilfe Außenbewohner herausgefiltert werden sollen. Ich dagegen müsste ihnen problemlos gewachsen sein, eigentlich. Ausgenommen natürlich, sie beziehen sich auf etwas, das in den letzten drei Monaten passiert ist. Hätte ich es erfahren, wenn der Präsident getötet worden wäre?

»Hammer«, sage ich gleichmütig.

»Du warst Küchenhilfe. Wie viele Teller fasst eine Spülmaschine vom Typ T922?«

Würde ich das wissen, wenn ich wirklich Sindra Holun wäre? Ist es eine Fangfrage? Gibt es diesen Typ überhaupt? Die Spülmaschinen, die ich aus der Küche von Sphäre Hoffnung kenne, waren riesig, aber das muss nichts heißen. Besser, ich bleibe vage, bevor ich noch etwas Entlarvendes sage. »Keine Ahnung. Ich weiß nicht mal, ob wir diese Art Maschine in Konstanz hatten. Dreihundert? Vierhundert?«

»Ah. Du warst in Konstanz? Wann?«

»Von da komme ich gerade.« Wenn sie jetzt beschließt, sich dort nach mir zu erkundigen, bin ich erledigt. Ich habe keine Ahnung, wo überall Sindra Holun gearbeitet hat, aber dass sich die Wahrheit mit meinen Lügen deckt, halte ich für ausgeschlossen.

»Sehr hat dich die Küche dann wohl nicht interessiert, was?«

Ich zucke die Schultern. »Ging so.«

»Egal, dort ist sowieso fast alles besetzt. Welche Farbe haben die Tabletts, mit denen in Sentinel-Quartiere geliefert wird?« Ich denke blitzschnell nach, das weiß ich, ich habe den Bringdienst unzählige Male an mir vorbeilaufen gesehen.

»Blau. Die für die leitenden Beamten sind rot, die Tabletts im Medcenter weiß. Für Wissenschaftler und Studenten grün und –«

»Schon gut, so viel wollte ich überhaupt nicht wissen.« Sie beugt sich über ihr Datenterminal und tippt etwas ein. »Schon mal in der Putzkolonne gewesen?«

»Nein.«

»Da könnte ich dich reinstecken. Dort sind die, die nicht denken wollen, am besten aufgehoben.«

Daran, wie ihr Blick prüfend zu mir hin- und dann wieder wegzuckt, ist klar zu erkennen, dass sie mich provozieren will. Aber sie glaubt mir, dass ich Sindra Holun bin. Wenn es überhaupt einen Verdacht gibt, den sie ausräumen möchte, dann den, dass es sich bei mir um einen Prim handelt, der an einen Identitätschip gekommen ist.

»Wäsche, hm. Agrarkuppel?« Sie spricht ganz klar nicht mit mir, aber ich soll ihren Gedankengängen folgen können und sie will meine Reaktionen sehen. Wahrscheinlich eins der wenigen Vergnügen, das ihr ihre Position bietet. Das kleine bisschen Macht ausspielen.

»Recycling … Nein, da ist alles voll.« Wieder ein Tippen auf dem Terminal.

»Also: Putzen oder Bringdienst? Der schließt Kantinenarbeit mit ein, aber das weißt du ja hoffentlich.«

Ich überlege blitzschnell. Jeder Putztrupp ist für einen bestimmten Bereich der Sphäre zuständig. Für eine oder maximal zwei Kuppeln. Wenn ich im Bringdienst eingesetzt werde, kann ich überall hin. Allerdings werden auch mehr Menschen mit mir in Kontakt treten und mir ins Gesicht sehen. Wenn ich putze, ist die Wahrscheinlichkeit, enttarnt zu werden, minimal. Die Möglichkeit, etwas herauszufinden, aber ebenso, also ist der Bringdienst die deutlich bessere Wahl.

Die Beamtin seufzt ungeduldig, verdreht die Augen und schüttelt den Kopf. Ich bin mir beinahe sicher, dass sie nur auf meine Antwort wartet, damit sie sich den kleinen Spaß erlauben kann, mir die Suppe zu versalzen und mich in die Abteilung zu stecken, die ich nicht gewählt habe. Ich bin ihr nicht sympathisch und sie gibt sich keine Mühe, das zu verbergen.

»Putzkolonne«, sage ich. Ohne große Begeisterung, aber mit einem kleinen hoffnungsvollen Fragezeichen am Ende des Wortes.

Sie grinst. »Weißt du was? Ich denke, beim Bringdienst bist du besser aufgehoben. Da bringen sie dir Geschwindigkeit bei.« Sie heftet mir eine blau-weiße Plastikscheibe an den Kragen. »Na dann. Willkommen in Vienna 2.«

Die nächste Schiebetür öffnet sich. Jetzt erst strömt mir Wärme entgegen.

Ich bin in meine Welt zurückgekehrt.

25

Jede Sphäre riecht ein wenig anders, aber alle haben sie diese leichte metallische Note gemeinsam. Sie stammt von den Pump- und Filteranlagen, durch die die Luft gepresst wird, bevor sie in die Sphäre gelangt. Der Geruch hat mich ein Leben lang begleitet und will mir auch jetzt weismachen, dass ich zu Hause und in Sicherheit bin.

Ich setze eine freundliche Miene auf und nehme von einer Mitarbeiterin des Wäschedienstes mein Gewand in Empfang. Vier Garnituren blauer Hosen und weißer Hemden. Zwei quadratische weiße Tücher, die mich im ersten Moment ratlos machen, bis mir einfällt, dass sie wohl dazu dienen, das Haar wegzubinden. Ein Paar leichter Schuhe. Eine blaue Jacke.

»Dein Quartier ist in Kuppel 5a, Raum 79«, erklärt mir die Zuteilerin, die am Ausgang der Kleiderausgabe steht, nach einem Blick auf ihre Liste. »Die Kantine findest du in Kuppel 9, dort meldest du dich bei Gelunda. Lass dir nicht zu viel Zeit.«

Ich habe Dantorians Zeichnung im Kopf, ich weiß, wie ich nach 5a komme. Von Kuppel 12 über 9, dann 7, dann 5. Während ich Kuppel 12 durchquere, spähe ich nach allen Seiten, in der Hoffnung, Aureljo oder Dantorian zu entdecken; ich muss wissen, ob sie es ebenfalls geschafft haben. Aber zwischen den betriebsam herumlaufenden Menschen um mich herum entdecke ich sie nicht.

Kuppel 9. Hier soll sich die Kantine befinden, aber mir springt zuallererst ein Sportcenter mit Laufbändern und anderen Trainingsgeräten ins Auge. Die Rolltreppe direkt dahinter führt hinauf zu einer kleinen Bibliothek.

Wieder kommen mir Sentinel entgegen, diesmal sind es grüne. Quartierwache. Sie sind in ein Gespräch vertieft, keiner von ihnen beachtet mich, trotzdem verberge ich mein Gesicht, so gut es geht, in dem Wäscheberg, den ich vor mir hertrage.

Das blinkende rote M auf der gegenüberliegenden Seite der Kuppel zeigt an, dass sich dort ein Medpoint befindet, allem Anschein nach ein großer. Gut zu wissen. Ich passiere ein öffentliches Datenterminal und eine Trinkwasserstation. Knapp danach, linker Hand, liegt die Kantine.

Sie ähnelt der, die ich aus der Sphäre Hoffnung kenne, so sehr, dass ich unwillkürlich nach Akademiestudenten Ausschau halte. Aber hier sind es hauptsächlich Wissenschaftler und Beamte, die vor ihren Tellern sitzen, prüfend auf ihre Salvatoren blicken oder sich unterhalten, während sie ihre Vitamingetränke zu sich nehmen.

So vertraut.

So fremd.

Als ich an der Kantine vorbei bin, kommt mir eine junge Frau in der Uniform des Bringdienstes entgegen. Ich lächle ihr zu und versuche gleichzeitig mit einem schnellen Blick herauszufinden, auf welche Weise sie das weiße Tuch um ihr Haar geknotet hat.

Kuppel 7 ist in drei kleinere Kuppeln zergliedert, ich durchquere 7b. Von hier aus gehen Treppen unter die Erde, in die Pilzzuchtstation. Außerdem sind dort neben anderen Bereichen die Wäscherei, die Zentrale des Putzdienstes und ein Chemielabor untergebracht. Auf einem schief hängenden Bildschirm läuft eine nicht mehr ganz neue Dokumentation über Gewächshausbeleuchtung. Ohne Ton.

Je mehr ich von Vienna 2 sehe, desto stärker fallen mir die Unterschiede zur Sphäre Hoffnung auf. Hier nimmt man die Dinge nicht so genau und kann sich das offenbar leisten; die wichtigen Abteilungen und Personen dieser Gegend dürften sich in Vienna 1 befinden. Auch das stimmt mit dem überein, was Aureljo im Vorfeld herausgefunden hat.

Dann bin ich endlich in Kuppel 5a. Eine typische Wohnkuppel, in der sich eine Quartiereinheit an die nächste reiht, wie Waben in einem Bienenstock. Raum 79 befindet sich auf der dritten Ebene und mir bleibt einen Moment lang die Luft weg, als ich die Tür öffne und erstmals meine künftige Schlafstatt sehe.

Natürlich habe ich nicht erwartet, dass meine Unterbringung als Arbeiterin sich mit der einer Elitestudentin vergleichen lässt. Aber dass ich mir eine so enge Kammer mit fünf anderen werde teilen müssen, damit habe ich nicht gerechnet.

Der Raum ist schlauchförmig. Rechts und links steht je ein Dreier-Stockbett an der Wand. Dazwischen kann man gerade so hindurchgehen, ohne anzustoßen. Der Platz hinter den Betten wird von sechs zerschrammten Regalen beansprucht. Eins davon ist leer und damit wohl meins. Ein Fenster, durch das man nach draußen schauen könnte, gibt es nicht.

»Und schon sind wir wieder voll besetzt.« Im rechten unteren Bett liegt eine Frau, die widerwillig zu mir hochblinzelt und sich dann zur Wand dreht. Ich hätte jede Menge Fragen, aber ich will sie nicht stören, falls sie Nachtschicht hatte und erst jetzt zum Schlafen kommt. Sich hier zu orientieren, kann schließlich nicht so schwierig sein. Mein Regal habe ich bereits gefunden und mein Bett muss das sein, auf dem Decke, Kissen und Überzüge zu Quadraten gefaltet am Fußende liegen. Also das mittlere auf der rechten Seite.

Ich schüttle meinen Widerwillen ab – keiner hat gesagt, dass das hier ein vergnüglicher Aufenthalt werden soll – und verstaue meine Kleidung im Regal. Alles bis auf eine der Kantinenuniformen, die ziehe ich an, wobei ich mich so stelle, dass mich meine Zimmergenossin von ihrem Bett aus möglichst nicht sehen kann. Ich will Fragen zu den unzähligen Kratzern an meinem Körper vermeiden. Doch sie schenkt mir ohnehin keine Beachtung; ihrem gleichmäßig ruhigen Atem nach zu schließen, ist sie eingeschlafen.

Als ich fertig bin, mache ich mich auf den Weg zurück zu Kuppel 9.

Vielleicht ist es ein Fehler, aber ich trage den Kopf bereits höher als vorhin. Mein Haar ist unter einem der weißen Tücher verschwunden und in dem trüben, tellergroßen Spiegel, über den das Quartier immerhin verfügt, war selbst mir mein Anblick fremd.

Drei Kuppeln durchqueren. Niemand spricht mich an, niemand hält mich auf. Die Vitros, deren Weg ich kreuze, sehen mich gar nicht, für sie bin ich ein gesichtsloser Teil der Bedienungsmaschine. Nützlich und notwendig, aber austauschbar. Wie ein Filter in der Belüftungsanlage.

Der Gedanke erleichtert mich unsagbar. Ich kann mich noch genau daran erinnern, wie ich früher die Arbeiter in den Sphären wahrgenommen habe, nämlich fast gar nicht. Wenn ich von drei oder vier den Namen wusste, dann war das viel.

In Acht nehmen muss ich mich jetzt hauptsächlich vor meinesgleichen. Wäscherinnen, Recyclern, Küchenhilfen. Im Umgang mit ihnen werde ich Gefahr laufen, mich durch unpassende Äußerungen verdächtig zu machen.

In der Kantine herrscht schon reges Treiben. Bald ist Mittag und es bilden sich bereits kurze Schlangen an der Essensausgabe. Zutritt haben hier nur die Bewohner höheren Ranges, also niemand, der niedriger gestellt ist als ein Sentinel. Das vertraute Piepsen des Scanners lässt mich spüren, dass ich Hunger habe, und ich vermisse den Salvator an meinem linken Handgelenk.

»Ich soll mich bei Gelunda melden«, erkläre ich der Frau an der Getränkeausgabe.

»Da hinten.« Sie deutet mit dem Kopf zur Küche, ohne dabei ihre Arbeit für einen Moment zu unterbrechen. »Die Einzige mit einer roten Schürze.«

Ich bleibe noch einen Moment stehen und beobachte die Arbeiterinnen an der Theke. Scanner ablesen, Mahlzeiten entsprechend der angegebenen Nährstoffe zusammenstellen, in die Ausgabe schieben … Die Geschwindigkeit, mit der sie ihre Handgriffe erledigen, beunruhigt mich. Ich sehe keine Chance, mithalten zu können. Waren die Kantinenarbeiterinnen, die mich noch vor drei Monaten bedient haben, genauso schnell?

Ich weiß es nicht. Sie waren einfach da, wie gut funktionierende Maschinen.

Dank der roten Schürze finde ich Gelunda sofort. Sie ist groß, erstaunlich dünn und hat riesige Hände, fast wie die eines Mannes.

»Sindra. Aha. Du hast Erfahrung?«

»Ja«, sage ich, nach außen hin voller Selbstvertrauen, von dem innerlich leider nichts zu spüren ist. »Vor allem im Bringdienst.«

»So. In Ordnung, fürs Erste kümmere dich um das schmutzige Geschirr. Die Transportwagen stehen hier rechts, dort drüben beim zweiten Durchgang gibst du sie an die Küchenhilfen weiter, sobald sie voll sind. Tempo.«

Tische abräumen. Das verbuche ich als Glücksfall. Ich werde mich zwar auf jeden Handgriff konzentrieren müssen, ungeübt, wie ich bin, aber diese Aufgabe verschafft mir Zeit, die anderen zu beobachten.

Ich hole mir einen Wagen und beginne, leer gegessene Teller und schmutzige Gläser von den Tischen zu nehmen. Erst von denen, die bereits verlassen sind, dann auch dort, wo die Kantinengäste noch ein wenig bleiben und sich unterhalten.

»Darf ich abräumen?« Den Satz habe ich Hunderte Male gehört, wenn es um mein eigenes Geschirr ging, und daraufhin ebenso nachlässig genickt, wie es jetzt die Ranghöheren vor mir tun.

Die Arbeit nimmt mich völlig in Anspruch. Der große Ansturm steht noch bevor und ich gebe mir Mühe, schnell und gründlich zu arbeiten. Ein voller Geschirrwagen nach dem anderen wandert in die Hände der Küchenhilfen. Ich merke kaum, wie die Zeit vergeht, bis sich die Kantine irgendwann merklich zu leeren beginnt.

Als der Letzte gegangen ist, sinke ich auf einen Stuhl und werde sofort wieder von Gelunda aufgescheucht. »Jetzt schon müde? Bis zur Pause dauert es noch, meine Liebe.«

»Ich bin heute erst angekommen und habe noch nichts gegessen«, erkläre ich. Sachlich, nicht mitleidheischend. »Ist aber in Ordnung, bin ja selbst schuld.«

Sie sieht mich ein paar Sekunden lang an, dann zuckt sie mit den Schultern. »Wir haben Suppe übrig, Brot und Rübenmus. Nimm dir eine Portion. Danach wisch den Boden.«

Ich verschlinge mein Essen in weniger als fünf Minuten, völlig überwältigt von der Intensität des Geschmacks. Bei den Dornen wird höchstens mit Salz gewürzt, wenn denn welches vorhanden ist. Hier schmecke ich allein aus dem Rübenmus Pfeffer, Knoblauch und Senf heraus und frage mich unwillkürlich, ob Sandor in seinem ganzen Leben jemals Pfeffer gekostet hat.

Dummer Gedanke. Ich darf keinesfalls zulassen, dass mich die Erinnerungen an Sandor in meiner Konzentration stören, dazu bewege ich mich hier auf viel zu dünnem Eis. Ich sollte tun, was er getan hat: meine Gefühle beiseitelassen und mich auf die neue Aufgabe konzentrieren. Schlimm genug, dass ich das bisher noch nicht geschafft habe.

Ich bin sicher, es gibt eine Technik, um diesen Prozess zu beschleunigen. Zu schade, dass sie mich niemand gelehrt hat.

Der Wischmopp besteht aus schwammartigen Blättern an einem langen Stiel. Ich tue das, was ich bei den anderen Kantinenarbeiterinnen sehe: das Ende mit den Blättern in Seifenwasser tauchen und es danach mit schnellen, halbmondförmigen Bewegungen über den Boden ziehen. Etwa drei oder vier Mal, dann wieder ins Wasser tauchen.

Obwohl man das wirklich nicht als schwierige Tätigkeit bezeichnen kann, merke ich schon nach kurzer Zeit, dass die anderen präziser und effizienter arbeiten als ich und sich dabei sogar noch unterhalten können.

Ich verdopple mein Tempo. Wische jede Stelle zwei Mal. Nach einer halben Stunde bin ich schweißgebadet, aber mit meinem Teil der Kantine fertig; nur wenig später als der Rest des Teams.

»Pause«, verkündet Gelunda. »In einer Stunde bist du wieder hier, dann beginnen wir mit den Vorbereitungen für das Abendessen.« Sie klopft mir auf die Schulter, teils anerkennend, teils mitleidig. Immerhin verkneift sie sich jede abfällige Bemerkung, sollte ihr eine auf der Zunge liegen. Sie hat wohl gesehen, wie sehr ich mich angestrengt habe.

Die schlaflose letzte Nacht, die Anspannung vom Vormittag und die ungewohnte Arbeit fordern jetzt ihren Tribut. Ich müsste mich nur gegen eine Wand lehnen und würde auf der Stelle einschlafen. Eine großartige Methode, um aufzufallen.

Kurz überlege ich, ob es sich lohnt, in mein Quartier zurückzugehen und mich ins Bett zu legen, aber diese Idee verwerfe ich sofort wieder. Hin- und Rückweg würden den Großteil der Zeit beanspruchen. Ich habe auch niemanden, der mich verlässlich weckt, und kann keinesfalls auf meine innere Uhr vertrauen, übermüdet, wie ich bin.

Davon abgesehen, quält mich ohnehin die Ungewissheit: Ich weiß immer noch nicht, ob Aureljo und Dantorian sich unerkannt einschleichen konnten oder ob sie enttarnt wurden und nun verhört werden, vielleicht schon tot sind …

Meinem übermüdeten Hirn fällt nichts Besseres ein, als durch die Kuppeln zu laufen und nach ihnen Ausschau zu halten. Sollte mich jemand fragen, was ich da tue, kann ich wahrheitsgemäß behaupten, dass ich neu bin in Vienna 2 und mich orientieren will.

Meine Knie fühlen sich weich an und mein Kopf schwammig, als ich von einer Kuppel zur nächsten marschiere. Da sind die Vitro-Quartiere, hier ein Forschungstrakt, dort die Sentinel-Zentrale. Nicht weit entfernt davon wahrscheinlich die Büroräume des Sphärenmeisters, das ist üblicherweise so. Immer wieder begegne ich Arbeitern, aber weder Aureljo noch Dantorian sind unter ihnen. Wenn ich wenigstens wüsste, in welche

Abteilungen sie gesteckt worden sind und welche Farbe ihrer Arbeitskleidung hat.

Irgendwann, als ich zum dritten Mal über meine eigenen Füße stolpere, gebe ich auf und setze mich hin. Einfach auf den Boden, halb unter eine Rolltreppe, die zur nächsten Ebene führt. Sollte ich jetzt einnicken, liege ich wenigstens nicht im Weg herum.

Nur ein bisschen ausruhen. Fünf Minuten. Am besten, ohne die Augen zu schließen. Ich atme tief ein und aus, entspanne meinen Körper. Versuche mir vorzustellen, wie ihn neue Energie durchströmt.

Da sehe ich ihn.

Er kommt aus der Nebenkuppel mit langen, schnellen Schritten. Es ist einer der Farblosen. Ein Exekutor und hinter ihm ein zweiter.

Mit einem Schlag bin ich hellwach, das Adrenalin lässt meine Kopfhaut kribbeln, ich weiß nicht, ob ich mich verstecken oder hervorkriechen soll, um besser sehen zu können.

Die beiden kommen auf die Rolltreppe zu, ohne mir auch nur einen kurzen Blick zu schenken. Ich tue, als müsste ich gähnen und halte mir dabei eine Hand großflächig über Mund und Nase.

»… der fünfte zerstörte Fahnder«, sagt der Erste, während er die Treppe betritt. »Es ist Verschwendung, sie einfach so ungezielt auszuschicken, wenn wir nicht …«

Das ist alles, was ich verstehen kann. Wichtiger ist, dass ich Gelegenheit hatte, mir ihre Gesichter anzusehen. Die mir völlig unbekannt sind. Die Erleichterung, die mir diese Erkenntnis beschert, ist fehl am Platz – dass ich diese Exekutoren nicht kenne, heißt keinesfalls, dass ich ihnen genauso fremd bin. Falls noch nach uns gesucht wird, hat man ihnen Fotos gezeigt, die vorhandenen Stimmaufnahmen und Filme vorgespielt, ihnen sicher auch seitenweise psychologische Profile zu lesen gegeben.

Es ist nicht erwiesen, dass sie unseretwegen hier sind. Aber es ist auch alles andere als ausgeschlossen.

Ich rapple mich hoch. Die riesige Digitaluhr, die bei jedem Kuppelein- und -ausgang angebracht ist, zeigt an, dass mir noch dreizehn Minuten bis zum Ende der Pause bleiben. Gerade lange genug, um rechtzeitig wieder in der Kantine zu sein.

Die Ereignisse des restlichen Nachmittags und des frühen Abends nehme ich wie durch einen Schleier wahr. Ich sortiere Besteck, poliere den Scanner für die Salvatoren und trage große Plastikkörbe mit geschnittenem Brot zur Theke. Schweigend, während die anderen sich unterhalten. Mich mustern sie von der Seite, vermutlich finden sie mich seltsam. Egal, Hauptsache, niemand spricht mich an. Dann kann ich auch nichts Falsches sagen. Meinen richtigen Namen, zum Beispiel.

Sobald die ersten Kantinenbesucher hereinströmen, wird die Stimmung hektisch. Gelunda stellt mich zur Wasserstation, wo ich ein Glas nach dem anderen fülle. Das Mädchen neben mir mischt Kalzium-, Magnesium- und Vitamingetränke und wirft mir gelegentlich neugierige Blicke zu, aber sie ist die Einzige, die mich beachtet. Die Sphärenbewohner, die zum Essen kommen, sehen durch mich hindurch.

Irgendwann verliere ich jegliches Zeitgefühl. Ich weiß, dass mein Schlafmangel mich mittlerweile in einen Zustand versetzt hat, als wäre ich schwer betrunken, ich weiß außerdem, dass ich durchhalten muss, aber ich habe keine Ahnung, wie lange noch. Ich fülle ein Glas und stelle es ab, fülle das nächste und stelle es ab, fülle das nächste …

»Was ist denn mit dir los?« Gelundas Stimme kommt von weit her. »Bist du krank oder so?«

»Nein, ich … habe die letzte Nacht überhaupt nicht geschlafen. Während der Reise. Ich bin sehr müde.«

»Meine Güte!« Sie klingt verärgert. »Und deshalb machst du weiterhin Gläser voll, obwohl fast niemand mehr hier ist? Wir haben längst mit dem Aufräumen begonnen.«

Ich hebe den Blick. Tatsächlich. Einige der Kantinenarbeiterinnen wischen schon den Boden, wobei sie sorgsam die Bereiche vermeiden, wo noch Gäste sitzen. Gerade stehen wieder zwei von ihnen auf und gehen auf den Ausgang zu und dort steht …

Mein Mund formt den Namen, zum Glück ohne Ton. Aureljo.

Er trägt den violetten Overall der Kuppelreiniger und gibt sich sichtlich Mühe, nicht so auszusehen, als würde er auf jemanden warten.

»Dann geh eben«, sagt Gelunda. »Leg dich schlafen, so bist du zu nichts zu gebrauchen. Wenn es morgen nicht besser läuft, lasse ich dich neu zuteilen, klar?«

»Klar.«

Ich gehe aus der Kantine, an Aureljo vorbei. Niemand hier muss wissen, dass wir uns kennen. Er wird mir in einem vernünftigen Abstand folgen, da bin ich mir sicher.

Raus aus Kuppel 9. Weiter durch 7b. Neben der Treppe zur Pilzzuchtstation stehen vier Bänke, vermutlich für die Arbeiter gedacht, damit sie zwischendurch hier oben Pause machen und Licht tanken können. Eine davon steht im Halbschatten, dort setze ich mich hin. Zwei Minuten später ist Aureljo bei mir.

»Wie geht es dir?« Er nimmt meine Hand und ich würde mich gern gegen seinen Körper sinken lassen und einschlafen.

Nicht mehr lange. Nur noch ein wenig zusammennehmen – das hier ist wichtig.

»Todmüde. Sonst bin ich in Ordnung.«

»Ich bin so froh, dass alles gut gegangen ist. Welche Aufgaben haben sie dir übertragen?«

»Kantine und Bringdienst. Hast du herausgefunden, wie es bei Dantorian gelaufen ist?«

»Gut. Er ist den Agrarkuppeln zugeteilt worden und sehr erleichtert darüber. Ria, weißt du eigentlich, wie nah wir unserem Ziel gekommen sind? Du und ich, wir sind beide in Abteilungen, die uns Bewegungsfreiheit in der gesamten Sphäre gestatten. Wir dürfen nur nichts überstürzen, aber wenn wir uns geschickt anstellen, stehen uns alle Möglichkeiten offen. Es gibt sogar Datenterminals in den Aufenthaltsräumen der Arbeiter.«

»Garantiert mit eingeschränktem Informationsfluss.«

Er drückt mich an sich. »Natürlich. Aber die Sperren lassen sich umgehen. Zu dumm, dass Tycho nicht hier ist, der hätte das sicher schneller geschafft.«

Tycho. Ich wünschte, ich könnte Kontakt zu ihm aufnehmen. Ob Curvelli bereits bei den Dornen angekommen ist? Ob sie sich schon getroffen haben?

»Ria, du schläfst ja! Komm, ich bringe dich zu deinem Quartier.«

Unwillig schüttle ich den Kopf. »Zu auffällig.«

»Schaffst du es alleine?«

»Sicher.«

Es ist ihm nicht recht, er will sich um mich kümmern, so wie immer. Ich reiße mich am Riemen, versuche meine Stimme munterer klingen zu lassen, um es ihm leichter zu machen.

»Mein Quartier ist nicht weit entfernt. Kuppel 5a. Wo bist du untergebracht?«

»10a. Ein Raum für zwölf Personen, in dem höchstens fünf gleichzeitig stehen können. Ich hätte nicht gedacht –«

Er unterbricht sich, aber ich weiß, was er meint.

Dass die Arbeiter in den Sphären unter so unbequemen Bedingungen leben, damit haben wir uns nie auseinandergesetzt.

Ich finde 5a, Raum 79 und das mittlere Bett rechts nur, weil ich meine letzte Energie und Konzentration zusammenkratze und mir weismache, dass jeder Schritt, den ich vorwärtsgehe, der letzte ist. Nur dieser noch. Dieser eine.

Diesmal mache ich mir nicht die Mühe, meine Kratzer zu verstecken, sondern schlüpfe aus der Arbeits- in die Schlafkleidung, klettere in meine Koje und erlaube dem Schlaf endlich, mein Bewusstsein auszulöschen.

26

Der nächste Tag beginnt früh und laut – jeweils eine Arbeiterin ist für das Wecken in fünfzehn Zimmern zuständig und dafür mit einer misstönenden Glocke ausgerüstet.

Die Luft im Raum ist dick wie Suppe. Offenbar funktioniert das Belüftungssystem hier nicht so, wie es sollte. Trotzdem fühle ich mich frisch, ich habe traumlos und wie betäubt geschlafen, den Anforderungen des heutigen Tages werde ich gewachsen sein.

Gegen elf Uhr vormittags setzt Gelunda mich erstmals für den Bringdienst ein. Das Tablett ist grün und soll nach Kuppel 2c, Raum 18. Ich trage meine Last, so professionell es mir möglich ist, aus der Kantine.

Der Empfänger ist ein Klimabeobachter mittleren Alters, der gerade Temperaturskalen vergleicht und mir ein flüchtiges Lächeln schenkt, als ich das Tablett vor ihm abstelle.

Eine zweite Tour führt mich zu den Zuchtspezialisten in die Agrarkuppel. Ich halte vergeblich nach Dantorian Ausschau, aber die Kuppel ist groß und die Arbeiter knien über die Setzlinge gebeugt, die sie pflanzen. Keiner blickt auf.

»Besser«, sagt Gelunda, nachdem ich sowohl den Mittags- als auch den Abenddienst ohne Pannen überstanden habe. »Du musst aber schneller werden. Hier geht es nicht so gemütlich zu wie in … Wo warst du zuletzt?«

»Sphäre Konstanz.«

»Aha. Na, dort kennt man offensichtlich kein vernünftiges Arbeitstempo.«

Nach dem Dienst treffe ich mich wie gestern mit Aureljo auf der Bank in Kuppel 7b. Wir haben beide nichts Großartiges zu berichten, sind einfach nur froh, wieder einen Tag unerkannt überstanden zu haben.

Es wird ein kleines Ritual. Nach getaner Arbeit und einem anstrengenden Tag, an dem wir mit den ungewohnten Anforderungen einer angeblich anspruchslosen Beschäftigung gekämpft haben, treffen wir uns auf der Pilzbank, wie Aureljo sie nennt. Zweimal ist auch Dantorian dabei, um mich zu sehen. Er und Aureljo haben mehr Kontakt – ihre Quartiere liegen in der gleichen Kuppel und sie haben begonnen, die dort befindliche Körpertrainingsstation gemeinsam zu besuchen. Unser Treffpunkt ist gut gewählt: kaum einsehbar, aber falls uns doch jemand entdeckt, wird er sich kaum etwas dabei denken. Die Bänke, die überall in den Kuppeln aufgestellt sind, scheinen bei den Arbeitern der Sphäre beliebt zu sein; auf vielen sitzen Pärchen, lachende Gruppen und manchmal auch Würfelspieler.

»Heute habe ich vier Stunden am Stück in Kuppel 8 gehangen, um Fehler im Hermetoplast auszubessern«, erzählt Aureljo an einem der nächsten Tage. Er hat Schmerzen in der Leiste, dort, wo die Gurte eingeschnitten haben. Immerhin ist er schwindelfrei, die größeren Kuppeln sind bis zu fünfzehn Meter hoch.

»Unangenehm, aber das ist egal. Dafür ist der Blick, den man von oben hat, wirklich außergewöhnlich. Und wenn man in einer tieferen Kuppelregion beschäftigt ist, bekommt man eine Menge mit.«

»Zum Beispiel?«

»Zum Beispiel das Gespräch zwischen zwei Sentineln, die Platz schaffen sollen für das erste große Außenbeet, das im nächsten Monat angelegt wird.«

»Platz schaffen?« Ich brauche einen Moment, dann dämmert es mir. »Oh. Sie sollen einen Clan von dort vertreiben, stimmt's? Weißt du, welchen?«

»Nicht Schwarzdorn, falls du das befürchtest. Steinscharrer hat der Sentinel sie genannt. Man versteht jedes Wort da oben, die Akustik ist unglaublich. Ein Faktor, den ich mir zunutze machen werde –«

»Du willst aber nicht warten«, unterbreche ich ihn, »bis eines Tages zufällig jemand unter dir spazieren geht und dabei etwas Wichtiges von sich gibt, oder?«

»Nein.« Er sieht mich an, seine Stirn ist gerunzelt. »Aber ich lote alle unsere Möglichkeiten aus, und das ist eine davon.«

Das Gespräch beschäftigt mich bis kurz vor dem Einschlafen. Bisher haben wir uns hauptsächlich darum bemüht, nicht aufzufliegen. Das ist uns immerhin gelungen, mehr aber auch nicht. Egal, was Aureljo sagt, von unserem Ziel sind wir meilenweit entfernt und ich weiß nicht, welche Schritte wir machen könnten, um ihm näher zu kommen.

»Kuppel 3c, Raum 14. Nicht trödeln, die sind ungeduldig dort.«

Das Tablett ist blau, der Empfänger ist also ein Sentinel und mein Ziel vermutlich die Zentrale, die sich in 3c befindet. Ich suche den richtigen Balancepunkt für das Tablett, das unerfreulich voll ist, und mache mich auf den Weg.

Nicht nach unten sehen. Und nicht nervös sein. Sentinel erhalten ein Basistraining in Signaldeutung, sie sollten erkennen können, wenn jemand lügt oder etwas verbergen will. Das bedeutet, ich muss mich vorsehen.

Sindra Holun ist also gelangweilt. Langeweile ist die ideale Emotion, wenn man nicht auffalllen will. Der Weg nach 3a ist mühevoll, und sie wünscht sich, jemand anders hätte den Auftrag bekommen. Noch dazu mit einem so schweren Tablett.

Ich finde Raum 14 auf der zweiten Ebene der Kuppel; es ist ein Quartierraum, der direkt an die Sentinel-Zentrale angrenzt. Mit dem Ellenbogen lehne ich mich gegen den Knopf der Sprechanlage. »Bringdienst ist hier.«

Fünf Sekunden, dann schnappt die Tür auf. Das Tablett auf gekonnte Weise hereinzubalancieren, erfordert einen beträchtlichen Teil meiner Konzentration, deshalb erfasse ich die Situation im Raum erst auf den zweiten Blick.

Zwei Sentinel, die an einem kleinen Tisch sitzen, ein dritter, der steht und auf die Anrichte deutet, mir zeigt, wo ich das Tablett abstellen soll.

Sie alle tragen keine Farbabzeichen. Exekutoren also. Geheimdienst.

Ich senke sofort den Kopf und tue, als müsste ich auf die Bodenbeschaffenheit achten, um nicht auszurutschen. Mein Magen krampft sich zusammen und ich umklammere das Tablett so fest, dass zwar meine Hände nicht zittern, dafür aber die Flüssigkeit in den Gläsern.

Sie sind zu dritt. Wenn mich nur einer von ihnen erkennt, ist es vorbei.

»Hierhin stellen. Meine Güte, Mädchen, sieh doch hin, wenn ich dir etwas zeige.«

Ich blicke hoch, ohne zu zögern, und vertraue darauf, dass sie mit meinem Gesicht nicht ausreichend vertraut sind, um es unter den gegebenen Umständen zu identifizieren. Dumm darf ich mich anstellen, das wird keiner der Sentinel merkwürdig finden. Ängstlichkeit schon eher.

Er will die Sachen jetzt also doch auf dem Tisch haben. Seine beiden Kollegen sind gerade dabei, ihre Unterlagen wegzuräumen, und ich erhasche einen Blick auf ein rotes Dossier mit dem Titel S NMN. Quer über der Tischplatte liegt eine der Sphärenkarten aus Kunststoff, die sich hauchdünn zusammenrollen lassen, da sind Markierungen ...

Ich sehe das nur aus den Augenwinkeln, keinesfalls darf ich den Kopf drehen und genauer hinschauen. Niemand vom Bringdienst würde das tun. S NMN. Ich wünschte, ich wüsste, wofür das steht.

Das Tablett landet eine Spur zu unsanft auf dem Tisch, aus einem der Gläser schwappt Flüssigkeit.

»Wie ungeschickt von mir, das tut mir sehr leid«, flüstere ich und ziehe ein Tuch aus meiner Hosentasche, um die verschütteten Tropfen wegzuwischen.

»Schon gut.« Der silberhaarige Sentinel, für den das betreffende Glas offenbar gedacht ist, lächelt mir aufmunternd zu. »Es ist ja nichts passiert.«

Ich senke wieder den Kopf, diesmal kann das als Zeichen von Scham durchgehen. »Danke.« Innerlich verfluche ich mich. Das Gesicht des Mädchens vom Bringdienst ist zumindest bei diesem einen Sentinel eine Schicht zu tief ins Bewusstsein eingedrungen. Er hat mich als Person wahrgenommen, nicht als Trägerin einer Funktion. Das bedeutet, dass er das nächste Mal, wenn er ein Fahndungsfoto von mir oder etwas Vergleichbares vor Augen hat, zumindest stutzen wird. Er wird sich überlegen, woher er diese Eleria kennt, nach der immer noch gesucht wird. Wenn sein optisches Gedächtnis gut trainiert ist, wird er Methoden kennen, um seinem Erinnerungsvermögen auf die Sprünge zu helfen. Eingrenzungsverfahren, Ausschlussverfahren. Mir wird übel. Die anderen beiden ignorieren mich. Sie fahren mit ihrem Gespräch fort, während der Silberhaarige mir beruhigend zunickt.

»... scheint mir fast zu offensichtlich, aber so weit im Norden fällt die Magnetbahn häufiger aus.«

»Richtig. Umso dringender müssen wir jetzt ...«

Tür öffnen. Hinter mir wieder schließen. Das trockene Geräusch, mit dem sie ins Schloss fällt, hört sich eigenartig laut an.

Alles in Ordnung, beruhige ich mich. Geh einfach zurück in die Kantine. Nimm es als ein gutes Zeichen, dass sie dich alle gesehen und dabei nicht mit der Wimper gezuckt haben. Die fünf Verräter-Studenten haben auf der Liste der Exekutoren nicht mehr oberste Priorität. Ein Ausfall der Magnetbahn ist derzeit wichtiger, wenn das keine gute Nachricht ist. Wahrscheinlich halten sie uns längst für tot, womit sie zum Teil ja auch recht haben.

Den Mittagsdienst überstehe ich diesmal hochkonzentriert, ich bin für die Ausgabe der Gemüsebeilagen zuständig und will keinen Fehler machen, gleichzeitig kann ich mich aber nicht davon abhalten, den Eingang im Blick zu behalten. Wenn der Exekutor mit dem silbergrauen Haar einen Geistesblitz hatte, kann jederzeit ein Trupp seiner Männer hereinstürmen, und dann – ja, was dann? Weglaufen, mich verstecken? Das wird das Unvermeidliche nur herauszögern, sicher nicht verhindern. Ich würde mich also stellen und all mein Können einsetzen, um die Situation zu meinen Gunsten zu wenden. Sehr aussichtsreich.

Eine Portion Kohlsprossen landet beinahe neben dem Teller der Frau, die ich gerade bediene. Ich entschuldige mich, sie schüttelt nur den Kopf, ohne mich eines Blickes zu würdigen.

So soll es sein.

Als die letzten Mittagsgäste gehen und immer noch niemand aufgetaucht ist, um mich zu verhaften, entspanne ich mich allmählich. Sieht ganz danach aus, als hätte der Sentinel keine plötzliche Eingebung gehabt, und in der Zwischenzeit wird der Eindruck meines Gesichts in seiner Erinnerung schon verblasst sein. So markant ist es nicht, es gab an der Akademie immer wieder Mädchen, die mir ähnlich sahen.

Gleich beginnt meine Pause und dann werde ich mir in Ruhe durch den Kopf gehen lassen, was ich im Sentinel-Quartier an Interessantem aufgeschnappt habe. Es mir genau einprägen, damit ich es am Abend noch so gut im Gedächtnis habe, dass ich es Aureljo ohne Verluste wiedergeben kann.

S NMN.

Ich schlendere zur Aufenthaltszone in 7a, wo sich die in der Nähe beschäftigten Arbeiter in ihrer raren Freizeit tummeln. Beinahe trifft mich ein Ball und der Mann, der ihn geworfen hat, entschuldigt sich lachend bei mir. Sie spielen Handball, das haben wir an der Akademie auch gelegentlich gemacht.

Ich finde einen freien Klappstuhl, der ein Stück abseits des größten Trubels steht, und setze mich. Hier in der Menge fühle ich mich sicher. Wenn ich die richtige Körperhaltung einnehme, werde ich einfach nur müde wirken, und keiner wird mich ansprechen.

Rote Dossiers sind Geheimakten. So viel weiß ich. Ich durfte während meiner Ausbildung genau zwei Mal einen Blick in ein rotes Dossier werfen, und das auch nur zu Studienzwecken und weil es sich um archivierte Fälle handelte, die längst erledigt waren.

Die Beschriftung S NMN, kann sie etwas mit uns zu tun haben? S für Suche … Aber keiner unserer Namen beginnt mit N oder M. Nein, es muss um etwas anderes gehen.

Im Schriftverkehr der Datenterminals und in den Plänen der Magnetbahn stand das S immer für Sphäre, und auch da hatte jede eine Abkürzung. S HF/A bedeutete: Sphäre Hoffnung, Akademie. Die wenigen Pakete, die ich in meinem Leben erhalten habe, trugen diese Aufschrift.

Wofür könnte NMN stehen? Ich verbringe meine gesamte restliche Pause mit dieser Frage, komme aber zu keinem Ergebnis.

»Sphäre Neumünster«, sagt Aureljo, wie aus der Pistole geschossen. »Dreizehn Kuppeln, der Schwerpunkt liegt auf Klimatologie und Glaziologie. Es gibt dort eine Wetterstation, die für den ganzen Sphärenbund bedeutsam ist. Keine Probleme mit Clans, für die ist es so hoch im Norden zu kalt.«

Das fühlt sich wie ein Volltreffer an. Es passt zu dem, was der Sentinel gesagt hat. *So weit im Norden fällt die Magnetbahn häufiger aus.*

»Kannst du dir einen Grund vorstellen, warum für die Sphäre Neumünster ein rotes Dossier angelegt werden würde?«

Aureljo streicht sich mit beiden Händen das Haar aus der Stirn. Er ist müde, das ist nicht zu übersehen. »Nein. Aber ich bin auch seit über drei Monaten von allen Informationen abgeschnitten.«

Sphäre Neumünster. Wenn es dort Probleme gibt, warum beschäftigen sich dann Sentinel so viel weiter im Süden damit?

»Kannst du in etwa schätzen, wie weit es von hier nach Neumünster ist?«

»Rund tausend Kilometer. Nordnordwest.« Jetzt lohnt es sich, dass Aureljo während seiner Ausbildung großen Wert auf Geografie gelegt hat.

An diesem Abend schlafe ich erstmals, seit ich hier bin, nicht sofort ein. Ich liege in meinem Bett mit dem Gesicht zur Wand, höre zwei meiner Zimmergefährtinnen tuscheln und kichern und versuche, Zusammenhänge zu begreifen.

Vienna 2 ist keine wichtige Sphäre. Trotzdem sind Exekutoren hier. Der logischste Grund, der mir dafür einfällt, besteht darin, dass sie nach den angeblich verräterischen Studenten suchen. Wir sind nicht allzu weit von hier verschwunden. Vienna 2 ist ein guter Ort, um eine Spur aufzunehmen, falls es eine gibt.

Aber was hat das Dossier über Neumünster damit zu tun? Ich durchwühle mein Gedächtnis, ohne Erfolg. Ich kenne niemanden, der von dort kommt. Die Sphäre ist sehr weit weg von hier, es würde mich wundern, wenn sie intensive Kontakte mit Vienna 2 pflegen würde.

Vielleicht sind die drei Sentinel nur auf der Durchreise? Kommen aus einer der südlicheren Sphären und fahren weiter nach Norden? Dann werden sie wohl morgen oder übermorgen wieder aufbrechen.

Das kommt mir am wahrscheinlichsten vor. Ich schließe die Augen. Sie werden Vienna 2 verlassen und keinen weiteren Gedanken an das ungeschickte Mädchen vom Bringdienst verschwenden.

27

»Kuppel 3c, Raum 14, du kennst ja den Weg.«

Gelunda klingt missmutig, was ich ihr nicht verdenken kann. Die letzten fünf Minuten habe ich mit dem Versuch zugebracht, sie davon zu überzeugen, dass es besser wäre, jemand anderes zu schicken. Mir ist klar geworden, dass ich mich geirrt habe: Die drei Farblosen sind immer noch hier – es ist der gleiche Raum, aus dem der Auftrag kommt, und die Bestellung entspricht haargenau der letzten.

In meiner neuen Rolle als einfache Arbeiterin kann ich nicht einmal Gelunda gegenüber meine Überzeugungstechniken in vollem Maß anwenden, ohne verdächtig zu wirken. Es ist besser, mich geschlagen zu geben, als meine Tarnung zu gefährden.

Sie sind noch da, pocht es in meinem Kopf, während ich das Tablett nach 3c transportiere. Und offenbar sind sie so beschäftigt, dass sie zum Essen nicht in die Kantine kommen, sondern es lieber an dem kleinen Tisch einnehmen.

Raum 14. Ich kann kaum schlucken. Was, wenn die Bestellung nur ein Vorwand ist? Um mich noch einmal in Augenschein nehmen zu können?

Ich schiebe den Gedanken beiseite und drücke den Schalter der Sprechanlage. »Bringdienst ist da!«

Die Tür öffnet sich, ich trete ein.

Keine Frage, es sind dieselben drei Männer wie beim letzten Mal und mir ist sofort klar, dass ich in ihren Plänen überhaupt keine Rolle spiele. Diesmal beachtet mich niemand von ihnen, sie stehen zu dritt vor dem Whiteboard, das einen großen Teil der rechten Wand einnimmt.

»Auf den Tisch«, sagt einer von ihnen.

Es ist nicht der Silberhaarige; der hält einen Stift in der Hand und streicht gerade etwas durch, das auf dem Board geschrieben steht. Einen Namen. Ich spüre, wie sich die Härchen auf meinen Unterarmen aufstellen.

Senguin.

Das ist mit Sicherheit ein Vitro-Name, eine Kombination. Seneca und Gaugin, eventuell. Ich kenne den- oder diejenige nicht, trotzdem verengt sich meine Kehle. Es kann nichts Gutes bedeuten, wenn ein Exekutor deinen Namen ausstreicht.

Der eine schnelle Blick muss genügen, ich konzentriere mich wieder auf meine Aufgabe und platziere das Tablett in der Mitte des Tisches. Meine linke Hand streift die rote Plastikhülle eines Dossiers. Vielleicht ist es das gleiche wie gestern, vielleicht ein anderes. Es liegt mit der Beschriftung nach unten – ich müsste es umdrehen.

Was völliger Wahnsinn wäre.

Die drei Männer unterhalten sich gedämpft, ich verstehe nur einzelne Worte: zu langsam, riskant, verantwortlich. Nichts, woraus ich ein tragfähiges Gerüst für eine neue Theorie zimmern könnte.

Ich rücke das Tablett gerade. Jetzt ist der Zeitpunkt, um wieder zu verschwinden. Davonzuhuschen, als wäre ich nie hier gewesen. Aber ein Blatt in dem Dossier liegt schräg, ein Stück ragt keilförmig zwischen den roten Deckeln hervor. Die rechte obere Ecke trägt ein vertrautes Zeichen, das dieses Blatt als Dokument von oberster Stelle kennzeichnet: den Stempel der Präsidentschaftskanzlei.

Ich versuche, lautlos zu atmen. Sehr wahrscheinlich würde dieses Papier erklären, was die Exekutoren hier tun und hinter wem sie her sind. Wenn ich es lesen könnte … Doch ich kann nur einzelne Worte erkennen und eigentlich sollte ich schon wieder aus der Tür sein.

Ich gehe das Risiko ein. Gebe mir fünf Sekunden, um die sichtbaren Satzfetzen abzuspeichern.

> *t höchster Dringlichkeit.*
> *ksicht auf persönliche*
> *ion, finden, sind sie*
> *Bundes. Die Gefahr*
> *Alter, in dem*
> *Person, die*
> *ner werden*
> *Bericht,*
> *jekt*
> *ung.*

Einprägen. Schnell. Dann in normalem Tempo aus dem Zimmer gehen, die Tür leise schließen und rennen, währenddessen die Worte im Kopf behalten und ein Stück Neupapier finden, Neupapier und einen Stift, um alles aufzuschreiben, solange es noch scharf und klar im Gedächtnis ist.

Ich trage den Zettel zusammengefaltet in der hinteren Tasche meiner Arbeitshose und kämpfe den ganzen Abend lang mit der Versuchung, ihn herauszuholen und zu lesen, wieder und wieder, bis das Geschriebene Sinn ergibt.

Aber ich beherrsche mich, warte, bis ich Aureljo und diesmal auch Dantorian auf der Pilzbank treffe.

Nachdem ich ihnen von den Ereignissen im Sentinel-Quartier und der Tafel mit den durchgestrichenen Namen erzählt habe, ziehe ich vorsichtig den Zettel aus der Hosentasche. »Was denkt ihr? Das Dokument trug den Stempel der Präsidentschaftskanzlei, Irrtum ausgeschlossen. Können wir daraus etwas ableiten? Ein rotes Dossier zur Sphäre Neumünster, und dann haben wir immerhin ein paar Schlüsselworte: Dringlichkeit, Alter, Person. Das eine Wortfragment könnte Rücksicht bedeuten.« Ich muss aufpassen, sonst spreche ich zu laut in meinem Eifer. »Rücksicht auf persönliche … Interessen?«

Sehr vorsichtig streicht Aureljo das Neupapier glatt, um es nicht zu zerreißen. »Du weißt aber nicht, ob es das gleiche Dossier war wie beim letzten Mal?«

»Nein.«

»-jekt ist die zweite Hälfte des Wortes Projekt, vermute ich.« Dantorians Zeigefinger schwebt über der betreffenden Stelle.

»Glaube ich auch.« In meinem Kopf beginnt ein Plan Formen anzunehmen. Er ist entweder sehr gut oder sehr dumm, eher Letzteres. Er wird mich wahrscheinlich meine Stelle im Bringdienst kosten, wenn nicht viel, viel mehr. Ich ziehe dieses Vorhaben überhaupt nur deswegen in Betracht, weil ich schon zweimal unerkannt bei den Exekutoren serviert habe. Das heißt, sie haben mich geistig bereits als das Mädchen mit dem Tablett abgespeichert und werden nicht mehr überlegen, ob sie mich aus einem anderen Zusammenhang kennen könnten.

»Wenn sie wieder nach dem Bringdienst schicken«, beginne ich meine Gedanken auszuformulieren, »und das Dossier oder andere Dokumente auf dem Tisch liegen, dann werde ich stolpern. Zumindest ein Getränk wird sich über die Aufzeichnungen ergießen. Sie sind nicht auf Neupapier, sondern auf teurem Papier verfasst, also sollten sie es überleben.«

Aureljo will mich unterbrechen, aber ich stoppe ihn mit einem schnellen Kopfschütteln. »Dann werde ich mich tausendmal entschuldigen, schluchzen und gleichzeitig versuchen, die Papiere mit meinem Lappen zu säubern.«

»Und sie dabei lesen«, sagt Dantorian. »Das ist ziemlich gut.«

»Das ist Irrsinn.« Ich sehe Aureljo an, dass er seine ganze Beherrschung braucht, um weiterhin mit gedämpfter Stimme zu sprechen. »Sie werden dich beseitigen wie Ungeziefer, wenn auch nur der geringste Verdacht besteht, dass du ein Geheimdokument zu Gesicht bekommen hast. Du bist eine simple Arbeiterin, du bist ersetzbar und niemand wird dich groß vermissen, wenn du verschwindest.«

Damit hat er natürlich recht. Es ist ein Drahtseilakt – es darf auf keinen Fall so wirken, als würde ich die Dokumente näher betrachten. Die Aktion wird mein ganzes Können erfordern, meine ganze Verstellungskunst. Und dann ist immer noch eine große Portion Glück vonnöten. Trotzdem schätze ich meine Chancen nicht schlecht ein. Ich habe schon einmal etwas verschüttet, sie werden mich einfach für eine dumme Kuh halten.

Zudem rechne ich damit, dass sich der silberhaarige Sentinel für mich einsetzen wird. Gut möglich, dass ich mich täusche.

»Wir sind hier, um zu erfahren, was hinter den Kulissen abläuft. Information ist der Schlüssel, das hast du selbst gesagt, Aureljo. Die Chancen, an sie heranzukommen, warten nicht gerade an jeder Ecke, also sollte ich diese eine, die sich bietet, ergreifen.«

»Nein.« Aureljo nimmt mich bei den Schultern. »Ich arbeite daran, in die Sentinel-Ausbildung versetzt zu werden. Wenn es erst einmal so weit ist, bin ich ständig in Kuppel 3c und werde zwangsläufig viel mehr mitbekommen als bisher.« Er legt seine Stirn gegen meine. »Lass es uns auf diese Weise machen.«

Wer weiß, wie viel Zeit bis dahin vergeht. Ob es überhaupt so weit kommt.

Ich bringe ein paar Zentimeter Abstand zwischen Aureljo und mich, denn durch die Vertrautheit der Geste rückt die Erinnerung an Sandor wieder näher an mich heran, als mir lieb ist.

»Du hast das aus dem Gedächtnis aufgeschrieben?«, wirft Dantorian ein.

»Ja«, erwidere ich, froh über den Themenwechsel.

»Es könnten also Fehler drin sein? Ungenauigkeiten?«

Diese Frage habe ich mir während des Abenddienstes auch immer wieder gestellt.

»Möglich«, antworte ich zögernd. »Ich hatte nicht viel Zeit, mir alles einzuprägen, aber wenn mir Fehler unterlaufen sind, dann sind es kleine.«

Dantorian murmelt etwas, das wie »Habe ich befürchtet« klingt. Er blickt zu Boden, knetet seine rechte Hand mit der linken.

Ich sehe seine Nervosität, kann sie mir aber nicht erklären. »Wieso fragst du?«

Vorsichtig nimmt er Aureljo den Zettel ab. »Hier.« Er deutet auf die dritte Zeile. »Wenn es im Original nicht -ion, sondern -ian heißt, geht es möglicherweise um mich. Es ist letzte Silbe meines Namens.« Ein flehender Blick. Er möchte, dass ich ihn beruhige.

Ich denke noch einmal genau nach, rufe mir die Situation ins Gedächtnis. Natürlich sind die halben Worte am schwersten zu merken, aber ich bin mir sicher, -ion gelesen zu haben. Trotzdem könnte Dantorian mit seiner Befürchtung recht haben; jeden einzelnen Buchstaben habe ich nicht geprüft.

»Beschwören kann ich es nicht«, sage ich schließlich. »Ich weiß nur, dass ich mir als Merkhilfe ein Ion vorgestellt habe, ein geladenes Teilchen. Aber es besteht die Möglichkeit, dass ich mich verlesen habe. Die Schrift war nicht besonders groß.« Ich nehme den Zettel noch einmal in Augenschein.

ion, finden, sind sie

Ich glaube es nicht, aber falls er recht hat: Wie könnte der Zusammenhang dann aussehen? *Dantorian, finden, sind sie …* Das Komma irritiert mich. Gäbe es dieses Komma nicht, könnte der Text so lauten: Sobald Sie Aureljo, Eleria, Tomma, Tycho und Dantorian finden, sind sie ohne Zögern zu töten.

Oder so ähnlich.

Natürlich könnte es sich auch um einen Interpunktionsfehler handeln, aber das wäre ungewöhnlich. Bei offiziellen Schriftstücken wird großer Wert auf Korrektheit gelegt.

»Dein Plan ist gut, finde ich.« Dantorian steht von der Bank auf und verschränkt die Arme vor dem Körper, als würde es ihn frösteln. »Du bist so geschickt darin, andere zu täuschen – die Sentinel werden dir die Tollpatschigkeit sicher abkaufen. Und wir sollten wirklich wissen, worum es in dem Dossier geht. Und vor allem, was genau auf dem Papier steht.«

Ein paar der Frauen in meinem Zimmer schnarchen. Das ist mir bisher noch nie so stark aufgefallen wie in dieser Nacht, in der es mich beim Denken stört. Den Zettel habe ich zusammengerollt im hohlen Stiel meiner Bürste versteckt, trotzdem habe ich ihn ständig vor Augen.

Dantorian hat etwas gesagt, das die Räder in meinem Kopf zum Laufen bringt, aber noch begreife ich nicht, warum. Seine Angst, er könnte namentlich genannt sein … Tatsächlich gibt es nicht so viele Wörter, die auf -ian enden. Baldrian, Grobian, Median, Thymian. Nicht sehr wahrscheinlich, dass einer dieser Begriffe sich in ein Geheimdokument der Exekutoren verirrt. Passende Wörter auf -ion gibt es dagegen massenhaft: Position, Station, Inspektion, Aktion, Delegation, Situation … Ich könnte die ganze Nacht so weitermachen. Eine völlig nutzlose Anstrengung. Dantorian hat recht, ich muss alles im Zusammenhang lesen und das kann ich nur, wenn ich meinen Plan in die Tat umsetze. Vielleicht schon morgen. Auch wenn Aureljo dagegen ist.

Ich schließe die Augen und gebe mir Mühe, die Buchstaben zu ignorieren, die im Dunkeln vor mir tanzen. Genug Schlaf ist der Schlüssel für kontrolliertes Handeln.

In der Grauzone zwischen Schlafen und Wachen reißt plötzlich eine Erkenntnis an mir, so heftig, dass ich mich mit einem Ruck im Bett aufsetze.

Es muss nichts bedeuten, natürlich nicht. Es ist sogar ziemlich weit hergeholt. Trotzdem wäre es eine Verbindung. Eine Möglichkeit.

Position, Expedition, Konstruktion, Produktion. Alles Wörter auf -ion.

So wie Dhalion.

28

Es dauert zwei Tage, bis ich wieder nach Kuppel 3c, Raum 14 geschickt werde. Ich habe die Zeit genutzt, um mich in meinem Plan zu bestärken, ihn auszuarbeiten und mir vorab Lösungen für mögliche Pannen auszudenken.

Aureljo ist immer noch dagegen, dass ich mein Vorhaben in die Tat umsetze. Er nennt mein Konzept plump und das stimmt sicher – ich würde nicht einmal so weit gehen, es als Konzept zu bezeichnen. Doch einen besseren Plan haben wir eben nicht.

Das Tablett liegt ruhig in meinen Händen und ich bin mir jedes Schrittes bewusst, spüre den Boden unter meinen Füßen so deutlich wie nie zuvor. Ich werde erst vor Ort entscheiden, was zu tun ist, und meine ganze Konzentration brauchen, um innerhalb einer Sekunde alle wichtigen Faktoren abwägen zu können.

Sprechanlage. »Bringdienst ist hier.«

Die Tür öffnet sich.

Ich trete ein und sehe auf einen Blick, dass der Tisch diesmal leer ist. Die Exekutoren sind heute nur zu zweit, einer von ihnen, der größere, sitzt vornübergebeugt auf einem Stuhl, den Kopf in beide Hände gestützt, die Augen starr geradeaus gerichtet. Er wirkt auf mich völlig übermüdet, wahrscheinlich hat er nicht geschlafen. Der Silberhaarige lehnt an der Wand und tippt etwas in sein tragbares Datenterminal.

»Endlich«, sagt er, als ich eintrete. »Einfach auf den Tisch stellen, ja?«

»Natürlich«, flüstere ich.

Nicht enttäuscht sein. Es wäre ein großer Zufall gewesen, wenn sich wieder die gleiche Gelegenheit wie beim letzten Mal ergeben hätte. Ich hätte sie damals ergreifen sollen, spontan und ohne zu zögern.

Auf der Ablage rechts leuchtet es rot. Es ist das Dossier, es ist nur fünf kleine Schritte von mir entfernt und trotzdem unerreichbar. *S NMN*. Ich erkenne es aus den Augenwinkeln.

Es ist schlimmer, als völlig im Dunkel zu tappen. Ich weiß, wo ich die Lösung finde oder zumindest einen großen, wichtigen Teil davon, aber ich muss den Raum verlassen, ohne auch nur einen Blick darauf werfen zu können.

Kurz bevor ich die Tür erreiche, ruft der Silberhaarige mich zurück. »He du, warte. Wie heißt du?«

Das hat nichts zu bedeuten. Ruhig bleiben. Nicht aus der Rolle fallen. »Sindra.«

»Na, das ist doch ein hübscher Name. Sindra, wir möchten in den nächsten vier Stunden nicht gestört werden. Hol du das Geschirr später wieder ab. Vier Stunden.«

Was er von mir verlangt, fällt eigentlich in den Tätigkeitsbereich der Putzbrigaden.

Ich nicke ihm zu und sehe sein Lächeln. Ab dem Moment ist mir alles klar.

Meine erste Reaktion ist Erleichterung. Er hält mich nicht für verdächtig, ich gefalle ihm nur. Mit einiger Sicherheit wird er, wenn ich nach Ablauf der angegebenen Zeit wiederkomme, allein sein und dann …

Das mit der Erleichterung war wohl doch voreilig.

Ich schließe leise die Tür hinter mir und gehe zurück zur Kantine, langsam. Ich brauche ein paar Minuten, um nachzudenken.

Einfach nicht wiederzukommen, wäre die simpelste Lösung. Das würde keine Vernachlässigung meiner Pflichten bedeuten, weil Abräumen gar nicht dazuzählt. Allerdings kennt der Mann jetzt meinen Namen und kann mich ausfindig machen. Mir etwas anhängen, aus reiner Bosheit.

Ich erinnere mich an einen Fall aus der Sphäre Hoffnung: Ein höherer Beamter beschuldigte ein Mädchen aus der Wäscheabteilung, ihn beklaut zu haben. Insgeheim waren alle davon überzeugt, dass es sich dabei um einen Racheakt handelte, denn in den Wochen davor war der Beamte mehrmals dabei beobachtet worden, wie er dem Mädchen nachgestellt hatte. Trotzdem wurde am Ende die Wäscherin versetzt, nicht er.

Ein Exekutor hat noch ganz andere Mittel, jemanden in Schwierigkeiten zu bringen. Er müsste nur behaupten, ich hätte in seinen Unterlagen herumgeschnüffelt, um mich in eins der Arbeitslager deportieren zu lassen. Oder Schlimmeres. Bei Spionage und Verrat versteht der Sphärenbund keinen Spaß, das habe ich ja schon einmal am eigenen Leib erfahren.

Aber wenn ich wie bestellt bei ihm auftauche und er allein ist …

Das rote Dossier wird vielleicht noch dort liegen, wo ich es gerade eben gesehen habe. Zumindest wird es im Raum sein, und wenn ich mich geschickt anstelle …

Ich denke den Gedanken nicht weiter, weil sich mein gesamter Stolz angesichts der Vorstellung, mich von dem Silberhaarigen anfassen zu lassen, aufbäumt. Und mit Anfassen wäre es vermutlich nicht getan.

Kann ich mich auf so etwas einlassen? Ist es ein zu hoher Preis, um endlich zu begreifen, was vor sich geht?

Die Ungerechtigkeit, dass Aureljo oder Dantorian sich niemals Entscheidungen dieser Art stellen müssen, lässt Wut in mir hochkochen. Absolut sinnlos. Sie bringt nichts und richtet sich gegen die Falschen.

Ich vermisse Grauko so sehr. Er wüsste, was zu tun ist. *Werde dir klar darüber, was du willst,* würde er möglicherweise sagen. *Versuche abzuschätzen, was es dich kostet, und entscheide dann, ob es dir das wert ist.*

Allein der Gedanke an ihn hebt meine Laune. Das wäre doch gelacht. Ich bin so gut trainiert, ich kann auch diesen Sentinel manipulieren. Wenn er vorhat, was ich vermute, ist er zumindest in menschlicher Hinsicht nicht allzu klug. Er lässt sich auf mich ein, ohne mich zu kennen, und das nur, weil ich die Kleidung einer Arbeiterin trage.

Obwohl ich mir so viel Zeit gelassen habe, kommt die Kantine bereits in Sicht. Die Plätze sind erst zur Hälfte besetzt, doch das wird sich in den nächsten zehn Minuten ändern.

Ich beschleunige meine Schritte. Mein Entschluss ist gefasst. Ich werde keine Gelegenheit verstreichen lassen, dieses Dossier in die Hände zu bekommen.

Mitten im größten Trubel – ich stehe heute an der Getränkeausgabe – ruft Gelunda mich zu sich. »Eine Lieferung ins Chemielabor. Beeil dich, der Mann sagt, ihm ist schon ganz schlecht vor Hunger.«

Es ist nicht das erste Mal, dass ich von der Theke weggeholt werde. Theoretisch ist jeder Mitarbeiter hier auf Abruf, falls jemand Wichtiges eine Bestellung aufgibt, weil er seine Tätigkeit nicht für eine richtige Pause in der Kantine unterbrechen will. Gelunda erweist sich als gute Chefin; sie schickt meist diejenigen, von denen sie weiß, dass sie sich gern die Beine vertreten.

Ein grünes Tablett mit einem sehr großen Becher Wasser und einem Glas Saft. Brot, Linseneintopf, ein Ei. Angeblich gibt es in einer der Kuppeln eine Hühnerzuchtstation, aber bis dorthin bin ich noch nicht vorgedrungen.

7b. Ich laufe an der Pilzbank vorbei und frage mich flüchtig, was ich Aureljo heute Abend dort zu erzählen haben werde. Ob ich ihn überhaupt treffen kann oder ob ich bis dahin mich, wenn nicht gar uns alle, in einen entsetzlichen Schlamassel geritten habe.

Das Chemielabor liegt links, es ist ein quadratischer, cremefarbener Block. Ich suche Raum 8 und finde ihn an der Hinterseite.

Mein Ellenbogen drückt gegen den Schalter der Sprechanlage. »Bringdienst ist da!«

Es dauert. So lange, dass ich mich zur Sicherheit vergewissere, dass ich mich auch wirklich vor der richtigen Tür befinde. Schließlich ertönt das Summen doch noch, das Schloss springt auf und ich trete ein.

Der Mann kniet auf dem Boden. Sein Gesicht ist so weiß wie sein Arbeitskittel und es glänzt vor Schweiß. Seine Lippen sind bläulich verfärbt, neben ihm liegt eine transparente Phiole, aus der eine klare Flüssigkeit ausgelaufen ist.

Ein medizinischer Notfall.

Ich muss nicht nachdenken, die einzelnen Schritte sind mir in Fleisch und Blut übergegangen, so oft haben wir sie an der Akademie trainiert.

Mit einer Hand stelle ich das Tablett ab, mit der anderen drücke ich den Notfallknopf des stationären Terminals. Es dauert kaum drei Sekunden, bis sich eine weibliche Stimme meldet.

»Medpoint, ich höre.«

»Kuppel 7b, Chemielabor, Raum 8«, gebe ich durch. »Mann, etwa vierzig Jahre, zyanotisch, eventuell Herzinfarkt, Embolie oder Vergiftung. Ich leiste Erste Hilfe, beeilen Sie sich.«

»Verstanden. Chemielabor, 7b, Raum 8.«

Der Mann liegt jetzt auf dem Boden, schnappt nach Luft. Nur ein einziges Mal.

Ich suche seinen Puls, finde keinen, nicht am Hals, nicht an der Brust.

Mantel öffnen, Hemd aufreißen. Ich schreie ihn an, er reagiert nicht, sein Brustkorb ist regungslos wie der einer Puppe.

Und immer noch kein Puls zu fühlen.

Ich lege die rechte über die linke Hand, verschränke die Finger und suche die Mitte des Brustbeins. Dreißig Mal pumpen, zweimal beatmen. Nächster Durchgang. Zwischendurch prüfen, ob das Herz wieder angesprungen ist.

Während des vierten Durchgangs bemerke ich, wie gut ich mich fühle, trotz aller Dramatik der Situation. Endlich tue ich wieder etwas, das ich kann und von dem ich überzeugt bin, dass es richtig ist.

Die Ärztin trifft mitten im elften Durchgang ein, begleitet von einem Sanitäter und zwei Trägern. Ich stehe auf und trete zurück, während sie die Pads des Defibrillators an den richtigen Stellen festklebt.

Ein erster Stromstoß. Nichts. Ein zweiter. Diesmal meldet das Gerät Erfolg.

Der Mann wird auf die Trage gehoben und hinausgebracht, die

Ärztin bleibt an seiner Seite, winkt mir aber zu, ihr zu folgen. Während wir im Laufschritt durch die Kuppel hasten, dreht sie den Kopf zu mir. Ihr Haar ist rot und zu einem Zopf geflochten.

»Hast du vorhin den Notruf abgesetzt?«

»Ja.« Mir schwant, dass meine Professionalität für ein Kantinenmädchen etwas untypisch wirken könnte. »Ich habe früher im Pflegedienst gearbeitet.«

»Das merkt man. Warte hier.« Wir haben den Medpoint erreicht und sie deutet auf eine Sitzreihe im Eingangsbereich.

Der vertraute Geruch von Bodendesinfektionsmittel umhüllt mich und ich lehne mich zurück. Überlege, ob ich gerade einen Fehler begangen habe, schiebe den Gedanken aber sofort beiseite. Nicht zu helfen, um meine Tarnung zuverlässig aufrechterhalten zu können, wäre unverantwortlich gewesen.

Allerdings wünschte ich, die Ärztin hätte mich nicht gebeten, mitzukommen. Ich will nicht auffallen, auch nicht durch eine Belobigung. Davon abgesehen, ist von den vier Stunden bis zum Treffen mit dem silberhaarigen Exekutor nur noch eine übrig.

Der Geruch und die Gestalten, die in weißen Mänteln vorbeilaufen, lassen mich unwillkürlich an Fleming denken. Seine wortkarge Art, seine lange, schlaksige Erscheinung. Er fehlt mir, immer wieder. Ihm konnte ich damals nicht helfen, der Messerstich war zu gut platziert.

Er hätte sich hier wohlgefühlt, obwohl dieser Medpoint mit dem Medcenter der Sphäre Hoffnung nicht zu vergleichen ist. Die Ausstattung wirkt abgenutzt und teils sogar veraltet, dafür sind die Ärzte sehr jung. Die Atmosphäre surrt vor Betriebsamkeit und ich werde drei Mal gefragt, ob ich Hilfe brauche, was ich immer freundlich verneine.

Etwa eine halbe Stunde später kommt die rothaarige Ärztin zurück und setzt sich neben mich. Eine Haarsträhne klebt verschwitzt an ihrer Stirn. »Er lebt. Aber es war knapp. Herzinfarkt, wie du richtig vermutet hast.«

»Das war geraten.« Ich lächle schüchtern, will aufstehen und mich verabschieden, aber sie nimmt meinen Arm und zieht mich auf die Bank zurück.

»Von wegen geraten. Du hast eine Diagnose gestellt, plus zwei Alternativdiagnosen, die ebenfalls richtig hätten sein können.«

Ja, weil ich dummerweise dann doch nicht aus meiner Haut kann. »Das war Zufall, wirklich. Ich habe als Pflegehelferin ein paar Sachen aufgeschnappt.«

»So wie das Wort zyanotisch?« Sie schüttelt den Kopf, ihr Pferdeschwanz trifft mich fast im Gesicht. Ich schätze, dass sie höchstens drei oder vier Jahre älter ist als ich. »Es ist eine solche Schande.« Sie nimmt meine Hand, ihr Ärmel rutscht zurück und gibt den Blick auf ihren Salvator frei. »Nur weil du natürlich gezeugt bist, darfst du keine Karriere machen. Dabei könnte ich schwören, du bist intelligent und hast Talent, mehr als die Hälfte der Studenten an meiner früheren Akademie.«

Darauf kann sie wetten.

»An welcher Akademie?«, frage ich leise. Sollte sie Borwin-Akademie, Sphäre Hoffnung, antworten, nehme ich am besten gleich Reißaus. Dann haben sich unsere Studienzeiten sicher überschnitten und sie erkennt mich womöglich, wenn sie ein bisschen länger nachdenkt.

»Pleasance«, sagt sie zu meiner Erleichterung. »Sag bloß, du kennst dich auch in der akademischen Welt aus.«

Nein. Ich schüttle den Kopf, zunehmend nervös. Es ist noch

eine knappe halbe Stunde, bis ich mich wieder in 3c einfinden soll, und davor müsste ich mich wenigstens kurz bei Gelunda melden und ihr erklären, was mich aufgehalten hat.

Der jungen Ärztin entgeht meine Unruhe nicht. »Du machst dir Sorgen wegen der Verzögerung, nicht wahr? Musst du nicht, einer der Assistenten hat die Kantinenleitung informiert.«

So viel Umsicht erstaunt mich. Damit ist zumindest ein Teil meines Problems gelöst.

»Hör zu. Dein Einsatz hat mich beeindruckt und ich habe mir etwas überlegt. Komm mal mit.« Sie steht auf, wartet darauf, dass ich ihrem Beispiel folge, aber ich habe dafür jetzt keine Zeit mehr.

»Ich muss wirklich zurück«, murmele ich, ohne ihr in die Augen zu sehen.

Mein Widerspruch macht sie sichtlich wütend, aber diese Wut richtet sich nicht gegen mich. »Haben sie dich so eingeschüchtert? Verdammt, es ist einfach zum Kotzen. Glaub mir … Wie heißt du? Das habe ich dich noch gar nicht gefragt, entschuldige bitte.«

Beinahe hätte ich Ria gesagt. Die Ärztin ist meinen Freunden aus der Akademie so ähnlich; diese Tatsache und der immer näher rückende Termin mit dem Exekutor bringen mich völlig aus dem Konzept. »Sindra. Sindra Holun.«

Sie streckt mir eine kleine, kräftige Hand entgegen. »Ich bin Albina. Sei so nett und nenne mich auch so. Du musst nicht beunruhigt sein, die Frau, die die Kantine leitet, weiß, dass es noch länger dauern kann. Sie ist einverstanden.«

Ich gebe mich geschlagen. Auch deshalb, weil mich Albinas Energie beeindruckt, von ihrer Einstellung ganz zu schweigen. Ich wünschte, ich hätte mir mehr Gedanken über die Lebensbedingungen der Arbeiter gemacht, als ich noch an der Akademie war.

Wir gehen eine Treppe hoch und zwei Gänge entlang. Das rote Dossier rückt mit jedem meiner Schritte in weitere Ferne. Sollten die Exekutoren morgen wieder den Bringdienst anfordern, wird dann der Silberhaarige mein Wegbleiben zur Sprache bringen?

Wir halten vor einer Tür ohne Schild. Albina klopft an, wartet, bis ein gedämpftes »Ja?« zu hören ist, und tritt ein.

»Hallo, Osler. Das hier ist sie.« Sie zieht mich zu einem Schreibtisch, hinter dem ein ungefähr vierzigjähriger Mann mit hellblondem Haar sitzt. »Ich habe schon alles in die Wege geleitet, ich brauche nur noch deine Zustimmung.«

»Moment.« Der Mann, den Albina Osler genannt hat, ist seiner Kleidung nach zu schließen ebenfalls Arzt, und er ist höchst beschäftigt. Ein Stapel grüner Dossiers nimmt die linke Seite des Schreibtisches ein, eins liegt aufgeschlagen vor ihm. Er wirft mir nur einen kurzen, nicht besonders interessierten Blick zu und konzentriert sich dann auf den Text, den er gerade liest.

Wir warten.

Es dauert nicht lange und der Mann klappt das Dossier zu. Mustert mich diesmal intensiver. »Sie ist vom Bringdienst«, stellt er fest.

»Das habe ich dir doch vorhin schon gesagt.«

»Du spinnst, Albina.«

Ich halte mich im Hintergrund, während Albina bis knapp vor den Schreibtisch tritt, sich mit beiden Händen darauf abstützt und zu dem Arzt hinunterbeugt. »Meine letzte Assistentin hat Patienten beklaut und konnte kaum lesen. Das Mädchen hier weiß, was zyanotisch bedeutet, und hat gelernt, wie man reanimiert. Bist du so verstockt oder tust du nur so?«

Der Arzt würdigt sie keiner Antwort, sondern legt den Kopf

schief und sieht mich an. »Was bedeutet zyanotisch, Bringdienstmädchen?«

Wenn es nur um mich ginge, würde ich mit den Schultern zucken, dümmlich lächeln und in einer Minute diesen Raum verlassen können. Aber ich möchte Albina nicht bloßstellen.

»Zyanotisch heißt, dass sich die Haut blau verfärbt, besonders an den Lippen und Fingern.« Ich gebe mir Mühe, es möglichst einfach auszudrücken und nicht versehentlich weitere Fachbegriffe einzubauen.

»Richtig. Und was ist die Ursache einer Zyanose?«

»Sauerstoffmangel.« Das nicht zu wissen, wäre lächerlich.

Albina strahlt. »Siehst du? Sie hat Hedgar gefunden, uns alarmiert, nebenbei die richtige Diagnose gestellt und dann so lange sein Herz bearbeitet, bis ich mit dem Defibrillator da war.«

Der Arzt legt die Fingerspitzen aneinander und betrachtet mich nachdenklich.

Komme ich ihm bekannt vor? Oh, bitte nicht, bis jetzt ist alles so gut gelaufen …

»Du hast als Pflegehilfe gearbeitet?«

Das habe ich Albina gegenüber schon erwähnt, außerdem ist es auf meinem Chip vermerkt. Ich nicke.

»Welche Sphäre?«

»Konstanz.« Wieder einer dieser Momente, die mich den Kopf kosten können. Wenn er sich dort bei dem medizinischen Leiter erkundigt und man meinen Namen nirgendwo in den Datenbanken findet …

»Womit hattest du es hauptsächlich zu tun? Mit welchen Krankheitsbildern, meine ich.«

»Erfrierungen.« Die gab es garantiert. »Grippale Infekte, Kno-

chenbrüche, Stich- und Schnittverletzungen. Außerdem Magengeschwüre und … solche Sachen.«

Er schürzt die Lippen. Kratzt sich neben dem Auge. »Worauf
musst du achten, wenn du die Kost für einen Magenpatienten zu-
sammenstellst?«

Ich habe keine Ahnung, ob ich das als Pflegehelferin wissen
müsste. Oder ob mich das im Gegenteil verdächtig macht. »Kleine
Portionen, nicht zu heiß, nicht zu kalt. Die Kost sollte fettarm,
mild, mager und möglichst gekocht sein. Joghurt ist auch gut.«

»Warum?«

»Weil …« Ich bremse mich. Die Kenntnis von Helicobacter py-
lori ist definitiv zu viel des Guten. Ich rudere mit den Händen in
der Luft herum, als würde ich nach einem Wort suchen, das mir
nicht einfällt. »Es gibt Bakterien, die Magengeschwüre machen,
und die vertragen sich nicht so gut mit Joghurt. Deshalb.«

Osler hebt amüsiert, aber auch ein bisschen beeindruckt die Augenbrauen. »Nicht übel. Zeig mir, wie man einen Druckverband
anlegt.« Er streckt seinen linken Arm aus.

»Wo ist die Wunde?«

Er grinst. »Ausgezeichnete Frage. Hier.« Er deutet auf eine Stelle
an seinem Unterarm.

»Dann muss man wahrscheinlich keinen Druckverband anlegen, das muss man nur bei sehr stark blutenden Wunden. An der
Stelle, auf die Sie zeigen, verlaufen keine großen Gefäße.«

Er grinst und ich werde das Gefühl nicht los, die Sache macht
ihm Spaß.

»Beachtlich. In vier von fünf Fällen würdest du damit richtig-
liegen. Und was tust du, wenn die Wunde hier auf der Innenseite
ist und das Blut pulsierend herausspritzt?«

»Dann ist eine Arterie verletzt. Ich drücke sie mit den Fingern ab, in Richtung Herz. So lange, bis ein Arzt eingreifen kann.«

Er lehnt sich in seinem Stuhl zurück, verschränkt die Arme vor der Brust und grinst seine Kollegin an. »Gratuliere, Albina. Du hattest recht, in der Kantine ist sie verschwendet. Jetzt, da wir diese ganzen Besserwisser zu Besuch haben, können wir jemanden wie sie gut gebrauchen. Meine Güte, wird sie dir das Leben erleichtern!« Osler nimmt das nächste Dossier vom Stapel und schlägt es auf. »Sieh zu, dass sie ein Quartier bekommt. Ich melde den Wechsel bei den Zuteilern.«

Mit einer Handbewegung entlässt er uns.

Draußen dreht Albina sich triumphierend zu mir um. »Siehst du? Ich wusste, es würde klappen.«

Mein Lächeln fällt nicht allzu überzeugend aus, ich weiß noch nicht, wie ich zu dieser Wendung stehe. Im Moment fühlt sie sich wie ein Schritt in die falsche Richtung an. Als Arbeiterin im Bringdienst wurde ich in der ganzen Sphäre herumgeschickt – jeden Tag bestand die Chance, etwas Entscheidendes zu entdecken. So wie das rote Dossier. Jetzt bin ich an den Medpoint gebunden und werde hauptsächlich mit kranken Menschen zu tun haben, die garantiert keine Geheimdokumente mit sich führen.

Ich war so knapp dran.

»Freust du dich nicht?« Wenn Albina die Stirn runzelt, wirkt sie plötzlich älter. »Warte nur ab, ich lasse dich nicht bloß Handlangerdienste erledigen, ich werde dir richtig Verantwortung übertragen. Du kannst dich fortbilden, Kurse besuchen und wirst allen zeigen, dass Intelligenz und Kompetenz nichts mit der Herkunft zu tun haben. Wenn du einen Förderer findest, der sich auf einer Akademie für dich verbürgt, kannst du sogar Ärztin werden.«

Ich stelle mir vor, was das für jemanden wie Sindra Holun bedeuten würde. Eine völlig neue Welt, die sich plötzlich auftut.

»Doch.« Ich vertiefe mein Lächeln und lege Fassungslosigkeit in meine Stimme. »Ich kann es nur noch nicht glauben. Das ist so –«

»Ja, nicht wahr? Aber sei mir nicht zu dankbar, es war auch eine ordentliche Portion Egoismus im Spiel.« Sie knufft mich freundschaftlich gegen den Oberarm. »Ich konnte der Vorstellung, eine intelligente Helferin zu haben, nicht widerstehen.«

29

Mein neues Quartier teile ich nur mit zwei anderen, trotzdem ist es mehr als doppelt so groß wie das zuvor. Es enthält einen Tisch, eine kleine Kochstelle und sogar ein fest installiertes Datenterminal – natürlich mit eingeschränktem Informationsfluss.

Außerdem eine eigene Dusche, nur für uns drei. Das ist so wundervoll, dass ich fast zehn Minuten unter dem heißen Wasserstrahl verbringe, bevor ich meine neue Arbeitskleidung anlege. Hellgrünes Hemd, weiße Hose. Diesmal ist es ein bauschiges Häubchen mit Gummizug, unter dem ich mein Haar verbergen kann.

Mein Dienst beginnt erst morgen, also kann ich wenigstens das Treffen mit Aureljo einhalten. Der mich auf den ersten Blick in der neuen Kleidung gar nicht erkennt, mich aber heftiger als sonst an sich presst, als wir uns begrüßen.

Ich erzähle ihm alles. Von der verpassten und der neuen Chance. Sogar von dem Treffen mit dem Silberhaarigen, zu dem ich eigentlich erscheinen wollte.

Wie ich vermutet hatte, ist er froh. »Ich war den ganzen Tag in Alarmbereitschaft und habe versucht, darauf zu vertrauen, dass du kein zu großes Risiko eingehst.«

»Aber wozu sind wir denn hier, wenn wir nicht aktiv werden? Du hattest so viele Ideen. Was ist daraus geworden?«

Aureljos Blick wird eine Spur härter, kaum merkbar. »Wie viele Einheiten Durchsetzung und Verwirklichung hast du belegt?«

»Vier. Ich habe mich bei Morus nie wohlgefühlt.«

»Dann glaube mir, wenn ich dir sage, dass Geduld dabei das Wichtigste ist. Es geht nicht darum, ein Ziel schnell zu erreichen, sondern mit größtmöglicher Wahrscheinlichkeit.«

»Was ist denn im Moment dein Ziel?« Der herausfordernde Ton meiner Worte ist Absicht. Ein weiterer Merksatz aus Morus' Repertoire lautete: *Je weniger Leute du über deine Pläne informierst, desto eher werden sie gelingen.* Falls Aureljo diesen Spruch beherzigen möchte, ist er bei mir an der falschen Adresse. »Worauf arbeitest du hin? Auf besonders blank geputzte Kuppeln? Oder auf die Aufnahme bei den Sentineln, irgendwann in zwei Jahren? Auf ein Hacken geheimer Daten über ein Arbeiterterminal, das nur für das Abrufen von Spielen und Erfolgsmeldungen zugelassen ist? Du trittst auf der Stelle, Aureljo, und du willst es nicht zugeben.«

Er mustert mich ernst. »Das rote Dossier wäre ein guter Anfang. Ich habe Kuppel 3c heute inspiziert; der Raum, von dem du erzählt hast, liegt ziemlich günstig. Man muss um die Sentinel-Zentrale herumgehen, um zum Eingang zu gelangen. Wusstest du, dass die Kuppelreiniger auch für kleine Reparaturen an den Leitungen zuständig sind? Oder für die Behebung von Luftverunreinigungen? Es müsste nur das passende Belüftungsrohr verstopft sein, und schon hätte ich Zugang zu Raum 14.«

Das klingt tatsächlich interessant. Bei Luftverunreinigung wird der betroffene Teil der Kuppel geräumt, bis der Schaden behoben ist. Keine große Sache, kommt immer wieder vor, und meistens dauert es nicht länger als eine halbe Stunde.

Aureljo denkt an einen inszenierten Zwischenfall. Das richtige Rohr zu verstopfen, ist für ihn ein Kinderspiel und dann muss er nur noch dafür sorgen, dass er zur Beseitigung des Problems geschickt wird – das einzufädeln, traue ich ihm zu.

»Hast du dir schon einen Zeitpunkt überlegt?«

Er lacht leise auf. »Ich verstehe, warum du mit Morus' Lektionen deine Probleme hattest. Geduld, Ria. Ich werde nichts übers Knie brechen.«

In dieser Nacht versuche ich, das Einschlafen hinauszuzögern, um das weiche, warme Bett bewusst genießen zu können. Seit über drei Monaten habe ich nicht mehr so gut gelegen.

Erstmals bin ich auch nicht zu erschöpft für Sehnsucht. Sandors dunkle Augen, sein Mund, seine Hände schälen sich aus meiner Erinnerung und brennen schmerzhafte Wunden in mein Inneres.

Ich wünschte, er hätte mir vertraut. Was er und was der Sphärenbund vor mir verbergen, ist dieselbe Sache, davon bin ich immer noch überzeugt. Das rote Dossier, die Daten auf dem Terminal des farblosen Sentinel an der Akademie; Quirins Worte an Sandor in der Nacht, als Vilem starb – sie alle kreisen um dasselbe Zentrum, eine einzige Wahrheit. Eine Verschwörung.

Unvorstellbar, dass jemand zu so etwas fähig ist, hat Gorgias, der Rektor unserer Akademie, angesichts der Informationen auf dem Datenterminal gestöhnt.

Und Sandor … Ich kann mich nicht erinnern, jemals so viel Schmerz in einem Gesicht gesehen zu haben wie in seinem, nach dem Gespräch mit Quirin. Als hätte ihn etwas innerlich zerrissen.

Ich drehe mich auf die andere Seite, mein Bett federt wunderbar. Die beiden Frauen, mit denen ich das Zimmer teile, schlafen schon und atmen leise.

Ob Sandor noch Fürst ist? War Yann der Einzige, der ihn zum Kampf herausgefordert hat, um ihm seinen Platz streitig zu machen?

Ich hoffe es mit ganzer Kraft.

In der Dunkelheit mache ich die Zeichen für: Bald. Wieder. Wir. Kaum zu glauben, wie sehr mich das tröstet.

Innerlich habe ich mich für das Entleeren von Bettpfannen gewappnet, aber Albina setzt mich vor ein Datenterminal und trägt mir auf, die Werte zu überprüfen, die stündlich von den Salvatoren der Patienten geschickt werden.

»Alles, was besorgniserregend ist, blinkt rot. Was nur geringfügig abseits der gewünschten Norm liegt, blinkt violett. Du schickst die auffälligen Meldungen an Osler. Weißt du, wie das geht?«

Sie macht den Eindruck, als wäre sie in Eile, deshalb nicke ich wahrheitsgemäß.

»Gut. Zeig es mir an einem Beispiel, dann lasse ich dich allein weitermachen.«

Die Liste ist geöffnet, beim dritten Eintrag blinken die Leberwerte violett. Oslers Terminaladresse ist als Kontakt in der Adressleiste gespeichert, ich muss die Meldung lediglich dorthin ziehen.

»Bestens. Du schaffst das mit links. Ich gehe jetzt nach deinem Schützling sehen und werde ihn davon in Kenntnis setzen, dass er dir sein Leben verdankt. Soll ich ihn von dir grüßen?«

»Ja. Sicher.«

Sie geht und lässt mich in dem kleinen Büroraum allein zurück.

Ein Datenterminal. Es ist ein älteres Modell als das, das ich an der Akademie zur Verfügung hatte, aber es erfüllt alle wichtigen Funktionen. Ich könnte von hier aus Nachrichten an die Menschen schicken, deren Terminal-Adressen ich auswendig weiß, und das sind eine ganze Menge.

Ich könnte Tudor schreiben, dass seine Intrige in die Binsen gegangen ist. Nein. An diese Theorie glaube ich schon lange nicht mehr. Tudor hat uns nicht auf dem Gewissen und verschwendet wahrscheinlich längst keinen Gedanken mehr an uns.

Aber Grauko. Ich könnte ihm ein Lebenszeichen schicken.

Die Verlockung ist riesig und ich bekämpfe sie mit Arbeit, wobei ich mich vor allem darauf konzentriere, nicht zu schnell zu sein. Das könnte auf eine zu große Vertrautheit mit Datenterminals schließen lassen; Albina ist zwar sehr enthusiastisch, aber nicht dumm.

Also langsam. Ich nutze die Gelegenheit, Patientendaten zu studieren.

Eine Klimatologin, Knieoperation, alle Werte in Ordnung.

Ein Sentinel, Blasenentzündung, alle Werte in Ordnung.

Eine Verwaltungsbeamtin, Kreislaufprobleme, zu hoher Blutzucker.

Es liegen nicht besonders viele schwere Fälle hier; Hedgar mit seinem Herzinfarkt dürfte derzeit am schlimmsten dran sein. Wer mit lebensbedrohlichen Erkrankungen zu kämpfen hat, wird meist in eine Sphäre überstellt, an der es ein Medcenter gibt.

Obwohl ich mich derartig bremse, habe ich Albinas Aufgabe in etwas mehr als einer halben Stunde erledigt. Die Versuchung, das Terminal für meine eigenen Zwecke zu nutzen, wächst ins Unermessliche.

Ich gehe einen Kompromiss mit mir ein und wechsle zu den aktuellen Meldungen. Sieh an, Albinas Informationsfluss hat Status 3/6. Das sind weniger Einschränkungen als bei den meisten.

Präsident Hammer hält eine Rede in Sphäre München 2. Lesen Sie hier ihren Wortlaut nach.

Wieder Überfälle auf Stuttgart 1. Woher kommt die Aggression der Clans?

Sehr witzig. Ich suche weiter, aber es dauert zu lange, ich kann unmöglich alle Meldungen prüfen.

Ein schneller Blick zur Tür. Sie ist angelehnt, Menschen laufen vorbei und natürlich könnte jederzeit jemand hereinkommen. Ich bin geschickt genug in der Handhabung von Terminals, um binnen zwei Sekunden auf die Seite mit den Patientendaten zurückwechseln zu können. Soll ich es riskieren?

Ja, beschließe ich. Unter Einhaltung aller Sicherheitsmaßnahmen. Ich öffne zuerst eine beliebige Nachricht – Sturmschäden an zwei Kuppeln der Sphäre Hannover 4 – und schließe sie wieder. Öffne danach das Aktivitätsprotokoll, wo die Meldung jetzt an erster Stelle steht.

Ich weiß, dass oberflächliches Löschen nicht reicht. Um wirklich alle Spuren zu verwischen, muss ich auf den Netzkern der Sphäre zugreifen, wo die Aktivitäten aller Datenterminals aufgezeichnet werden. Die Frage ist nur, ob das von Albinas Gerät aus möglich ist.

Ist es. Ein schnell getippter Befehl und die Spur ist gelöscht, verschwunden, ohne Chance auf Wiederherstellung, wie mir Jola, meine Mentorin für Datentechnik, immer versichert hat.

Ich gehe ins Meldungsarchiv, suche die Woche heraus, in der wir die Sphäre Hoffnung per Magnetbahn verlassen haben. Öffne die Übersicht.

Die Nachricht hat tagelang alles andere überschattet. *Elitestudenten auf dem Weg zu Präsident Hammer vermisst,* lautet die erste Schlagzeile. Darunter steht kleiner: *Vier Sentinel der Einheit Kommando grausam getötet.*

Das Bild unserer erschlagenen Bewacher taucht aus meiner Erinnerung auf. Ich dränge es zurück, dafür ist jetzt keine Zeit.

Der Text ist nicht allzu lang und er birgt keine Überraschungen. Sechs verschwundene Studenten, eine herrenlose Magnetbahn. Barbarisch ermordete Sentinel, erschlagen mit primitiven Waffen. Das Wort primitiv wird mehrfach verwendet und mir ist völlig klar, welches Bild in den Köpfen der Leser gezeichnet werden soll.

Von den Studenten bleibt nichts als Spuren im Schnee, aus denen man nicht recht schlau wird, aber es ist sehr wahrscheinlich, dass ein Clan für den Überfall verantwortlich ist. *Es ist bereits das zweite Mal innerhalb von sieben Wochen, dass Studenten der Borwin-Akademie auf einer Außenmission zu Schaden kommen,* schließt der Autor. *Beim letzten Mal fielen drei junge Menschen einer Horde von Außenbewohnern zum Opfer – bleibt nur zu hoffen, dass es die diesmal Betroffenen schaffen, sich zu retten.*

Nichts Neues – ein gutes oder ein schlimmes Zeichen?, lautet der Titel des nächsten Artikels, der ausführliche Porträts von uns bringt. Mit Bildern. Ich ziehe unwillkürlich den Kopf ein.

Aureljo haben sie den meisten Platz eingeräumt, sein Foto nimmt fast den ganzen Bildschirm ein. Ich kenne es gut, es ist nicht lang nach seiner Optimierungsoperation geschossen worden und er sieht fantastisch darauf aus.

Der Autor nennt ihn *einen der vielversprechendsten Anwärter für eine künftige Präsidentschaft* und zählt alle seine Qualifikationen und Auszeichnungen auf.

Mich hebt er ebenfalls in den Himmel, braucht dafür aber nicht ganz so viel Raum. *Meisterin der Sprache, Genie der Kommunikation, liest aus Menschen wie aus Büchern.*

Tommas Foto kostet mich beinahe meine Fassung. Wie sie in die Kamera strahlt, so voller Leben. Ich weigere mich, an die Gruft unter der Stadt zu denken. An den steinernen Sarg.

Gleich daneben Flemings Porträt, er wird als Hoffnungsträger der medizinischen Forschung beschrieben und blickt mir mit dem gleichen Ernst vom Bildschirm entgegen, den ich auch im Leben von ihm kannte.

Tycho und Dantorian hat der Schreiber nur halb so viel Text gewidmet wie mir, aber immerhin bezeichnet er Tycho als technisches Genie und Wunderkind. Bei Dantorian sprechen die abgedruckten Bilder für sich. Meine Güte, ist der Mann begabt. Sein Porträtfoto ist das kleinste – damit ist auch die Gefahr, erkannt zu werden, für ihn am geringsten.

Ich lösche die beiden Beiträge aus Albinas Aktivitätsprotokoll und aus dem Netzkern, bevor ich mir den nächsten vornehme. Der nichts Neues bringt, sondern nur noch mal die beiden vorherigen wiederkäut.

Das muss die Phase allgemeiner Ratlosigkeit gewesen sein. Man fand uns nicht, weder tot noch lebendig. Niemand wusste, wie lange die Suche dauern würde. Es galt, Zeit zu schinden.

Der darauffolgende Artikel beschäftigt sich mit den toten Sentineln und den Waffen, durch die sie getötet wurden. Der Anblick ruft eine direkte körperliche Reaktion bei mir hervor, mein Mund wird trocken, mein Herz schlägt schneller. Die Klinge, die Keule, beides haben die Exekutoren auch gegen mich gerichtet.

Ein sehr effektvoller Bericht, wenn man Angst und Hass auf die

Prims schüren will, gleichzeitig aber ein gravierender Fehler. Die abgebildeten Waffen sind die Originalwaffen und als solche werden sie auch bezeichnet. Hat sich niemand in den Sphären darüber gewundert, dass die mörderischen Clanleute dieses kostbare Gut in der Magnetbahn haben liegen lassen? Oder sollte suggeriert werden, dass die Mörder selbst bereits den sie jagenden Sentineln zum Opfer gefallen sind? Wenn ja, wird es nirgendwo ausdrücklich erwähnt.

Einen Tag später dann, in großen Lettern:

Sie sind tot!

Was allgemein befürchtet wurde, ist nun eingetreten: Die sechs Studenten, die vor vier Tagen von der Borwin-Akademie aufgebrochen sind, um dem Präsidenten vorgestellt zu werden, sind einer heimtückischen Attacke von Außenbewohnern zum Opfer gefallen. Ihre Leichen wurden drei Kilometer westlich der Stelle gefunden, wo der Überfall stattgefunden hatte.

An der Akademie wurde die Nachricht mit großer Erschütterung aufgenommen: »Es ist eine schwere Stunde für uns alle«, so Rektor Gorgias. »Aureljo, Eleria, Fleming, Tomma, Tycho und Dantorian wurden für diese Reise ausgewählt, weil sie Außergewöhnliches geleistet haben, jeder auf seinem Gebiet. Der Verlust trifft nicht nur die hart, die sie persönlich gekannt haben. Es ist ein Verlust für den gesamten Sphärenbund, der sechs seiner größten Talente beraubt wurde.«

Die Leichen der Studenten sind zur Stunde auf dem Weg zurück in die Sphäre Hoffnung, wo in zwei Tagen die Trauerfeier stattfinden soll. Der Präsident hat sein Kommen zugesagt und seine tiefe Betroffenheit zum Ausdruck gebracht.

Als mein Salvator noch funktionierte und gelegentlich anonyme Nachrichten empfing, war das eine davon: *Ihr seid tot. Heute haben wir euch begraben. Aber sie suchen trotzdem weiter.*

Wie lange, das ist die Frage.

Ich schließe den Artikel, lösche die Spuren und öffne den nächsten Beitrag zu dem Thema.

Sie haben Morus interviewt, Kepson, Renolph … und Grauko. Vier der angesehensten Mentoren der Akademie.

Ich verliere mich in dem Bild von Graukos vertrautem Gesicht, das mir ernst vom Display des Terminals entgegenblickt. Die braunen Augen, der kurz geschnittene dunkle Bart, durch den sich erste graue Spuren ziehen …

Es darf niemand hereinkommen, nicht jetzt, ich würde es nicht übers Herz bringen, den Artikel zu schließen, bevor ich ihn gelesen habe.

Während Morus vor allem Aureljo und Fleming seine Reverenz erweist, Kepson Tycho in bewegenden Worten lobt und Renolph besonders Dantorian und Tomma hervorhebt, spricht Grauko fast nur über mich.

»*Ria war die beste Studentin, die ich jemals hatte. Sie hat mich bei jeder unserer gemeinsamen Lektionen beeindruckt und ich war immer überzeugt davon, dass sie imstande sein würde, selbst noch dem Tod ihr Leben abzuhandeln. Wie es aussieht, ist sie an diesem Meisterstück letztlich gescheitert. Ria, wo immer du auch bist, meine Gedanken begleiten dich, folgen deinen Spuren. Die, die dich auf dem Gewissen haben, werden eines Tages dafür zahlen, egal, wie sicher sie sich jetzt noch fühlen in ihren Schlupflöchern. Unsere Trauer ist unermesslich, aber noch größer ist unsere Wut.*«

Ich lese den Absatz dreimal. Beim ersten Mal erschreckt mich der Pathos, vor dem Graukos Worte förmlich überquellen, und ich bin überzeugt davon, dass der Schreiber ihn falsch zitiert hat. Beim zweiten Mal wird mir klar, dass es sich um Tarnung handelt: *Wo immer du auch bist, meine Gedanken begleiten dich, folgen deinen Spuren.*

Er spricht mich direkt an. Zieht zumindest die Möglichkeit in Betracht, dass ich diesen Artikel irgendwann zu lesen bekomme. Dann soll ich wissen, dass er nicht an meinen Tod glaubt und herauszufinden versucht, wo ich bin und wie er mir helfen kann.

Außerdem weiß er, dass nicht die Außenbewohner für den Überfall auf die Magnetbahn verantwortlich sind. So wie er es umschreibt – *die, die dich auf dem Gewissen haben* –, kann man alles hineininterpretieren. Nur dass Grauko keinen Raum für Spekulationen lässt, außer er möchte andere in die Irre führen.

Er war schon vor unserer Abreise besorgt, das hat er mir ohne große Worte vermittelt, und er wollte mich vorbereiten. Demnach vermutete er schon damals, dass die Bedrohung ihren Ursprung innerhalb der Sphären hat, nicht außerhalb.

Beim dritten Durchlesen versuche ich, mir seine Sätze so gut wie möglich einzuprägen, dann lösche ich auch diese Spur.

Unsere Trauer ... unsere Wut. Offenbar ist er mit seinen Vermutungen nicht alleine.

30

Albina lässt mich Verbände wechseln. Das kann ich, tue es aber nicht allzu gerne, denn die meisten Patienten mit verbundenen Verletzungen sind Sentinel. Sie haben einen eigenen, kleinen Trakt im Medpoint – wahrscheinlich, damit ihre lautstarken Unterhaltungen und das vielstimmige Lachen die restlichen Kranken nicht stören.

Mir macht der Krach nichts aus, ich fühle mich aus anderen Gründen in so unmittelbarer Nähe der Sentinel nicht wohl. Ganz bestimmt sind ein paar von ihnen bei der Suche nach uns eingesetzt worden und kennen demzufolge unsere Gesichter besser als die meisten anderen Bewohner von Vienna 2.

Während ich dabei bin, das Wundpolster eines Klebeverbands über einer verkrusteten Naht zu platzieren, betreten zwei Ärzte den Raum. Ihre Münder und Nasen sind durch OP-Masken verdeckt.

»Hier liegt jemand namens Konrik?«

Der Sentinel im Nebenbett hebt die Hand. Er ist jung, ungefähr in meinem Alter, und seine Stirn ist weiß umwickelt. Er wäre der Nächste auf meiner Liste.

»Kommen Sie bitte mit uns, wir müssen überprüfen, ob Ihre Wunde ordnungsgemäß versorgt ist.«

Konrik lächelt. »Im Ernst? Die ist doch kaum der Rede wert.«

Die Ärzte wechseln einen kurzen Blick. »Darum geht es auch nicht«, sagt der eine. »Wir überprüfen die Qualität der Arbeit des Medpoints. Stichproben, verstehen Sie?«

»Geh schon, du Stichprobe«, grölt einer der anderen Sentinel.

Konrik vollführt eine unanständige Geste in seine Richtung, dann schwingt er die Beine aus dem Bett und folgt den Ärzten aus dem Zimmer.

Ich bin insgeheim erleichtert. Wenn die beiden Kontrolleure bei ihm einen fehlerhaften Verband vorfinden, muss mich das nicht beunruhigen – eine Viertelstunde später, und das wäre anders gewesen.

Die Nachtdienste verschaffen mir unverhoffte Freiräume. Immer wenn Albina Bereitschaft hat, sitze ich in ihrem kleinen Büroraum vor dem Datenterminal. Der Bildschirm leuchtet auf, sobald ein Patient den Notfallschalter drückt oder sein Salvator Alarm schlägt. Dann ist es meine Aufgabe, erst selbst nachzusehen, ob ich dem Problem gewachsen bin, und, wenn das nicht der Fall ist, Albina zu wecken, die im Bereitschaftsraum schläft. Aber nur dann, wie sie mir eingeschärft hat.

»Meine letzte Assistentin hat mich immer geweckt, immer, auch wenn jemand bloß einen Albtraum hatte. Bei dir bin ich mir sicher, dass du achtzig Prozent alleine in den Griff bekommst.«

Heute Nacht gab es bisher keinen einzigen Notruf. Es ist völlig ruhig, ich habe gerade noch eine Runde durch die Gänge gedreht und einen Blick in die Krankenzimmer geworfen. In Konriks Bett liegt jetzt ein anderer Sentinel; Konrik wurde nicht mehr zu uns zurückgeschickt, was Albina heftig erbost.

»Alles Besserwisser, diese Kontrolleure. Pfuschen uns ständig ins Handwerk, verlegen Patienten nach Lust und Laune, bringen unsere Abläufe durcheinander.«

Ich überlege, ob ich ihr sagen soll, dass der Salvator an ihrem Handgelenk über eine Abhörfunktion verfügt. Und dass ihre Worte möglicherweise an die falschen Ohren gelangen. Nur könnte ich dann nicht erklären, woher ich dieses Wissen habe. Ich bin nur eine Arbeiterin, die nie einen Salvator getragen hat.

»Es ist einfach störend und eine Zumutung«, schimpft Albina weiter. »Hattet ihr das Problem am Medpoint von Konstanz auch?«

Ich zucke die Schultern. »Wenn, dann ist es mir nie aufgefallen.« Das ist die volle Wahrheit – ich habe oft am Medcenter der Akademie ausgeholfen, bin dort aber nie Kontrolleuren begegnet. Weil es vielleicht Ärzte der Akademie sind, die Kontrollen in anderen Sphären durchführen.

Der Gedanke verfolgt mich den gesamten restlichen Tag und es gelingt mir nicht, ihn abzuschütteln. Wenn die Kontrolleure aus der Sphäre Hoffnung angereist sind, dann sollte ich mich besser vor ihnen verstecken. Ich wünschte, ich könnte wenigstens ihre Gesichter sehen, aber es macht ganz den Eindruck, als nähmen sie ihren Mundschutz nie ab.

Doch mittlerweile ist von ihnen keine Spur mehr zu sehen. Es ist fast gespenstisch ruhig, während ich über das Datenterminal auf die Suche nach weiteren Nachrichten gehe.

Es gibt einen Bericht, der die Trauerfeier an der Akademie in allen Details beschreibt. Das Foto der sechs Särge auf dem Podium bringt mich beinahe zum Lachen. Die Deckel sind geschlossen – natürlich sind sie das. Ich frage mich, was sich anstelle unserer toten Körper darunter befunden hat, um für die nötige

Schwere zu sorgen. Steine? Andere Leichen? Mit Erde gefüllte Säcke?

Bei der Trauerfeier für Lu, Raman und Curvelli waren es nur drei Särge, von denen einer offiziell leer gewesen war. Man habe Curvellis Leichnam nicht gefunden, hieß es. Auch eine Möglichkeit, mitzuteilen, dass er noch lebt. Ich wünschte, ich wüsste, ob er die Dornen erreicht hat.

Wer sagt eigentlich, dass sich das nicht in Erfahrung bringen lässt?

In der Schreibtischschublade links unten liegt ein Stapel Papier, das habe ich letztens entdeckt. Es wird niemandem auffallen, wenn ich ein Blatt an mich nehme. Morgen ist Ruhetag. Ich könnte mein Glück versuchen.

Die passenden Worte zu finden, kostet mich über eine Stunde – falls jemand den Zettel fälschlicherweise in die Finger bekommt, darf man keinesfalls die richtigen Schlüsse ziehen können. Einmal ruft ein Patient nach mir, weil er durstig ist, ansonsten bleibe ich ungestört. Am Ende habe ich acht Zeilen, die mir brauchbar scheinen.

Alles ist in Ordnung, wenn auch nach wie vor unklar. Du wirst vermisst. Erinnerst du dich an die drei, von denen einer leer war, aber alle geschlossen? Ich glaube, ich habe gesehen, was im dritten gefehlt hat; sein Ziel war unser Ausgangspunkt. Du solltest ihm begegnet sein und ihn erkannt haben. In diesem Fall bist du jetzt schon schlauer als wir alle. Er hat gesucht, wen niemand mehr wird finden können. Lass mich wissen, wie die Dinge stehen. Ich werde das Gleiche tun.

Es gibt so viel, das ich außerdem gern schreiben würde: Warst du in der Bibliothek? Hast du neue Chronik-Seiten gefunden? Endlich etwas, das einen klaren Sinn ergibt? Und: Wie geht es Sandor? Ist er gesund, am Leben? Ist er noch Clanfürst? Hat er mit dir gesprochen, irgendwann? Über mich?

Unvernünftige Fragen, die in meiner derzeitigen Situation keine Rolle spielen dürfen.

Klein zusammengefaltet lasse ich den Zettel in der Hosentasche verschwinden. Dass ich ihn geschrieben habe, bedeutet nicht, dass ich ihn auch losschicken werde. Der Text, so unverständlich er für Außenstehende sein muss, ist trotzdem verdächtig. Gerade wegen der Formulierungen. Kein Grenzgänger wird sein Leben riskieren, um mich zu schützen, wenn Sentinel ihn befragen. Er wird ihnen sagen, von wem er die Nachricht bekommen hat und für wen sie bestimmt ist.

Also darf er nicht wissen, dass er überhaupt eine Nachricht transportiert.

Ich missbrauche Albinas Vertrauen mit sehr schlechtem Gewissen, aber es geht nicht anders. Ein Dreieckstuch. Ein kleines Päckchen Schmerztabletten. Wunddesinfektionslösung. Und zu guter Letzt ein Paket Eiweißkekse, das ich mit aller Vorsicht öffne, um den gefalteten Zettel hineinzuschieben, bevor ich es wieder zuklebe.

Gelungen. Es sieht unberührt aus.

Ich wickle alles in das Dreieckstuch, verklebe das Paket mit zwei Wundpflastern und stecke es in den Gummibund meiner Arbeitshose. Das darüberfallende Hemd ist weit genug, um keine Umrisse erkennen zu lassen.

Bis Osler am frühen Morgen auftaucht, sich gähnend in den Türrahmen lehnt und mir mit einem lässigen Winken zu verstehen gibt, dass ich jetzt schlafen gehen kann, ist mir fast schlecht, weil das Paket ständig gegen meinen Magen drückt.

Ich gähne ebenfalls und schlendere aus dem Zimmer, ohne jede Eile.

Frühmorgens am Ruhetag drücken sich die Grenzgänger gern nahe der Sphäre herum. Es ist der Tag, an dem die hohen Herrschaften etwas länger schlafen – und das Fußvolk die Gelegenheit nutzt, seine Tauschgeschäfte abzuwickeln.

Ich hoffe, dass Krunnos optimistische Schilderungen zutreffen. Um zur Schleuse zu kommen, muss ich bis Kuppel 12 gehen, das ist kein kurzer Weg. Aber es sind zu dieser frühen Stunde tatsächlich kaum Menschen unterwegs und die wenigen achten nicht auf mich.

Je weiter ich mich der Kuppel nähere, desto klarer wird, dass ich nicht die Einzige bin, die draußen etwas erledigen möchte. Aus einem Seitengang stoßen zwei plaudernde Küchenhilfen zu mir und überholen mich grußlos. Eine trägt Fleisch- und Brotreste in einem Plastikkorb bei sich, die andere einen Sack mit den harten, sauren Äpfeln, die ich als Kind so gehasst habe. Die beiden unterhalten sich blendend, und zwar über einen der Köche, den sie süß finden.

Ich folge ihnen mit gebührendem Abstand. Sie werden mich zur Lücke im Sicherheitssystem führen, durch die man nach draußen kommt und später wieder hineinschlüpfen kann, daran besteht kein Zweifel.

Und dann stellt sich heraus, dass es gar keine Lücke gibt, nicht so, wie ich sie mir vorgestellt habe: Die beiden Frauen steuern eine Schleuse an, eine von den kleinen, über die die Sentinel die Sphäre verlassen, wenn sie auf Patrouille gehen. Zwei von ihnen stehen dort Wache, es sind rote, aber sie halten die Frauen nicht auf. Im Gegenteil, sie winken sie lachend durch.

»Fisch wäre schön«, ruft ihnen einer der beiden nach.

Meine Schritte verlangsamen sich wie von selbst, je näher ich dem Ausgang komme. Schlecht. Ich sollte zuversichtlich wirken, auch wenn ich mit den Gepflogenheiten nicht vertraut bin.

»He! Du bist neu, oder?« Der größere der beiden Sentinel mustert mich wohlwollend. »Hab dich noch nie gesehen.«

Ich kichere ein bisschen, so wie die beiden Frauen vor mir es getan haben. »Na ja, so richtig neu bin ich nicht. Bin seit dem letzten Arbeiterwechsel hier.«

»Na eben. Neu. Sage ich doch.« Das Grinsen des Sentinel gewinnt an Breite. Die obersten zwei Knöpfe seiner Uniformjacke stehen offen, was ihm in der Sphäre Hoffnung jede Menge Strafdienste einbringen würde. »Was hast du denn mit für die da draußen? Wo ist deine Tasche?«

Das kleine Paket steckt immer noch in meinem Hosenbund, meine Hände sind leer. Letzteres scheint nicht üblich zu sein. »Ich bringe nichts nach draußen.« Ich lächle vieldeutig. »Ich treffe nur jemanden.«

»Oh.« Der Sentinel schlägt sich mit einer Hand gegen die Brust und tut so, als würden seine Knie nachgeben. »Sag jetzt nicht, du hast etwas mit einem Prim, meine Süße. Das würde ich nicht ertragen!«

Ich kichere wieder mal und zwinkere ein bisschen. »Nein. Nein, so würde ich das nicht nennen.«

»Na, da bin ich ja froh.« Er winkt mich durch, doch als ich an ihm vorbeiwill, streckt er einen Arm aus und zieht mich an sich. »Mhm, riechst du gut!«

Ich habe ausreichend Selbstverteidigung gelernt, um ihn mit zwei gezielten Tritten zu Boden zu schicken, und mein erster Impuls ist es, genau das zu tun. Stattdessen lache ich laut auf und nehme ihn am Kinn, ein bisschen zu fest vielleicht. »Dafür würde dir eine Dusche gar nicht schaden, Herzchen.«

Wieder tut er so, als würden meine Worte ihn bis ins Mark treffen. »Wie kannst du das sagen? Ich schwitze doch nur, weil ich mit aller Kraft diese Sphäre beschütze! Außerdem ... wenn du dich mit Prims abgibst, musst du ganz andere Gerüche aushalten.«

Ich lache, als hätte er einen großartigen Witz gemacht, und schlängle mich an ihm vorbei nach draußen.

Die Luft ist kühl, aber nicht so sehr, dass sich weißer Nebel vor meinem Mund bilden würde – dabei steht die Sonne noch ziemlich tief am Himmel. Es wird ein schöner Tag werden, keine Frage. Vielleicht finde ich später ein ruhiges Fleckchen in einer der Kuppeln, wo ich mich hinsetzen, das Gesicht nach oben in den Sonnenschein halten und mir einbilden kann, ich wäre im Freien.

Der kleine Wall, den Krunno mir gezeigt hat – *dahinter gehe ich am Ruhetag manchmal spazieren* –, liegt etwa zweihundert Meter entfernt und es tummeln sich eine Menge Menschen rundherum. Sphärenbewohner, Clanleute, sogar Sentinel. Ich bleibe einen Moment stehen und lasse den Eindruck auf mich wirken.

Die Verständigung funktioniert. Keiner fürchtet sich vor dem anderen, die Stimmung ist gelöst und fröhlich. Natürlich sind das hier keine Clankrieger, sondern hauptsächlich Grenzgänger, die sich so nah an die Sphären wagen, trotzdem stimmt mich das Bild hoffnungsvoll. Es sieht wie ein Anfang aus.

Krunno entdecke ich erst nach einiger Zeit, als er sich aus einer kleinen Gruppe löst, in der offenbar diskutiert oder verhandelt wird, der Lautstärke und dem Tonfall nach zu schließen. Er und ein Zweiter gehen in Richtung des nahe gelegenen Wäldchens davon, so schnell, dass die zahlreichen Beutel um Krunnos Gürtel auf- und abwippen.

Ich laufe ihm nach, halte ihn auf. »Hallo! Gut, dass ich dich noch erwische, ich habe dich schon gesucht.«

Krunno kratzt sich nachdenklich hinter dem rechten Ohr, dann hellt seine Miene sich auf. »Sindra, richtig?«

Ein gutes Gedächtnis, das muss man ihm lassen. »Ja, genau.«

»Wie läuft es bei dir?« Er mustert meine Kleidung. »Oh, ich sehe, du bist im Medpoint gelandet, als Assistentin – alle Achtung! Wie ist denn das passiert?«

»Jemand hat bemerkt, wie talentiert ich bin.« Ist es zu früh, das Paket unter meinem Hemd hervorzuholen? Mir wäre es lieber, ich müsste das nicht vor einem Fremden tun, doch Krunnos Gesprächspartner macht keine Anstalten, uns allein zu lassen. Dann muss ich eben deutlicher werden. »Ich würde gern etwas Geschäftliches mit dir besprechen.«

Das ist ein Wink, den der andere sofort versteht. »Ich mache noch einen Abstecher zu Balsch«, sagt er, tippt sich mit zwei Fingern grüßend an die Schläfe und geht.

Krunno schiebt die Unterlippe vor, er mustert mich von oben bis unten. »Geschäftliches? Aber du hast ja gar nichts mitgebracht.«

Richtig. Es wird aber trotzdem gehen müssen. »Ich wusste ja nicht, was du gerne haben möchtest. Ist doch sinnlos, wenn ich Zeug anschleppe, das du dann nicht gebrauchen kannst.«

Das erheitert ihn. »Ach?«, gluckst er. »Du klaust also gezielt, ja? Das machen die wenigsten. Nicht übel, mir fällt einiges im Medpoint ein, für das ich Verwendung hätte.«

»Dann überleg dir schon mal etwas.« Ich ziehe das Päckchen unter meinem Hemd hervor. »Kannst du dieses Paket jemandem bringen? Er lebt einen halben Tagesmarsch entfernt.«

Ich kann sehen, wie Krunno seine Erinnerung durchforscht. »Jaja, ich weiß«, sagt er langsam. »Das mit dem halben Tagesmarsch hast du schon bei unserer ersten Begegnung erwähnt. Und ich habe dir erklärt, dass es in dieser Distanz keine Sphäre gibt.«

»Es ist nicht für einen Sphärenbewohner gedacht.«

»Na, so was.« Er lächelt breit. Wartet mit schief gelegtem Kopf darauf, dass ich fortfahre.

»Wen kennst du vom Clan Schwarzdorn?«

Seine Augenbrauen wandern in Richtung Haaransatz. »Für einen der Dornen ist es? Was hast du denn mit denen zu schaffen? Schon gut, geht mich nichts an.« Er hebt die Hand und zählt die Namen mit seinen kurzen, dicken Fingern durch. »Hemina, Valgia, Sempron, Lors – mit denen handle ich normalerweise. Sie nehmen immer gern Lebensmittel.«

Die Namen sagen mir alle nichts. Ich brauche aber jemanden, dem ich vertrauen kann. »Wie steht es mit Quirin?«

Krunno zieht eine Grimasse. »Ja, Quirin bin ich schon begegnet. Er ist immer daran interessiert, Neuigkeiten zu erfahren, aber die letzten paar Male hat er mich nicht zu sich vorgelassen, sondern mir einen seiner Helfer geschickt.«

Mein Herz macht einen Sprung. »Wie sieht der aus?«

»Ziemlich groß, blond, mit einem langen Zopf. Leise Stimme, aber freundlich.«

Bojan. Das ist perfekt. »Gib das Päckchen dem freundlichen Blonden. Sag ihm, er soll es an einen anderen Blonden weiterreichen, an einen, der kein Tageslicht sieht.«

»Was?« Krunno zieht die Hand, die er nach dem Paket ausgestreckt hatte, wieder zurück. »Das ist eine merkwürdige Beschreibung.«

Ich werde auf keinen Fall einen Namen nennen. Bojan muss auch so verstehen, dass Tycho gemeint ist. »Sag ihm, es ist für den klugen Frechdachs, den er so mag. Und sag ihm, es kommt von dem Mädchen zwischen den Büchern, dann wird er wissen, wen du meinst.«

Mir selbst wäre eine präzisere Beschreibung auch lieber, aber auf diese Weise gehe ich kein Risiko ein. Auch wenn Krunno sich als Plaudertasche entpuppen sollte, wird niemand verstehen, wovon er spricht. Niemand außer den wenigen Dornen, die eingeweiht sind.

»Und ich möchte, dass du eine Nachricht zu mir zurückbringst. Ob es allen gut geht, was sich in den letzten Wochen im Clan ereignet hat und ob es Neuzugänge gab.«

»Hm.« Ich kann Krunno ansehen, dass ihm die Sache nicht ganz geheuer ist. Gut möglich, dass er das Päckchen auf halbem Weg öffnet, um zu sehen, was drin ist. Dann findet er Schmerzmittel und Desinfektionslösung; den Brief aber nur, wenn er gründlich sucht. Und selbst dann wird er den Inhalt nicht verstehen.

»Na gut.« Er steckt das Paket tief in einen seiner Beutel. »Ist aber ein weiter Weg und ein seltsamer Auftrag. Dafür bringst du mir vier Flaschen medizinischen Alkohol und drei Packungen von diesen antiseptischen Wundverbänden, da sind jeweils zehn Stück drin.«

Ich nicke mit einer Zuversicht, die ich nicht empfinde. Vier Flaschen Alkohol aus der Sphäre zu schmuggeln, ist kein Kinderspiel. Aber mir ist klar, dass das eine Ware ist, die ihm jeder Clan aus den Händen reißen wird. Es ist schwierig, Schnaps zu brennen, wenn man kein Obst und kein Getreide zur Verfügung hat.

»Wann sehen wir uns wieder?«

»In zwei Wochen. Ich habe viel zu erledigen, aber am übernächsten Ruhetag werde ich wieder da sein.«

Wir schütteln einander die Hände, wobei Krunno mich mit einem forschenden Blick betrachtet, als hätte er plötzlich ein neues Bild von mir, das es einzuordnen gilt.

Zurück an der Schleuse bin ich besonders freundlich zu dem großen Sentinel und hoffe, er wird auch in zwei Wochen wieder Dienst haben.

31

Mein neuer Posten bringt mehr Veränderungen mit sich, als ich zu Beginn vermutet hätte. Solange ich in der Kantine gearbeitet habe, konnte ich dort auch essen; jetzt muss ich mich dreimal täglich bei der Essensausgabe für Arbeiter anstellen. Das ist mühsam, die Sitten sind rau und das Essen ist deutlich schlechter.

Außerdem vermisse ich die immer gleichen Arbeitszeiten in der Kantine ein wenig. Jetzt variieren meine Dienste von Tag zu Tag, je nachdem, wann Albina eingeteilt ist. Oft arbeitet sie auch länger als vorgesehen, und ich mit ihr. Dadurch verpasse ich häufiger, als mir lieb ist, die Treffen mit Aureljo bei unserer Pilzbank. Trotzdem kommt er jeden Abend dorthin. Sein Plan, ein Belüftungsrohr zu verstopfen und so Zutritt zum Raum der drei farblosen Sentinel zu bekommen, ist bisher nicht allzu weit fortgeschritten. Im Moment arbeitet er mit zwei Männern zusammen, die beide auf eine baldige Beförderung hoffen und daher ihre Kollegen genau im Auge behalten. »Sie würden mich sofort anschwärzen, wenn ich ohne Grund für ein paar Minuten verschwinde. Vielleicht würden sie mir sogar folgen, um zu sehen, was ich tue.«

Dantorian nickt bestätigend. »So sind viele von ihnen.« Er hat aus der Agrarkuppel Birnen mitgebracht und drückt mir zwei davon in die Hand. »Neue Züchtung, sagen sie. Besonders vitaminreich.«

Falls er sie auch gelegentlich isst, sieht man ihm das nicht an. Ich habe den Eindruck, er fühlt sich nicht wohl in seiner Haut, die blasser ist als zuletzt. Auf meine Nachfrage hin zuckt er die Schultern.

»Bei den Dornen konnte ich wenigstens ab und zu mit Kohle zeichnen«, antwortet er zögernd. »Und an der großen Skizze der Sphäre arbeiten. Aber seit wir hier sind, habe ich keinen Stift mehr in der Hand gehabt. Ich hätte nicht gedacht, dass es mir so fehlen würde.«

Ich biete ihm an, ein wenig Neupapier und einen Faserstift im Medpoint für ihn zu klauen, doch er winkt ab.

»Das wäre viel zu auffällig. Du glaubst ja nicht, wie abgestumpft die anderen Arbeiter in der Agrarkuppel sind, Ria. Die interessieren sich für nichts als die nächste Mahlzeit. Na ja, und für manche der Mädchen, die dort arbeiten. Außerdem schimpfen sie ständig auf die Prims und wünschen ihnen alles Mögliche an den Hals, als ob das ihr Leben irgendwie schöner machen würde.« Er schüttelt den Kopf. »Die mit Familien sind ein bisschen besser dran, glaube ich, sie sprechen vor allem über ihre Kinder. Aber sonst … Niemand dort käme auf die Idee, etwas zu malen oder ein Gedicht zu schreiben. Ich würde auffallen und das will ich nicht.«

So viel am Stück spricht Dantorian nur selten; ihm muss der Austausch mit seinesgleichen wirklich fehlen. Ich nehme mir vor, bei nächster Gelegenheit trotzdem Papier für ihn mitzubringen. Er kann ja die Zeit auf der Bank nutzen, um zu zeichnen. Es beunruhigt mich, dass er so unglücklich aussieht.

»Wir sind bisher keinen Schritt weitergekommen, oder?«, murmelt er, als wir uns an diesem Abend verabschieden. »Gut, wir haben jetzt die Bestätigung, dass wir offiziell tot sind, aber sonst?«

Er wirft einen Blick über die Schulter, um sich zu vergewissern, dass Aureljo, der bereits ein paar Schritte vorausgegangen ist, ihn nicht hören kann. »Denkst du, es war ein Fehler, herzukommen?«

»Ich weiß es nicht. Ehrlich gesagt glaube ich mittlerweile, dass es keine so schlechte Idee war, wie ich ursprünglich angenommen hatte. Auch wenn wir nichts herausfinden, wir wissen jetzt immerhin, dass uns nicht jeder Sphärenbewohner auf den ersten Blick erkennt. Im Gegenteil, nicht einmal die Farblosen haben mitbekommen, wer ich bin. Dabei war ich mehrmals bei ihnen und sie waren zu dritt!«

»Darüber habe ich auch schon nachgedacht.« Dantorian fährt sich mit den Fingern durchs Haar. »Ich vermute, die Farblosen werden nur in die Angelegenheiten eingeweiht, für die sie zuständig sind, und die drei haben eben nicht den Auftrag, uns zu suchen. Aber ich glaube nicht, dass wir in Sicherheit sind, Ria. Jedes Mal, wenn ich um eine Ecke biege oder einen Raum betrete, habe ich Angst. Ich fühle mich ständig bedroht. Irgendwann wird jemand große Augen bekommen, mit dem Finger auf mich zeigen und sagen: Das ist er.«

Ich erwidere ein paar beruhigende Worte, drücke Dantorian zum Abschied und mache mich auf den Weg zurück in mein Quartier, voller Vorfreude auf die Dusche, die mich dort erwartet. An unser Gespräch erinnere ich mich erst einige Tage später wieder, als die Bedrohung real geworden ist, auch wenn sie aus einer Richtung kommt, mit der ich nie gerechnet hätte.

Albina schläft seit gut zwei Stunden und das Datenterminal meldet bei keinem der Patienten ungewöhnliche Werte. Ich stelle mich auf eine ruhige Nacht ein, habe mir Apfelsirup mit heißem

Wasser zu einer Art Tee aufgegossen und überlege, wie ich die Zeit am besten nutzen könnte. Am liebsten würde ich eine umfassende Datenbank-Suchanfrage zu *Jordans Chronik* starten und mir alle Dokumente anzeigen lassen, die diese Wortkombination enthalten.

Die Vorstellung ist ebenso verlockend wie riskant. Manche Suchanfragen sind gesperrt, andere werden sofort an die Datenzentrale weitergeleitet, weil sie darauf schließen lassen, dass der Suchende nichts Gutes im Schilde führt.

Ich habe so eine Ahnung, dass das Schlagwort *Jordans Chronik* zu denen zählt, das noch in dieser Nacht zu dem Terminal zurückverfolgt werden würde, an dem es eingegeben worden ist. Was nicht nur mich in unmittelbare Gefahr bringen würde, sondern auch Albina.

Nach meinem eigenen Namen zu suchen, ist vermutlich ebenfalls eine sichere Art, mein Leben zu verkürzen.

Ich nehme einen kleinen Schluck vom Apfeltee, finde ihn noch viel zu heiß und stelle ihn wieder weg. Für den Anfang werde ich mir einfach die aktuellen Meldungen vornehmen, das ist unverdächtig.

Sphäre Bozen hat eine neue Kuppel angebaut, beginnt aber gleichzeitig mit ersten Pflanzungen im Freien, hauptsächlich Weizen. Man will außerdem einen großen Fischteich anlegen, die Aushebungsarbeiten sind bereits weit fortgeschritten.

Ich frage mich, welcher Clan die Gegend rund um Sphäre Bozen bewohnt. Und wie lange noch.

Die nächste Meldung: Weiße Greifer sollen einen Trupp Sentinel überfallen haben, in der Nähe von Sphäre Hamburg 4. Dort verursachte der Clan kürzlich große Probleme, weil er, im Unterschied zu den meisten anderen, am liebsten im Schnee lebt und deshalb immer weiter nach Norden zieht.

In Sphäre Neu-Freiburg feiert man dagegen die höchste Temperaturmessung seit der Langen Nacht.

Plötzliche Geräusche lassen mich aufblicken.

Laufschritte, von mehr als einer Person. Unterdrückte Stimmen, leiser Befehlston.

Ich schließe sofort die Nachrichtenseite des Terminals, gleich wird hier eine Notfallmeldung aufleuchten, verbunden mit dem Befehl, den diensthabenden Arzt zu wecken.

Doch das passiert nicht.

Die Geräusche und Stimmen werden lauter, ziehen an meiner geschlossenen Tür vorbei in Richtung der Krankenzimmer. Mit drei schnellen Schritten bin ich bei der Tür und reiße sie auf, aber ich sehe die Ankömmlinge nur noch von hinten.

Es sind fünf Personen, zwei von ihnen schieben eine Krankenliege, auf der sich offensichtlich jemand befindet. Ein großer, regloser Schatten. Die kleinen Räder des Gefährts quietschen, als die Gruppe in den Gang nach links einbiegt.

Drei Ärzte, zwei Pflegehelfer. Ein neuer Patient. Warum habe ich immer noch keine Meldung auf meinem Terminal?

Ich könnte schwören, dass es sich bei den Ärzten um die Kontrolleure handelt, die Besserwisser, wie Osler sie genannt hat. Gut möglich, dass sie ihre Arbeit gern ohne die ansässigen Mediziner erledigen wollen, trotzdem ist es gegen die Vorschrift.

Ich folge dem Tross um die Ecke und sehe, dass sie eins der Einzelzimmer ansteuern, das lässt darauf schließen, dass es sich bei dem Patienten um jemand Wichtiges handeln muss. Ein hoher Beamter? Eventuell gar der Sphärenmeister selbst?

Ob mit oder ohne Anweisung, ich werde jetzt Albina wecken. Ich bin überzeugt davon, dass sie fuchsteufelswild wäre, übergangen zu werden.

Ich laufe den Gang zurück, klopfe an ihre Tür.

»Ja?«

Sie muss geschlafen haben, sonst hätte sie die Laufschritte gehört, trotzdem klingt sie völlig munter.

»Gerade ist ein neuer Patient eingeliefert worden. Die drei Kontrolleure kümmern sich um ihn, aber ich dachte, du würdest gern Bescheid wissen.«

Rumoren, ein unterdrückter Fluch, dann wird die Tür von innen aufgerissen. »Allerdings! Hat denn niemand nach dem Diensthabenden gefragt?«

»Nein. Keine Meldung auf dem Terminal, aber sie haben beim Hereinkommen ziemlichen Lärm gemacht, das konnte ich nicht überhören …« Ich zucke mit den Schultern.

»Danke, Sindra. Du weißt gar nicht, wie großartig es ist, jemanden an der Seite zu haben, der mitdenkt.« Während Albina noch spricht, schlüpft sie in ihre Schuhe. »Wohin haben sie ihn gebracht?«

»In das rechte Einzelzimmer.«

Sie läuft mir voraus, wieder leise fluchend. Ohne zu klopfen, reißt sie die Tür zum Patientenzimmer auf. »Ich werde Bericht erstatten, dass Sie sich über die Vorschriften hinwegsetzen.«

Die drei Ärzte drehen uns ihre Köpfe zu. Ich trete einen halben Schritt zurück, in den Schatten. Einer von ihnen – klein und sehr dünn – kommt mir vage bekannt vor, als er jetzt seinen Mundschutz lüftet. Aber vielleicht irre ich mich. Hoffentlich.

»Sie wissen genau, dass Sie mindestens einen der Ärzte des

Medpoint informieren müssen, wenn Sie unsere Patienten untersuchen oder behandeln, und erst recht, wenn Sie einen neuen ein-
liefern. Die Zuteilung der Zimmer –«

»Wir haben für unsere Arbeit eine Sondergenehmigung«, unterbricht sie einer der Ärzte. »Fragen Sie Ihren Vorgesetzten und
stören Sie uns nicht länger.«

Albina setzt zu einer Entgegnung an, doch der kleine, dünne
Arzt kommt ihr zuvor.

»Wieso sind Sie überhaupt hier?« Er kneift die Augen zusammen, und ich bin sicher, er versucht zu erkennen, wer sich im
Schatten hinter der aufgebrachten Ärztin versteckt. Ich würde
gern verschwinden, aber ich habe etwas gesehen, das mich an
meinem Platz stehen bleiben lässt wie festgenagelt.

»Bei dem Lärm, den Sie vorhin gemacht haben, dürfen Sie sich
nicht wundern, wenn Sie das halbe Haus wecken«, gibt Albina zurück. Geschickt. Sie deckt mich und kontert gleichzeitig mit einem Vorwurf, der sitzt.

Der dünne Arzt dreht sich weg. Schweigend.

Ich wünschte, er würde einen Schritt nach rechts machen. Dann
könnte ich den Kopf des Patienten sehen und hoffentlich erleichtert aufatmen.

Es ist ein Mann und er ist groß, viel größer als der Durchschnitt.
Seine Beine ragen gut zehn Zentimeter über den Rand der Roll-
liege hinaus. Beine, die in fellbesetzten Stiefeln stecken. Graues,
struppiges Fell.

»Ich brauche die Patientendaten.« Albina lässt nicht locker. »Für
die Dokumentation. Name, Herkunft, Status, Art der Erkran-
kung.«

Liegt es an ihrer Empörung, dass sie noch nicht genauer hingesehen hat? Oder will sie die Ärzte zur Weißglut treiben? So, wie ich sie kennengelernt habe, tippe ich auf die Weißglut.

»Lassen Sie uns doch endlich in Ruhe unsere Arbeit machen«, schnauzt einer der Kontrolleure sie an.

»Sehr gerne, wenn Sie mich die meine machen lassen«, schnappt Albina zurück.

Ich kann jetzt eine Hand sehen. Sie ist groß und schwielig. Auf Höhe des Handgelenks ist der Ärmel mit dünnen Lederstreifen umwickelt, damit er nicht zurückrutscht. Das ist eine verbreitete Angewohnheit bei Menschen, die viel Zeit im Freien verbringen. Trotzdem.

»Der Patient«, beginnt einer der Ärzte mit deutlichem Widerwillen in der Stimme zu erläutern, »hat einen Schlag auf den Kopf bekommen und ist bewusstlos. Wir werden ihn genau untersuchen und dann eine exaktere Diagnose stellen.«

Das Nachgeben des Arztes verbucht Albina als Teilsieg, wie jeder an ihrer Stimme hören kann, als sie wieder das Wort ergreift. »Na also. Alter, Status, Herkunft?«

Die drei Kontrolleure tauschen gereizte Blicke. Dann tritt der dünne vor und faucht Albina an, aber ich bekomme nicht mit, was er sagt, denn jetzt kann ich das Gesicht des Mannes auf der Liege sehen.

Seine Augen sind geschlossen, sein Mund steht halb offen, umgeben von einem vollen, langen Bart. Das graublonde Haar hat sich aus dem Zopf gelöst und umgibt seinen Kopf; man könnte glauben, er liege in schmutzigem Schnee.

Ich verstehe nicht, wie er hierhergelangt ist. Was passiert ist, wieso man ihn zum Medpoint gebracht hat, anstatt ihn zurückzulassen oder einfach zu töten wie so viele andere vor ihm.

Ich sehe ihn an und wünsche mir, dass er die Augen aufschlägt, aber gleichzeitig fürchte ich mich genau davor am meisten. Denn er würde mich auf den ersten Blick erkennen. Wir haben eine Menge Zeit miteinander verbracht und insgeheim habe ich ihn immer den Wolfsgott genannt, riesig, wie er war, in seiner zottig grauen Fellkleidung.

Der Patient, bewusstlos nach einem harten Schlag auf den Kopf, ist der Anführer der Sammler des Clans Schwarzdorn.

Es ist Andris.

32

Die Diskussion zwischen den drei Besserwissern und Albina endet damit, dass sie ankündigt, Osler zu informieren, und dann hoheitsvoll abmarschiert.

»Es ist ein Außenbewohner, hast du das gesehen?«, ruft sie, sobald sich die Tür ihres Dienstzimmers hinter uns geschlossen hat. »Sie haben einen Clanmann mitgebracht, das wird den anderen Patienten gar nicht gefallen.«

»Das ist sicher der Grund, warum sie ihn in ein Einzelzimmer gebracht haben.« Es gelingt mir, unbeteiligt zu klingen. Fast gleichgültig. Albina dagegen genießt es sichtlich, ihrer Empörung freien Lauf zu lassen.

»Letztens wollte ich ein Clanmädchen in die Sphäre bringen. Gebrochener Knöchel, damit kommt sie da draußen nicht weit. Keinesfalls, hat es von oben geheißen. Osler und ich haben sie vor der Schleuse, so gut es ging, versorgt, aber ohne Röntgen und ohne Nachkontrolle ist das natürlich Mist. Und jetzt …« Sie breitet fassungslos die Arme aus. »Jetzt bringen sie mir den riesigsten Außenbewohner, den sie finden können. Aber denen mache ich Schwierigkeiten, darauf kannst du wetten.«

Sie stürmt aus dem Zimmer und lässt mich allein. Wenigstens ein paar Minuten werde ich haben, um meine Gedanken zu ordnen.

Die Dornen sind überfallen worden, davon muss ich ausgehen. Sonst wäre Andris nicht hier. Ob es die Scharten, die Nachtläufer oder die Sentinel selbst waren, spielt keine große Rolle, auf jeden Fall muss es ein massiver Angriff gewesen sein. Andris ist kein Einzelgänger. Wenn es ihnen gelungen ist, ihn zu schnappen, wer weiß, wie viele andere tot sind oder schwer verwundet im Schnee liegen. Vielleicht ist die Siedlung zerstört worden, so wie die der Noraner. Von ihnen hat nur eine Handvoll überlebt. Ich glaube zwar, dass die Dornen besser gegen eine Attacke gewappnet sind und sich im schlimmsten Fall unter die Stadt zurückziehen würden, aber das ist nichts weiter als eine Vermutung.

Ebenso gut kann es sein, dass Andris der letzte Überlebende ist. Die Sorge um Sandor drückt mir den Atem ab. Und ich kann nichts tun, buchstäblich nichts, um mehr zu erfahren. Es gibt niemanden, den ich fragen könnte, was passiert ist.

Außer natürlich … Andris. Vorausgesetzt, er wacht wieder auf.

Die verbleibenden Stunden des Nachtdienstes sind eine Qual. Einige der Patienten werden wach, als würden sie die Unruhe auf der Station spüren. Drei von ihnen bekomme ich allein in den Griff, einer hat starke Schmerzen und ich hole Albina, damit sie seine Medikamentendosis neu einstellt.

»Ha«, sagt sie zufrieden, als wir danach gemeinsam zurück in ihr Dienstzimmer gehen. »Du bist genauso wütend wie ich, stimmt's? Du zitterst ja beinahe – oder, sag mal, hast du etwa Angst?« Sie nimmt meine Hand. »Das musst du nicht. Die Clanleute aus der Umgebung sind relativ zivilisiert, der Kerl würde dir wahrscheinlich nichts tun, selbst wenn er könnte. Riesentyp, hm?« Sie lacht auf.

Ich betrachte meine Hände und sehe tatsächlich ein leichtes Be-

ben. Stress, Ungewissheit, Überforderung, die Mischung ist der Tod jeglicher Emotionskontrolle.

Ich denke an plätscherndes Wasser, fallenden Schnee, eine weiße Wand. Nichts hilft. Erst als ich mir Graukos Gesicht vorstelle, wird es besser. Seine Augen, so wie sie mich angesehen haben, wenn er mich aufmuntern wollte. Wenn er mir vermitteln wollte, dass er an mich glaubt.

»Ich denke auch nicht, dass der Mann mir etwas tun wird«, sage ich schnell. »Hast du schon herausgefunden, was passiert ist? Warum sie jemanden von draußen in die Sphäre bringen?«

»Keine Spur, mir sagt doch niemand was. Vielleicht ist er eine Geisel, das hatten wir schon mal. Sollte sich sein Clan in letzter Zeit unfreundlich verhalten haben, ist er möglicherweise hier, um sicherzustellen, dass das nicht wieder geschieht.« Sie schüttelt den Kopf und murmelt etwas Unverständliches, wovon ich nur die Worte »Osler« und »es ihnen zeigen« verstehe.

Mein Dienst endet pünktlich und ich nehme mir fest vor zu schlafen, so lange es irgend geht. Doch mein Gehirn hört nicht auf, an dem, was passiert ist, herumzudeuten.

Eine Geisel? Kann sein, ich erinnere mich, dass im Clanhaus einmal von Geiseln die Rede war. Aber ist es nicht viel wahrscheinlicher, dass sie Andris mitgenommen haben, um ihn zu befragen? Dass sie ihm ein Wahrheitsserum verabreichen werden, um herauszufinden, ob er sechs Lieblingen begegnet ist, und wenn ja, wo sie jetzt stecken …

Wahrheitsserum. Vor dem Fleming uns noch kurz vor seinem Tod gewarnt hat, um vor allem Aureljo davon abzubringen, in die Sphären zurückzugehen.

Aber warum dann Andris? Wäre es nicht einfacher, sich jemand

Kleines, Schwaches zu schnappen, statt den größten Mann, den man kriegen kann?

Nein, logisch ist das nicht. Wenn die drei Ärzte den Auftrag hätten, mehr über unseren Verbleib herauszufinden, hätten sie mich außerdem erkannt. Nur der dünne hat mich länger gemustert, als käme ich ihm bekannt vor, doch nicht einmal das mit großem Interesse.

Kann Andris ihnen etwas erzählen, das uns gefährlich werden könnte? Er glaubt, dass wir nach Westen weitergezogen sind. Das dürfen gerne alle erfahren; viel schlimmer wäre es, wenn Sandor oder Quirin in die Hände des Sphärenbundes geraten wären. Schlimmer für uns. Was mit Andris passieren wird, sobald sie von ihm haben, was sie wollen, möchte ich mir nicht ausmalen.

Ich habe kaum geschlafen und bin viel zu früh bei der Pilzbank. Gleich kann ich mein Geheimnis mit Aureljo und Dantorian teilen, vielleicht haben sie etwas gehört, vielleicht machen Gerüchte über den Überfall auf die Dornen die Runde …

Doch zur verabredeten Zeit erscheint nur Dantorian. »Keine Sorge«, sagt er schnell. »Aureljo hat zu viel gearbeitet und ist völlig erschöpft, aber morgen kommt er wieder her, soll ich dir ausrichten.« Er setzt sich neben mich und umarmt mich kurz. »Die Kuppelreiniger haben es nicht leicht. Der Vorarbeiter ist ein Sadist, wie er im Buche steht.«

»Ja, schon gut.« Mir ist anzuhören, dass überhaupt nichts gut ist, deshalb setze ich sofort nach: »Es ist nur so, dass ich mit euch beiden über etwas sprechen wollte. Heute Nacht haben sie Andris in den Medpoint eingeliefert. Du erinnerst dich noch an ihn, oder?« Ich schildere Dantorian die Geschehnisse und breite alle meine Gedankengänge vor ihm aus. Wenn es unter der Pilzbank ein Abhörmikrofon gibt, sind wir geliefert.

Allerdings wären wir dann schon vor Wochen aufgeflogen.

»Ich hoffe, Tycho geht es gut«, flüstert Dantorian, als ich fertig bin.

Den Gedanken an Tycho habe ich mir bisher verboten. Wir haben ihn zurückgelassen, und auch wenn er es so wollte – er ist der Jüngste von uns. Wenn ihm etwas zugestoßen ist …

»Tycho ist der cleverste Kerl, den ich kenne, und er ist schnell auf den Beinen«, bemühe ich mich selbst ebenso zu überzeugen wie Dantorian. »Mit ihm ist sicher alles in Ordnung.«

Mein nächster Dienst beginnt erst am darauffolgenden Morgen und ich betrete die Station, als ginge ich in eine Schlacht. Ich hoffe so sehr, dass Andris noch hier ist. Und dass es ihm gut geht.

Wenn er allerdings aufgewacht ist …

»Guten Morgen!« Albina winkt mir entgegen, als ich das Dienstzimmer betrete. »Wir legen gleich los, sobald Osler da ist.«

Gemeinsame Visite, wobei meine Aufgabe darin besteht, die von Osler verordneten Therapien und Medikamente in ein tragbares Terminal einzutragen. Also werde ich Andris zu Gesicht bekommen – vorausgesetzt, ihm ist über Nacht nichts zugestoßen.

»Irgendetwas Neues, das ich wissen sollte?«, frage ich.

»Nichts Großartiges. Hedgar erholt sich von seinem Infarkt, ich denke, wir können ihn in drei oder vier Tagen entlassen. Der Außenbewohner ist noch immer nicht aufgewacht, seine Vitalzeichen sind aber stabil, ist also eher eine Frage der Zeit. Gestern ist ein Mädchen vom Putztrupp eingeliefert worden, das sich die Hand verätzt hat. Nicht allzu schlimm. Aber der Recycler mit den

Verbrennungen wird eine Hauttransplantation brauchen; ich glaube, Osler will ihn in ein Center schicken. Ansonsten«, sie zuckt die Schultern, »alles wie gehabt.«

»In Ordnung.« Dann muss ich mir wenigstens keine Sorgen machen, dass Andris mir ein freudiges »Ria!« entgegenruft, wenn er mich zu Gesicht bekommt.

Was er wahrscheinlich nicht täte. Er ist nicht dumm. Aber zumindest ein erstauntes Augenaufreißen würde er kaum verhindern können und unter Umständen wäre das schon zu viel.

Ich hole das tragbare Terminal aus der Ladestation und öffne alle Programme und Dateien, die ich für die Visite brauche. »Die Besserwisser«, sage ich leise, »die sind wir immer noch nicht los?«

»Nein. Dann würdest du mich durch den Raum hüpfen sehen, nicht wahr? Sie sind fast rund um die Uhr –«

Die Tür wird aufgerissen und Osler stürmt herein. »Ich entschuldige mich für die Verspätung, ich wurde aufgehalten.« Albina und ich wechseln einen vielsagenden Blick. »Lasst uns gehen.«

Die Visite ist normalerweise ein reines Vergnügen für mich. Ich darf kein Medikament, keine Dosierung, keinen Wert falsch eingeben – es ist ein wenig wie beim Aufmerksamkeitstraining im zweiten Jahrgang an der Akademie und das habe ich schon mit vierzehn geliebt. Heute hingegen muss ich mich wirklich konzentrieren, umso mehr, je näher wir Andris' Zimmer kommen.

Er liegt noch genauso da wie beim letzten Mal. Nur steckt jetzt eine Nadel in seiner rechten Armbeuge, über die eine klare Flüssigkeit in seinen Körper läuft. Der Infusionsbeutel ist unbeschriftet, wer weiß, was sie ihm einflößen.

Neben dem Bett sitzt einer der Ärzte. Der unauffälligste der drei: mittelalt, mitteldick, mittelglatzköpfig. Ich achte genau darauf, wie er mich ansieht. Prüfend, betont gleichgültig, interessiert? Nein, nichts von alledem. Sein Blick streift uns freundlich und bleibt erst an Osler hängen.

»Es geht ihm gut. Ich war die letzten Stunden bei ihm und seine Werte sind in Ordnung.«

»Davon möchte ich mich gern selbst überzeugen.« Osler beugt sich über Andris, zieht seine Lider hoch, misst seinen Puls, seinen Blutdruck. An Andris' linkem Arm entdecke ich zahlreiche Einstichstellen und eine festgeklebte Kanüle – sie müssen ihm mehrfach Blut abgenommen haben.

Auf dem Datenterminal habe ich Andris' Akte aufgerufen. Sie ist praktisch leer im Vergleich zu denen der anderen Patienten. Die Kontrolleure führen ihr eigenes Protokoll.

»Wo ist das Schädel-MRT?«, will Osler wissen.

Der Kontrolleur zieht sein Datenterminal heran und ruft ein Bild von Andris' durchleuchtetem Schädel auf. »Sehen Sie? Keine Risse im Knochen, keine Schwellungen am Hirn. Diese Leute haben harte Köpfe.«

Osler betrachtet das Bild. »Ich möchte trotzdem wissen, was Sie mit dem Mann hier machen. Falls Sie nämlich Experimente an Menschen durchführen, werde ich das an höchster Stelle melden.«

Der fremde Arzt schüttelt den Kopf. »Ich garantierte Ihnen, dass das nicht der Fall ist. Dem Patienten wird nichts geschehen, er wird nur in einem warmen Umfeld gesund gepflegt und untersucht.«

Ich versuche, einen Blick auf sein Terminal zu erhaschen; in der Kopfzeile findet sich üblicherweise der Name des Besitzers. Aha. Er heißt also Behrsen. Am Medcenter war meines Wissens niemand mit diesem Namen tätig. Das ist gut.

»Was befindet sich in der Infusion?«, will Osler wissen.

»Nährlösung und ein leichtes Breitbandantibiotikum. Wissen Sie, es gibt Anweisungen vom Präsidenten, dass verletzte Außenbewohner vermehrt aufgenommen und untersucht werden sollen«, erklärt Behrsen. »Je näher die Menschen innerhalb und außerhalb der Sphären zusammenrücken, desto besser müssen wir übereinander Bescheid wissen.«

Ich lasse meinen Blick zur Wand schweifen, versuche möglichst unbeteiligt, wenn nicht sogar gelangweilt zu wirken. Nicht eine Sekunde lang glaube ich, dass das der Grund für Andris' Anwesenheit ist. Es ist aber auch keine richtige Lüge, Behrsen zeigt keine derartigen Anzeichen in seiner Körpersprache oder seiner Stimme. Allerdings hält er etwas zurück. Er ist bedacht auf seine Worte, als hätte er Angst, zu viel zu sagen.

Wäre er schockiert, wenn ich ihm erzählen würde, wie gnadenlos die Exekutoren ganze Clans ausrotten, die auf wertvollem Land siedeln? Oder wenn ich ihn in die Sache mit dem Gift einweihen würde? Ist er einer von denen, die über diesen Teil der Sphärenpolitik informiert sind?

Wahrscheinlich nicht. Er würde solche Berichte als Lügen abtun, genau wie ich, als Fiore und Lennis mich über die Versorgungspakete und die Massaker informierten.

Ich lächle ihn kurz an, als wir das Zimmer verlassen, und er nickt mir beiläufig zu, bevor er sich wieder seinem Patienten widmet.

Am Abend wartet Aureljo bereits an der Bank auf mich; er hat schon alles von Dantorian erfahren, will es aber noch einmal aus meinem Mund hören.

»Du hast recht, sie werden ihn befragen wollen.« Aureljo betrachtet seine Hände, die an manchen Stellen vom scharfen Putzmittel gerötet sind. »Ich wünschte, wir könnten etwas für ihn tun.«

In den nächsten Tagen ertappe ich mich dabei, wie ich öfter als nötig an Andris' Krankenzimmer vorbeigehe. Meistens ist die Tür geschlossen, aber zwei- oder dreimal kann ich einen raschen Blick hinein erhaschen. Die drei fremden Ärzte sind rund um die Uhr bei ihm – genauer gesagt, jeweils einer von ihnen. Bei der Visite lassen wir den Raum praktisch immer aus; Osler sagt es zwar nicht deutlich, aber seinem grimmigen Gesicht nach zu schließen, hat er entsprechende Anweisungen von oben bekommen.

Meine Gedanken drehen sich fast nur noch um Andris, gleichzeitig fiebere ich dem kommenden Ruhetag entgegen. Ich habe Krunno zu den Dornen geschickt, er muss etwas von dem mitbekommen haben, was sich dort abgespielt hat. Mit schlechtem Gewissen horte ich seit einigen Tagen die vier Flaschen Alkohol und die Wundverbände, die er als Austausch für seinen Botendienst verlangt hat.

In der Nacht vor dem Ruhetag habe ich diesmal keinen Dienst, schlafe aber trotzdem kaum. Ich habe die Tauschwaren schon am Abend zuvor sorgsam verpackt und unter meinem Bett versteckt. Es ist ein schweres Bündel, aber immerhin bestehen die Flaschen aus Hermetoplast und sind damit nicht in Gefahr, zu Bruch zu gehen, sollte ich sie fallen lassen. Als ich unbemerkt aus dem Zimmer schleiche, ist es draußen noch dunkel. Eine meiner Quartiergenossinnen hat Nachtdienst im Medpoint, die andere hört nicht sonderlich gut; wollte ich sie wecken, müsste ich schon Feueralarm auslösen.

Auf den Gängen bin ich so gut wie allein. Zwei grüne Sentinel von der Quartierwache kreuzen meinen Weg, halten mich aber nicht auf, sondern grüßen nur – ihnen ist die Freude darüber, dass ihr Dienst gleich zu Ende ist, deutlich anzusehen.

Ich gehe langsamer. Allein und als Erste bei der Schleuse anzukommen, ist kein guter Schachzug, also suche ich mir einen unbeleuchteten Winkel und warte.

Zehn Minuten später höre ich Lachen und Schritte; eine Gruppe junger Frauen zieht an mir vorbei, jede trägt einen kleinen Packen Stoffreste unter dem Arm. Ich lasse ihnen etwa zwanzig Meter Vorsprung, dann schließe ich mich an. Schon aus einiger Entfernung kann ich sehen, dass der Sentinel mit dem fragwürdigen Humor wieder an der gleichen Stelle steht wie beim letzten Mal.

»Na, der Anblick verschönt mir aber den Morgen!«, ruft er, als er mich entdeckt. »Ah, und heute kommst du auch nicht mit leeren Händen!« Er tippt mit einem Finger auf das Paket und kräuselt die Stirn, als er gegen das Hermetoplast stößt. »Harte Sachen. Soll ich dich fragen, was du nach draußen bringst, oder kannst du mich davon überzeugen, dass das nicht nötig ist?« Er legt den Kopf schief und leckt sich über die Lippen.

Das einzig Vernünftige ist, auf sein Spiel einzugehen, wenigstens zum Schein. »Ich würde ja viel lieber bei dir bleiben, aber, na ja, Geschäft ist Geschäft.« Ich hebe mein Paket ein Stück höher. »Wenn ich das hier eingetauscht habe, gibt's auf dem Rückweg vielleicht etwas zu naschen.« Ich quittiere sein erwartungsvolles Lächeln mit einem schnellen Kuss auf seine Wange. »Nicht mich. Clan-Spezialitäten, du weißt schon. Getrockneten Wolfsschinken.«

Hinter mir treffen die nächsten beiden Frauen ein und ich nutze die Gelegenheit, um an den Wachen vorbeizuschlüpfen.

Draußen überfällt mich eine neue Art von Nervosität. Wenn ich Krunno finde, wird die Ungewissheit ein Ende haben, ich werde erfahren, ob der Clan angegriffen wurde, wie es Sandor und Tycho geht, ob Curvelli aufgetaucht ist. Vielleicht brechen gerade die letzten Minuten an, in denen ich noch Hoffnung haben kann, sie alle wiederzusehen.

Aber im Moment ist vor der Schleuse noch nicht viel los. Der Wall ist ein dunkler Schatten in der grauen Dämmerung und ich sehe nur eine einzige Gestalt dort, die zu groß und zu dünn ist, um Krunno zu sein.

Allmählich wird es heller, ein grauroter Streifen säumt den Himmel, und aus dem Wald und der Sphäre strömen gleichermaßen Menschen heran. Jemand bietet mir eine Knochenklinge an, jemand anders einen geheimnisvollen Gegenstand aus der Zeit vor der Langen Nacht: Man kann ihn zusammendrücken und dann stanzt er Löcher in dünne Materialien. Immer zwei Stück, immer im gleichen Abstand.

Ich wimmle die Händler ab, frage sie aber vorher nach Krunno. Nein, bisher hat ihn niemand zu Gesicht bekommen.

Eine Stunde vergeht. Meine Hände umklammern das Bündel mit den Flaschen immer fester, meine Finger sind kalt. Weit und breit keine Spur von dem kleinen, runden Grenzgänger.

»Hast du Krunno gesehen?«, frage ich einen Händler, der vor zwei Wochen auch hier gestanden hat. Er schüttelt den Kopf.

»Weißt du, was ihn aufgehalten hat?«, bohre ich weiter. »Er wollte heute herkommen.«

»Nein, keine Ahnung.« Der Mann rückt seinen Schal zurecht. »Wahrscheinlich haben seine Geschäfte länger gedauert. Komm einfach nächste Woche wieder.«

Bis dahin hat mich die Ungewissheit in den Wahnsinn getrieben.

»Er wollte ins Territorium der Schwarzdornen«, sage ich gespielt nachdenklich. »Hoffentlich ist ihm nichts zugestoßen. Dort soll es ja Kämpfe gegeben haben.«

»Ach ja?« Der Händler ist sichtlich überrascht. »Richtige Kämpfe? Ich dachte, die Dornen haben nur ein bisschen Ärger mit Scharten und anderem Abschaum.«

Ich setze ein Gesicht auf, wie die Mädchen in der Kantine es tun, wenn sie sich gegenseitig ihre kleinen Geheimnisse zuflüstern. »Also, soweit ich gehört habe, waren es Sentinel, die die Dornen angegriffen haben.«

Er stutzt. »Ehrlich? Das würde mich wundern. Ich habe einen Freund bei den Dornen, der mir erzählt hat, dass die Sentinel seit Monaten kaum bis auf Sichtweite herankommen. Dafür gibt es dauernd Ärger mit Feindclans, so viel wie noch nie. Kann natürlich trotzdem sein, dass du recht hast. Die Dinge ändern sich ja ständig.«

Er grinst und entblößt dabei eine Zahnlücke. »Ich glaube aber eher, dass sich jemand wichtigmachen oder dir einen Bären aufbinden wollte. Apropos Bär: Es ist wieder einer gesichtet worden, nur zwei Marschstunden von hier! Ein riesiges, gefährliches Biest soll es sein …«

Er spricht weiter, doch ich höre ihm kaum noch zu.

Wenn sich die Sentinel von den Dornen fernhalten, wie haben sie dann Andris in die Finger bekommen? Sehr unwahrscheinlich, dass er freiwillig zu ihnen gegangen ist. Viel wahrscheinlicher ist, dass ihn die Scharten erwischt und anschließend an die Sphären verkauft haben.

Ich frage noch ein wenig herum, aber keiner weiß etwas von einem Großangriff auf die Dornen. Das ist beruhigend, einerseits. Andererseits kann es auch bedeuten, dass niemand vom Clan übrig ist, um von dem Überfall zu berichten. Niemand außer Andris.

Nach zwei Stunden gebe ich die Suche nach Krunno und verlässlichen Neuigkeiten auf. In Kürze beginnt mein Dienst, ich muss zurück in die Sphäre.

»Na, hattest du kein Glück mit deinen Geschäften?«, begrüßt mich der Sentinel an der Schleuse. »Kein Wolfsschinken für mich? Dann eben doch ein Kuss, hm?«

Ich weiß, dass ich mitmachen und ihn bei Laune halten sollte, aber ich bringe die Kraft dafür nicht auf. »Tut mir leid«, sage ich und beeile mich, an ihm vorbeizukommen.

»Das nächste Mal läuft es besser!«, ruft er mir nach und wieder kann ich nicht fassen, dass sie die Sicherheitsbestimmungen hier so locker handhaben. Vom Handel mit gestohlenen Gütern ganz zu schweigen.

33

»Mädchen? He, du!«

Es ist zu spät, um unauffällig um die nächste Ecke zu verschwinden. Wieder einmal bin ich um Andris' Zimmer herumgestrichen, doch dann wurde plötzlich die Tür aufgerissen.

Ich drehe mich um. Es ist Behrsen, der nach mir ruft. Auf seiner Halbglatze steht Schweiß. »Du könntest mir zur Hand gehen, wenn du gerade nichts zu tun hast.«

Das kommt überraschend.

Ich nicke stumm und versuche auf meinem Weg zurück nicht zu eifrig auszusehen. Vielleicht sollte ich schnell noch etwas Dummes sagen und damit Behrsen in seiner Überzeugung bestärken, dass ich ungebildet und ahnungslos bin. Das muss er ohnehin glauben, sonst würde er mich nicht zu diesem speziellen Patienten vorlassen. Ich sehe ja, wie geheimnisvoll sich die drei Ärzte Albina und Osler gegenüber gebärden. Doch es schadet sicher nicht, wenn ich mich noch einmal betont naiv zeige.

»Wird er mir auch bestimmt nichts tun?«, hauche ich deshalb und reiße ängstlich die Augen auf. »Wenn ich zu nahe herangehe, meine ich.«

Behrsen seufzt vernehmlich. »Nein. Er ist nicht bei Bewusstsein und außerdem ist er ein Mensch wie jeder andere, nur eben nicht in einer Sphäre aufgewachsen. Er frisst keine Pflegehelferinnen.«

»Gut. Danke. Entschuldigung.«

Er schiebt mich vor sich her ins Krankenzimmer und schließt die Tür hinter uns. »Er muss wieder einmal gewaschen werden und wir sollten ihm den Bart abschneiden.«

Ihm den Bart abschneiden!

Ich möchte gern widersprechen, aber es gibt keinen vernünftigen Grund dafür. Nur den, dass Andris seinen Bart sicher behalten will. Andererseits ist das derzeit wohl sein geringstes Problem.

Ich finde einen Wasserbehälter, Seife und einen Waschlappen – in den letzten Wochen habe ich gelernt, wie man Menschen säubert, die dazu selbst nicht imstande sind. Doch bisher war niemand darunter, der so groß und so schwer ist wie Andris, das kann ich unmöglich alleine schaffen.

»Sie werden mir helfen müssen«, sage ich schüchtern.

Behrsen blickt von seinem Datenterminal auf. »Oh. Natürlich.«

Gemeinsam schälen wir Andris aus dem Hemd, das alle Patienten tragen, das bei ihm aber auch in der größten verfügbaren Größe viel zu knapp sitzt. Darunter liegen Muskeln, Narben, dunkles Brusthaar mit grauen Spuren.

Ich gebe mir Mühe, sanft und trotzdem gründlich zu sein. *Weißt du noch*, sage ich stumm zu ihm, *wir waren schon einmal gemeinsam in einem Krankenhaus. Zum Sammeln. Du hast von mir verlangt, dass ich drei brauchbare Sachen finde, und das habe ich getan. Es hat geregnet an dem Tag und ich war so gefangen von dem Schauspiel der fallenden Wassertropfen, dass ich vergessen habe, weiterzuarbeiten. Du warst grob zu mir, aber ich denke, du mochtest mich trotzdem. Und ich dich.*

Mein stummer Monolog hilft mir. Er lässt mich glauben, dass Andris wieder aufwachen wird und ich nicht nur ein lebloses

Stück Fleisch wasche, denn so sieht er aus und so fühlt er sich an. Bleich, kalt und kraftlos.

»Du machst das gut«, sagt Behrsen und wendet sich den Proben auf dem Arbeitstisch zu. Es sind gewöhnliche Phiolen mit einem Plastikdrehverschluss und sie sind voll Blut. In zwei von ihnen stecken Teststreifen.

So haben sie im Medcenter die Erbgutspender getestet.

Ich bin dabei, Andris' Stirn und Hals zu waschen, wobei ich gleichzeitig versuche, einen Blick auf die Beschriftungen der Röhrchen zu werfen. Planen sie etwa, Andris' Gene für die nächste Generation von Vitros zu verwenden? Wollen sie besonders große und kräftige Kinder zeugen?

Der Genpool braucht immer wieder Auffrischung, das ist kein Geheimnis, aber meistens genügt es, Material aus weit entfernten Sphären anzufordern. Dass Außenbewohner als Spender herangezogen werden, habe ich bisher noch nie gehört.

Für den Bart brauche ich eine Schere und am besten auch einen Kamm. Das kleine Schränkchen mit den Pflegeutensilien steht an der gegenüberliegenden Wand; dort sollte ich auch eine Verbandsschere finden. Während ich danach krame, macht Behrsen sich an dem Tropf zu schaffen. Injiziert etwas in den Beutel, so weit oben, dass nichts von der unten verbliebenen Flüssigkeit auslaufen kann.

Verabreichen sie ihm auf diese Weise die Antibiotika?

Ich habe die Schere gefunden und gehe zum Bett zurück, versuche dabei einen unauffälligen Blick in den Recyclingmüll zu werfen und lese den Namen *Narcovac* auf dem Zylinder der Spritze.

Das ist kein Antibiotikum, sondern ein Narkosemittel, wenn ich mich richtig erinnere. Damit haben die Ärzte am Medcenter Patienten mit großen Schmerzen in Schlaf versetzt, manchmal über Wochen hinweg.

Andris soll also nicht aufwachen, denke ich grimmig. Natürlich, dann müssten sie ihn auch am Bett festschnallen. Freiwillig würde er keine Minute hierbleiben.

»Ich schneide den Bart auf Kinnlänge«, schlage ich Behrsen vor. »Denn wissen Sie, wenn der Prim ... ich meine, der Außenbewohner, wach wird, soll er nicht wütend werden. Ich bin sicher, er ist stolz auf seinen Bart.«

In Behrsens Nicken, in seinem Schulterzucken, liegt etwas Mitleidiges. *Wie du glaubst, Kleines.* Doch davor hat er eine halbe Sekunde zu lang gezögert und mir damit verraten, dass ein Wachwerden für Andris überhaupt nicht geplant ist.

Offenbar ist Behrsen mit meiner Arbeit zufrieden, denn zwei Tage später lässt er mich wieder zu sich rufen.

»Du gehst nicht«, protestiert Albina. »Es reicht ja wohl, dass diese Wichtigtuer unsere Einrichtungen, Geräte und Medikamente verwenden – meine beste Assistentin stelle ich ihnen nicht auch noch zur Verfügung!«

Osler legt ihr beruhigend eine Hand auf die Schulter. »Sie werden nicht mehr lang hier sein, ich habe nachgefragt und man hat es mir von oberster Stelle bestätigt. Aber bis sie abreisen, sollen wir ihnen jede Unterstützung zukommen lassen.«

»Wenn es nach mir ginge, könnten sie heute noch verschwinden«, grollt Albina. »Und wenn sie auf die Idee kommen sollten, Sindra mitzunehmen, dann haben sie sich geschnitten. Nur damit erst gar keine falschen Vorstellungen aufkommen.« Sie drückt

meine Hand und sieht Osler triumphierend an. »Ist es nicht großartig, wie gut sie sich macht?«

Ich habe mich die ganze Zeit zurückgehalten und mir nicht anmerken lassen, wie gern ich wieder zu Andris möchte. Meinem
Gefühl nach bin ich der Wahrheit dort näher. Außerdem will ich
ihn schützen, so lächerlich gering meine Chancen auch sind –
aber ich werde den Eindruck nicht los, dass sie ihn einfach heimlich verschwinden lassen werden, sobald sie mit ihm fertig sind.

Wieder wasche ich ihn und bürste sein Haar und den jetzt viel
kürzeren Bart. Behrsen plaudert währenddessen mit mir, das
heißt, er spricht und ich gebe gelegentlich zustimmende Laute
von mir. Was er sagt, ist nicht besonders spannend, hauptsächlich
geht es um die speziellen Eigenarten der Clans, die er auf seinen
Reisen zwischen den Sphären beobachten konnte. Während er erzählt, sieht er mich nicht an, sondern drückt auf seinem tragbaren
Terminal herum, ganz offensichtlich froh über die kleine Pause,
die meine Mitarbeit ihm verschafft.

Auf dem Arbeitstisch an der Wand stehen wieder Röhrchen.
Sind es die gleichen wie vorgestern? Das kann ich mir nicht vorstellen, aber ebenso seltsam wäre es, Andris jeden Tag Blut für
neue Tests abzunehmen.

Behrsen interessiert sich keine Spur für das, was ich tue, also beschließe ich, dass ich einen frischen Waschlappen brauche. Es gibt
einen kleinen Vorrat in dem Regal direkt neben dem Tisch.

Ich krame herum, gehe in die Hocke; die Proben stehen nah genug, um die Beschriftungen auf den Etiketten lesen zu können.

Das Ergebnis ist enttäuschend. Es sind keine Gentests, und
wenn doch, dann sind sie mir unter diesen Abkürzungen noch nie
begegnet.

GL/2J-B
DH/L10/V
RP-72b/UW
ZM23-2/V

Ich versuche, mir die Kombinationen einzuprägen, was schwierig ist, da ich keine passenden Assoziationen zur Hand habe. Mein fotografisches Gedächtnis ist gut, aber nicht langlebig – in einer Viertelstunde werde ich bei der Wiedergabe der Beschriftungen Fehler machen, in einer halben habe ich drei von vieren vergessen.

Was ich brauche, ist Papier und ein Stift.

Ich richte mich wieder auf und mache ein paar schüchterne Schritte auf Behrsen zu, bleibe vor ihm stehen und warte, dass er aufblickt.

Er lässt sich Zeit damit, und deshalb entdecke ich es, auf dem leeren Stuhl neben ihm.

Kein offizielles Dossier diesmal, sondern eine Mappe, von Hand beschriftet.

S NMN, Report.

Als er mich endlich ansieht, bin ich noch dabei, mich wieder zu fangen. Das ist nie und nimmer ein Zufall. Etwas stimmt nicht mit Sphäre Neumünster und es muss etwas Schwerwiegendes sein.

»Ja, Sindra?«

Behrsen klopft mit einem Finger auf sein Terminal. »Was möchtest du denn?«

»Ich müsste kurz auf die Toilette, bitte. In zwei Minuten bin ich wieder da.«

Er lächelt, nickt und liest weiter.

Das nächste Stück Papier finde ich in Albinas Dienstzimmer, das glücklicherweise leer ist.

Weiß ich die Kombinationen noch? Sind sie überhaupt wichtig, im Vergleich zu dem, was ich gerade entdeckt habe?

Egal. Festhalten, damit sie nicht verloren gehen.

Meine Schrift ist nervös und fahrig, aber mein Gedächtnis lässt mich nicht im Stich, ich bin ziemlich sicher, dass das Niedergeschriebene fehlerlos ist.

Den Zettel stecke ich in meinen Schuh, dann kehre ich zu Andris zurück, beende meine Arbeit und versuche währenddessen, nicht dorthin zu schauen, wo die Aufzeichnungen über Neumünster liegen.

»Wenn du fertig bist, kannst du gehen«, sagt Behrsen. »Wann hast du denn das nächste Mal Nachtdienst?«

»Morgen.«

Er lacht, ohne mich anzusehen. »Das trifft sich gut. Ich auch.«

Ich bereite Albina schon einmal darauf vor, dass Behrsen mich demnächst auch nachts für sich arbeiten lassen will, und wie erwartet fährt sie fast aus der Haut.

»Er ist wirklich der Faulste von den dreien! Die beiden anderen erledigen ihre Arbeit auch alleine. Ich finde das absolut unverschämt!«

Ich nicke. »Aber bald sind sie ja fort. Und weißt du, ich kümmere mich ganz gern um den großen Prim, er tut mir irgendwie leid.«

Das besänftigt sie. »Stimmt. Es ist gut, wenn sich jemand seiner annimmt, der ihn als Menschen sieht und nicht als Forschungsobjekt. Falls er aufwacht, wird er große Angst haben, desorientiert sein – ich will mir gar nicht ausmalen, wie es ist, sich plötzlich in einer Umgebung wiederzufinden, die einem so völlig fremd ist.«

»Ja, schwer vorzustellen«, stimme ich zu.

»Ach, und Sindra, ich weiß, du meinst es nicht böse, aber versuche bitte, die Bezeichnung Prim zu vermeiden. Es ist eine Abkürzung für primitiv und so wird niemand gern genannt.«

»Oh. Natürlich, tut mir leid.« In Gedanken umarme ich Albina und frage mich stumm, was sie tun würde, wenn sie wüsste, was ich weiß. Ob sie weiter einem System dienen könnte, das hungrige Menschen vergiftet.

Könnte sie nicht, davon bin ich überzeugt. Sie würde hier alles kurz und klein schlagen, und dann …

An der Stelle weiß ich nicht weiter. Was können Sphärenbewohner, die mit den Entscheidungen des Bundes nicht zufrieden sind, überhaupt tun? Protestieren und von da an als Schwachstellen des Systems gelten? Nach draußen gehen, in eine Welt, mit der sie den Umgang nie gelernt haben?

Der Gedanke beschäftigt mich den ganzen Tag, ebenso wie der Report über Sphäre Neumünster, dem ich einmal mehr so nah war und der trotzdem unerreichbar bleibt. Ich kann es kaum erwarten, am Abend mit Aureljo und Dantorian darüber zu sprechen, doch die haben eigene Neuigkeiten. Es ist Aureljo gelungen, die Aufmerksamkeit des Sphärenmeisters zu gewinnen, indem er eine Meldung über Haarrisse in der Zentralkuppel geschrieben hat, die bisher allen entgangen waren – oder einfach ignoriert wurden.

Ich erinnere mich an einen oder zwei Fälle, in denen solche Haarrisse eine Kuppel dermaßen schwächten, dass sie von Außenbewohnern eingeschlagen werden konnte.

Der Sphärenmeister war voll von Lob und Dankbarkeit, also ist Aureljo jetzt nicht mehr bei der Kuppelreinigung tätig, sondern beim technischen Dienst, Abteilung 1. Diese Abteilung kümmert sich ausschließlich um die Gebäude und Anlagen der leitenden Beamten und führenden Köpfe der Sphäre.

»Jetzt stehen mir wirklich jede Menge Türen offen. Ich kann versuchen, über das Zentralterminal in die Datenbank einzusteigen, und ich kann unter einem Vorwand auf den Raum der Exekutoren zugreifen.« Aureljo drückt mich an sich und küsst mein Haar, meine Stirn, meine Wange, danach weiche ich ihm aus.

Den Drang, mit ihm über Sandor zu sprechen, unterdrücke ich seit Wochen, und jetzt ist ganz bestimmt nicht der richtige Zeitpunkt dafür. Es würde Aureljo zu sehr aus dem Konzept bringen und damit uns alle in Gefahr.

Küssen möchte ich ihn trotzdem nicht.

Belüge ich mich eigentlich selbst? Wie ich es von Grauko gelernt habe, überprüfe ich meine Motive, aber es ist tatsächlich keine Feigheit, die mich schweigen lässt. Wenn ich könnte, würde ich lieber heute als morgen die Karten auf den Tisch legen.

Am Ende erzähle ich auch nichts von dem Schriftstück, das ich bei Behrsen gesehen habe, sondern lasse Aureljo all seine Pläne vor uns ausbreiten, die er sich im Lauf des Tages zurechtgelegt hat. Das Vertrauen eines Verantwortungsträgers zu gewinnen, ist immer ein Punkt auf seiner Liste gewesen, und ich habe keine Zweifel, dass ihm das gelingen wird.

Die Frage ist nur, ob es etwas bringt.

34

Für die Nacht, die auf den nächsten Tag folgt, bereite ich mich vor wie auf eine der großen Prüfungen an der Akademie. Ich habe mir drei Ziele gesetzt: Ich will wissen, was es mit Sphäre Neumünster auf sich hat, ich will mit Andris sprechen und ich will bei keiner der beiden Aktionen erwischt werden.

Dass Behrsen meine Dienste einfordert, kann nur eins bedeuten: Er möchte schlafen, ohne das Risiko einzugehen, von einem seiner beiden Kollegen ertappt zu werden oder eine eintretende Krise nicht zu bemerken. Würde Andris an einem seiner Barthaare ersticken, hätte Behrsen am nächsten Tag ein paar unangenehme Fragen zu beantworten.

Was ich noch nicht absehen kann, ist, ob er seine Nachtruhe in Andris' Krankenzimmer oder in der winzigen, direkt daran angrenzenden Kammer verbringen möchte. Es macht keinen großen Unterschied, denn der kleine Raum hat keine Tür, trotzdem wüsste ich es gerne. Je genauer ich die Umstände kenne, desto besser kann ich meine einzelnen Schritte planen.

Bis zum Nachmittag habe ich mir alles zurechtgelegt, so weit jedenfalls, dass ich nun ruhiger werde. Einen bunten Strauß an überzeugend klingenden Ausreden, die ich je nach Situation anwenden kann, sollte etwas schiefgehen. Und ich habe mir die optimale Reihenfolge aller nötigen Aktionen eingeprägt, weiß aber jetzt schon, dass es so nicht laufen wird. Das ist nie der Fall, trotzdem ist ein solcher Plan hilfreich, er verhindert, dass man plötzlich ratlos dasteht, ohne Idee, was man als Nächstes tun könnte.

Ich betrete den Medpoint eine halbe Stunde früher als nötig, die vorherige Schicht hat noch Dienst. Albina wird wie immer auf den letzten Drücker erscheinen und Behrsen …

Ich schlendere den Gang zu den Einzelzimmern entlang, als vor mir ein Mann in Sentinel-Uniform um die Ecke biegt. Er dreht mir den Rücken zu und hat es offenbar eilig. Er sieht mich nicht, ich hingegen erkenne ihn auch von hinten. Es ist der silberhaarige Exekutor, den ich versetzt habe, und er steuert auf Andris' Krankenzimmer zu.

Mein Impuls, auf der Stelle kehrtzumachen und mich in Albinas Dienstzimmer zu verstecken, ist fast übermächtig – hier haben wir bereits einen der Faktoren, mit denen ich nicht gerechnet habe. Obwohl mir in gewisser Weise klar war, dass die Exekutoren und die Kontrolleure miteinander in Verbindung stehen müssen. Spätestens seit meiner Entdeckung von Behrsens handgeschriebenem Report weiß ich, dass S NMN sie verbindet.

Ich unterdrücke meinen Fluchtinstinkt. Bemühe mich, lautlos zu gehen; da vorne ist bereits die Tür zu Andris' Zimmer und sie ist nur angelehnt.

Schräg gegenüber liegt eins der Materiallager. Ich mime eine höchst beschäftigte Pflegehelferin – für den Fall, dass mich jemand beobachtet oder der Sentinel überraschend wieder aus dem Zimmer kommt – und schließe die Tür hinter mir. Beinahe jedenfalls, denn ich halte sie einen kleinen, fast unsichtbaren Spalt offen und hoffe, dass ich Fetzen des Gesprächs im Raum gegenüber mithören kann.

Den Anfang habe ich leider schon verpasst.

»… ist kaum zu glauben«, sagt der Silberhaarige gerade. »Sind Sie sicher, was das Alter angeht?«

»Sehen Sie ihn sich an, er ist in jedem Fall über vierzig und höchst lebendig«, entgegnet ein anderer Mann. Behrsen ist es nicht, sondern einer seiner beiden Kollegen. Der großgewachsene mit dem unangenehmen Blick, glaube ich.

»Und so stark gebaut. Tja, ich hoffe, wir finden etwas.«

»Wir geben unser Bestes. Aber es ist nicht einfach, ohne Unterlagen.«

»Nicht jammern«, sagt der Exekutor mit liebenswürdiger Schärfe.

»Oh, keinesfalls. Wie steht es denn mit Ihren Fortschritten? Schon fündig geworden?«

»Ja. Zwei Individuen. In Sphäre Neu-Gera haben meine Kollegen sogar drei gefunden, können Sie sich das vorstellen? In Triest eins, in Regensburg zwei.«

»Der gemeinsame Nenner stimmt überein?«

»Ja.« Der Exekutor lacht bitter auf. »Zumindest eine Erkenntnis, nicht wahr? Trotzdem gehen wir auf Nummer sicher, alles andere wäre verrückt.«

»Natürlich.«

Schritte. Ich vermute, der Exekutor bewegt sich in Richtung Tür.

»Dann wollen wir mal sehen, wer zuerst ans Ziel kommt – wir oder ihr. Ich tippe ja auf uns, bei allem Respekt. Wir packen das Problem bei der Wurzel. Was Ihre Arbeit nicht abwerten soll, ich bin sicher, Sie tun Ihr Bestes.«

»Dass Ihre Arbeit schneller vonstattengeht, liegt in der Natur der Sache, nicht wahr?« Nun höre ich auch aus der Stimme des

Arztes eine gewisse Härte heraus. »Sie bedienen sich schließlich der gröberen Mittel.«

Der Exekutor lacht erneut auf. »Nur kein Neid.«

Durch meinen Spalt sehe ich, wie die Tür aufgedrückt wird und der Silberhaarige heraustritt. Er wirft einen Blick auf seinen Salvator, drückt eine Taste und geht dann den Weg zurück, den er gekommen ist.

Unbewusst habe ich die Luft angehalten, jetzt lasse ich sie aus den Lungen.

Andris verfügt über etwas, wonach sowohl die Exekutoren als auch die Ärzte suchen. Ein bestimmtes Gen vielleicht? Aber wie wollen die Sentinel das finden?

Es muss zudem etwas mit seinem Alter zu tun haben, das der Silberhaarige ebenso unglaublich fand wie Andris' Körperbau.

Vielleicht stimmt es, was ich angesichts der Proberöhrchen vermutet habe: dass der Sphärenbund Andris-ähnliche Vitros zeugen möchte. Und dass die Individuen, die der Silberhaarige erwähnt hat, ähnliche Eigenschaften aufweisen.

Aber wozu die Eile? Und was hat das mit der Sphäre Neumünster zu tun?

Dann wollen wir mal sehen, wer zuerst ans Ziel kommt, hat der Exekutor gesagt. Eine merkwürdige Formulierung, wenn es um die Suche nach Erbgutträgern geht. Oder läuft da so etwas wie ein interner Wettbewerb zwischen den verschiedenen Abteilungen?

Nein. Meine Theorie passt nicht so exakt zu den Umständen, wie sie sollte. Mir fehlen zu viele Bausteine, als dass ich ein stabiles Gedankengebäude errichten könnte.

Ich warte, bis ich sicher sein kann, dass der Silberhaarige nicht mehr in der Nähe ist, dann verlasse ich das Materiallager und melde mich im Dienstzimmer. Oder jedenfalls versuche ich es, aber ich bin die Erste. Albina erscheint fünf Minuten zu spät, fast zur gleichen Zeit wie Behrsen, der mich abholt und sich von den giftigen Blicken seiner Kollegin nicht beeindruckt zeigt.

Es dauert, bis er sich schlafen legt. Gut drei Stunden lang liest er Fachartikel auf seinem Terminal – jedenfalls vermute ich das. Vielleicht schmökert er auch nur in einem alten Liebesroman.

Währenddessen hocke ich auf einem harten Stuhl neben Andris' Bett. Mein Blick wandert über sämtliche Regale, Ablageflächen und Aktenfächer, aber bisher habe ich Behrsens Aufzeichnungen nirgendwo entdecken können. Wenn er schläft, werde ich den Raum richtig durchsuchen und das Beste hoffen. Die Zeichen stehen nicht schlecht: Die Liege, die er sich bereitgestellt hat, befindet sich im Nebenraum, nicht hier im Krankenzimmer.

Irgendwann schließt Behrsen sein Datenterminal, klemmt es sich unter den Arm und steht auf. »Die rothaarige Ärztin ist ganz schön bissig, nicht? Wenn du meinetwegen Ärger kriegst, sag Bescheid, dann sorge ich dafür, dass sie Schwierigkeiten bekommt.«

Ist ja ein reizendes Angebot. »Vielen Dank, aber zu mir ist sie immer sehr freundlich.«

»Na dann.« Er nickt, gähnt und verzieht sich nach nebenan.

Ich bleibe sitzen, lausche Andris' gleichmäßigen Atemzügen, bis sie sich mit den Schnarchgeräuschen des Arztes mischen.

Nichts überstürzen.

Ich warte weitere fünf Minuten, dann erst ziehe ich meine Schuhe aus. In einem befindet sich immer noch der Zettel, auf dem ich die Buchstaben- und Zahlenkombinationen der Proberöhrchen notiert habe – jetzt fällt er heraus.

Dumm von mir. Ich hätte mir längst einen besseren Aufbewahrungsort suchen sollen, aber ich wollte diese Notizen bei mir tragen. Nicht riskieren, dass sie jemand in meinem Quartier findet. Sie würden mich verdächtiger machen als die vier Flaschen Alkohol, die ich bunkere. Der Zettel wandert in die Hosentasche, ganz tief nach unten.

Meine Schritte sind lautlos, als ich um Andris' Bett herumgehe und die Rollenklemme am Infusionsschlauch zudrehe. Zwei Tropfen lösen sich noch aus dem Beutel, dann ist Schluss. Ich hoffe nur, dass die Kontrolleure uns nicht belogen haben und tatsächlich nichts Wichtigeres als Nährlösung und Antibiotika in Andris hineinfließen, von dem Schlafmittel einmal abgesehen.

Er atmet genauso ruhig weiter wie bisher. Gut.

Das Wandregal zu meiner Rechten beherbergt vor allem Patientenakten. Nicht nur die von Andris, sondern auch von einigen anderen Patienten des Medpoints. Die von Konrik zum Beispiel, dem jungen Sentinel, der nach der Stichprobenuntersuchung nicht mehr aufgetaucht ist. Ich blättere die Akte durch, vorsichtig, um nicht allzu sehr zu rascheln, und achte genau auf Behrsens Schnarchen. Solange das unverändert bleibt, besteht keine Gefahr.

In der Akte finde ich nichts Aufschlussreiches. Konrik war von einem geschleuderten Stein an der Schläfe getroffen, aber nicht sehr schwer verletzt worden. Falls man ihn in eine andere Sphäre verlegt hat, wird das hier jedenfalls nicht erwähnt.

Ich nehme jede einzelne Mappe aus dem Regal, aber die über die Sphäre Neumünster ist nicht dabei. Was, wenn Behrsen sie mit in den Nebenraum genommen hat?

Auch diese Möglichkeit habe ich vorab im Kopf durchgespielt und mich dazu entschlossen, meine Entscheidung je nach Situation zu treffen. Das Risiko muss vertretbar sein und ein Erfolg zumindest denkbar.

Langsam. Lautlos. Ich habe den Eindruck, dass mit jedem Schritt, den ich tue, Behrsens Schnarchen durchdringender wird.

Dann stehe ich im Türrahmen, das Licht des Krankenzimmers wirft einen schwachen Schein in die Kammer. Es ist eigentlich ein Badezimmer; Behrsen hat seine Liege zwischen Dusche und WC aufgestellt. Er schläft auf dem Rücken, ein Arm hängt seitlich herunter, der zweite liegt angewinkelt hinter seinem Kopf.

Neben ihm, auf dem Boden, befinden sich das Datenterminal und ein kleiner Aktenstapel.

Ich passe meinen Atemrhythmus dem von Behrsen an und gehe in die Hocke. Langsam, damit keine Gelenke knacken. Auf allen vieren krieche ich auf den Stapel zu, bewege mich immer zeitgleich zu den Schnarchgeräuschen; dazwischen halte ich still.

Das Badezimmer ist klein und mein Weg nicht weit. Dummerweise wirft mein eigener Körper einen Schatten, der die Papiere bedeckt, ich muss mich seitlich drehen und stoße dabei leicht gegen die Duschkabine. Es gibt ein leises, schabendes Geräusch.

Ich erstarre. Hat Behrsen das gehört?

Nein, er atmet unverändert weiter. Nur seinen Kopf dreht er zur anderen Seite, also von mir fort.

Gut, sehr gut. Doch jetzt kommt der schwierige Teil – Rascheln ist eins der Geräusche, die schnell und tief durch die Bewusstseinsschichten dringen können. Am liebsten würde ich den kleinen Aktenhaufen ins Krankenzimmer mitnehmen, aber dabei dürfte ich keinesfalls ertappt werden. Sollte ich Behrsen aus Versehen hier wecken, könnte ich mich herausreden, dessen bin ich mir sicher.

Zuoberst liegt Behrsens Tagesbefehl. Eine Auflistung der Dinge, die er zu erledigen hat. Unter anderen Umständen vielleicht interessant, jetzt nebensächlich. Es erstaunt mich höchstens etwas, dass diese Kommunikation nicht über die Terminals läuft, aber dafür wird es Gründe geben. Dass es zum Beispiel eine offizielle, elektronische Version für die weit entfernt stationierten Vorgesetzten gibt und eine inoffizielle, auf die die drei Kontrolleure sich intern geeinigt haben. Aber das ist nicht mein Problem.

Mit aller Behutsamkeit hebe ich das Blatt an und lege es zur Seite. Darunter kommt eine Mappe zum Vorschein, auf die ich große Hoffnung gesetzt hatte, doch sie trägt die Aufschrift *Skizzen* und den Zusatz *privat*. Dass Behrsen ein Hobbyzeichner ist, hätte ich nicht vermutet, und obwohl ich es sympathisch finde, bringt es mich nicht weiter.

Als ich die Mappe hochhebe, raschelt es leise, aber Behrsen wacht nicht auf.

Darunter wieder ein Einzelblatt. Ich überfliege die kurzen Zeilen und mein Herz pumpt schneller.

Es handelt sich um eine Auflistung von Sphären – weder vollständig noch alphabetisch geordnet. Offenbar muss noch vieles ergänzt werden.

S BSW	I/3: 17/19/19
S GRA	I/0
S B1	I/1: 18
S B3	I/2: 15/19
S HAN1	I/0
S KON	I/1: 13
S DO2	I/1: 17

So geht es weiter. Sphärenbezeichnungen, Buchstaben und Zahlen, aus denen ich nicht schlau werde. Ich würde das Blatt am liebsten abschreiben und später in Ruhe darüber nachdenken, welche Information hinter den Daten steckt, aber das ist ausgeschlossen. Leider werde ich mir auch nicht alles merken können, dafür ist es zu viel.

Ich präge mir ein, was möglich ist, und widme mich dem nächsten Bogen.

Und da, da ist es. Es ist kein Dokument im engeren Sinn, sondern nur ein paar Sätze, die Behrsen auf die Rückseite eines alten Tagesbefehls gekritzelt hat, wobei ich bezweifle, dass seine Vorgesetzten glücklich darüber wären, wenn sie davon wüssten. Er tut, was auch ich früher gern getan habe: mit einem Stift in der Hand nachdenken und sich Notizen machen.

Was genau hinter seinen Zeilen steckt, begreife ich nicht, aber es ist auf jeden Fall schwerwiegend.

S NMN: Nach bekanntem Zwischenfall keine Überlebenden. TO: 2827–2903, Bahnverbindung bis auf Weiteres gesperrt. Ab wann Zugang?

Offiziell: Vereisung Magnetbahn. Andere Verkehrsmittel?

M. sucht Kräfte für Spezialeinsatz. Freiwillige Meldung – Beförderung?

Nach bekanntem Zwischenfall keine Überlebenden. Heißt das, die ganze Sphäre Neumünster ist ausgelöscht?

Sollte TO das Kürzel für Todesopfer sein, dann handelt es sich hierbei nicht um einen Zwischenfall, sondern um eine Katastrophe. Ich habe Berichte über einen Kuppeleinsturz gelesen, der vor dreißig Jahren in einer der Spessart-Sphären passiert ist; damals gab es über zweihundert Tote. Aber dreitausend?

Die Meldung müsste wie ein Lauffeuer durch sämtliche Nachrichtenkanäle gegangen sein. Ich hätte sie entdecken müssen, kürzlich, als ich auf Albinas Terminal herumgestöbert habe. Sie hätte Thema Nummer eins in allen Gesprächen sein müssen.

Aber nichts davon ist passiert. Fast dreitausend Tote, die … ja, totgeschwiegen werden.

Außer, TO bedeutet etwas ganz anderes. Mir fällt bestimmt eine plausiblere Erklärung ein, wenn ich meinen Kopf wieder klar bekomme.

Ein Stöhnen, rau, ein Knarren. So viel früher, als ich vermutet habe.

Jetzt nicht panisch werden. Schnell das Papier zurücklegen – Behrsen schläft noch, ein Glück –, die anderen Dokumente darüberstapeln, so wie ich sie vorgefunden habe. Leise. Langsam atmen. Langsam aufstehen.

Drei Schritte zur Tür, rückwärts, den Blick immer auf die Liege gerichtet. Nun regt Behrsen sich, dreht sich zur Seite, murmelt etwas.

Schlaf weiter, bitte, schlaf …

In das Stöhnen mischt sich leichtes Husten. Ich drehe mich um und sehe Andris, der sich auf seinen linken Ellenbogen gestützt hat und den polierten Boden neben seinem Bett anstarrt. Er weiß nicht, wo er ist, natürlich nicht.

Ich gehe zu ihm, hocke mich hin, bringe unsere Gesichter auf gleiche Höhe und lege ihm meine flache Hand über den Mund.

Seine Augen werden groß, ich schüttle den Kopf. Er darf nichts sagen, keinen Ton von sich geben, es muss anders gehen. Noch einmal presse ich meine Hand gegen seine Lippen, kurz und mit Nachdruck. Hat er verstanden? Er nickt. Eine winzige Kopfbewegung, die ihn schmerzlich die Augen zusammenkneifen lässt.

Ich setze mich an die Bettkante. *Nicht sprechen.* Gesten, die Sandor mich gelehrt hat, aber jetzt an ihn zu denken, wäre dumm. Keine unnötigen Ablenkungen.

Sphäre, deute ich. *Keine Gefahr. Ruhig. Bitte.*

Sein Blick tastet mein Gesicht ab, als wäre er unsicher, ob es wirklich ich bin, die er vor sich sieht.

Bekommst Medizin für deinen Kopf. Für gesund.

Er blinzelt. Hebt die Hände und deutet, aber sehr undeutlich.

Lieblinge.

Ja, gebe ich zurück. *Hier sind Lieblinge.*

Plötzlich bäumt er sich auf. Greift nach seinem Venenkatheter und will ihn herausreißen, ich muss mich über ihn werfen und seine Hände festhalten. Es klappt. Erstaunlich, wie schwach er ist.

Ich warte, bis Andris sich wieder beruhigt hat, und stelle gleichzeitig mit Entsetzen fest, dass Behrsen nicht mehr schnarcht.

Wird er gleich in der Tür stehen? Ich höre keine Geräusche, die darauf schließen lassen, kein Rumoren, keine Schritte. Liegt er still da und lauscht? Überlegt er noch, ob es sich lohnt, aufzustehen?

Ich halte Andris' riesige Hände, versuche, ihm meine Botschaft mit den Augen zu vermitteln. *Nicht bewegen. Ruhig bleiben.*

Und dann … setzt das Schnarchen wieder ein.

Langsam lasse ich Andris' Hände los. Er ist jetzt wach und hat sich inzwischen ausreichend orientiert, um die Situation einigermaßen zu erfassen. Aber er weiß noch nicht, was er von meiner Anwesenheit in seinem Krankenzimmer halten soll und ob er mir vertrauen kann.

Niemand kennt mich hier. Anderer Name, deute ich. Besser bekomme ich es nicht hin, ich hoffe, Andris versteht, was ich meine.

Er stutzt kurz, nickt dann aber.

Warum bin ich hier und nicht tot?, fragt er mich im Gegenzug.

Weiß ich nicht. Ich hatte gehofft, er hätte eine Theorie, hätte ein paar Worte der Sentinel aufgeschnappt, bevor sie ihn bewusstlos geschlagen haben. Doch auch was das angeht, bin ich auf dem Holzweg.

Schlag war von Scharten. Zwölf Mann. Überfall beim Sammeln.

Dann stimmt es also, dass die Exekutoren sich williger Clans bedienen, um sie ihre Schmutzarbeit machen zu lassen.

Andere Dornen gesund?, frage ich.

Weiß nicht. Noch jemand hier?

Nein, soweit ich es mitbekommen habe, ist Andris der Einzige. Ich schüttle den Kopf.

Er hält meinen Blick mit seinem fest. Es liegt etwas Bittendes darin.

Muss fort. Zurück.

Zu diesem Schluss bin ich ebenfalls gekommen. Ich werde auf keinen Fall zulassen, dass die Exekutoren sich Andris mit einem Genickschuss vom Hals schaffen, sobald sie ihn nicht mehr brauchen. Oder ihn in die Minen im Norden schicken.

Ich tue alles. Versteht er, was ich meine? *Ich passe auf. Schutz.*

Das bringt ihn zum Lächeln und ich lasse mich davon anstecken, auch wenn ich weiß, dass er mir nicht glaubt. Mir nicht zutraut, im Ernstfall etwas für ihn tun zu können. Aber mein Plan nimmt schon erste konkrete Züge an.

Nicht warten. Jetzt gehen. Wieder tastet er mit einer Hand nach dem Venenkatheter.

Ich schüttle heftig den Kopf.

Überall Sentinel. Große Gefahr. Jetzt ist schlecht.

Die Eindringlichkeit meiner Gesten scheint ihn zu beeindrucken. Er antwortet mir mit nur einer Geste.

Wann?

Bald. Sicher.

Versprechen?

Ja. Versprechen.

Seine Angst ist größer, als ich zu Beginn gedacht hatte. Jetzt erkenne ich sie, im Zucken seiner Mundwinkel, an der Art, wie er nach meiner Hand greift.

Im Nebenraum schnarcht Behrsen heftig auf, murmelt etwas im Schlaf.

Ich habe unser Glück bereits mehr als überstrapaziert.

Jetzt schlafen. Ich bin hier.

Andris lässt meine linke Hand nicht los, während ich aufstehe, um mit der rechten die Rollenklemme aufzudrehen. Nun lösen sich wieder Tropfen aus dem Infusionsbeutel, der Schlauch füllt sich, das Gemisch läuft in Andris' Vene.

Ich halte seine Hand, bis er eingeschlafen ist.

35

Die restliche Nacht verläuft ruhig, innerlich vibriere ich jedoch vor Aufregung. War auf dem Zettel von Todesopfern die Rede? Habe ich eine Chance, das herauszufinden?

Und Andris ... Wie viel Zeit bleibt mir, bis sie ihn fortbringen oder töten?

Meine Güte, es wäre überhaupt kein Aufwand, es müsste nur einer der Ärzte der Infusion statt Narcovac ein stark dosiertes Gift beifügen. Niemanden würde interessieren, was mit dem großen Prim passiert ist. Und ich würde es erst erfahren, wenn es zu spät wäre.

Ich wecke Behrsen zwanzig Minuten vor unserer Ablöse, so war es vereinbart. Dass er mich einspannt, um nicht auf seine Nachtruhe verzichten zu müssen, sollen die beiden anderen Kontrolleure nicht wissen, das ist mir klar, ohne dass er es extra erwähnen muss.

Er schickt mich fort und drückt mir dabei einen Essensgutschein für die Vitro-Kantine in die Hand.

Albina sitzt mit rot geäderten Augen vor ihrem Terminal und blickt kaum auf, als ich das Dienstzimmer betrete.

»Und? Hat er gut ausgeschlafen, der Herr?«

»Ja. War eine ruhige Nacht.«

»Na, wie schön.« Der Sarkasmus trieft förmlich aus ihren Worten. »Hier nicht so sehr. Wir hatten einen Neuzugang mit Magenblutungen und einen Fieberschub bei der Biologin mit der Rücken-OP.«

»Das tut mir leid.«

»Du kannst ja nichts dafür.« Albina lehnt sich seufzend zurück. »Wenn Osler heute nicht pünktlich ist, darf er sich etwas von mir anhören.« Sie gähnt und steckt mich prompt damit an.

Zehn Minuten noch bis zum Schichtwechsel. Gleich gehe ich in mein Quartier und lege mich schlafen, mein Körper schreit förmlich danach, aber vorher würde ich zu gerne Sphäre Neumünster zur Sprache bringen.

Ich weiß nur nicht, wie. Es gibt keine Möglichkeit, es unauffällig oder nebenbei zu tun – also muss ich es auf die direkte Art versuchen. Und mich dabei ein wenig dümmer stellen, als Albina es von Sindra gewohnt ist.

»Gab es eigentlich in letzter Zeit irgendeine größere Katastrophe?« Ich verleihe meiner Stimme einen beiläufigen Ton und strecke mich.

»Ja, das Essen in der Kantine gestern.« Albina kichert, wird aber sofort wieder ernst. »Tut mir leid. Ich weiß, was ihr bekommt, ist noch schlimmer.«

»Da hast du recht, aber diese Art Katastrophe meine ich gar nicht. Eher etwas mit Hunderten Toten, Verletzten, viel Blut. Ich frage nur, weil ich gestern einen Gesprächsfetzen aufgeschnappt habe, da ging es um ein solches Ereignis. Glaube ich jedenfalls.«

Albina denkt kurz nach und zuckt mit den Schultern. »Vielleicht irgendeine uralte Geschichte. In den letzten Jahren war da nichts, das hätten wir doch mitgekriegt.«

»Ja.« Ich schaue verschämt zu Boden. »Weißt du, ich verfolge die Nachrichten oft wochenlang nicht, ich verpasse manchmal die unglaublichsten Dinge.«

»Das kannst du ändern.« Sie steht auf, stützt sich mit beiden Händen auf dem Schreibtisch ab und sieht mich eindringlich an. »Dir hat niemand erklärt, wie wichtig es ist, zu wissen, was in der Welt passiert. Aber glaub mir, es betrifft dich auch. Du darfst immer gern mein Terminal benutzen, außer ich brauche es gerade selbst.« Albinas Blick wandert an mir vorbei zur Tür, durch die Osler schon längst aufgetaucht sein sollte. »Die Gemeinschaftsterminals sind eine Zumutung, die würde ich auch nicht anfassen wollen.«

Mit einem Seufzen lässt sie sich auf ihren Stuhl zurücksinken. »Na los. Geh. Wenigstens eine von uns sollte pünktlich abhauen dürfen.«

Ich nehme ihr Angebot strahlend an und stoße am Ausgang des Medpoints mit Osler zusammen, der es überhaupt nicht eilig hat. Wir grüßen einander freundlich, aber ich bin nicht bei der Sache.

Albina weiß von nichts, hat von nichts gehört.

Keine Überlebenden hat klar und unmissverständlich auf dem Blatt gestanden.

Kann natürlich auch sein, dass dabei von einem Clan die Rede war.

Ich habe nicht einmal mehr die Kraft, meine Sachen auszuziehen, sondern streife nur die Schuhe von den Füßen, ziehe das Häubchen vom Kopf und lasse mich auf mein Bett fallen. Der nahende Schlaf umhüllt meine Gedanken, durchmischt sie, versetzt sie mit sonderbaren Bildern, bevor er sie auslöscht.

Als ich wieder aufwache, ist es Nachmittag. Mein Nacken schmerzt und ich brauche dringend eine Dusche, vielleicht mache ich anschließend einen schnellen Abstecher zum Medpoint. Ich möchte mich vergewissern, dass Andris noch hier ist.

Mein Versprechen, ihn zu schützen, lastet stärker auf mir, als ich erwartet hatte. Ich weiß nicht, wie ich es halten soll. Etwa ein Drittel des Tages ist Behrsen für ihn zuständig, dann kann ich zumindest das Zimmer betreten, ohne Verdacht zu erregen. Für den Rest der Zeit gilt das nicht.

Ich schlüpfe aus meinem Hemd und meiner Hose und stecke beides in den Schacht für die Schmutzwäsche; erst im letzten Moment fällt mir der kleine Zettel ein, den ich gestern tief in der Hosentasche versenkt habe.

Vorsichtig hole ich ihn heraus und sehe mich nach einem neuen Platz dafür um. Unter der Matratze? Oder soll ich ihn ebenfalls einrollen und in den Stiel meiner Bürste stecken, so wie das Papier, auf das ich die sichtbaren Fragmente des Dokuments aus der Präsidentschaftskanzlei notiert habe?

Ja, das ist vielleicht das Beste. Ich falte den Zettel auseinander, streiche ihn vorsichtig glatt und will ihn zusammenrollen ... Doch etwas irritiert mich.

Auf den zweiten Blick kann ich nicht mehr nachvollziehen, was es war. Ich blinzele, meine Augen sind vom Schlaf noch verklebt, meine Sicht nicht ganz klar.

GL/2J-B
DH/L10/V
RP-72b/UW
ZM23-2/V

Alles wie gehabt. Ich beginne, den Zettel aufzuwickeln, behutsam von unten nach oben.

Die Erkenntnis kommt plötzlich, trifft mich wie ein Schlag, ich spüre ihn körperlich. Bemerke kaum, wie ich auf die Knie sinke. Die Schrift verschwimmt vor meinen Augen, wird wieder klar: Meine hastige Schrift, deren schlampige Ausführung mir ein neues Bild zeigt, eine neue Wahrheit.

DH/L10/V

Ich habe die Striche und Buchstaben nicht sorgfältig voneinander abgesetzt, ich war in zu großer Eile. Was ich für eine Formel gehalten habe, ergibt nun ein Wort.

DHALION

Der Boden unter meinen Knien ist kalt, ich habe nichts als Unterwäsche an, aber ich kann mich nicht rühren. Kann den Blick nicht von dem kleinen Stück Papier wenden, das gerade im Begriff ist, meine Welt auf den Kopf zu stellen.

Die ganze Zeit über dachte ich, Dhalion sei ein Mensch: In meinem Kopf war er abwechselnd ein älterer Mann und ein kleines Kind. Jemand, der Schutz brauchte.

Was für ein Irrtum.

Unzählige Dinge, die sich in den letzten Monaten ereignet haben, die gesagt oder verschwiegen wurden, bekommen auf einmal eine neue Bedeutung.

Ich denke an ein schreiendes Baby. An das, was Jordan über Dhalion und seinen freundlichen Bruder geschrieben hat. An Quirin, der sich angesichts der Tatsache, dass das erbeutete Mehl vermutlich vergiftet war, vor Lachen kaum halten konnte. *Dass uns das passiert! Giftköder, ausgerechnet! Und wir hatten nicht den geringsten Verdacht. Eine Schande, findest du nicht, Vilem?* Daran, was Fiore mir erzählt hat, und an Curvelli, der Vilem aufsuchen wollte. Und zuletzt an Gorgias, sein Entsetzen angesichts dessen, was der farblose Sentinel ihm an Daten vorgelegt hat. *Unvorstellbar, dass jemand zu so etwas fähig ist.*

Ich habe lauter falsche Schlüsse gezogen. Immer gedacht, wir müssten beweisen, dass es keine Verschwörung gibt – doch das war falsch. Wenn es stimmt, was ich zu erahnen glaube, dann gibt es nicht nur eine Verschwörung, sondern sie ist so perfide und ungeheuerlich, dass ich mich weigere, die neuen Informationen zu einem vollständigen Bild zusammenzusetzen. Dass jemand zu so etwas fähig ist. Unvorstellbar, auch für mich.

Und Sandor …

Wieder verschwimmen die Buchstaben vor meinen Augen. Oben und unten wechseln ihre Plätze. Ich atme tief ein und aus, bis mir nicht mehr schwindelig ist. Wenn ich recht habe, dann begreife ich endlich, was in Sandor vorgegangen ist. Warum er nach dem Gespräch mit Quirin so verzweifelt war. Mein Gott, ich wäre auch verzweifelt gewesen. Alles, alles fügt sich plötzlich zusammen. *Nimm einen ersten Eindruck nie für die ganze Wahrheit*, sagt Grauko in meinem Kopf.

Ich wünsche mir so sehr, ihn um Rat fragen zu können, dass es fast körperlich schmerzt. Und ich werde mich an seinen Lehrsatz halten. Bisher habe ich nicht mehr als eine Theorie, und sosehr ich auch glaube, dass sie den Tatsachen entspricht, so wenig darf ich mich darauf verlassen.

Mit bebenden Händen rolle ich den Zettel auf. Ich brauche vier Versuche, bis ich es schaffe, ihn in den Bürstenstiel zu stecken.

Ich muss mit jemandem sprechen, dringend, aber es sind noch drei Stunden bis zu meinem Treffen mit Aureljo und Dantorian.

Ich bin viel zu früh an der Bank und verliere beinahe die Fassung, als Dantorian allein dort auftaucht.

»Aureljo hatte einen Unfall, er ist bei Ausbesserungsarbeiten in der Zentralkuppel ein Stück abgestürzt. Sehr tief ist er nicht gefallen, aber sein rechter Knöchel ist angeknackst.«

Ausgerechnet. Meine erste Reaktion ist nicht Mitgefühl, sondern Wut. Muss wirklich alles Unheil auf einmal über uns hereinbrechen? Kann Aureljo nicht besser aufpassen?

»Einer seiner Kollegen sagt, er wurde geschubst«, fährt Dantorian fort, als hätte er meine Gedanken gelesen. »In der Zentralkuppel ist der Konkurrenzkampf groß, jeder will den wichtigen Leuten auffallen. Sie arbeiten auch viel härter. Aureljo meinte, er war ziemlich erschöpft, sonst wäre er nicht gestürzt.«

»Verstehe.« Was tue ich jetzt? Auf keinen Fall teile ich meine neuen Erkenntnisse mit Dantorian, ich glaube nicht, dass er danach noch so weitermachen könnte wie bisher. Er ist nicht Aureljo, er ist nicht Tycho; ihm fehlt die nötige Portion Kaltblütigkeit. Ich brauche jemanden, der logisch bleiben und mit mir gemeinsam Strategien entwickeln kann.

»Mach dir nicht allzu große Sorgen.« Offenbar interpretiert Dantorian meine Miene auf seine Weise. »Es ist nur der Knöchel, in Zukunft wird Aureljo vorsichtiger sein. Er ist ja jetzt gewarnt.«

»Was denkst du, wann kann er wieder hierherkommen?«

»In vier, fünf Tagen vielleicht? Dann darf er zumindest aufstehen. Hat der Arzt gesagt, der war aber nicht sehr interessiert, er war nur kurz im Quartier und hat den Knöchel bandagiert. Die medizinische Versorgung für die Arbeiter ist ziemlich schlecht, das hätte ich nicht gedacht.«

Es sind andere Ärzte als am Medpoint. Das weiß ich, denn Albina geht manchmal in ihrer Freizeit in die Krankenzimmer der Arbeiterquartiere, um »nachzubessern«, wie sie das nennt.

Fünf Tage. Das ist zu lang.

»Hör mal, Dan.« Ich nehme ihn beim Arm und er weicht unwillkürlich zurück; er gehört nicht zu den Menschen, denen Körperkontakt leichtfällt. »Möglich, dass ich in nächster Zeit nicht zu unserem Treffpunkt kommen kann. Sollte das der Fall sein, geh am frühen Morgen des Ruhetags nach draußen und frage die Grenzgänger, ob sie eine Nachricht von Sindra für dich haben.«

»Was?«

»Schhh. Ich kann es dir nicht erklären. Jedenfalls kommt man am Ruhetag, gegen Sonnenaufgang, wirklich leicht aus der Sphäre und wieder zurück. Die Sentinel spielen mit. Halte Ausschau nach Krunno, aber sprich auch mit den anderen. Und wenn keiner eine Botschaft von mir hat, komm am nächsten Ruhetag wieder.«

Er kneift die Augen zusammen, als müsste er mich schärfer sehen, um zu begreifen. »Heißt das, du haust ab?«

»Nicht so, wie du denkst. Ich muss nach draußen, um etwas herauszufinden.«

»Aber … wir dürfen uns nicht einfach trennen. Schlimm genug, dass Tycho nicht hier ist.« Dantorian beißt sich auf die Unterlippe, sucht offenbar nach weiteren Argumenten. »Außerdem läuft es doch gut! Niemand verdächtigt uns, es ist ganz anders, als du vor unserem Aufbruch befürchtet hast. Weißt du nicht mehr? Also müssen wir nichts überstürzen. Wir bleiben hier, in der Wärme, wo wir sicher sind, und halten Ausschau nach guten Gelegenheiten.«

Wo wir sicher sind. Beinahe hätte ich gelacht. »Genau wie du es beschreibst, so macht ihr es. Ich melde mich. Versprochen.«

In Dantorians Miene liefern sich Neugier und Beklommenheit einen heftigen Kampf. »Verrate mir bitte, was los ist.«

»Das kann ich erst, wenn ich mir sicher bin.« Falls ich mir je sicher sein werde. »Du bekommst bald Nachricht von mir.«

Ich wende mich zum Gehen, aber er hält mich am Ärmel fest.

»Soll ich Aureljo nichts von dir ausrichten?«

Ich denke schnell nach. »Doch. Sag ihm, er soll nicht mehr versuchen, an das rote Dossier heranzukommen. Haltet euch im Hintergrund, fallt nicht auf. Wenn ihr den Eindruck habt, es wird brenzlig, macht euch aus dem Staub. Lauft zu den Dornen zurück.«

Jetzt sieht er noch beunruhigter aus.

»Keine Angst, so dramatisch, wie es klingt, ist es gar nicht«, lüge ich. »Seid nur einfach vorsichtig.«

Es ist mehr als deutlich, dass er sich damit nur ungern zufriedengibt. Mir ginge es an seiner Stelle genauso. Aber alle meine Signale stehen auf Vertrauenswürdigkeit, also glaubt er mir schließlich. »Sei du auch vorsichtig.«

In den nächsten Tagen verbiete ich mir, an das zu denken, was ich zu wissen glaube, kann aber nicht verhindern, dass immer wieder Bilder durch mein Bewusstsein zucken: Tomma in ihrem Sarg. Die Dornenhecke. Flemings gequältes Gesicht.

Ich wende alle mir bekannten Tricks an, damit die Gedanken in meinem Kopf sich nicht verselbstständigen, und konzentriere mich auf meine Aufgabe. Die lautet: mit Andris die Sphäre verlassen, unbehelligt.

Es muss am kommenden Ruhetag passieren und als Erstes kümmere ich mich um das Einfachste: eine Arbeitsuniform in gigantischer Größe. Was ich im Wäscheraum des Medpoints finde, wird zwar knapp sitzen und Andris' Knöchel freilassen, aber es wird gehen.

Als Nächstes sind die Dienstpläne an der Reihe. Ich flehe innerlich, dass Behrsen und ich vor dem Ruhetag gemeinsam Nachtdienst haben, aber diese Hoffnung erfüllt sich nicht. Er ist am richtigen Termin eingeteilt, ich einen Tag vorher. Was, wenn ich es mir recht überlege, besser ist als umgekehrt.

An einen Tausch ist allerdings nicht zu denken.

»Diesmal habe ich dem Wichtigtuer einen Strich durch die Rechnung gemacht«, erklärt Albina triumphierend, als ich die Einteilung vorsichtig anspreche. »Er hatte dich über unsere Köpfe hinweg an seinem Tag eingetragen, doch ich habe es korrigiert. Er wird dann wohl selbst wach bleiben müssen, statt auf unsere Kosten die Nacht durchzuschlafen.«

»Ja.« Ich strahle sie an und hoffe sehr, dass es echt wirkt. »Das hast du großartig gemacht.«

Das Schwierigste ist das Warten. Ich schlafe nur noch schlecht, entwerfe eine Strategie nach der anderen. Die meisten verwerfe ich innerhalb von Minuten. Es kann so unglaublich viel schiefgehen und dann werde ich nicht ungeschoren davonkommen. Dann wird man wissen wollen, was Sindra Holun mit dem gefangenen Prim vorhat, und es wird höchstens ein paar Stunden dauern, bis sich herausstellt, dass es sich bei der Täterin gar nicht um Sindra Holun handelt.

Ich wünsche mir einen wasserdichten Plan, weiß aber gleichzeitig, dass es den nicht geben kann. Einiges muss ich dem Zufall überlassen und das ertrage ich nur schwer.

Mein letzter regulärer Nachtdienst.

Albina ist bestens gelaunt, sie zeigt mir skurrile Meldungen auf dem Datenterminal und ich bemühe mich, mit ihr gemeinsam zu lachen. Dass ich sie hintergehen muss, bedrückt mich sehr. Gut möglich, dass sie Schwierigkeiten bekommt, vielleicht sogar in eine andere Sphäre versetzt wird. Immerhin war sie es, die mir die Stelle am Medpoint beschafft hat.

Aber was ich tue, tue ich auch für sie. In gewisser Weise. Der Gedanke ist zwar richtig, trotzdem fühle ich mich nicht besser. Sie wird so enttäuscht von mir sein.

»Ich habe Pudding aus der Kantine geschmuggelt, möchtest du?« Sie hält mir ein Schälchen hin und ich nehme es, obwohl ich lieber heulen würde.

»Danke«, sage ich. »Für alles. Dass du so viel für mich tust, weiß ich zu schätzen, wirklich.«

Sie grinst. »He. Das ist nur Pudding und er ist nicht besonders gut.«

Zwei Stunden später legt Albina sich schlafen, bisher ist es eine ruhige Nacht und wir hoffen beide, dass es so bleibt.

Ich sitze vor dem Terminal und starre auf die Daten, die von den Salvatoren der Patienten geschickt werden. Nichts blinkt, weder rot noch violett. Ich wechsle auf die aktuelle Meldungsseite.

Die Verlockung, im Archiv nach Sphäre Neumünster zu suchen, ist riesig. Aber ich beherrsche mich. Wenn es einen Bericht zu dem Vorkommnis gegeben hätte, wüsste Albina davon. Sie selbst hat mir eingeschärft, wie wichtig es ist, auf dem Laufenden zu bleiben.

In der ruhigsten Stunde dieser Nacht öffne ich das Programm zum Versenden von Nachrichten. Jedes Datenterminal im Sphärenbund kann direkt angeschrieben werden, wenn der Absender die Adresse weiß. Die, die ich jetzt ins Adressfeld eingebe, kenne ich mindestens so gut wie meine eigene.

Vielleicht ist es unvorsichtig. Aber das gilt für alles, was ich getan habe, seit ich bei den Dornen aufgebrochen bin. Ich werde die nötigen Vorkehrungen treffen, um die Herkunft der Nachricht zu verschleiern. Mit viel technischem Aufwand lässt sie sich natürlich trotzdem zurückverfolgen, aber der, für den sie bestimmt ist, darf wissen, wo ich bin. Vor allem soll er wissen, dass ich lebe.

Ich überlege lange, was ich schreiben soll. Es darf nicht verräterisch klingen, mein Name darf nicht darin auftauchen, trotzdem muss für Grauko klar sein, dass die Botschaft von mir stammt.

Nur für Grauko. Für niemanden sonst.

Meine Finger schweben über den Tasten. Mir fallen unzählige Tipps und Lehrsätze ein, die er mir beigebracht hat, aber würde er sie auch eindeutig mit mir in Verbindung bringen?

Plötzlich weiß ich es. Ich schließe kurz die Augen, um mich genauer an das winzige Stück Neupapier erinnern zu können, das er mir beim Abschied zugesteckt hat.

Unsere letzte Lektion war die wichtigste, tippe ich. *Ich habe sie nicht vergessen und das werde ich auch nie.*

Abschicken. Jetzt bin ich ruhiger. Es ist, als würde Grauko mir wieder beistehen.

Ein paar Dinge habe ich in dieser Nacht noch zu erledigen. Ich verstecke einen Beutel mit meiner Habe in dem Materiallager gegenüber von Andris' Zimmer, auch die vier Flaschen Alkohol deponiere ich dort. Dann gehe ich zurück in Albinas Dienstzimmer und hole den Schlüssel für die Bereitschaftsapotheke, die im gleichen Gang liegt.

Narcovac ist zu stark und muss außerdem intravenös verabreicht werden – dagegen gibt es Dormodon als Tropfen. Geschmacksneutral, wie das Etikett verspricht. Perfekt. Ich nehme ein Fläschchen an mich.

Als ich in das Dienstzimmer zurückkehre, meldet das Datenterminal bei einem der Patienten eine beunruhigend hohe Herzfrequenz. Noch nicht lange, hoffe ich.

Ich wecke Albina, sie verabreicht dem Mann Betablocker und befindet dann, dass es schon zu spät ist, um sich noch einmal hinzulegen.

Den Rest der Nacht erzählt sie mir Anekdoten aus ihrer Studienzeit und will im Gegenzug dafür Geschichten aus meinem Leben als natürlich Gezeugte hören, doch ich zucke nur die Schultern und erkläre, das sei nicht interessant.

Ich will sie nicht mehr anlügen als unbedingt nötig.

36

Schlafen. Das muss sein, wenn ich in der kommenden Nacht alle meine Sinne beisammenhaben will, doch mehr als sechs Stunden schaffe ich leider nicht. Den Rest des Tages verbringe ich damit, mich von der Sphäre zu verabschieden. Es ist kein sehr schmerzlicher Prozess, ich hänge hier nur an Albina, ein wenig vielleicht auch an Osler.

Und je näher der Abend kommt, desto mehr bedrückt es mich, Aureljo und Dantorian zurücklassen zu müssen. Aber selbst wenn ich ihnen reinen Wein einschenken würde, mit seiner Knöchelverletzung könnte Aureljo nicht fliehen. Es ist schon zu zweit gefährlich; zu viert wäre es Wahnsinn.

Trotzdem schleiche ich mich zum Zeitpunkt unserer täglichen Treffen nach Kuppel 7, doch ich nähere mich von der anderen Seite. Und sehe ihn auf der Bank sitzen, neben sich zwei einfache Krücken, das bandagierte Bein ausgestreckt.

Ganz kurz nur ringe ich mit mir. Es wäre eine Erleichterung, meine Schlussfolgerungen mit Aureljo teilen zu können. Seine Meinung zu hören, wenn er den ersten Schock überwunden hat.

Aber ich entscheide mich dagegen. Das Letzte, was ich jetzt gebrauchen kann, ist jemand, der mich verunsichert und meine Pläne anzweifelt. Was Aureljo tun würde, schon um mich zum Bleiben zu bewegen.

Langsam und ohne den Blick von ihm zu lassen, kehre ich zum Kuppelausgang zurück. Wieder ein Abschied, wieder unausgesprochen.

Kurz nach Schichtwechsel ist die beste Zeit, um mein Versteck im Materiallager aufzusuchen. Alle sind beschäftigt und niemandem, der mir auf dem Gang begegnet, fällt auf, dass ich eigentlich gar keinen Dienst habe.

Ich prüfe, ob noch alles da ist, was ich vergangene Nacht in den hintersten Regalecken deponiert habe, dann setze ich mich auf den kleinen Hocker, der als Trittstufe zum Erreichen der höher gelegenen Regale dient.

Eine Stunde sollte ich warten, mindestens.

Jedes Mal, wenn ich draußen Schritte höre, stehe ich auf und tue so, als würde ich etwas suchen. Doch zu meiner Erleichterung laufen alle vorbei.

Dann ist es so weit. Bevor ich den Lagerraum verlasse, setze ich Sindra Holuns freundlich nichts ahnendes Gesicht auf. Ich bin einfach gestrickt, schüchtern und habe ein Anliegen.

Behrsen hat die Beine auf den Tisch gelegt und sein Terminal auf dem Schoß, das ihm vor Schreck fast zu Boden fällt, als ich das Zimmer betrete.

»Entschuldigung«, flüstere ich. »Ich hätte geklopft, aber ich wollte nicht, dass mich jemand hereinkommen hört.«

Er hat sich wieder gefangen und schüttelt beschwichtigend den Kopf. »Schon gut. Ich dachte, du hättest heute keinen Dienst?«

»Habe ich auch nicht.« Ich knete verlegen meine Hände. »Aber ich dachte, ich helfe Ihnen trotzdem.«

Seine Augenbrauen wandern überrascht nach oben. »Aha? Ich wusste gar nicht, dass ich dir so sympathisch bin.«

»Hm, na ja, schon … Aber eigentlich«, ein hilfloser Blick zu ihm, dann zu Boden. »Ich habe mir überlegt … Wenn ich Ihnen bei den Nachtdiensten helfe, dann können Sie mich vielleicht mitnehmen? Ich würde gern in eine andere Sphäre, in eine bessere. Ich möchte nicht bis zum nächsten Arbeiterwechsel hierbleiben müssen. Vienna 2 gefällt mir nicht.« Sollte er mich jetzt einfach abwimmeln und wegschicken, habe ich ein Problem.

Ich blinzle ihn aus großen Augen an. »Bitte.«

Mein Vorschlag hat ihn auf jeden Fall überrascht. »Dich mitnehmen?«

»Ja, und dafür assistiere ich Ihnen bei jedem Nachtdienst, solange Sie noch hier sind. Ich tue das gerne.«

»Na, in diesem Fall …« Er lächelt. »Da wird sich bestimmt etwas machen lassen.«

Ich strahle. »Sie nehmen mich wirklich mit?«

Er denkt gar nicht daran, das zu tun, und er wird später einen Grund finden, warum es meine Schuld ist, dass er sein Versprechen nicht halten kann. »Ja sicher. Wenn du dich weiterhin so geschickt anstellst.«

Da ist sie, die Hintertür. Behrsens Scheinheiligkeit macht es mir leichter, ihm das anzutun, was ich vorhabe. Falls es mir gelingt, wird er zweifellos degradiert, wenn nicht Schlimmeres.

Ich freue mich demonstrativ, fehlt nur, dass ich hüpfe und in die Hände klatsche. »Vielen Dank! Ich kümmere mich gleich um ihn, ja?« Mit ausgestrecktem Zeigefinger deute ich auf Andris.

»Tu das.« Behrsen schließt sein Datenterminal. »Aber erzähl niemandem von deinen Extradiensten, ja? In deinem eigenen Interesse. Du bist nicht in die Liste eingetragen, eigentlich dürftest du überhaupt nicht hier sein.«

»Ich sag keinem was, ganz sicher!«

Er steht auf und geht ins Nebenzimmer, wo er damit beginnt, die Klappliege aufzustellen. Sie ist, wie die meisten Dinge in Vienna 2, nicht mehr ganz neu und klemmt. Ab jetzt ist alles eine Frage der Schnelligkeit. Damit, dass sich so rasch eine Gelegenheit für meinen ersten Schritt ergeben würde, habe ich nicht gerechnet, aber ich werde sie nutzen. Das Fläschchen mit dem Dormodon befindet sich in meiner Hosentasche, ich kann es ungesehen mit einer Hand aufschrauben, und während Behrsen noch mit der Klappliege kämpft, kippe ich ein Drittel des Inhalts in das Glas mit dem Vitamingetränk, das er auf dem Tisch hat stehen lassen.

Als er ins Krankenzimmer zurückkommt, stehe ich schon an Andris' Bett und habe damit begonnen, ihn zu waschen. Gesicht und Hals und Hände, das wird diesmal reichen müssen, denn Behrsen macht keine Anstalten, mir beim Bewegen des schweren Körpers zu helfen.

»Ich gehe nach nebenan, da kann ich in Ruhe arbeiten«, sagt er und nimmt sein Datenterminal an sich.

Das Glas mit dem Vitamingetränk lässt er zu meinem großen Schrecken stehen, kommt aber eine Minute später noch einmal zurück und nimmt es ebenfalls mit. »Ich muss wichtige Akten bearbeiten. Stör mich bitte nur im Notfall. Der Patient war den ganzen Tag über stabil, du solltest einen problemlosen Dienst vor dir haben.«

Ich murmle zustimmende Dankesworte.

Behrsen verschwindet in der Kammer, während ich fortfahre, Andris zu waschen. Die Stirn, die Augenwinkel, die Lippen, den Hals.

Ist es zu früh, seinen Tropf abzuklemmen? Beim letzten Mal hat es beinahe eine Stunde gedauert, bis er aufgewacht ist. Angenommen, Behrsen rührt sein Getränk die nächsten zwei Stunden nicht an …

Nein, ich werde warten, bis die beruhigenden Schnarchgeräusche einsetzen. Die Nacht ist lang, vor dem Morgengrauen können wir ohnehin nicht durch die Schleuse. Am liebsten würde ich die Zeit vorwärtsdrehen, die Untätigkeit macht mich nervös und das wiederum macht mich anfällig für Fehler.

Graukos Entspannungsübungen helfen diesmal nur wenig. Ob er meine Nachricht erhalten hat? Ich wünschte, ich hätte dabei sein und sein Gesicht sehen können. Ich erinnere mich an das Glühen in seinen Augen, wenn ihn etwas besonders gefreut oder mit Stolz erfüllt hat.

Meine Geduld wird heftig strapaziert. Erst nach Mitternacht dringen die sehnlich erwarteten sägenden Geräusche aus dem Nebenraum. Ich ziehe wieder die Schuhe aus, bevor ich hinüberschleiche. Das Datenterminal liegt auf Behrsens Bauch, wo es sich im Rhythmus seiner Atemzüge hebt und senkt. Das Glas hat er nur zur Hälfte ausgetrunken.

Ich hoffe sehr, dass die Dosis trotzdem hoch genug war. Jetzt, endlich, kann ich die Schlafmittelzufuhr bei Andris abklemmen.

Es scheint unerträglich viel Zeit zu vergehen, bis er sich erstmals rührt. Seinen Kopf von links nach rechts dreht.

Ich sitze neben ihm, lasse ihn nicht aus den Augen. Als seine Lider zu flattern beginnen, greife ich nach seiner Hand und bringe meinen Mund dicht an sein Ohr.

»Andris«, flüstere ich. »Es ist so weit.«

Sein erster Blick ist ziellos. Ratlos, fast kindlich. Dann kehrt langsam seine Erinnerung zurück, ich kann förmlich dabei zusehen.

»Gehen wir jetzt von hier fort?«, wispert er.

»Ja. Es ist alles vorbereitet.« Ich ziehe ihm den Katheter aus der Vene und klebe ein Pflaster über den Einstich. »Kannst du aufstehen?«

Es stellt sich heraus, dass ihn die lange Bewusstlosigkeit stärker geschwächt hat als angenommen. Als er versucht, sich im Bett aufzusetzen, wird sein Gesicht grau.

»Langsam. Du musst warten, bis dein Körper versteht, dass jetzt Schluss ist mit Herumliegen.«

Das bringt ihn zum Lachen und ich muss ihm eine Hand auf den Mund pressen, um den Laut zu dämpfen.

»Das hier ist kein Spaß. Wenn sie uns erwischen, töten sie uns beide. Hör zu. Sobald wir draußen sind, bist du der Anführer und ich mache, was du sagst. Hier drinnen ist es umgekehrt, hier kenne ich mich besser aus.«

Er nickt und ich lasse meine Hand sinken.

Die nächste halbe Stunde sind wir damit beschäftigt, ihn auf beide Beine zu stellen. Einmal stürzt er fast zu Boden, erst im allerletzten Moment schafft er es, sich am Bett abzustützen. Leise geht das nicht vonstatten, aber Behrsen schläft weiter. Allerdings beginnt die Zeit allmählich knapp zu werden.

Kreislaufstabilisierende Medikamente. Warum habe ich daran nicht früher gedacht? In einem der Regale finde ich Tropfen gegen Übelkeit und Schwindel, verabreiche Andris angesichts seiner Körpergröße das Doppelte der vorgeschriebenen Dosis und warte fünf Minuten.

Danach geht es etwas besser.

Er wankt einmal bis zur Tür und wieder zurück und setzt sich keuchend auf die Bettkante. Seine Stirn ist mit einem Schweißfilm überzogen. »Ich war noch nie so schwach«, klagt er.

»Das vergeht.« Die Zuversicht in meiner Stimme ist reiner Selbstbetrug. Ja, die Kraftlosigkeit vergeht, aber sollte das nicht innerhalb der nächsten Stunde geschehen, sind wir erledigt. Dann bleibt mir nichts anderes übrig, als Andris wieder hinzulegen und zu behaupten, er sei aufgewacht und hätte sich den Katheter aus der Vene gerissen. Sie werden seine Medikamente höher dosieren und ich werde nichts mehr für ihn tun können.

»Mach eine Pause. Atme tief ein und aus. Dann versuch es noch einmal.«

Er macht Fortschritte. Beim dritten Mal kann er nach seiner Rückkehr durch den Raum neben dem Bett stehen bleiben und muss sich nicht sofort setzen.

»Großartig. Jetzt warte hier, ich bin in einer Minute wieder da.«

Es ist ruhig auf den Gängen des Medpoints. Kein Notfall, der Ärzte und Pflegehelfer aus ihren Dienstzimmern zwingt; ein Glück. Ich husche hinüber ins Materiallager, hole alles, was ich dort versteckt habe, und kehre zu Andris zurück, der in der Zwischenzeit begonnen hat, auf der Stelle zu traben.

»Siehst du … wie gut es … schon geht?«, keucht er.

Zu laut, alles viel zu laut. Ich werfe einen schnellen Blick in den Nebenraum. Behrsen schläft.

»Setz dich hin! Du brauchst deine Kräfte, teil sie dir ein.« Ich lege ihm die Pflegeuniform hin. »Das musst du anziehen.«

Andris gibt sich sichtliche Mühe, nicht empört zu schauen. »Wo sind meine Sachen?«

»Das weiß ich doch nicht! Außerdem kommst du in deinem

Wolfsfell ganz sicher nicht an den Wachen vorbei, also hör auf, Fragen zu stellen, und tu, was ich dir sage!«

Zu meiner eigenen Überraschung protestiert er nicht, sondern zieht sich das Krankenhaushemd über den Kopf und steigt in die Uniform.

»Kurz«, stellt er fest. Das ist alles und damit hat er leider recht. Die Ärmel des Hemdes enden bei der Mitte seiner Unterarme. Aber immerhin passen die Schuhe beinahe.

Ich schultere meinen Beutel, die darin befindlichen Flaschen klirren leise gegeneinander. »Bist du bereit?«

»Ja. Auf geht's.«

»Du bleibst hinter mir. Versuche, jedes Geräusch zu vermeiden. Wenn wir jemandem begegnen, schau nicht erschreckt oder aggressiv, sondern verschlafen, in Ordnung? Und das Reden überlässt du mir. Ausnahmslos.«

Er nickt und ich öffne leise die Tür.

Die Luft ist rein, ich winke Andris auf den Gang hinaus. Die Route, die wir nehmen werden, führt nicht durch den Haupt-, sondern den Lieferanteneingang, vorbei an den Müllsammelbehältern und der Spezialwäscherei des Medpoints.

Ich kann es kaum erwarten, den hell beleuchteten Korridor, den wir entlangschleichen, zu verlassen und in dunkle Seitengänge abzutauchen. Doch Andris braucht immer wieder Pausen. Er atmet schwer, hält sich an der Wand fest, nimmt sich aber sofort zusammen, sobald ich mich nach ihm umdrehe.

Er geht weiter und ich kann sehen, wie er schwankt. Wenn er hier umkippt, wäre das eine Katastrophe. Ich lege seinen Arm um meine Schulter und ermuntere ihn, sich abzustützen. Als er es wirklich tut, breche ich unter dem Gewicht fast zusammen.

Irgendwo wird eine Tür geöffnet und fällt wieder ins Schloss. Mein Puls hämmert in meinem Hals. Was, wenn Behrsen aufgewacht ist und jetzt Alarm schlägt? Für ihn hängt viel davon ab, dass wir erwischt werden, er wird alle Hebel in Bewegung setzen …

Da ist die Abzweigung zum Lieferanteneingang. Ein paar Meter weiter rechts liegt ein Raum für Recyclingcontainer, dort lotse ich Andris hinein. Ich will, dass er sich setzt, aber er legt sich hin und schnappt nach Luft.

Ich lausche. Folgt uns jemand? Herrscht bereits Aufruhr im Medpoint wegen des verschwundenen Prims?

Nein, ich glaube nicht. Es war wohl eine andere Tür, die ich gehört habe.

Zehn Minuten gebe ich Andris Zeit, dann muss er wieder aufstehen. Er behauptet, es ginge ihm besser, und tatsächlich gelangen wir in vernünftigem Tempo bis zum Ausgang des Medpoints.

Wir stehen nun in Kuppel 9, die ich in den letzten Wochen unzählige Male durchquert habe – wenn man sich beeilt und den kürzesten Weg nimmt, dauert das nicht länger als zehn Minuten.

Aber die Hauptstrecken sind auch nachts beleuchtet. Die Rolltreppen stehen zwar still und die Lichter sind gedämpft, doch wir würden auf jeden Fall bemerkt werden.

Sicherer ist es auf den Nebenpfaden, die zwischen den Wohn- und Betriebseinheiten verlaufen. Dort gibt es immer wieder Nischen und Winkel, in die wir schlüpfen können, wenn es nötig sein sollte.

Die Ruhe in der Kuppel ist zu dieser Zeit fast gespenstisch. Außer dem allgegenwärtigen tiefen Brummen der Belüftungsanlage ist nichts zu hören. Ich sehe nach oben, wo sich in großer Höhe die Hermetoplasthülle wölbt; darüber tut ein Himmel voller Sterne das Gleiche.

Etwas schließt sich schmerzhaft um meine Schulter. Ich habe schon erwartet, dass der Eindruck einer Kuppel von innen Andris verblüffen wird, und ich bin froh, dass er seinem Erstaunen nur durch einen festen Griff Ausdruck verleiht und nicht durch einen Laut, der die Sentinel auf uns aufmerksam machen könnte.

Ich warte darauf, dass sie sich zeigen. In jeder Kuppel patrouillieren nachts grüne Sentinel von der Quartierwache, meistens in Dreier- oder Vierergruppen. Ich möchte wissen, wo in Kuppel 9 sie sich gerade befinden, bevor wir weitergehen.

Zwei Minuten später weiß ich es. Ein nach oben gerichteter Lichtkegel hat die Kuppelwand gestreift. Sie sind also von uns aus betrachtet rechts, nicht weit von der Kantine.

Ich nehme Andris' Hand und ziehe ihn nach links, dort schirmt ein Pharmazielabor uns vom Blick der Sentinel ab. Es ist ein lang gezogener Trakt, und als Andris mir nach einigen Minuten signalisiert, dass er wieder eine Pause braucht, kann ich sie ihm gönnen, ohne Angst vor Entdeckung haben zu müssen.

»Es ist nicht mehr weit«, flüstere ich ihm ins Ohr. »Die nächste Kuppel ist Kuppel 12 und dort geht es nach draußen. Vergiss nicht, was wir vereinbart haben: Ich spreche, du tust, als wärst du müde.«

Wir machen uns zur nächsten Etappe auf.

Einmal höre ich die Stimmen der Sentinel, ein lautes Auflachen, das mir viel zu nah scheint – haben sie die Richtung gewechselt? Da, wo wir uns gerade befinden, gibt es keine Versteckmöglichkeit, also zerre ich Andris bis zur Rolltreppe hinter dem Sportcenter, dort ist es fast stockdunkel. Wir kauern uns hin. Ich wünschte, er würde leiser atmen.

Die Stimmen der Sentinel sind immer noch hörbar. Sie klingen nicht alarmiert, es wirkt eher so, als freuten sie sich auf das baldige Ende ihrer Nachtschicht. Lange wird es nicht mehr dauern, der schwarze Himmel über der Kuppel verfärbt sich bereits ins Dunkelblaue.

Das heißt, dass bald die ersten handelswilligen Sphärenbewohner den Weg zur Schleuse suchen werden und wir nicht mehr die Einzigen sind, die hier herumstreunen.

Es bedeutet aber auch, dass in etwa einer Stunde Behrsen abgelöst werden wird. Maximal fünf Minuten später wird Alarm ausgelöst werden und dann sollten wir schon tief in das kleine Wäldchen eingetaucht sein.

Die Sentinel müssten sich inzwischen weit genug entfernt haben. Ich schiebe Andris aus dem Schatten ins matte Licht der Nachtbeleuchtung, direkt vor uns liegt der Durchgang zu Kuppel 12, von da aus müssen wir uns nach links wenden.

Neue Kuppel, neuer Wachtrupp. Wir bleiben dicht an der Wand und ich halte wieder Ausschau nach einem Lichtkegel, versuche Schritte oder Stimmen auszumachen, aber ohne Erfolg. Der Himmel ist eine weitere Schattierung heller geworden, die Zeit läuft uns davon.

Mein Instinkt will nichts als raus hier. Schnell zur Schleuse, ins Freie und viel Abstand zwischen uns und Vienna 2 bringen.

Vernünftigerweise müssten wir jetzt aber zehn Minuten warten. Oder wenigstens fünf. Ich bedeute Andris, er soll sich setzen. Er wird so bald keine Gelegenheit mehr dazu finden.

Wir haben Glück, wir sind nicht die einzigen Frühaufsteher heute. Es dauert nicht lange und ich höre das Lachen einer Frau; eine zweite stimmt ein.

»Jetzt«, sage ich zu Andris. »Wir gehen schnell, aber nicht hastig bis zum Ausgang. Wenn du den Sentineln gegenüberstehst, lächle sie an, okay?«

Er fletscht demonstrativ die Zähne und ähnelt mehr denn je einem wilden Tier.

»Freundlich, Andris. Nicht drohend.«

»Das ist freundlich.«

Ich hake mich bei ihm unter, damit er sich unauffällig auf mich stützen kann. Mein Plan ist, dass wir die Ersten bei der Schleuse sind, aber dicht gefolgt von den Frauen, deren Stimmen ich jetzt immer deutlicher höre. Die Aufmerksamkeit soll sich nicht auf uns allein konzentrieren. Wenn bloß Andris nicht so groß wäre. Immerhin ist sein Bart gestutzt und sein Haar im Nacken zusammengebunden. So ähnlich habe ich es auch bei anderen Arbeitern in der Sphäre gesehen.

Der Sentinel, mit dem ich die letzten Male herumgealbert habe, ist wieder da, das nehme ich als ein gutes Omen. Ich winke ihm schon aus einiger Entfernung zu.

Gleichzeitig will die Angst, dass gleich alles vorbei sein kann – wenn zum Beispiel eine der Wachen bei Andris' Gefangennahme dabei war –, schwarz in mir hochbrodeln, aber ich dränge sie gewaltsam zurück. Es gibt jetzt kein Umkehren mehr.

37

»Guten Morgen.« Ich baue mich vor dem Sentinel auf und deute mit dem Daumen über meine Schulter. »Ich habe heute einen Kumpel mitgebracht, der dafür sorgen soll, dass mich da draußen keiner übers Ohr haut.«

Ich lache über meinen eigenen Witz und der Sentinel stimmt ein.

»Na, da hast du dir ja den Richtigen ausgesucht. Der muss neu sein, den habe ich noch nie gesehen.«

»Nein, er lebt schon länger in Vienna 2 als ich. War nur noch nie draußen am Ruhetag und ich zeige ihm heute, wie das läuft.«

»Aha.« Er mustert Andris eingehend. Kneift prüfend die Augen zusammen.

Verdammt, er kennt ihn, gleich wird er sich erinnern …

»Du blutest, Großer.« Der Sentinel deutet auf Andris linken Ärmel. In der Armbeuge des hellblauen Uniformhemds hat sich ein dunkler, nasser Fleck gebildet. Ich hätte einen Kompressionsverband anlegen sollen.

»Ist nicht sein Blut«, erkläre ich leichthin. »Wir hatten vorhin einen Typen mit Platzwunde da. Das war eine Sauerei, kann ich dir sagen.«

Ich zwinkere und tue dann so, als wäre mir plötzlich etwas eingefallen. »Ach, und weil ich dir doch letztens ein Geschenk versprochen und dann keins mitgebracht habe: Hier ist eine kleine Entschädigung.« Aus meinem Tragebeutel hole ich eine der vier Alkoholflaschen und drücke sie dem Mann in die Hand. »Dir wird schon etwas einfallen, was du damit anstellen kannst.«

Die meisten Sentinel trinken gerne, wenn sie die Gelegenheit bekommen, was selten genug der Fall ist. Entsprechend hoch ist der Tauschwert.

Wie ich gehofft hatte, schwindet das Interesse an Andris und mir umgehend. Der Sentinel schraubt die Flasche auf, schnuppert und strahlt. »Ab sofort bist du mein Lieblingsmädchen in Vienna 2.«

Ich stupse mit dem Zeigefinger gegen seine Brust. »Das will ich auch hoffen!« Warte mal ab, wie du in einer halben Stunde darüber denkst. »Und jetzt lass uns durch. Ich habe heute noch viel vor.«

Mit einer übertrieben galanten Geste macht er den Weg frei. Wieder bleibt sein Blick an Andris hängen. »Wieso ist einer wie du eigentlich Pflegehelfer? Normalerweise landet man mit so einem Körperbau automatisch bei den Sentineln. Kapier ich nicht.«

Andris hält sich an unsere Abmachung. Er gähnt, zuckt mit den Schultern und folgt mir.

Kühle Morgenluft, die so anders riecht als die vorgewärmte Luft der Sphären. Ich höre kleine Steinchen unter meinen Schuhen knirschen und kann es nicht glauben, kann nicht fassen, dass wir tatsächlich draußen sind.

Jetzt nur keinen unnötigen Fehler machen. Auf keinen Fall loslaufen, nicht direkt den Wald ansteuern.

Wir schlendern auf den Wall zu und wieder halte ich Ausschau nach Krunno. Es wäre großartig, mit ihm zu sprechen, er könnte uns sagen, wie die Situation im Territorium der Dornen gerade aussieht, wo die Scharten ihre Lager haben, ob noch Nachtläufer gesichtet wurden.

Aber er ist auch heute nicht hier. Vielleicht kommt er bald, es ist noch früh, nur können wir auf keinen Fall warten.

Wir haben höchstens zwanzig Minuten, um uns unsichtbar zu machen. Wenn sie später herumfragen, können gut und gerne zehn Leute bezeugen, dass das Mädchen und der Riese in den Pflegeruniformen auf das Wäldchen zugegangen sind. Mehr Menschen sind bisher nicht hier und vielleicht schenken uns nicht einmal die alle Beachtung.

»In den Wald und dann sofort nach links«, sage ich. »Wenn sie uns verfolgen, werden sie denken, dass wir möglichst tief zwischen die Bäume geflohen sind. Wir sollten es ihnen nicht so leicht machen.«

Andris' blasse Gesichtsfarbe macht mir Sorgen, aber seit wir unter freiem Himmel sind, atmet er ruhiger.

»Weißt du noch, was du gesagt hast?« Er grinst mich schief an. »Solange wir drinnen sind, bist du der Chef, und draußen ist es umgekehrt.« Er beschleunigt seine Schritte. »Ich kenne die Gegend. Ich weiß genau, wie wir ihnen entwischen.«

Es dauert ein wenig länger, als ich dachte, bis die Sirenen ertönen. Wir können sie immer noch sehr gut hören, doch Andris hat uns bereits über einen Hügel außer Sichtweite geführt. Hier beginnt ein anderer kleiner Wald, der eine Ruinensiedlung überwuchert. Weit und breit ist kein Mensch zu sehen – noch nicht.

Wieder heulen die Sirenen. Die Sentinel werden nicht lange auf sich warten lassen, in solchen Fällen sind sie auf schnelles Zuschlagen trainiert, und sie werden für die gleiche Wegstrecke deutlich weniger Zeit brauchen als wir mit unserem ungeeigneten Schuhwerk. Der Boden ist weich und schlammig, ich fürchte bei jedem Schritt, dass der Matsch mir die Schuhe von den Füßen zieht.

Andris bahnt sich einen Weg zwischen den Bäumen hindurch, wobei er sich bemüht, keine Spuren zu hinterlassen. Ich vermute, er will sich in einem der zerstörten Häuser verstecken, aber er hat etwas Besseres im Auge: einen Keller, perfekt getarnt durch die Trümmer, unter denen er buchstäblich begraben liegt. Man muss den Spalt zwischen den Steinen genau kennen und bäuchlings hindurchrutschen, um nach unten zu gelangen.

Ein sicherer Ort, wenn es so etwas überhaupt gibt.

Wir setzen uns auf zwei Plastikkisten, die seit der Langen Nacht hier stehen müssen. Sie sind stabil und hart und ungemein schmutzig. Aus meinem Tragesack hole ich Kleiekekse, Brot und synthetischen Orangensaft. Andris bemüht sich sehr, mir nicht alles aus den Händen zu reißen, trotzdem überlasse ich ihm den Großteil des Proviants. Ich habe ohnehin keinen Hunger, ich bin viel zu nervös.

Danach bleibt uns nichts weiter übrig, als zu warten. Wir sind zur Bewegungslosigkeit verdammt und damit auch zum Frieren. Für einen längeren Aufenthalt in der Außenwelt sind wir beide nicht ausgerüstet, obwohl mir die Luft beim Verlassen der Sphäre wärmer erschienen ist als je zuvor. Draußen, in der Sonne, die jetzt bereits am Himmel stehen müsste, ist es bestimmt gut auszuhalten, doch der Keller ist eisig. Ich schlinge die Arme um meinen Oberkörper.

»Danke«, sagt Andris nach einiger Zeit. »Fürs Befreien. Und fürs Essen.«

»Gerne.«

Er krempelt den linken Ärmel hoch und betrachtet kurz das durchgeblutete Pflaster, bevor er es wegreißt.

»Ich kapier's ja immer noch nicht«, murmelt er. »Dass die mich haben leben lassen. Mich mitgenommen haben!« Er zieht ein komisch verdutztes Gesicht, das mich zum Lachen bringen soll. »Ich meine, wozu? Wenn ich wen befragen möchte, dann nehm ich mir doch keinen, der eins auf die Birne bekommen hat.«

War da ein Geräusch? Kommen sie? Ich halte die Luft an, horche.

Nein, es ist nur auffrischender Wind, der die Äste bewegt.

»Ich denke«, erwidere ich leise, »sie hatten einen Grund, gerade dich zu fangen. Fangen zu lassen, genauer gesagt. Deine Größe, deine Kraft. Und dein Alter.«

Er blinzelt irritiert. »Mein Alter?«

»Ja. Ich glaube, sie waren erstaunt, dass du noch am Leben bist.«

Ich rufe mir das Gespräch zwischen dem silberhaarigen Sentinel und dem Kontrolleur ins Gedächtnis, das ich von der Materialkammer aus belauscht habe. *Sind Sie sicher, was das Alter angeht? Sehen Sie sich ihn an, er ist in jedem Fall über vierzig und höchst lebendig.*

Alter ist auch eins der Worte, die ich auf dem Dokument im roten Dossier lesen konnte.

Andris' Mund öffnet und schließt sich, auf der Suche nach Worten. »Aber … ich … Es gibt doch viel ältere Männer im Clan als mich. Zurrko ist doppelt so alt und hat keine Zähne mehr. Wieso haben sie ihn nicht geholt? Der wäre leichter zu tragen gewesen.«

»Das weiß ich nicht.« Meine ganze Theorie, Dhalion betreffend, steht auf so wackeligen Beinen, dass ich mit Andris möglichst wenig darüber sprechen will. Aber es gibt etwas, das ich ihn fragen möchte.

»Fiore hat mir einmal erzählt, dass fast jeder der Dornen schon ein Kind verloren hat. Du auch?«

Er schüttelt wild den Kopf. »Hab keine. Auch keine Frau. Es ist wie bei den Wölfen, manche paaren sich und andere …« Er zuckt die Schultern. »Bin ein Einzelgänger. Aber was Fiore sagt, stimmt. Einen Neffen habe ich verloren. So klein war er.« Er hält seine Hände nur etwas mehr als einen halben Meter auseinander. »Hätte die Lieblinge, die ihn gestohlen haben, zerrissen wie Grilltauben, wenn ich sie erwischt hätte.«

Es ist Traurigkeit, nicht Wut, die mir das Atmen schwer macht. Manche Gedanken darf ich nicht zu Ende denken. Noch nicht. Und wer weiß, vielleicht nie, denn jetzt sind ganz zweifellos Schritte zu hören. Befehle werden gerufen, Steine knirschen unter Stiefeln.

Wir sitzen beide wie erstarrt auf unseren Kisten, den Blick nach oben gerichtet, als könnten wir so besser erfassen, was sich über unseren Köpfen abspielt.

»… nicht der einfachste Weg, aber ein strategisch kluger«, höre ich eine Stimme rufen, die die des silberhaarigen Sentinel sein könnte. Vielleicht.

»Durchsucht die Ruinen, auch die, die unbegehbar wirken. Aber vorsichtig! Ich will keinen Grabungstrupp anfordern müssen, weil ihr verschüttet werdet!«

Das wird dauern. Ich versuche zu verdrängen, wie sehr ich bereits friere. Versuche mir einzureden, dass die Pause Andris hilft, wieder zu Kräften zu kommen.

Die Zeit schleicht dahin. Sind schon zehn Minuten seit dem

Eintreffen der Sentinel vergangen? Zwanzig? Meine Zähne beginnen aufeinanderzuschlagen.

Dann, direkt über uns, Rumoren. Knirschen. Staub und kleine Steinchen rieseln auf uns herab. Einen entsetzlichen Moment lang denke ich, sie wollen den Trümmerhaufen über unserem Keller abtragen, aber dann wird mir klar, dass ihn nur jemand als Sitzgelegenheit benutzt.

»Wie viel Zeit wollen wir noch verschwenden? Je länger wir hier rummachen, desto mehr bauen die ihren Vorsprung aus.«

»Und wenn sie sich hier verstecken? Willst du, dass wir an ihnen vorbeilaufen?«

Man sucht also tatsächlich nach uns. Behrsen muss zugegeben haben, dass er mich für ihn hat arbeiten lassen, außerhalb meiner Dienstzeit.

Oder er hat eine Geschichte erfunden, bei der er besser wegkommt. Auch möglich.

»Es heißt, der Prim sei verletzt. Der kann nicht so schnell, und wenn er eine Pause braucht, dann ist hier ein guter Ort dafür. Wir haben Befehl, jeden Stein umzudrehen.«

»Der ganze Aufwand nur für einen Prim.«

»Und das Mädchen, das ihm geholfen hat. In ihrer Haut möchte ich nicht stecken.« Lachen. »Ich frage mich ja, warum die das gemacht hat. So dumm kann doch einfach niemand sein.«

Wieder Knirschen. Sie stehen auf, gehen wohl zurück an die Arbeit. Ich kann ihre Stimmen noch hören, verstehe aber nicht mehr, was sie sagen.

Jeden Stein wollen sie umdrehen. Ich vergrabe mein Gesicht zwischen den Armen. Stelle mir vor, was Albina jetzt denkt. Wünsche mir, dass sie wütend ist und nicht traurig. Wünsche mir, dass

Aureljo nicht verrückt wird vor Sorge. Hätte ich gestern Abend doch mit ihm sprechen sollen? Dann wüsste er, dass er mich bald wiedersehen wird. Hoffentlich macht er nichts Unüberlegtes.

Die Minuten schleichen dahin und jede meiner Fantasien ist dunkler als die vorhergehende. Die letzten Tage habe ich mich nur mit der Planung unserer Flucht beschäftigt und alles, was danach kommt, erfolgreich verdrängt. Aber damit ist in einigen Stunden Schluss, vorausgesetzt, sie schnappen uns nicht. Unser Ziel ist das Territorium der Dornen, und während Andris sich darauf freut, dreht mir der Gedanke an die Wahrheit, die mich dort erwartet, fast den Magen um.

Ich habe gelernt, mich unangenehmen Dingen zu stellen, aber diesmal kann ich es nicht. Ich will es nicht. Ich will mich verkriechen, in Wärme und Sicherheit, will nichts sehen, nichts hören, nichts wissen.

Etwas Großes, Schweres legt sich auf meinen Kopf. Andris' Hand. »He, he«, flüstert er. »Keine Angst haben. Sie kriegen uns nicht.« Er legt einen Arm um mich und mir wird zumindest an einigen Stellen meines Körpers etwas wärmer.

Es dauert Stunden, bis der Anführer der Sentinel die Suchaktion für beendet erklärt. Jedenfalls kommt es mir ewig vor. Ich höre, wie sich der Trupp entfernt, aber ich fühle keine Erleichterung. Ich kann mich kaum noch bewegen und ich will es auch nicht, habe es satt, mich zusammenzureißen, und mir graut vor allem, was vor mir liegt.

»Na komm. Wir wollen doch vor Einbruch der Dunkelheit zu Hause sein.« Andris ist voller Vorfreude, er zieht mich auf die Beine – offenbar kehrt seine Körperkraft zurück.

Wir kriechen nach oben, wo mich plötzlich warme Luft umfängt. Kein Wunder, die Sonne steht an einem blauen Himmel, sie hat den höchsten Punkt bereits überschritten und malt nun helle Muster auf den Waldboden, leuchtende Streifen auf die Ruinen.

Routiniert überprüft Andris das Gebiet auf Spuren, er weiß genau, was er tut. Jeder geknickte Ast, jeder Fußabdruck auf der Erde liefert ihm Information.

»Sie sind nach da abgezogen«, erklärt er und deutet nach rechts. »Wir laufen geradeaus weiter. Mit ein bisschen Pech könnten wir ihnen noch einmal nahe kommen, falls sie nämlich in einem großen Bogen Richtung Nordwesten zu ihren Glaswarzen zurückmarschieren. Aber keine Sorge, das merke ich beizeiten.«

Wir gehen los, in deutlich höherem Tempo als am Morgen. Andris hebt im Vorübergehen einen Ast auf, der dicker ist als mein Arm und doppelt so lang. Ich dagegen verzichte darauf, mich zu bewaffnen, es hätte auch keinen Sinn. Meine Gelenke sind noch steif von der Kellerkälte und ich habe das Gefühl, dass mir eine gewaltige Last auf den Schultern jeden einzelnen Schritt erschwert.

»Wenn dir die Kraft ausgeht, trage ich dich«, erklärt Andris nach einem prüfenden Blick in mein Gesicht und ich beschließe, mich, so gut ich kann, zusammenzureißen. Im Gegensatz zu ihm bin ich völlig gesund. Ich werde keine Bürde sein, wenn ich es verhindern kann.

Während der Wochen, die ich in der Sphäre verbracht habe, ist der Schnee beinahe ganz verschwunden. Sogar in den schattigen Bereichen am Waldrand liegen nur noch kleine Flecken und nun, als wir aus dem Wald heraustreten, sehe ich zum ersten Mal in meinem Leben eine grüne Wiese. Es ist keine Wiese wie aus den alten Filmen, die ich kenne – kein saftiges Gras, das bis über die

Knöchel reicht und sich im Wind wiegt –, aber kurze, fast leuchtend grüne Halme, zwischen denen das matschige Braun des Bodens nur selten hindurchschimmert.

Es beginnt. Nein, es hat längst begonnen. Die Welt wird wieder, wie sie einmal war. Ein strahlender Ort voller Leben.

Ich passe mein Tempo dem von Andris an. Es hat keinen Sinn, sich drücken zu wollen, so verlockend es auch sein mag. Während wir die Wiese überqueren, beginne ich, mir im Kopf Sätze zurechtzulegen. Auf wichtige Gespräche bereitet man sich besser vor und noch heute steht mir eins der wichtigsten meines ganzen Lebens bevor. Während der ersten Stunde unseres Marsches begegnen wir niemandem. Keinem Außenbewohner, keinem Sentinel, Andris weiß, welche Wege er nehmen muss, um die Gefahr, entdeckt zu werden, gering zu halten.

Ich bin so in unserem gleichmäßigen Trott und meiner eigenen Gedankenwelt gefangen, dass ich, als Andris plötzlich stehen bleibt, fast in seinen breiten Rücken hineinlaufe.

»Wa–«

»Schhh.« Er macht ein schnelles, unmissverständliches Zeichen mit der rechten Hand. *Feindclan.* Mein Blick schnellt in alle Richtungen, aber ich kann keine Menschenseele entdecken. Wir stehen auf freiem Feld, am Fuß eines vor uns ansteigenden Hügels. Es sind nicht einmal Ruinen in Sichtweite, nur eine Gruppe junger Fichten, in der sich kein Clan verstecken könnte.

Ich bin drauf und dran, Andris zu erklären, dass seine Beobachtung wohl ein Irrtum sein muss, da rennt er los. Auf die Bäumchen zu. Im gleichen Moment wird zwanzig Meter vor uns das, was ich für einen Haufen aus Steinen und abgestorbenem Holz gehalten habe, lebendig.

Ein Mann, groß. Zottiges Haar bis auf den Rücken, in der Hand eine lange, brutal aussehende Klinge. Er stürzt auf Andris zu, der seinerseits den schweren Stock über dem Kopf schwenkt und auf den Gegner niedersausen lässt, doch der weicht aus. Bleckt fauchend die spitz gefeilten Zähne.

Ein Schlitzer.

Alle Geschichten, die ich je über diesen Clan gehört habe, sind mir sofort wieder präsent. Grausame Schlächter, gnadenlose Killer. Fressen ihre Opfer roh.

Ist hier noch einer? Hektisch sehe ich mich um, nein, wir sind allein, soweit ich das beurteilen kann. Nirgendwo weitere Steinhaufen, die sich als Menschen entpuppen könnten.

Der Schlitzer ist wendiger als Andris, er tänzelt um ihn herum, muss zwar immer wieder der Keule ausweichen, aber es ist nur eine Frage der Zeit, bis Andris' Kräfte erlahmen werden. Und dann …

Ich war noch nie in einen Kampf verwickelt, doch jetzt wird mir nichts anderes übrig bleiben, als mich einzumischen. Den Gegner abzulenken und das Beste zu hoffen.

Steine. Ich sammle vier davon auf, jeder faustgroß, und gehe etwas näher an die Kämpfenden heran. Andris keucht bereits, von seiner Stirn laufen Schweißtropfen bis in den Bart. Der Schlitzer sieht dagegen frisch aus. Er schont seine Kräfte. Lauert. Die Klinge liegt locker in seiner rechten Hand.

Mein erster Stein verfehlt den Mann um gut einen halben Meter. Ich gehe noch ein Stück näher. Der zweite trifft ihn in den Rücken.

Blitzschnell dreht sich der Schlitzer zu mir herum, nur für eine knappe Sekunde – er weiß, dass von mir keine echte Gefahr ausgeht. Doch das genügt Andris, um sich den entscheidenden Vorteil zu verschaffen.

Die Keule trifft den zurückspringenden Schlitzer an der Schulter, beschreibt einen kleinen Kreis nach oben und versetzt ihm einen Schlag gegen den Kopf. Er sackt zu Boden.

Andris lacht dröhnend, hebt die Keule hoch, holt Schwung –

»Nicht!«

Irritiert schaut er zu mir. »Was ist denn los?«

»Wir gehen einfach, ja? Lass ihn liegen.«

»Lebendig?«

Ich würde Andris gern erklären, was in mir vorgeht, aber ich verstehe es selbst nicht ganz. Es ist nicht so, dass ich großes Mitleid mit dem Schlitzer hätte. Das habe ich nicht.

»Jeder, den wir beseitigen, ist einer, der niemandem mehr etwas antun kann«, brummt Andris, und damit hat er natürlich recht. Trotzdem. Ich denke an Grauko und unsere letzte Lektion: Entscheidungen, die man nicht mehr zurücknehmen kann.

»Nehmen wir ihm die Waffe weg und gehen. Es ist schon spät.«

Nicht zu übersehen: Andris würde gern mit mir deswegen streiten. Aber er beherrscht sich, murmelt nur unverständliche Worte in seinen Bart, wahrscheinlich Flüche, während er den Schlitzer durchsucht.

Eine Stablampe, noch eine Klinge, ein kleines Fernrohr. Entweder er hat einen Sentinel ausgeraubt oder er ist von Sentineln ausgerüstet worden.

Ich werfe einen letzten Blick auf die spitz gefeilten Zähne. »Komm, Andris. Beeilen wir uns.«

Es begegnet uns niemand mehr, keine Feindclans, keine Sphären-Trupps und etwa zwei Stunden später wird die Landschaft um uns herum vertrauter. Hier war ich mit den Freilegern unterwegs, erinnere ich mich. Wir müssen uns also schon auf Dornenterritorium befinden. Dort hinten, das ist der Wald, in dem es einem der Exekutoren fast gelungen wäre, mich zu erwürgen.

Die Sonne neigt sich dem Horizont zu.

»Andris?«

Er dreht sich zu mir um und ich kann sehen, wie glücklich er ist. Einen Moment lang bin ich neidisch. Es muss schön sein, einen Platz zu haben, auf den man sich freuen kann und dem man sich zugehörig fühlt.

»Kannst du mich direkt zu Quirin bringen? Ich will nicht, dass die Leute vom Clan mich bemerken. Du weißt ja, sie halten nicht viel von Lieblingen.«

»Das wird sich ändern!« Er nimmt meinen Arm und zieht mich mit sich. »Ich werde allen erzählen, was du getan hast. Wie du mich gerettet hast, vor deinen eigenen Leuten! Hugnor soll ein Lied darüber schreiben, dann bist du bald im ganzen Clan berühmt.«

»Nein, bitte nicht. Mir wäre es lieber, du würdest erzählen, dass du dich selbst befreit hast.«

Er sieht mich ungläubig von der Seite an. »Das wäre aber gelogen.«

Wir gehen eine Zeit lang schweigend nebeneinander, bis Andris ein tiefer Seufzer entfährt. »Wenn es dir lieber ist, sage ich eben gar nichts. Obwohl es schade ist um die Geschichte.«

Jetzt ist es nicht mehr weit. In einiger Entfernung sind Menschen auszumachen, durch das Fernrohr des Schlitzers stellt Andris fest, dass er sie kennt – es sind Jäger.

Das Wort macht mich nervöser, als ich es ohnehin schon bin.

Die Jäger habe ich mehrmals begleitet und Sandor hat sie ange-führt. Vielleicht ist er unter denen, die dort vorne stehen.

Immerhin sind nirgendwo Scharten zu sehen, was Andris für ein gutes Zeichen hält. Er deutet auf einen matschigen, aufge-wühlten Flecken Land, knapp dreihundert Meter von uns ent-fernt. »Sieht aus, als hätten sie dort ein Lager gehabt. Sind wohl abgezogen, hehe.«

Wir halten uns verborgen, bis die Jäger außer Sicht sind. Im Weitergehen grübelt Andris laut vor sich hin, wie er mich am bes-ten zu Quirin schaffen kann, ohne dass wir bemerkt werden, aber dann ergibt sich die Lösung des Problems fast von selbst: Vor uns taucht die Dornenhecke auf.

»Hier trennen wir uns. Ich komme jetzt allein klar.«

Andris sträubt sich. Er glaubt mir nicht, dass ich ohne Hilfe heil bis zu Quirin gelange, und will keinesfalls von meiner Seite wei-chen. »Das wäre das Letzte«, brummt er.

Er weiß nicht, wie viel Zeit ich in der Stadt unter der Stadt ver-bracht habe. Wie die anderen Dornen denkt auch er, dass wir wei-tergezogen sind. Aber mir fehlt im Moment die Ruhe, um ihn mit der Wahrheit vertraut zu machen.

»Quirin selbst hat mir den Weg gezeigt«, erkläre ich und deute auf die Ruine, durch deren Keller es in die unterirdischen Gänge geht. »Ich finde mich zurecht. Wenn du oben weiterläufst, lenkst du die Aufmerksamkeit möglicher Feinde von mir ab. Dafür wäre ich sehr dankbar.«

Das ist eine Vorstellung, mit der Andris leben kann. Er umarmt mich, nimmt mir zweimal das Versprechen ab, vorsichtig zu sein, und hebt die Kellerklappe für mich an. »Wenn du bei uns bleiben willst, nehme ich dich wieder ins Sammlerteam auf«, erklärt er, während ich nach unten steige. »Ich spreche auch mit Sandor. Er wird auf mich hören.«

»Mach es gut, Andris. Achte auf deinen Kopf, der braucht noch Schonung.«

Er nickt, schiebt die Unterlippe ein Stück vor wie ein Kind. »Sehen wir uns bald wieder?«

»Das hoffe ich.«

Dunkelheit umschließt mich, als er die Klappe schließt. Die Lampe, die wir dem Schlitzer abgenommen haben, trägt Andris bei sich, aber ich habe die von Sandor aus meinem Tragebeutel geholt.

Alles unverändert. Ich betrete die unterirdischen Gänge wie eine alte Heimat. Gewölbte rote Ziegelwände, niedrige Mauerdurchbrüche, dann ein weiter Schacht, von dem links und rechts Tunnel abzweigen. Meine Schritte hallen von den Wänden und aus entfernten Tunneln wider, Wasser tropft auf mich herab.

Was wir begriffen haben, was wir wissen, drückt uns allen aufs Gemüt, es presst die Hoffnung aus uns heraus und lässt uns kraftlos zurück, hat Jordan geschrieben.

Ich kann das so gut nachfühlen. Der Gedanke an das, was vor mir liegt, weckt in mir den Wunsch, mich in einer dieser finsteren Ecken zusammenzurollen und lange, lange zu schlafen. Aber auch ich habe etwas begriffen, und wenn es wahr sein sollte, dann werde ich retten, wen ich retten kann.

Ich lasse unser Gewölbe links liegen. So gerne ich Tycho sehen will. Etwas anderes ist wichtiger. Das Gespräch mit dem Bewahrer.

Warum habe ich nicht früher gefragt, was er eigentlich bewahrt? Ich bin ganz selbstverständlich davon ausgegangen, dass es sich um alte Weisheit handelt, um kostbares Wissen.

Ohne mich ein einziges Mal zu verlaufen, gelange ich an den Durchgang zu den unterirdischen Räumen der Bibliothek. Die Tür ist verschlossen und ich läute die Glocke. Stelle mir vor, wie oben erstaunte Blicke gewechselt werden. Sie vermuten sicher, dass es Tycho ist, der eingelassen werden will.

Es dauert lange, bis ich Schritte höre. Dann dreht sich knirschend ein Schlüssel im Schloss und vor mir steht Fiore, mit weit aufgerissenen Augen.

»Du?«

Ich nicke, dränge an ihr vorbei.

Mit einem Knall fällt die Tür hinter mir zu, wird hastig versperrt, dann beeilt Fiore sich, zu mir aufzuschließen.

»Wieso bist du wieder da? Ist etwas passiert? Wo sind Aureljo und Dantorian?«

»Es geht ihnen gut.« Ich hoffe, dass das stimmt. »Sie sind noch in Vienna 2.«

Der nächste Treppenabsatz. Es ist nicht mehr weit bis zu Quirins Halle, bald kommt der Aufgang mit den marmornen Tafeln in der Wand. Ich beschleunige meine Schritte.

»Warum hast du es so eilig?«, ruft Fiore mir hinterher. »Er ist beschäftigt, du wirst sowieso warten müssen.«

Das kann sie vergessen. Egal, was Quirin gerade treibt, er wird sich für mich Zeit nehmen, sofort.

Vor mir liegt die Marmortreppe, ich laufe an der Frauenstatue mit der erhobenen Hand und dem Siegeskranz vorbei, höre die schwere Pforte zum Saal aufgehen, bevor ich sie sehen kann.

Am oberen Ende der Treppe steht eine vertraute Gestalt, in der Bewegung erstarrt vor Überraschung. Ich gehe die letzten Stufen langsamer, ich will nicht in Sandor hineinlaufen.

Er atmet geräuschvoll aus. Seine rechte Hand liegt auf dem Marmorgeländer, zitternd. »Du bist zurückgekommen.«

So viele widersprüchliche Emotionen in seiner Stimme: Erstaunen, Ungläubigkeit, Verunsicherung.

Mein Mund ist trocken, die Bilder unserer letzten Begegnung toben in meiner Erinnerung. Die Hecke, der Stoß.

Jetzt solltest du mich hassen können.

Ich überwinde die Stufen, die uns noch voneinander trennen, und sehe, wie er zurückweicht. Nicht weil er fürchtet, dass ich ihn angreifen könnte, sondern um mich zu beruhigen. Ich muss keine Angst haben, er wird mir nichts tun, diesmal nicht.

Ich nehme seine Hand, streiche über die raue Innenfläche. Gehe noch einen Schritt näher und lege meine Stirn an seine Schulter.

Sandors Verwirrung ist spürbar. Er muss damit gerechnet haben, dass ich ihn höchstens voller Abscheu ansehen werde, falls wir uns jemals wieder begegnen sollten. Langsam legt er seine Arme um mich, so behutsam, als könnte jede unvorsichtige Berührung mich verletzen. Ich höre, wie er schluckt.

»Es ist gut«, sage ich leise. »Ich weiß es.«

Nun hält er mich auf Armeslänge von sich weg. Forscht in meinem Gesicht. Sein Kopfschütteln ist kaum wahrnehmbar.

»Doch«, antworte ich auf seinen unausgesprochenen Einwand hin. »Ich weiß es. Und ich werde jetzt mit Quirin sprechen.«

Er verengt die Augen, glaubt ganz offensichtlich an einen Irrtum. Woher sollte ich ihr Geheimnis auch erfahren haben?

Wie sehr ich sein Gesicht vermisst habe. Ich nehme es zwischen die Hände und bedecke seine Lippen mit meinen.

Ein zeitloser Moment verstreicht und am Ende bin ich es, die sich von ihm löst.

»Du hattest einen Eid geleistet, nicht wahr? Und trotzdem hast du für mich getan, was du konntest. Ich weiß, wie zornig Quirin darüber war.«

In Sandors Augen sehe ich meine Vermutungen bestätigt. Ich habe mich nicht geirrt.

»Quirin ist hier, oder?« Ich wende mich dem Tor zu, an dessen Schwelle Fiore steht, offensichtlich verwirrt von dem, was sie gerade gesehen hat. Sandor will mir folgen, aber ich schüttle den Kopf. »Nein. Das muss ich mit ihm allein klären.«

Ich werde die Überraschung auf meiner Seite haben. Hinter der massiven Tür und den dicken Steinwänden hat Quirin mich wohl kaum gehört.

Sandor hält Fiore zurück, die mir ebenfalls folgen will, und öffnet die Tür für mich. Schließt sie dann behutsam und fast lautlos, nachdem ich hindurchgeschlüpft bin.

38

Auf den ersten Blick kann ich Quirin nicht sehen. Er sitzt nicht an seinem Arbeitstisch in der Mitte des Ovals, das das Zentrum der Halle bildet, er steht an keinem der hohen Fenster.

Dann sehe ich etwas Weißes, eine fließende Bewegung in einer der Nischen. Wir haben einander im gleichen Moment entdeckt.

Mein Herz schlägt fast schmerzhaft stark, als wollte es mich zur Tür zurücktreiben. Noch kann ich Quirins Gesicht nicht erkennen, es liegt im Schatten, aber er hat es mir zugewandt.

»Das ist eine Überraschung«, sagt er langsam.

»Ja, nicht wahr? Und keine angenehme, befürchte ich.«

Er tritt ins Licht einer der wenigen Lampen, die in der Halle brennen. Noch weiß er nicht, wie er die Situation einschätzen soll, mein Auftauchen kann Verschiedenes bedeuten. Vielleicht sogar, dass sein Plan aufgegangen ist.

Ich halte seinem Blick stand und verschließe meine Züge. Emotionskontrolle. Quirin soll weder meine Wut noch meine Unsicherheit sehen. Ich werde das Wort nicht als Erste ergreifen.

Mit einer beiläufigen Handbewegung versetzt er den uralten Globus, der neben ihm steht, in Bewegung. Blau und Grün verwischen zu Schlieren.

»Sind Aureljo und Dantorian mit dir zurückgekommen?«, fragt er schließlich.

»Nein.«

Er lächelt, erleichtert, während ich mir die Fingernägel in die Handflächen bohre.

»Aber ich werde sie herausholen«, erkläre ich. »Solange noch Zeit ist.«

»Zeit wofür?«

Das wachsame Aufblitzen in seinen Augen ist mir nicht entgangen. »Das weißt du genau.«

Er kräuselt die Stirn und verschränkt die Arme. Beinahe kaufe ich ihm sein ratloses Kopfschütteln ab. »Nein. Ich fürchte, du wirst mir auf die Sprünge helfen müssen.«

Also gut, dann eben so. Ich ordne meine Gedanken, sortiere sie in sicheres und unsicheres Wissen, markiere im Geist die Stellen der Geschichte, die Quirin für mich klären soll. Dann spiele ich meine erste Karte aus.

»Erinnerst du dich an den Tag, als ich euch vor dem Gift in den erbeuteten Mehlsäcken gewarnt habe?« Ich warte, bis er nickt. Seine Lippen sind aufeinandergepresst, er weiß genau, worauf ich hinauswill.

»Du hast so gelacht damals. ›Dass ausgerechnet uns das passiert‹, hast du zu Vilem gesagt. Er fand es weniger lustig. Aber vielleicht freut es dich, dass ich die Ironie der Situation durchaus schätzen kann, jetzt, nachdem ich sie begreife.«

Quirin hat seine Hände auf den Globus gelegt, seine Finger streichen über die Oberfläche, als wollte er ein Tier beruhigen.

»Hast du Jordan gekannt?«, frage ich. »Ich habe im Tiefspeicher Teile seiner Chronik gefunden. Nicht genug, um schon damals alles zu durchschauen, leider. Ich war so gefangen von seinen Erzählungen über das Leben im Untergrund, seine Gefährten Chendar und Porter … Und dann war da noch Dhalion. Den ich für einen weiteren Flüchtling gehalten habe oder für ein Kind, weil Jordan so besorgt um ihn war. Aber damit habe ich falschgelegen, nicht wahr?«

Quirin strafft sich. Lächelt. »Jordan war mein Großvater.«

Eine erste Lücke schließt sich. Sein Großvater, das erklärt vieles. Quirin, der Bewahrer, der das Erbe seiner Familie verwaltet. Der Dhalion pflegt und dafür sorgt, dass er seiner Bestimmung zugeführt wird.

»Ich war bei eurem Dornenritual dabei«, sage ich leise. »Du selbst hast mir den Platz mit der besten Sicht auf die Hecke gezeigt. Hattest du keine Bedenken, dass ich begreifen könnte, was ich da sehe?«

Seine linke Augenbraue hebt sich. »Hast du es denn begriffen?«

»Nein. Damals noch nicht. Aber jetzt verstehe ich es. Erst kommt Dhalion und dann, ein paar Jahre später, sein freundlicher Bruder. Aber der kommt nur zu den Kindern, die dann noch in der Obhut des Clans sind.«

Ein leichter Stoß, der Globus dreht sich wieder. »So ist es.« Es liegen weder Triumph noch merkliches Bedauern in diesem Satz, dafür aber eine große Mattigkeit.

»DH/L10/V. Es ist ein Virus, nicht wahr? Oder ein Parasit?«

Einer langer Augenblick vergeht, in dem Quirin unschlüssig scheint, ob er mir antworten oder so tun soll, als wüsste er nicht, wovon ich rede. Am Ende gibt er sich einen Ruck. »Dhalion ist ein künstlich geschaffenes Virus. Mein Großvater hat es entwickelt, im Auftrag des damaligen Präsidenten des Sphärenbundes.«

In mir wird alles leicht, gleichzeitig schnürt sich meine Kehle zu. Ich habe die richtigen Schlüsse gezogen.

»An der Akademie habe ich eine Geschichte gehört«, murmele ich, »von einigen Wissenschaftlern, die die Sphären verraten und sich den Außenbewohnern angeschlossen haben.« An dieses Ereignis habe ich lange nicht mehr gedacht, das letzte Mal, nachdem ich den Exekutor in der Bibliothek der Akademie belauscht hatte. Nie hätte ich vermutet, dass der Verrat dieser Forscher so unmittelbar mit mir selbst zu tun haben könnte. »Es hieß, sie hätten wichtige Forschungsergebnisse mitgenommen. Einer wurde gefasst und hingerichtet, die andern sollen erfroren sein.«

»Niemand ist erfroren, aber Laveran haben sie gefangen.« Quirin blickt zu Boden. »Er war älter als die anderen drei und weniger schnell. Jordan hat oft an ihn gedacht und von ihm erzählt, hat ihn immer als besonders freundlichen und klugen Mann beschrieben. Sie konnten ihn nicht retten, das hat sie ihr ganzes Leben lang gequält.«

Meine Träume beginnen mir Angst zu machen. Letzte Nacht war ich wieder auf der Flucht und Laveran war hinter mir. Dann ist alles so gekommen wie damals: Sie haben ihn geschnappt und er hat nach mir gerufen, voller Panik, aber ich bin nur schneller gelaufen, schneller, immer schneller …

Ich frage mich, ob Quirin diesen Teil der Chronik kennt. »Das alles wegen Dhalion? Den sie selbst geschaffen hatten?«

»Du ahnst sicher«, sagt Quirin sanft, »wofür er gedacht war.«

Mit meinem heutigen Wissensstand ist das eine leicht zu beantwortende Frage. »Er sollte die Clans ausrotten, vermute ich. Die Außengebiete von ihren Bewohnern befreien.«

»Richtig. Doch zu Beginn wussten Jordan und seine Kollegen davon nichts. Es hieß, sie würden das Virus für den Notfall entwickeln, niemand würde es einsetzen, außer vielleicht bei Clans, denen anders nicht beizukommen wäre.« Quirin wedelt lässig mit der Hand. »Du kennst das Denkmuster, nicht wahr? Jordan war ein typischer Forscher – die Wissenschaft war ihm wichtiger als die Folgen, die seine Ergebnisse haben könnten. Doch dann muss etwas passiert sein, das alles verändert hat, aber darüber wollte Großvater nie mit mir sprechen.«

Ein Virus, dazu geschaffen, ganze Clans auszurotten. Eine gefährlichere Waffe als die meisten, die sich im Besitz des Bundes befinden. Es ist, wie ich geahnt habe, dennoch trifft mich die Gewissheit härter als erwartet.

S NMH: Nach bekanntem Zwischenfall keine Überlebenden. Behrsens Notizen kommen mir wieder in den Sinn und diese unglaubliche Zahl von bis zu 2900 Toten. *Bahnverbindung bis auf Weiteres gesperrt.* Was das bedeutet, wird mir erst jetzt bewusst.

Das Virus muss in Neumünster ausgebrochen sein, doch statt medizinische Hilfe zu schicken, hat der Bund die Sphäre abgeriegelt. Die Krankheit wüten lassen.

Neben mir befindet sich eine Säule, ich halte mich an ihr fest. So viele Menschen. Ein so perfider Plan. Bis jetzt waren alle meine Schlussfolgerungen richtig und ich habe Angst, noch einmal recht zu behalten: in der Frage, wie Dhalion nach Neumünster gelangt ist.

Auch Quirin weiß, dass wir uns nun dem Kern der Sache nähern. Sein Blick ist weich. Ich tue ihm leid.

»Wie lange kennen wir uns schon?«, flüstere ich.

Er schluckt, schließt die Augen. »Achtzehn Jahre und sieben Monate. Du bist fünf Wochen vor der Zeit geboren worden, ein winziges Kind mit braunen Locken.«

Ein Gefühl, als würden riesige Hände meinen Körper packen

und ihn auswringen wie ein nasses Tuch. Ich schnappe nach Luft, lehne mich gegen die Säule. »Und kaum war ich da, hast du mich mit der Härte der Wildnis bekannt gemacht. Nicht wahr? So hat Bojan es mir erklärt, als ich fragte, wieso sie dir die Neugeborenen bringen. Das Aufnahmeritual des Clans. Nur ein winziger Stich mit einem Dorn, an eine Stelle, wo es nicht wehtut. Symbolisch.«

Eine Träne hat sich aus meinem Augenwinkel gelöst, ich mache mir nicht die Mühe, sie fortzuwischen. »Ein kleiner Stich und Dhalion kreist durch meine Blutbahn. Schon war ich ... Wie hast du es genannt? Giftköder. Die Sphären entführen eure Babys und sie haben keine Ahnung, was sie sich damit einhandeln.« Ich verschränke die Arme vor der Brust, um das Zittern meiner Hände abzustellen. »Die geraubten Dornenkinder werden in den Sphären großgezogen und wachsen als Zeitbomben heran. Die anderen, die mehr Glück haben, schickt ihr mit sechs Jahren durch die Dornenhecke, deren Stacheln du mit dem Gegenmittel präpariert hast. Mit Dhalions freundlichem Bruder.«

Unsere Blicke verfangen sich. Quirin bestätigt nicht, was ich sage, aber er widerspricht auch nicht.

»Du weißt nicht, wie schlimm es war«, sagt er nach einer langen Pause. »Sie haben Betäubungsgas verwendet und den schlafenden Müttern die Babys aus den Armen gezogen. Wir konnten nichts dagegen tun. Wachen wurden getötet, manchmal haben sie die Siedlungen angezündet, nachdem sie die kleinen Kinder herausgeholt hatten. Dhalion war die einzige Waffe, die wir hatten, und eines Tages habe ich beschlossen, sie einzusetzen. Das ist zwanzig Jahre her und jetzt geht die Saat auf.«

»Wissen die Eltern davon?« In mir brodelt ein Lachen hoch, ein verrücktes Geräusch, von dem ich nicht weiß, wo es seinen Ursprung hat. »Wissen sie, dass du ihre Kinder mit einer tödlichen Krankheit infizierst?«

Er schüttelt entschieden den Kopf. »Nein. Niemand weiß es, außer den Bewahrern und den Clanfürsten.«

Ich rufe mir ins Gedächtnis zurück, dass der Clan Schwarzdorn mehrere Linien hat, eine südliche, eine westliche und eine östliche. Sie alle haben dieses Ritual übernommen, diese wahnsinnige Idee.

Unvorstellbar, dass jemand zu so etwas fähig ist. Ich erinnere mich an die Erschütterung, die aus Gorgias' Worten herauszuhören war, damals in der Bibliothek.

»Warum bin ich noch am Leben?« Es ist mir egal, dass meine Stimme ein wenig schwankt. »Es hat etwas mit dem Alter zu tun, richtig?«

»Du bist wirklich schlau.« Mit einer kräftigen Bewegung versetzt Quirin dem Globus noch einmal Schwung, dann beginnt er, im Saal auf und ab zu gehen. Der hohe Raum lässt seine Schritte widerhallen. »Es war von Beginn an Jordans Anliegen, Kinder zu verschonen. Schon während er an Dhalion gearbeitet hat, war er auf der Suche nach einem Mechanismus, der die Krankheit erst ab einem gewissen Alter ausbrechen lassen würde. Er hat es mir erklärt, aber ich habe es nicht ganz begriffen, es war kompliziert und hatte mit Hormonen zu tun.«

Deshalb also wurde Andris entführt und untersucht. Ein Mitglied des Clans, offensichtlich aus dem Jugendalter heraus, und immer noch sehr lebendig. Ich wüsste gerne, ob die Ärzte in seinen Blutproben das gefunden haben, wonach sie suchten. Kaum. Vor zwanzig Jahren war Andris bereits kein Kind mehr.

Quirin blickt zu der reich bemalten Decke des Saales. »Man

könnte sagen, dass Dhalion schläft, bis ein Signal im Körper ihn weckt. Werden hingegen Erwachsene infiziert, erkranken sie schon nach ein bis zwei Wochen, und sie sterben viel schneller. Das Virus ist ansteckender als Schnupfen und ab einem bestimmten Stadium soll es immer tödlich sein.«

Ich frage mich, wer alles in Sphäre Neumünster gelebt hat. Gab es dort Kinder? Und falls ja, was ist mit ihnen passiert, nachdem alle Erwachsenen tot waren?

Zu Hilfe gekommen ist ihnen jedenfalls niemand. *Bahnverbindung bis auf Weiteres gesperrt.* Ich darf es mir nicht vorstellen.

Der Gedanke, den ich seit Tagen immer wieder in mein Unterbewusstsein zurückdränge, wenn er sich zeigen will, breitet sich jetzt unbezwingbar in meinem Kopf aus.

Ich bin kein Vitro. Kein Kind der Sphären, genetisch perfektioniert und von Erbfehlern bereinigt. Ich bin ein entführtes Clankind. Eins von denen, die ich früher in der Auffangstation im Arm gehalten und den künftigen Ziehmüttern zugeteilt habe.

Irgendwann hat jemand das Gleiche mit mir getan. Der Boden schwankt unter meinen Füßen, aber ich darf jetzt nicht umkippen. Ich nehme meine ganze Kraft zusammen und bemühe mich um Konzentration.

»Das Gegenserum«, flüstere ich. »Wie lange wirkt es? Du immunisierst die Kinder, wenn sie klein sind – wäre das zwölf oder dreizehn Jahre später auch noch möglich?«

»Bis zum Eintreten der schweren Symptome.« Quirin antwortet sehr leise. Er weiß, was er da sagt. Wie gewichtig die Schlüsse sind, die ich daraus ziehen werde, trotzdem belügt er mich nicht. Es ist, als würde er Abbitte leisten.

Ich begreife nur mit Verzögerung, weswegen. Im ersten Moment bin ich einfach froh, dass Zeit bleibt, um die drohende Katastrophe zu verhindern; ich streiche über eine dünne weiße Linie auf meinem Handrücken, die kaum noch sichtbar ist.

Dann trifft mich die Erkenntnis wie ein Hammerschlag. »Das heißt, du hättest sie retten können.«

Er blickt zur Seite. »Ich habe mir die Entscheidung nicht leicht gemacht.«

»Du hättest Tomma retten können, aber du hast einfach neben ihr gestanden und ihr beim Sterben zugesehen, hast ihr bloß dieses nutzlose weiße Pulver verabreicht, anstatt ...«

Mir bleibt buchstäblich die Luft weg, ich muss mich zur Seite wenden, meine Stirn gegen die kühle, glatte Säule lehnen.

Als ich mich wieder umdrehe, sieht Quirin mich noch immer an. Sein Gesicht ist unbewegt, nur sein Kinn zittert ein wenig, kaum merkbar.

»Warum?« Meine Stimme klingt, als würde mich jemand würgen.

»Ich wusste nicht, ob das Serum noch helfen würde. Aber das ist nicht der einzige Grund.« Er betrachtet seine Hände, spreizt die Finger, ballt sie zu Fäusten. Was er als Nächstes sagen wird, kommt ihm nur schwer über die Lippen.

»Falls Tomma doch mit zurück in die Sphären gegangen wäre, wollte ich, dass sie infektiös ist. Das wäre sie gewesen, zu diesem Zeitpunkt als Einzige von euch. Mit jedem Husten hätte sie das Virus verbreitet und niemand hätte schnell genug reagieren können. In Vienna 2 hätte es innerhalb von Tagen Hunderte Ansteckungen gegeben und dann war da ja auch noch der Arbeiterwechsel – er hätte eine Ausbreitung auf andere Sphären begünstigt.«

Zu wissen, dass etwas wahr ist und es trotzdem nicht glauben zu können, ist eine neue Erfahrung für mich. Ja, ich erinnere mich daran, was Quirin gesagt hat, als er Tomma das nutzlose Medikament eingeflößt hat: *Es wäre wahrscheinlich gut, sie in eine Sphäre zu bringen, dort kann man ihr besser helfen.*

»Du musst die Sphärenbewohner so sehr hassen.« Ich drücke mich von der Säule ab. »Das sieht man dir gar nicht an. Meinen Glückwunsch, ich glaube, es hat mich noch niemand so sehr getäuscht wie du. Ich dachte wirklich, du wolltest uns helfen.«

Er schüttelt energisch den Kopf. »Ich hasse die Sphären nicht. Das alles ist keine Frage von Gefühlen oder Rache, es ist eine Frage des Überlebens. Sie sind so viel stärker als wir und sie werden uns auslöschen. Das weißt du.« Er kommt einen Schritt auf mich zu, ich weiche zurück.

»Ich habe die einzige Chance ergriffen, die sich mir geboten hat. Und ich habe noch nicht einmal versucht, einen Sentinel oder einen Grenzgänger aktiv zu infizieren. Aber ich habe ein so grausames Verbrechen wie Kindesraub mit einer Konsequenz versehen. Dazu stehe ich.« Er atmet tief durch, die Unruhe ist aus seinen Augen gewichen. »Und ich würde es wieder tun.«

Fast nötigt es mir Respekt ab, dass er so etwas sagen kann und dabei seinen Blick nicht von mir abwenden muss.

»Und die Kinder?«, bringe ich mühsam hervor. »Wir? Wir waren nicht unglücklich, wir hätten gerne weitergelebt. Tomma hätte gerne weitergelebt, glaubst du nicht?«

»Doch. Natürlich.« Der Gedanke an Tomma setzt Quirin sichtlich zu. »Nur, weißt du, es sterben so viele Menschen in diesem Kampf, fast alle auf unserer Seite.«

Ich könnte ihm jetzt von den 2 900 Toten in Sphäre Neumünster erzählen, die auf Dhalions und damit auch auf Quirins Konto gehen. Aber dann müsste ich fairerweise ebenso erwähnen, was der Bund getan hat. Die Magnetbahn gesperrt, den Zugang abgeriegelt, die Menschen ihrem Schicksal überlassen.

Mein Magen krampft sich zusammen, ich muss mich setzen, bevor ich umkippe. Quirin will mir zu Hilfe kommen, aber ich halte ihn mit meinem Blick auf Abstand.

Wir haben es mit einer Verschwörung zu tun, das war es, womit alles begonnen hat. Die gezischten Worte des farblosen Sentinel. *Die Betreffenden müssen getötet werden.*

Ich frage mich, wie die Exekutoren von Dhalion erfahren haben, wer oder was ihre Quelle war. Wenn Neumünster zu diesem Zeitpunkt schon befallen war, wussten sie um den Ernst der Situation. Da konnte man auf das Leben von ein paar Studenten keine Rücksicht nehmen, und seien sie noch so gut ausgebildet.

Ich vermute, der Bund führt Buch über die Babys, die er entführt. Jemand muss wissen, welches Kind von welchem Clan geraubt wurde, und jetzt schwärmen die medizinisch geschulten Kontrolleure in alle Sphären aus und überprüfen die Aufgelesenen. Suchen nach Infizierten. Die dann verschwinden, so wie Konrik, der junge Sentinel, dessen Verband ich nicht mehr wechseln konnte, bevor sie ihn aus dem Medpoint geholt haben.

Sie spüren die Virenträger auf und es ist völlig klar, was mit denen passiert, die sie finden. Ich erinnere mich noch genau, wie intensiv wir vor unserem Aufbruch aus der Akademie untersucht worden sind. Jetzt weiß ich auch, warum.

»Ich nehme an, Jordan hat alle seine Forschungsunterlagen mitgenommen, als er geflohen ist?«

»Natürlich.« Quirins Blick richtet sich auf eins der hohen Fenster, auf das Schwarz der Nacht dahinter. »Er hat alles in seiner Chronik festgehalten, und nur dort. Auf welche Weise er Dhalion und seinen Bruder geschaffen hat.«

Nur mit Anstrengung komme ich wieder auf die Beine. Vor meinen Augen tanzen noch schwarze Punkte, aber ich gehe langsam auf Quirin zu, einen unsicheren Schritt nach dem anderen. »Ich will das Serum.«

Schiefes Lächeln. »Ich glaube nicht, dass du es noch brauchst.«

»Nicht für mich. Für Tycho, Aureljo, Dantorian und diejenigen, die in anderen Sphären gelandet sind.« Einige von ihnen leben vielleicht noch. Da war dieses Blatt aus Behrsens Mappe.

S BSW	*I/3: 17/19/19*
S GRA	*I/0*
S B1	*I/1: 18*

An mehr erinnere ich mich nicht mehr und ich kann nicht überprüfen, ob meine Überlegung richtig ist, aber ich halte es für wahrscheinlich, dass I für Infizierte steht und die Zahl nach dem Schrägstrich für die Anzahl der Infizierten. Danach folgt das jeweilige Alter. Aber keine Namen, keine weiteren Daten. Die Chancen, sie zu finden, sind winzig. Keinesfalls werden wir schneller sein als die Exekutoren.

Zum ersten Mal nach langer Zeit denke ich wieder an Lu. Die während einer Expedition starb, angeblich von Außenbewohnern erschlagen, aber in Wirklichkeit …

»Ich will das Serum, und zwar so viel wie möglich.« Meine Selbstsicherheit kehrt zurück, der Boden unter meinen Füßen ist wieder fest.

Quirin schüttelt den Kopf. »Tut mir leid. Nein.«

»Du kannst nicht noch mehr Menschen sterben lassen. Tycho, Aureljo – du kennst sie. Das kannst du nicht wollen!«

Ich baue mich so nah vor ihm auf, dass er meinen Atem im Gesicht spüren muss. »Wenn du nicht mit mir kooperierst, dann gehe ich zu den Clanleuten. Ich erzähle ihnen, was du mit ihren Kindern tust. Dass du ihr Leben riskierst, ohne dass die Eltern davon wissen.«

Er hebt eine Hand, streicht mir über den Kopf. »Das möchtest du tun? Ihnen alles verraten? Woher willst du wissen, wie sie reagieren? Glaub mir, einige von ihnen hassen die Lieblinge so sehr, dass sie alles dafür geben würden, Dhalion in die Finger zu bekommen und die nächste Sentinel-Streife anzustecken. Ein paar würden sich das Virus vielleicht sogar selbst injizieren, wenn sie wüssten, dass sie damit zur tödlichen Gefahr für die Sphären werden.« Er zuckt mit den Schultern. »Aber das ist nicht mehr nötig. Mit Aureljo und Dantorian sind zwei Krankheitsträger in Vienna 2, unter falschem Namen, also kann der Bund sie nicht identifizieren, solange die Krankheit nicht in aller Heftigkeit ausbricht. Und dann wird es zu spät sein.«

Ich kann es nicht fassen. Aber in Quirins Miene lese ich unerschütterliche Entschlossenheit; er wird sich seinen Plan von mir nicht zerstören lassen.

»Denk nicht, dass mir das leichtfällt. Alle Kinder der östlichen Linie unseres Clans habe ich zumindest einmal im Arm gehalten, viele öfter. Manche waren schon zwei Jahre alt, als sie entführt wurden, Tycho war fast drei. Ich habe sie behandelt, wenn sie krank waren, habe versucht, Mittel zu finden, um die Unterernährung in den Griff zu bekommen. Sie sterben zu lassen, ist grauenvoll für mich, aber –« Sein Blick ist nach innen gerichtet. In eine vergangene Zeit. »Es war entsetzlich für die Eltern, wenn ihre Babys geraubt wurden. Du kannst es dir nicht vorstellen, aber durch Dhalion konnte ich dem immerhin einen Sinn geben. Wir würden die Kinder nicht wiedersehen, sie würden als Lieblinge aufwachsen, doch jedes entführte Kind brachte ein Geschenk mit.«

Ich bin noch dabei, eine scharfe Entgegnung zu formulieren, als Quirin den Kopf schief legt. Ein Lächeln kräuselt seine Lippen und sein nächster Satz nimmt mir allen Wind aus den Segeln.

»Ich könnte mir vorstellen, du würdest gern deine Familie kennenlernen.«

Warum ich selbst bisher nicht daran gedacht habe, weiß ich nicht. Es muss damit zu tun haben, dass ich mich so lange als Produkt eines Genlabors gesehen habe – das Bild ist so deutlich in meinem Kopf, dass es mir fast wie eine Erinnerung erscheint.

Aber ich bin ein Clanmädchen. Natürlich habe ich eine Familie.

Wären da nicht Tomma, Neumünster und die Weigerung, mir das Serum auszuhändigen, ich würde Quirin mit Fragen bestürmen.

Aber die Genugtuung gönne ich ihm nicht.

Ich weiche schweigend zurück, ohne ihn aus den Augen zu lassen. Dieser Kampf ist noch nicht zu Ende, ich werde Dhalions freundlichen Bruder in die Hände bekommen, egal wie.

»Ria«, sagt Quirin, kurz bevor ich die Tür erreiche. »Ich wünsche mir so sehr, du würdest mich verstehen.«

Bis zu einem gewissen Grad tue ich das und es macht mir Angst. Ich verstehe ihn, ich verstehe die Sphären, gleichzeitig hasse ich, was sie tun. Beide.

Als Ria, Nummer 7 der Borwin-Akademie, war ich überzeugt davon, auf der richtigen Seite zu stehen. Auf der der Guten. Später, als die Dornen mich aufgenommen hatten und ich wusste, was die Sphären den Clans antaten, war das zwar verstörend, aber nichts im Vergleich dazu, wie ich mich jetzt fühle.

Es gibt keine Seite, auf die ich mich schlagen könnte. Niemanden, den ich unterstützen möchte. Kein Gut, kein Böse, auf jeden Fall kein Richtig.

Als ich die Tür in meinem Rücken spüre, drehe ich mich um, drücke die Klinke nach unten und falle mehr nach draußen, als dass ich gehe.

Sandor fängt mich auf. Ich klammere mich an ihm fest und er stützt mich auf meinem Weg die Treppen hinunter.

»Möchtest du in euer Gewölbe? Zu Tycho?«

»Nein.« Ich brauche Zeit, ich kann Tycho nicht mit dem Wissen gegenübertreten, dass er den Tod in sich trägt und ich nichts dagegen tun kann. Zumindest im Moment nicht.

»Ich wäre gern an einem Ort, wo ich den Himmel sehen kann. Wo niemand uns findet.«

Es gibt so vieles, worüber ich nachdenken muss.

Während Sandor mich durch die Gänge unter der Stadt führt, finden wieder einige Puzzlestücke ihren Platz. Die Tatsache etwa, dass Fleming als Maulwurf mit auf unsere Reise geschickt wurde. Er war ausgebildeter Mediziner, vielleicht sollte er uns beobachten. Oder kurz nach unserem Tod Blut- und Gewebeproben nehmen. Etwas in dieser Art.

Ich erinnere mich an sein von Sorgen durchfurchtes Gesicht. Und dass er sich immer besonders gut geschützt hat, wenn er einen von uns verarztete. Das fand ich damals drollig.

Wie schlimm müssen diese letzten Wochen seines Lebens für ihn gewesen sein. Zu wissen, dass wir dieses tödliche Virus in uns tragen, und es uns nicht sagen zu dürfen. Eine der Nachrichten, die er mit seinem Kontaktmann bei den Exekutoren getauscht hat, kommt mir wieder in den Sinn:

Gebt die Jagd auf, die Verschwörung ist zum Scheitern verurteilt. Lasst sie hier draußen sterben.

Ja, er wusste es. Und er wollte uns noch ein wenig Zeit schenken, ohne zu wissen, dass seine eigene schon im Begriff war, abzulaufen.

Sandor zieht mich an sich, damit wir nebeneinander durch einen der engen Tunnel passen, doch ich spüre es kaum, ich setze weitere Puzzleteile zusammen. Baue mir ein Bild davon, wie die Dinge abgelaufen sein könnten.

In Neumünster erkranken die Menschen, einer nach dem anderen. Die Sphäre meldet die Ereignisse nach draußen, beschreibt die Symptome, den Verlauf, die Folgen. Der Sphärenbund stellt die Magnetbahnverbindung ein, aber Kommunikation mit Neumünster wird noch länger bestanden haben. Sie finden heraus, wer als Erstes erkrankt ist, stellen fest, es war jemand, der als kleines Kind entführt wurde. Einem schlauen Kopf fällt die Geschichte rund um die verräterischen Wissenschaftler wieder ein, die Dhalion entwickelt haben.

Jetzt werden Datenlisten gewälzt. Wo kam der Träger des verhängnisvollen Virus her? Wer kam aus der gleichen Gegend, vom gleichen Clan? In Windeseile wird mit Untersuchungen begonnen. Die Sphären haben zwar kein Mittel gegen den Erreger, aber offenbar können sie ihn nachweisen. Und sie werden fündig, da und dort, und besonders an der Akademie, wo mehr Leute im entscheidenden Alter leben als anderswo. Bei den älteren Entführungsopfern finden sie kein Virus im Blut, nur bei denen, die zwanzig Jahre oder jünger sind. *Die Betreffenden müssen getötet werden.* Am besten so, dass man es den Clans in die Schuhe schieben kann.

Wie viel davon hat Fleming gewusst? Alles? Oder nur, dass wir mit unserer Infektion eine tödliche Gefahr für die Sphären darstellen?

Sandors Arm liegt fest um meine Schulter und der Lichtschein seiner Lampe bohrt ein helles Loch in die Dunkelheit vor uns. Ich erinnere mich, dass es einen Moment gegeben hat, in dem ich ihn verdächtigt habe, Flemings Mörder zu sein, obwohl es viel wahrscheinlicher schien, dass er einem Sentinel zum Opfer gefallen war. Einem von denen, die es zuvor schon auf Tycho und mich abgesehen hatten.

Doch nun beginnt ein neuer hässlicher Gedanke in mir zu wachsen, wie eine Pflanze, die stachelige Äste von sich spreizt. Was, wenn Fleming die Absicht hatte, uns reinen Wein einzuschenken? Hat er dieses Vorhaben mit Quirin besprochen, ausgerechnet? Die Waffe, die zwischen Flemings Rippen steckte, war ein Sentinel-Messer mit ausgetauschtem Griff, das jedem hätte gehören können. Und dann waren da noch die roten Flecken auf Quirins hellem Ärmel, die ich am gleichen Abend bemerkt habe, ohne einen weiteren Gedanken an sie zu verschwenden. Er hatte unseren toten Freund noch untersucht, bevor sie ihn weggebracht haben.

Vielleicht aber hat er viel mehr getan als das.

Sandor fängt mich, als ich stolpere. »Wir sind gleich da.«

Es ist eine gewundene, eiserne Treppe, die unter den klaren

Sternenhimmel führt. Ein beinahe voller Mond legt Silberschleier über Ruinenhügel und einen jungen Wald, der leise im Wind singt.

Ich trage immer noch die dünne Uniform der Pflegehelfer und fröstle, obwohl die Temperatur erträglich ist. Im nächsten Moment liegt Sandors schwerer Wolfspelzumhang um meine Schultern.

»Gefällt es dir hier?«

»Ja, es ist wunderschön.«

Wir finden einen Platz unter einer Tanne, die ihren harzigen Duft in die Nacht verströmt. Ich wünschte, ich könnte das alles einfach genießen.

»Ich dachte, wir würden nie wieder ein Wort miteinander sprechen«, sagt Sandor in mein Haar. »Es tut mir so leid, dass ich keinen klügeren Weg gefunden habe, aber –«

»Es war das Beste, was du tun konntest«, unterbreche ich ihn. »An unserer Akademie hätten die Mentoren dir nur für diesen einen Stoß mindestens fünf Punkte gegeben. Strategisches Geschick wurde immer gewürdigt.«

Ich spüre, wie er mich von der Seite ansieht und abzuschätzen versucht, ob ich es ernst meine.

Mit den Fingerspitzen streiche ich über seine gespaltene Augenbraue. »Du konntest mir nicht verraten, was Quirin dir mitgeteilt hatte, und du konntest ihn nicht um den Impfstoff bitten. Trotzdem hast du einen Weg gefunden, mich zu retten. Vilem hätte es bei der Wahl seines Nachfolgers nicht besser treffen können.«

Seine Hände schließen sich um meine. »Es gibt diesen Eid, weißt du: den Clan zu schützen und seine Geheimnisse zu wahren. Das habe ich geschworen, bevor ich wusste, worin diese Geheimnisse bestehen. Und jetzt trage ich sie mit mir, solange ich lebe.«

Der Griff um meine Hand wird fester. »Du weißt es aber, nicht wahr? Alles?«

»Ich glaube schon.«

»Haben die Lieblinge es herausgefunden? Denn dann werden sie bald hier sein …«

»Sie begreifen die Zusammenhänge noch nicht ganz, aber sie haben Angst, den Schwarzdornen zu nahe zu kommen. Deshalb jagen sie euch die Clans auf den Hals und bleiben selbst auf Abstand. Außerdem sind sie im Moment vor allem damit beschäftigt, die Menschen in den Sphären ausfindig zu machen, die Dhalion in sich tragen. Es ist etwas Furchtbares passiert, das ich Quirin verschwiegen habe …«

Ich erzähle Sandor von Sphäre Neumünster und sehe, wie seine Augen sich weiten.

»So viele auf einen Schlag?«, haucht er. In seinem Gesicht zeichnet sich Erschrecken ab, stelle ich erleichtert fest, keine freudige Erregung.

»Es könnten bald noch mehr dieser Epidemien ausbrechen. Quirin hat vor zwanzig Jahren damit angefangen, Kinder zu infizieren. Jetzt beginnen sie allmählich, reif zu werden wie Früchte, eins nach dem anderen.«

»Aber du bist in Sicherheit«, sagt Sandor schnell und streicht über die weiße Narbe auf meinem linken Handrücken. Sie beschreibt eine leichte Kurve zum Knöchel hin. Beinahe wie ein J, das ist mir bisher nie aufgefallen.

»Sind die Kratzer angeschwollen? Waren sie gerötet?«, will er wissen.

»Einige davon, ja.«

»Dann ist alles gut.« Er strahlt. »Du wirst nicht krank werden, Ria, und ich habe wenigstens bei einer Sache Erfolg gehabt.« Sein Mund ist nah an meinem Hals. »Bei der wichtigsten.«

Unversehens wird mir klar, dass ich ihn bisher noch gar nicht gefragt habe, wie seine erste Zeit als Clanfürst verlaufen ist, und ich schäme mich dafür, denn offenbar stehen die Dinge alles andere als gut. Doch bevor ich mich erkundigen kann, finden seine Lippen meinen Mund und mein Denken kommt zum Stillstand.

Danach halten wir einander schweigend fest. Nicht weit entfernt sendet ein Nachtvogel seinen Ruf in die Dunkelheit.

Es wäre ein schöner Moment, gäbe es da nicht noch eine Sache, die mich beschäftigt, seit Quirin dieses Wort erwähnt hat: Familie.

»Sandor?«

Sein Blick umfängt mich. »Liebling?«

Ich werde ihm wehtun müssen, also mache ich schnell. »Deine Familie ... wurde getötet, stimmt das?«

Wie erwartet, verdunkelt sich seine Miene. »Ja. Warum?«

»Hattest du Geschwister? Schwestern?« Ich schlucke schwer an meiner nächsten Frage. »Könnte es sein, dass eine von ihnen verschleppt wurde, und ...«

Er begreift, worauf ich hinauswill, und lächelt beinahe. Dann schüttelt er den Kopf. »Nein, Ria, wir sind nicht verwandt. Ich hatte zwei Brüder, einer älter, einer jünger. Es war ein Vergeltungsschlag, weil mein Vater an einem Überfall auf einen wichtigen Transport für den Präsidenten beteiligt war. Sie haben ihn verfolgt und ...« Er blickt zur Seite, als müsste er so die Bilder nicht sehen, die sich aus der Vergangenheit herandrängen. »Es wurde niemand verschleppt, denn sie waren ... alle da, als Vilem mich nach Hause brachte. Er mochte mich und hatte mich an diesem Nachmittag zum Bogenschießen mitgenommen, deshalb war ich fort, als die Sentinel kamen. Danach hat er mich bei sich aufgenommen. Es war für uns beide eine gute Lösung, denn sein Sohn war eins der entführten Babys und wäre ungefähr in meinem Alter gewesen.«

Ich nicke nur. Ich kenne diesen Sohn, glaube ich.

Als ich Sandor nach vier Reisenden frage, drei Männern und einer Frau, die auf der Suche nach Vilem waren, ist er über diese Gesprächswendung sichtlich überrascht, doch er hat sie tatsächlich gesehen.

»Aber sie waren nur kurz bei uns. Quirin hat ihnen erklärt, dass Vilem tot sei, danach sind sie weitergezogen.«

Unsere Überraschung ist viel besser als jedes Geschenk, hat Curvellis Begleiterin gesagt und gelacht, damals, in dem Stockwerk unter uns. Sie müssen auf ihre eigene Weise einen Teil der Wahrheit herausgefunden haben. Curvelli weiß jetzt vermutlich, dass er einem Clan entstammt, aber weiß er auch über Dhalion Bescheid?

Ich stelle mir vor, wie sehr sich Vilem darüber gefreut hätte, seinen Sohn noch einmal zu sehen. Wieder eine Geschichte ohne glückliches Ende.

Doch wenigstens eine gute Nachricht gibt es, die Sandor vielleicht noch nicht kennt. »Ich habe Andris zurückgebracht.«

»Wirklich?« Er lacht, drückt mich fester. »Du bist unglaublich! Ich dachte, wir sehen ihn nie wieder! Das ist eine wunderbare Neuigkeit. Wie hast du ihn gefunden?«

Ich erzähle ihm alles, alles, alles und ende mit unserer Flucht am heutigen Morgen, der Wochen zurückzuliegen scheint.

»Ich möchte dich nicht zur Gegnerin haben«, stellt er nach einer langen Pause fest. »Es ist kaum möglich, etwas vor dir zu verbergen, nicht wahr?«

»Diesmal war großes Glück dabei.« In Wahrheit ist mir bewusst, dass ich nie so viel herausgefunden hätte, wenn ich nicht Albina begegnet wäre, die mir so sehr vertraut hat und die ich so enttäuscht habe. Ich versuche mir vorzustellen, was sie jetzt wohl tut, was sie denkt, ob sie verhört wird.

»Ich brauche das Serum.«

Sandor streicht sich das Haar aus der Stirn. »Ich weiß nicht, wo es ist. Und –«

»Dich gegen Quirin aufzulehnen, wäre gleichbedeutend mit einem Eidbruch«, helfe ich ihm über sein Zögern hinweg. »Das ist in Ordnung. Ich verlange nichts Derartiges von dir. Nur darfst du mich nicht darum bitten, dass ich unter der Erde sitze und die Dinge einfach laufen lasse. Tycho kann ich durch die Hecke schicken und hoffen, dass noch genug Wirkstoff auf den Dornen klebt, aber Aureljo und Dantorian – sie werden erkranken und sterben, und mit ihnen wieder Tausende Menschen.«

Ich sehe Tomma vor mir, wie sie nach Luft schnappt, wie ihre bläulichen Lippen Worte formen wollen, wie sie in Sandors Armen erstickt. Wie Quirin dabei zusieht – bedrückt, aber tatenlos.

»Du wirst zurückgehen?« Er hört sich unglücklich an und ich würde ihm am liebsten versprechen, nie wieder von seiner Seite zu weichen, von nun an jeden Tag mit ihm zu verbringen und mich nur noch den täglich neu aus dem Boden sprießenden Pflanzen zu widmen, die aus dem erst weißen und jetzt braunen Land ein grünes werden lassen. Auch mir würde ich das gerne versprechen.

Doch so wird es nicht sein.

»Ich kann auf keinen Fall zurück nach Vienna 2 gehen«, antworte ich. »Ich werde mir etwas anderes einfallen lassen müssen.«

»Heute noch?«

Mir ist trotz des Umhangs kühl geworden. Im Aufstehen spüre ich, wie müde sich meine Beine anfühlen, und gleichzeitig wird mir bewusst, dass ich keine Schlafstatt für die Nacht habe.

»Nein. Heute nicht mehr.«

»Gut.« Er nimmt mich in die Arme. »Ich weiß einen Ort, wo es warm ist und sicher. Wo uns niemand finden wird.«

Ich nicke nur.

Wir verschränken unsere Finger ineinander und ich folge Sandor zur Treppe, die uns wieder unter die Stadt führen wird.

Erneut schreit der Vogel aus dem Wald. Ich glaube, es ist eine Eule.